Un mystérieux garde du corps

La menace inconnue

REBECCA YORK

Un mystérieux garde du corps

Traduction française de
ESTELLE BELHIS

BLACK ROSE

HARLEQUIN

Collection : BLACK ROSE

Titre original :
CARRIE'S PROTECTOR

Ce roman a déjà été publié en 2014

HARPERCOLLINS FRANCE
83-85, boulevard Vincent-Auriol, 75646 PARIS CEDEX 13
Service Lectrices — Tél. : 01 45 82 47 47

www.harlequin.fr

ISBN 978-2-2804-4630-3 — ISSN 1950-2753

1

Carrie inspira, puis expira lentement. Elle venait de commettre la plus grosse erreur de sa vie. Mais si c'était à refaire, elle agirait pareil. Cela faisait une semaine qu'elle se terrait dans cette résidence protégée !

— Prête ? lui demanda l'homme aux cheveux sombres qui se tenait au pied de l'escalier, raide comme la justice.

— Plus que jamais.

— Alors finissons-en.

Il lui signala d'attendre un instant pendant qu'il inspectait du regard les environs de la résidence.

Etait-ce vraiment nécessaire ? songea-t-elle. Personne ne franchirait la barrière électrifiée ou ne déjouerait les détecteurs de mouvement sans les codes d'accès.

Mais il la fit patienter à l'intérieur, puis lui fit signe de le rejoindre et l'escorta jusqu'à la berline noire qui les conduirait à Washington. La voiture était à l'épreuve des balles, une précaution dont Carrie se serait volontiers passée. Mais Douglas Mitchell était assez riche pour imposer ses règles lorsqu'il s'agissait de la sécurité de sa fille. Un citoyen lambda aurait fait appel au FBI pour assurer la protection de son unique enfant. Mais papa exigeait une voiture blindée et l'élite des agents de sécurité. Le chauffeur, Joe Collins, était déjà au volant, et Wyatt Hawk, qui dirigeait l'opération, lui tenait la portière ouverte. Elle ne l'appréciait pas, mais c'était peut-être injuste, car elle ne le connaissait guère. A vrai dire, il était si taciturne qu'elle n'avait pas vraiment eu l'occasion d'engager la conversation avec lui.

Il était grand et musclé, le genre de gars ténébreux qu'elle aurait admiré de loin. Elle l'imaginait bien assurant la protection d'un parrain de la mafia, même si cela ne correspondait pas à son profil professionnel : il affirmait avoir pris une retraite anticipée de la CIA.

Les autres agents de sécurité étaient bien plus ouverts. Tous étaient d'anciens policiers et s'étaient montrés sympathiques, sans doute pour contrebalancer l'attitude hautaine de Wyatt Hawk.

Ils avaient su la mettre à l'aise et avaient même fait de leur mieux pour rendre son isolement plus supportable. Contrairement à Wyatt, qui, à table, avait systématiquement eu un livre ouvert devant lui. Certainement pour dissuader de toute conversation. Tout ce dont elle était sûre à son sujet, c'était qu'il aimait les romans d'espionnage sur la Seconde Guerre mondiale.

Une fois, elle l'avait rejoint dans la salle de gym installée au sous-sol. Il avait poursuivi son entraînement sur les différents appareils de musculation, puis enchaîné avec une séance de cardio intensive sur le tapis elliptique, au son de classiques du rock.

Elle n'était pas une telle stakhanoviste. Le fitness devait simplement lui permettre de ramper dans les bois pour prendre des clichés de la faune sauvage.

Ce qui l'avait d'ailleurs mise dans le pire des pétrins, le jeudi précédent, alors qu'elle scrutait un nid d'aigle dans le parc de Rock Creek, l'immense étendue boisée au nord-ouest de la ville. Elle utilisait son téléobjectif pour immortaliser la famille de rapaces : un couple et deux aiglons qu'elle avait régulièrement photographiés. Ses photos devaient illustrer un article qu'elle écrivait pour *Wildlife Magazine*.

Elle rampait dans les fourrés, veillant à ne pas être visible du nid, quand elle remarqua trois jeunes hommes en jean et T-shirt qui conversaient dans l'aire de pique-nique attenante.

Impossible de dire s'ils étaient venus pour déjeuner. Ils étaient attablés à l'ombre des arbres, parlant à voix basse. Deux d'entre eux fumaient cigarette sur cigarette et jetaient leurs mégots par terre. De temps à autre, le troisième lançait des regards inquiets alentour.

Au départ, elle ne leur avait pas vraiment prêté attention. Mais lorsqu'elle s'était déplacée pour photographier le nid sous un autre angle, elle avait saisi des bribes de conversation qui lui avaient donné la chair de poule.

Elle avait clairement entendu les mots « bombe », « police du Capitole » et « le meilleur endroit pour infliger un maximum de dégâts ». Elle avait alors dirigé l'objectif de son appareil vers les hommes, en tremblant un peu. Leur portrait ne suffirait peut-être pas à les identifier, mais dans le doute…

Après les avoir photographiés, elle avait voulu s'éclipser. Elle avait subrepticement regagné le sentier, espérant relever leur plaque d'immatriculation, alors que son propre véhicule était stationné de l'autre côté de la zone de pique-nique. Mais alors qu'elle contournait le parking, un cri alarmé la fit sursauter.

— Hé, les gars, quelqu'un nous espionne !

Le cœur au bord des lèvres, elle s'était ruée vers sa voiture. Derrière elle, les brindilles et les branchages craquaient sous le pas de ses poursuivants. Elle avait fouillé dans son sac à la recherche du boîtier d'ouverture à distance et déverrouillé les portières en fonçant à travers bois.

Elle n'avait que quelques secondes d'avance sur eux lorsqu'elle avait pris place au volant et mis le moteur en marche. Au moment où elle s'était engagée sur la chaussée, plusieurs détonations avaient retenti. Son pare-brise arrière avait volé en éclats, et elle s'était enfuie à toute allure. Elle avait rapidement atteint Military Road, qui menait à la sortie du parc.

Ses poursuivants n'avaient pas réussi à la rattraper. Probablement avaient-ils perdu du temps en retournant à leur voiture. Elle s'était ensuite réfugiée dans le premier poste de police qui s'était présenté sur son chemin, et les événements s'étaient précipités.

La voix de Wyatt la ramena brusquement à la réalité.

— Ça va ? s'enquit-il.

— Oui.

— Les photos que vous avez prises sont sur le bureau du procureur. Vous n'aurez qu'à lui répéter précisément ce que vous avez entendu et ce qui s'est passé.

— J'imagine que je devrai témoigner au procès de Bobby Thompson.

Il s'agissait du seul suspect clairement identifié et arrêté, désormais incarcéré dans une prison de haute sécurité, alors que ses complices battaient toujours la campagne.

— Oui, mais l'instruction va prendre des mois, lui rappela Wyatt.

— Cela signifie-t-il que nous serons coincés ensemble tout ce temps ? s'exclama-t-elle.

Elle regretta aussitôt le ton cassant qu'elle avait employé.

— Pas nécessairement, objecta-t-il.

Wyatt prit sur lui de ne pas livrer le fond de sa pensée. S'il se trouvait un remplaçant à la hauteur, il se ferait un plaisir de céder son poste.

Il lança un regard en coin à Carrie. Elle ne cessait de tortiller ses doigts sur ses genoux. Il fut tenté de poser sa main sur les siennes, mais se ravisa : il aurait regretté son geste.

De nouveau, il jeta un œil à sa protégée. Elle avait les cheveux noirs coupés court. Lorsqu'il l'avait rencontrée, ils étaient longs et blonds, mais il avait exigé qu'elle les coupe et les colore afin de modifier son apparence. Elle s'y était résignée à contrecœur, refusant en revanche les lentilles de contact brunes qui devaient masquer ses iris bleus.

Quant à dissimuler ses pommettes hautes, son charmant petit nez et ses lèvres si attirantes, c'était impossible, songea Wyatt. Carrie était toujours aussi séduisante, en dépit de son changement de coupe et des vêtements passe-partout qu'il avait achetés pour elle.

Alors qu'ils atteignaient le centre-ville, elle ressemblait à n'importe quelle fonctionnaire se rendant au bureau pour boucler quelques dossiers.

Elle ne disait pas un mot, et lui non plus. Depuis une semaine, il avait volontairement opté pour le silence. Elle devait croire qu'il ne l'aimait pas. Bien au contraire. Il l'appréciait beaucoup. Courageuse et déterminée, elle n'était pas l'une de ces femmes riches considérant qu'elles devaient bénéficier d'un traitement de faveur. Travailleuse acharnée, elle était intelligente et douée dans son art. Elle possédait toutes les qualités qu'il admirait chez une femme. Aussi devait-il éviter de l'approcher et de lui parler plus que nécessaire.

A son grand soulagement, le trajet touchait à sa fin.

Ils ne seraient plus longtemps confinés sur la banquette arrière. Comme convenu lors du briefing, il l'attendrait à la réception pendant qu'elle s'entretiendrait avec le magistrat.

— L'immeuble est en face de nous, dit-il à voix basse, brisant enfin le silence qui régnait dans la berline.

Carrie soupira à côté de lui.

— Très bien. Plus vite nous en aurons fini, et plus vite je pourrai retrouver une vie normale.

— Logiquement, oui.

Mais y parviendrait-elle ? se demanda-t-il. Se sentirait-elle de nouveau en sécurité lorsqu'elle serait seule en forêt, à photographier des sujets qu'elle aimait saisir dans leur habitat naturel ? L'espace d'un instant, il s'imagina l'accompagnant dans ses expéditions, portant son équipement et veillant à ce qu'aucun animal sauvage ne l'attaque. Mais il stoppa immédiatement ce train de pensées. Carrie Mitchell et lui appartenaient à deux mondes différents. Elle n'avait jamais manqué de rien et aurait pu vivre de la fortune de son père au lieu d'essayer de se faire un nom dans une discipline professionnelle très exigeante.

Lui, était un ancien espion, natif d'Alexandria, en Virginie, et issu d'une famille où les parents avaient eu bien du mal à joindre les deux bouts. Son père conduisait un taxi, sa mère était serveuse, et il avait toujours aspiré à une vie différente, rêvant de rejoindre l'armée, puis d'entrer à la CIA.

Après avoir voyagé pendant des années aux quatre coins du monde, il était de retour chez lui et travaillait désormais pour une compagnie privée.

Carrie avait rendez-vous avec le procureur Skip Gunderson dans un immeuble de brique jaune aussi insignifiant que les vêtements qu'elle portait. Par mesure de précaution, il ne s'agissait pas du bâtiment où travaillait habituellement Gunderson. Leur rencontre s'effectuerait dans un lieu qui n'était pas connu des services de presse de Washington.

Car si l'identité de Carrie était censée rester confidentielle, un reporter d'une chaîne locale avait révélé son nom, si bien que la Terre entière savait désormais qui avait fait capoter une conspiration terroriste de grande envergure. Heureusement, les journalistes ignoraient où se trouvait sa résidence sécurisée et ne l'avaient pas prise en photo. Du moins, il l'espérait.

— Tous en scène, murmura Carrie, alors que la berline s'arrêtait devant les plots métalliques bloquant l'accès à un parking souterrain.

Un gardien, dans sa loge, en contrôlait l'entrée. Il portait un uniforme bleu et arborait une casquette semblable à celle des policiers.

Wyatt le dévisagea. Ces types étaient d'ordinaire détendus, contrairement à celui-ci qui semblait avoir les nerfs à fleur de peau. Et puis, le visage de ce gardien ne lui était pas familier, même s'il ne s'était pas souvent rendu dans ce bâtiment.

— Accréditations, s'il vous plaît, lança le gardien à Joe Collins, le chauffeur.

Celui-ci baissa la vitre, tout en sortant d'une pochette les documents requis.

Wyatt avait entendu la même phrase chaque fois qu'il était venu, mais là, elle sonnait faux. Peut-être parce que la voix de l'homme était un peu nerveuse, ou parce que sa casquette était rabattue trop bas devant ses yeux. Cette pensée avait à peine traversé son esprit que le gardien leva une main, braquant un pistolet automatique vers Joe.

Aussitôt, Wyatt obligea Carrie à se baisser et se

plaça devant elle pour faire barrière de son corps, puis il dégaina son arme et pivota pour faire face à l'assaillant. Joe s'effondra au moment où Wyatt faisait feu sur le gardien, le touchant en pleine poitrine. L'homme bascula en arrière et vint heurter la paroi de verre de la guérite. Wyatt évacua immédiatement Carrie de la voiture. A une seconde près, ç'aurait été la catastrophe.

— Désolé, tonna-t-il. Il faut sortir de ce guêpier, mais en évitant la rue.

Il leva les yeux : huit hommes armés se ruaient vers eux en empruntant l'allée bétonnée, et ils n'avaient l'air ni de policiers, ni d'agents de sécurité.

Wyatt saisit Carrie par la main et l'entraîna vers la droite, à l'abri d'une rangée de véhicules. Mais leurs assaillants étaient trop nombreux et trop bien armés pour qu'il prenne le risque d'ouvrir le feu.

— Par là ! hurla une voix.

Wyatt observa l'agencement du parking, puis poussa Carrie le long d'un mur qui menait à une porte de service. A son grand soulagement, celle-ci n'était pas verrouillée.

Ils refermèrent sans bruit le battant derrière eux.

— Il faut appeler la police, murmura Carrie.

— Non. Nous ne pouvons faire confiance à personne. Quelqu'un a divulgué le lieu du rendez-vous.

Tout en parlant, il réfléchissait à la stratégie à adopter. S'ils descendaient, ils risquaient d'être coincés dans le sous-sol. Ce qui ne leur laissait qu'une alternative.

— On monte !

Ils atteignaient le cinquième étage de l'immeuble lorsque des détonations retentirent. Wyatt sortit son portable et composa le numéro de la résidence sécurisée.

— Wyatt ? s'étonna son collègue Gary Balin, à peine eut-il décroché. Il y a un problème ?

— Oui. Nous nous trouvons dans l'immeuble où Carrie était censée rencontrer le procureur, mais les terroristes ont été avertis de notre venue.

— Carrie va bien ?

— Oui, mais leurs gars sont encore là.

— Où êtes-vous ?

— Près de la cage d'escalier, côté sud. Des hommes armés bloquent l'entrée du garage. Peux-tu nous récupérer sur le toit ?

— Négatif. A moins d'obtenir une autorisation expresse pour que l'hélico survole Washington.

Wyatt répondit par un juron, couvert par le bruit d'une détonation.

— Il faut y aller, marmonna-t-il à l'intention de Carrie.

Si leurs attaquants étaient sûrs de les neutraliser dans le garage, ils n'avaient certainement pas pris la peine de poster des hommes en haut. Pas encore.

Il entrouvrit prudemment la porte palière. Rien ne bougeait, et surtout pas le corps baignant dans une mare de sang sur le sol carrelé.

Carrie se pressa contre son dos.

— Mon Dieu ! laissa-t-elle échapper. Skip Gunderson !

— On ne peut pas rester là.

Il se tourna vers elle : elle était livide, figée sur place.

— Carrie ! s'alarma-t-il.

Elle ne pouvait détacher son regard du procureur.

— Nous devons…, murmura-t-elle.

Il lui saisit le bras et le serra fermement.

— Je suis désolé, mais nous ne pouvons rien pour lui.

Elle ne bougeait toujours pas, il lui tira le bras.

— Dépêchons-nous, avant de subir le même sort.

Ils se remirent à courir, mais elle ne cessait de se retourner.

— C'est ma faute, Wyatt !

— Vous n'êtes pas responsable.

— Bien sûr que si ! Il était là pour me voir.

— C'était son boulot. Vous devriez plutôt vous en prendre aux agents de sécurité qui ont laissé entrer ces malfaiteurs. Ou à celui qui a laissé filtrer l'information.

Il hâta le pas, ouvrant toutes les portes se présentant sur leur passage. La plupart menaient à des bureaux, mais une autre, plus large, recelait davantage de cachettes potentielles.

Il entra dans la pièce et l'inspecta rigoureusement. Les stores étaient en partie baissés, ce qui leur garantirait une meilleure protection. Impossible de se cacher derrière l'imposant bureau : c'était trop évident. Mais une rangée de grands placards de rangement, en revanche, les dissimulerait si quelqu'un ouvrait la porte.

— Allez vous mettre à l'abri ! lui enjoignit-il.

— Et vous ?

— J'arrive.

Elle sembla hésiter, puis traversa la pièce pour aller se cacher. Wyatt ouvrit tous les tiroirs du secrétaire, dans l'espoir d'y trouver quelque chose d'utile. Il en sortit une boîte de punaises qu'il versa sur le sol carrelé. Puis il s'approcha des placards de rangement et se plaça devant Carrie, arme au poing. Bien sûr, s'il devait faire feu, cela alerterait tous les malfaiteurs présents dans l'immeuble…

Son dos frôla Carrie : elle tremblait.

— Wyatt ? bafouilla-t-elle.

— Ne vous inquiétez pas, je vous sortirai de là.

Il avait envie de se retourner pour la prendre dans ses bras, lui caresser le dos et les cheveux pour la rassurer, mais sa priorité pour le moment était de faire face à l'ennemi.

Au bout du couloir, des pas pressés se faisaient entendre, ainsi que des portes que l'on ouvrait puis refermait violemment, nota-t-il. Lorsque celle du bureau où ils s'étaient réfugiés s'ouvrit enfin, chaque muscle de son corps se contracta. Une ombre dansa sur le mur — celle d'un homme portant une arme de gros calibre. Immobile durant quelques secondes, celui-ci traversa ensuite la pièce, en direction de leur cachette.

2

Wyatt, pourtant prêt à passer à l'action, patienta.

D'ici à quelques secondes, si son piège ne fonctionnait pas, l'homme les repérerait et ferait feu. Mais avant d'atteindre leur refuge, leur assaillant marcha sur les punaises et perdit un instant sa concentration.

Wyatt bondit aussitôt vers l'arme, saisissant le bras qui la tenait. Déséquilibré, le malfaiteur tenta de regagner une position qui lui permettrait de tirer. Il se débattit comme un beau diable, mais Wyatt leva son arme et lui assena un coup de crosse sur le crâne. Le malfrat s'effondra immédiatement.

— Surveillez-le, ordonna-t-il à Carrie, en lui confiant son pistolet.

Elle s'empara de l'arme et recula prudemment de deux pas, remarqua-t-il.

Il voulait bâillonner leur agresseur et balaya la pièce du regard. Puis, il s'empara du combiné téléphonique, en arracha le cordon et se pencha vers le terroriste. Celui-ci avait tout l'air d'un fermier des plaines, avec sa peau rougie par le soleil, ses cheveux blonds et ses traits assez plaisants.

— Vous le connaissez ? demanda-t-il à Carrie. S'agit-il de l'un des hommes qui se trouvaient dans le parc ?

— Non, répondit-elle.

— Eh bien, c'est un détail qui a son importance. Cela nous renseigne quant à la portée de ce groupuscule. Ce complot n'était pas le fait de ces trois seuls hommes.

Elle acquiesça.

Le malfrat commença à remuer, et Wyatt reprit son arme des mains de Carrie. L'homme cligna d'abord les yeux, puis, remarquant que ses mains et ses pieds étaient attachés, jeta un regard noir à Carrie. Elle recula d'un pas. Wyatt menaça le malfrat de son arme :

— Combien d'hommes sont postés dans l'immeuble ?

— Assez pour vous descendre tous les deux.

— Ça m'étonnerait, répliqua Wyatt.

Il voulait lui demander comment les terroristes avaient eu vent de l'heure et du lieu de rendez-vous de Carrie avec le procureur, mais ce serait peine perdue, songea-t-il.

Le tueur adressa un sourire mauvais à Carrie.

— Tu ne sortiras pas vivante d'ici. Et une fois morte, plus personne ne témoignera contre Bobby.

— La police a les photos qui ont été prises dans le parc, riposta Carrie.

— Et après ? Qu'est-ce qui prouve qu'elles n'ont pas été trafiquées ? Et…

Pour s'épargner une autre remarque du même acabit, Wyatt lui assena un nouveau coup sur la tête. L'homme s'immobilisa.

— Pourquoi avez-vous fait ça ? gronda Carrie.

— Ne me dites pas que vous comptiez endurer le reste de sa litanie ?

— Non.

Wyatt trouva un rouleau de chatterton dans l'un des tiroirs. Il s'en servit pour bâillonner le malfaiteur, puis le traîna derrière le bureau.

— On dirait que vous savez manier une arme, lança-t-il à Carrie.

— Oui, mon père a veillé à ce que je sache me défendre en cas de nécessité.

— Tant mieux.

Après avoir ramassé l'arme du malfaiteur, il se dirigea vers la porte et jeta un regard dans le couloir. La voie était libre, mais les complices reviendraient lorsqu'ils remarqueraient que l'un d'eux manquait à l'appel.

Wyatt fit signe à Carrie de le rejoindre et ils remontèrent le couloir au pas de course jusqu'à un autre bureau.

Wyatt verrouilla la porte derrière eux. Ce geste risquait de trahir leur position, mais leur permettrait de gagner quelques secondes si quelqu'un cherchait à pénétrer dans la pièce.

Il marcha jusqu'aux fenêtres.

— Elles sont ouvertes, on peut sortir par ici, annonça-t-il à Carrie en se penchant dehors.

— Mais on est au cinquième !

— Il y a une terrasse en contrebas, rétorqua-t-il.

— C'est quand même haut, insista Carrie, en s'approchant de la fenêtre.

— Pas si vous vous accrochez au rebord de pierre, corrigea-t-il. Je passe en premier.

— Vous êtes vraiment pragmatique. Je devrais vous en être reconnaissante, d'ailleurs.

Il faillit répliquer, mais s'abstint. Lorsqu'un bâtiment se transformait en piège mortel, il fallait chercher une issue. Point à la ligne.

Il plaça son arme en bandoulière sur son épaule, puis enjamba le rebord de fenêtre et s'y suspendit. Une fois sa position assurée, il se laissa tomber un mètre cinquante plus bas et atterrit sur la terrasse. Il se retourna et leva les bras pour réceptionner Carrie.

— Je ne peux pas faire ça, gémit-elle en secouant la tête.

— Ne vous inquiétez pas, je vous rattraperai. Dépêchez-vous, avant qu'ils ne nous repèrent.

Elle rangea son arme dans sa besace, qui retomba sur sa poitrine, puis passa la fenêtre. Elle se laissa glisser lentement jusqu'à ce que tout son corps soit suspendu. Mais elle perdit vite prise et tomba. Heureusement, il la rattrapa.

Ils vacillèrent un instant, puis Wyatt les stabilisa.

— Merci, souffla-t-elle.

— Il faut réessayer, on manque d'entraînement, ironisa-t-il.

Elle marmonna quelques mots, tout en le suivant vers le bord de la terrasse. Il répéta les mêmes gestes et atterrit sur une autre terrasse, deux mètres plus bas.

De nouveau, il se retourna : Carrie l'observait. Elle semblait vouloir protester, mais au lieu de ça, elle enjamba la bordure et s'y agrippa. Elle ne lâcha pas prise avant d'être totalement à la verticale.

Il la réceptionna, reculant de quelques pas pour retrouver son équilibre, puis alla inspecter leur prochain point de chute.

Un bruit furtif attira son attention : Carrie pointait l'arme qu'il lui avait confiée vers un homme qui les mettait en joue du haut de la terrasse dont ils venaient de descendre.

Elle fit feu et toucha l'homme au bras. Avant qu'il n'ait pu se ressaisir, Wyatt lui tira en pleine poitrine. L'homme bascula par-dessus le parapet et atterrit sur les gravillons à quelques mètres d'eux.

Carrie étouffa un cri, horrifiée. Wyatt se précipita vers elle.

— Il devait croire qu'une femme n'aurait pas le cran de faire feu…, bafouilla-t-elle.

— Tragique erreur…, marmonna Wyatt.

Comme elle restait immobile, il lui tendit la main.

— Il faut y aller.

A son contact, elle sembla reprendre pied avec la réalité, et il l'entraîna vers la bordure du toit. Cette fois, ils étaient plus chanceux : une échellc menait à l'étage inférieur.

Wyatt la fit descendre en premier, couvrant sa descente et vérifiant que de nouveaux assaillants ne se postaient pas sur les toits au-dessus d'eux.

Lorsqu'il la rejoignit, elle tremblait.

— J'ai tiré sur un homme, murmura-t-elle, comme si elle venait de comprendre.

Il l'attira vers lui, tout en se déplaçant vers un coin du toit, d'où il serait plus difficile de les repérer. L'enveloppant de ses bras, il la serra contre lui.

— Vous étiez en état de légitime défense. Il allait vous tuer.

— Mais ce n'est pas comme si j'avais tiré sur une cible.

Il réprima un soupir. Ce n'était pas le moment d'engager un débat philosophique sur la légitime défense. Et puis, elle ne l'avait touché qu'au bras. C'est lui qui avait tué le malfrat.

Elle laissa sa tête aller contre son épaule et s'agrippa à lui. Il la serra fort, humant son parfum, devinant chacune des courbes de son corps svelte. Puis, il la relâcha.

— On ne peut pas rester là, Carrie. Ils vont investir

le toit d'une minute à l'autre. Et nous avons laissé un indice gênant derrière nous…

Elle tressaillit, puis regarda autour d'elle.

— Pourquoi n'avons-nous vu aucun policier ?

— Ils ne sont peut-être pas encore au courant.

Enfin, ils atteignirent la cour du rez-de-chaussée, et il jeta de nouveau un regard vers les toits, à l'affût des malfaiteurs, puis il entraîna Carrie loin du bâtiment, vers un grillage surmonté de fil barbelé. Il se demanda comment franchir cet obstacle. Heureusement, le portail d'accès avait été forcé et était entrouvert.

Ce devait être leur plan de fuite, maugréa-t-il en poussant la porte.

Carrie le suivit dans la ruelle adjacente. Il baissa alors les yeux vers le fusil d'assaut qu'il tenait encore entre ses mains.

— Je ne devrais pas me promener avec ça.

Il se servit de son T-shirt pour effacer ses empreintes, puis jeta l'arme dans une benne à ordures et fit hâter le pas à Carrie.

Une fois arrivé au coin de la rue, loin de la scène du carnage, il appela la résidence sécurisée.

Gary Blain décrocha.

— Wyatt ?

— Oui. Nous rentrons, mais nous n'aurons pas le véhicule blindé.

— Dieu merci, vous allez bien.

— Mais Collins y est resté.

Gary marqua une pause, le temps de se ressaisir, puis demanda :

— Par quel moyen allez-vous revenir ?

— Il y a une agence de location de Zipcar à quelques pâtés de maisons.

— Sois prudent, vieux.

— Comme toujours.

Lorsqu'il eut raccroché, Carrie se tourna vers lui.

— Qu'est-ce qu'une Zipcar ?

— Un véhicule qu'on peut louer à l'heure. Un peu comme les vélos en Europe.

— Je l'ignorais.

Pas étonnant lorsqu'on habite un appartement à un million de dollars sur les hauteurs de Columbia, avec une vue imprenable sur Washington, faillit-il répondre. Mais il se ravisa. Inutile de la contrarier, songea-t-il : ils venaient d'échapper à la mort tout de même.

— Allez-vous prévenir la police, à présent ? s'enquit-elle.

— Peut-on leur faire confiance ? Nous ignorons toujours comment ces types ont eu vent de votre rendez-vous. A mon avis, les terroristes ont une taupe au sein de la police.

— Comment est-ce possible ?

— Il suffit d'un agent véreux qui cherche à arrondir ses fins de mois.

— Alors il savait qu'il nous menait à une mort quasi certaine.

— Certains sont prêts à tout pour de l'argent. Combien de personnes sont mortes à cause d'Aldrich Ames, cet espion de la CIA qui était en fait un agent double ?

— Je l'ignore, mais je comprends où vous voulez en venir.

— Je ne prendrai aucun risque inconsidéré, conclut-il alors qu'ils remontaient la dixième rue, jusqu'à la devanture de la boutique Zipcar.

Ils y entrèrent, et un jeune homme blond, en chemise blanche et cravate, leva les yeux vers eux.

— Nous voudrions louer un 4x4, dit Wyatt.

— Combien de temps en aurez-vous besoin ? demanda l'employé.

— Au moins une journée.

— Permis de conduire, s'il vous plaît ?

Carrie sursauta.

Wyatt lui prit le bras pour la rassurer et sortit de son portefeuille de faux papiers d'identité, au nom de Will Hanks.

Le jeune homme compléta sa fiche de réservation et les conduisit à une Chevrolet sur le parking. Quinze minutes plus tard, ils étaient sur la route.

Carrie s'enfonça dans son siège et se cala contre l'appuie-tête.

— Vous avez toujours de faux papiers d'identité sur vous ?

— Oui, répondit-il, alors que son regard allait et venait entre elle et la route. Vous savez, Carrie, vous vous êtes vraiment bien débrouillée, là-bas.

— Avais-je vraiment le choix ?

— Plus d'un aurait paniqué lorsque la situation a dégénéré. Vous, vous avez gardé votre sang-froid.

Elle soupira.

— Depuis que j'ai repéré ces types dans le parc, j'ai décidé de ne pas laisser la peur me paralyser.

— Vous avez entièrement raison.

— Je prenais tranquillement des clichés de ce petit groupe d'aigles, et l'instant d'après, je me suis retrouvée en plein film d'aventures.

— Et c'était plus impressionnant qu'un film en 3D.

— Oui, d'autant que lorsqu'on vous tire dessus dans ce genre de film vous ne mourez pas vraiment, rétorqua-t-elle en éclatant de rire.

Il s'engagea sur Connecticut Avenue, en direction de la banlieue.

— Pourquoi avez-vous loué un 4x4 ? reprit-elle.

— Nous n'utiliserons pas le portail d'entrée pour rejoindre la résidence sécurisée.

Puis, il changea de sujet :

— Je veux savoir qui vous a trahie. Qui était au courant de votre rendez-vous en ville ?

Elle soupira.

— Mon père, car il tenait à être mis au courant. Mais il n'en a parlé à personne. Il ne fait même pas confiance au gouvernement. C'est pour cette raison qu'il a engagé votre équipe pour assurer ma sécurité.

— N'oubliez pas que de nombreuses personnes gravitent autour de lui. Quelqu'un a pu surprendre votre conversation.

— Les collaborateurs de mon père ne me feraient pas le moindre mal, répliqua-t-elle de façon catégorique.

Il n'en était pas si sûr, mais se retint de le lui dire. Il découvrirait qui l'avait dénoncée, même si pour le moment sa priorité était de la mettre à l'abri et de s'assurer qu'ils n'étaient pas suivis.

Il voulait rejoindre la résidence le plus rapidement possible, mais s'efforçait de ne pas rouler à plus de dix kilomètres au-dessus de la vitesse autorisée, pour s'assurer que personne n'était sur leurs traces. Mais rien ne semblait anormal. Aussi, il sortit son téléphone.

Après huit sonneries, personne n'avait décroché. Mauvais signe. Il raccrocha sans laisser de message.

— Qu'y a-t-il ? demanda-t-elle.

— Personne ne répond.

— Qu'est-ce que ça signifie ?

— Je l'ignore, mais ça ne me plaît pas.

Ils suivirent une petite route qui traversait la campagne du Maryland.

Puis, Wyatt s'engagea sur le chemin en graviers

qui encerclait la propriété sur laquelle se trouvait la résidence. Tous ses sens étaient en alerte, à l'affût du moindre signe suspect.

— Que faites-vous ? lui demanda Carrie.

— Hors de question de vous emmener là-bas sans confirmation que tout va bien.

— C'est censé être un endroit sûr. C'est pour ça que ça s'appelle une résidence sécurisée.

— Mais je perçois de très mauvaises ondes.

— Alors pourquoi y allons-nous ?

— Parce que je voudrais récupérer certains équipements, et que mes collègues sont peut-être en danger.

En réalité, il hésitait entre plusieurs alternatives. Carrie devait-elle rester dans le véhicule ou se dissimuler dans la forêt pendant qu'il irait inspecter la maison ? Ça signifiait qu'elle serait vulnérable si quelqu'un rôdait alentour. Mais si elle l'accompagnait à l'intérieur, elle serait exposée aux dangers qui les y attendaient certainement !

Ayant enfin pris sa décision, il se tourna vers elle.

— Nous allons nous approcher de la bâtisse par la droite. Je veux que vous restiez derrière moi et que vous suiviez à la lettre chacune de mes instructions. Compris ?

— Oui.

— Attendez dans le véhicule jusqu'à ce que je vous dise de sortir.

Elle répondit d'un hochement de tête.

Il descendit du véhicule et inspecta les environs, puis il lui fit signe de le rejoindre.

Ils progressèrent, en essayant de se faire le plus petit possible, jusqu'à la clôture électrique ceignant la propriété. Wyatt y jeta une pierre. Rien ne se passa. La clôture n'était plus activée, en conclut-il, sans grande surprise. Il lança tout de même une seconde pierre, sans plus d'effet, puis se pencha pour toucher le câble. Rien ne se produisit. Il fut tenté de laisser Carrie à l'écart, puis se ravisa. Il écarta donc les deux câbles et se glissa entre eux, puis y laissa passer Carrie.

Son instinct l'exhortait à quitter les lieux sans tarder, mais il en était incapable. Il avait une obligation morale envers ses coéquipiers. Et s'ils étaient blessés ? Ou menacés de mort ?

Ils avancèrent rapidement jusqu'à une centaine de mètres de l'habitation. A ce niveau, le jardin était totalement dégagé afin que personne ne puisse se faufiler jusqu'à la maison sans être vu. Parfait lorsqu'on se trouvait dans les murs, mais un peu gênant lorsqu'on cherchait à s'approcher de la bâtisse, pesta Wyatt.

Mais il n'eut pas besoin d'avancer beaucoup plus pour comprendre ce qui s'était passé. Un corps était étendu sur les marches de l'escalier arrière.

3

Carrie fixa le corps qui gisait à quelques dizaines de mètres d'elle, au pied de l'escalier. C'était un homme noir, au crâne rasé, une arme à la main. Gary Blain ! L'un de ses gardes du corps.

Son cœur se serra douloureusement : Gary n'avait pas tari d'efforts pour la détendre pendant qu'il veillait à sa sécurité. Il semblait avoir été abattu alors qu'il cherchait à s'échapper.

Elle réprima un sanglot. Une victime de plus à cause d'elle.

— Non ! souffla-t-elle.

Wyatt lui passa un bras autour des épaules et l'attira contre lui. Elle ferma les yeux et posa son front contre son torse.

— Maintenant nous savons pourquoi personne ne décrochait, murmura Wyatt d'une voix rauque.

— Qu'est-il arrivé aux autres ?

— J'imagine qu'ils sont morts, eux aussi. Ils doivent être à l'intérieur.

— C'est ma faute, encore une fois.

— Non. Ces salauds ont pour mission de vous abattre. Comme nous leur avons échappé, ils ont envoyé une équipe ici. Ou ils l'avaient déjà postée au cas où leur traquenard échouerait.

— Comment savaient-ils que j'étais là ?

— Quelqu'un leur a dévoilé cette information.

— Ils vous avaient peut-être suivi, durant la semaine.

— Je ne crois pas, répondit-il avec cependant une pointe de doute dans la voix. Ce doit être la même personne qui a révélé le lieu de rendez-vous de ce matin.

Carrie tentait de vaincre la nausée qui l'envahissait. Elle avait l'impression de semer la mort et la destruction sur son passage. Difficile de digérer ce qui s'était passé aujourd'hui, et plus encore qu'on voulait la supprimer. Apparemment, c'était le lot commun de ceux qui s'opposaient aux terroristes.

— Qu'allons-nous faire ? soupira-t-elle.

— Tout d'abord, rendre grâce à Dieu pour ne pas nous être rués dans la résidence.

— C'est votre instinct qu'il faut remercier, dans ce cas.

— Peu importe, Carrie. Retournons au 4x4 avant d'être repérés.

Mais une détonation retentit, et des hommes se ruèrent hors de la maison, sprintant vers eux.

Wyatt lui saisit la main et rebroussa chemin vers la forêt. Derrière eux, des bruits de pas se rapprochaient.

— Heureusement, j'ai une petite surprise qui devrait les ralentir, ricana Wyatt, en sortant de sa poche un appareil semblable à un téléphone portable.

Tout en courant, il appuya sur quelques boutons, et de petites explosions se produisirent sur l'herbe, projetant de la terre et des cailloux dans toutes les directions.

Un homme hurla, certainement touché, et les détonations s'enchaînèrent. Mais Wyatt ne ralentissait pas la cadence. Carrie s'efforça de ne pas perdre de terrain en dépit de ses poumons brûlants.

Enfin, les coups de feu cessèrent, et elle se crut, avec

Wyatt, tirée d'affaire. Mais un martèlement sourd surgit derrière eux, elle en eut la chair de poule. Quelqu'un avait dû s'extraire du piège tendu par Wyatt.

Au début le son sembla lointain, comme étouffé. Celui qui les poursuivait avait été ralenti par les explosions, mais peu à peu il les rattrapait et, brusquement, ouvrit le feu.

Wyatt se tourna, riposta, mais son arme n'avait pas autant de portée que celle de leur assaillant. Et ils étaient encore loin de la barrière électrifiée et de leur véhicule. L'homme s'approchait dangereusement.

Carrie jeta un regard à Wyatt. Il serrait les dents. Craignait-il de ne pas avoir le temps d'atteindre le 4x4 ?

Ils atteignirent un point où le terrain avait été modelé de manière à créer des collines et des vallées, et Wyatt s'arrêta.

— Couchez-vous, lui intima-t-il. Et ne vous relevez pas, quoi qu'il arrive !

Elle se recroquevilla derrière un monticule et aspira de grandes bouffées d'air. A quelques mètres d'eux, l'homme courait dans leur direction et tirait sans discontinuer.

Instinctivement, elle baissa la tête et se protégea de son bras. Son cœur battait à tout rompre en attendant que Wyatt neutralise leur agresseur, mais un son étranglé lui parvint soudain, et Wyatt s'effondra ! Il avait été touché.

Le tireur parcourut les mètres qui les séparaient en poussant un cri de victoire. Il tourna son arme vers elle et marqua une pause, comme s'il savourait le moment.

— Je vous en supplie ! murmura-t-elle.

Wyatt bondit alors de derrière le monticule et tira sur l'homme à bout portant. Ce dernier s'écroula avec un cri de surprise.

Wyatt lui arracha le fusil des mains.

— Pourquoi n'avez-vous pas tiré avant qu'il soit si près ? s'exclama Carrie, en dévisageant leur attaquant.

Un homme d'allure tout à fait normale, s'étonna-t-elle. Si elle l'avait croisé dans la rue, elle n'aurait jamais imaginé ce dont il était capable.

— Parce que je n'avais qu'une balle, expliqua Wyatt. Je n'avais pas droit à l'erreur.

Il se tourna vers l'endroit d'où ils étaient venus. Elle suivit son regard : deux hommes étaient étendus dans l'herbe. Aucun ne bougeait.

— Sont-ils morts ?

— Impossible d'aller vérifier. Venez, avant que d'autres ne se lancent à nos trousses.

Il lui tendit la main pour l'aider à se relever, et elle vacilla sur ses pieds durant quelques secondes.

Puis, ils coururent en direction de leur véhicule, mais lorsqu'ils atteignirent la clôture électrique, elle était déjà à bout de souffle. Elle arriva exténuée dans le 4x4.

A peine installée, elle en verrouilla la portière. Wyatt jeta sous son siège l'arme qu'il s'était appropriée, mit le moteur en marche et enclencha la vitesse.

Carrie s'agrippa un long moment au siège, attendant que son cœur se calme et que sa respiration retrouve un rythme normal.

Contre toute attente, ils s'en étaient sortis. Grâce à l'homme assis à côté d'elle. Elle ferma les yeux.

— Ça va ? lui demanda-t-il.

— Oui, souffla-t-elle.

Elle se rappela alors le son qu'elle avait entendu au moment où le terroriste chargeait vers eux. Elle rouvrit les yeux et se tourna vers Wyatt : son T-shirt était maculé de sang.

— Il vous a vraiment touché, balbutia-t-elle. Je croyais que vous faisiez semblant pour le berner.

— Ce n'est pas très grave.

— Comment le savez-vous ?

— Si je peux bouger mon bras et conduire, l'os n'est pas brisé.

— Il faut…

— … filer sans tarder avant qu'ils ne nous retrouvent, coupa-t-il.

Sa mâchoire était constamment contractée tandis qu'il roulait sur l'étroite route de campagne. Chaque fois qu'il tournait le volant, il grimaçait, nota-t-elle.

Elle soupira. Il avait suffi de quelques heures pour qu'elle change d'avis à son sujet. Elle le croyait un loup solitaire et s'était demandé pourquoi son père l'avait engagé. Désormais, elle savait qu'il était l'homme idéal dans ce genre de situation. Qui d'autre aurait pu lui sauver la vie à plusieurs reprises en l'espace d'une journée ?

Il poussa un juron, et elle eut de nouveau peur. Elle se redressa brusquement et regarda dans toutes les directions, sans pour autant repérer un véhicule suspect.

— Qu'y a-t-il ?

— Je n'aurais pas dû m'approcher si près de la résidence, lui confia-t-il.

Il se reprochait la dernière fusillade, comprit-elle aussitôt.

— Vous aviez vos raisons, le rassura-t-elle.

— C'était une erreur.

Il serra les dents, et elle fixa la tache rouge sur son T-shirt : elle s'étendait.

— Aucune artère n'est touchée, lui assura-t-il.

— Tant mieux.

— Sinon, je serais déjà mort.

Elle ne put s'empêcher de sourire.

Il conduisit encore un moment, grimaçant à chaque virage, et vérifiant régulièrement dans le rétroviseur qu'ils n'étaient pas suivis.

Lorsque les premiers signes de la civilisation apparurent, il ralentit. Puis, il s'engagea sur le parking d'un petit centre commercial et se gara sur un emplacement en face de la pharmacie.

— Je vais rester ici, Carrie. Pouvez-vous effectuer quelques achats pour moi ?

— Bien sûr.

— Il me faudrait de la gaze, un antiseptique, des pansements, et s'ils ont des vêtements pour homme, achetez-moi une chemise.

Elle acquiesça, puis sortit du 4x4, en regardant attentivement autour d'elle.

Une fois dans l'officine, elle prit un chariot et se dirigea vers le rayon consacré aux premiers soins. Elle y trouva les articles dont Wyatt avait besoin et y ajouta une boîte d'antalgiques, une bouteille d'eau et un rouleau de papier absorbant.

Elle se rendit ensuite au rayon vêtements. Il n'était pas très bien pourvu, mais elle y dénicha tout de même une chemise un peu sport qui pourrait convenir à Wyatt.

Arrivée à la caisse, elle sortit sa carte de crédit, puis se ravisa : les transactions étaient facilement traçables. Elle paya donc en liquide puis regagna la voiture. Wyatt avait la tête rejetée en arrière et les yeux clos.

Elle ouvrit la portière côté passager, et il s'empara immédiatement de son fusil, puis comprit son erreur.

Un sourire de soulagement passa sur son visage, mais son teint était grisâtre, et il était couvert de transpiration. Il était en état de choc, songea-t-elle.

— Vous n'êtes pas en état de conduire, Wyatt.

Elle s'attendait à ce qu'il proteste, mais il sortit de l'habitacle et marcha d'un pas vacillant vers le côté passager. Elle prit le volant et contourna le bâtiment.

— Qu'est-ce que vous faites ? lui demanda-t-il, l'air surpris.

— Je vais m'occuper de votre bras.

L'arrière du centre commercial donnait sur une zone boisée, et elle alla se stationner à l'extrémité du parking, sous le couvert de la ramure d'érables.

Wyatt se redressa et quitta le véhicule, puis prit un moment pour observer les environs. Heureusement, ils étaient seuls.

Il commença à déboutonner sa chemise, mais chaque mouvement de son bras lui arrachait un soupir.

— Laissez-moi faire, lui proposa-t-elle.

Elle se plaça face à lui et défit les derniers boutons : son large torse était couvert d'une épaisse toison sombre et parcouru par ce qui ressemblait à une vieille cicatrice.

— Que vous est-il arrivé ? demanda-t-elle en effleurant l'estafilade.

— Je me trouvais en zone de guerre, rétorqua-t-il un peu sèchement.

Manifestement, il ne souhaitait pas s'étendre sur le sujet.

Elle pinça les lèvres, faisant de son mieux pour ne pas contempler son corps athlétique, pendant qu'elle l'aidait à extraire son bras valide de la manche. Puis elle rassembla les pans de tissu afin de retirer l'autre manche. Le sang coagulé faisait déjà coller le tissu à sa peau, et il ne put retenir un petit gémissement lorsqu'elle décolla les fibres de sa blessure. Ensuite, elle fit une boule du vêtement souillé et se dirigea vers une poubelle où elle comptait la jeter, mais il l'en empêcha.

— Il ne faut pas laisser de trace de notre passage ici.

— Je comprends.

Il se cala ensuite au fond du siège passager et lui tendit son bras. Elle examina la plaie avec précaution. La balle avait creusé un profond sillon dans sa chair.

— Ce n'est pas si terrible, marmonna-t-il. Heureusement, d'ailleurs, car passer des heures aux urgences pourrait s'avérer dangereux.

— Pourquoi ?

— Parce que c'est l'endroit le plus logique où nous trouver.

— Comment sauraient-ils que vous êtes blessé ?

— J'ai perdu du sang en quittant la propriété.

Elle était si stressée alors qu'elle n'avait rien remarqué.

Après avoir humecté quelques feuilles de papier absorbant, elle nettoya le sang séché sur le bras de Wyatt, en prenant garde à ne pas faire saigner la plaie.

Durant la semaine qu'ils avaient passée ensemble, ils s'étaient à peine parlé. Mais en quelques heures elle avait appris à mieux le connaître et, soudain, elle se rendit compte de l'intimité de la situation : il était à moitié nu, et elle avait les mains posées sur son corps. Elle aurait pu abréger la séance de premiers soins, mais au contraire elle avait envie de prendre tout son temps. Dommage qu'ils soient sur le parking d'un centre commercial : elle aurait aimé un lieu un peu plus privé.

— Comment mon père vous a-t-il engagé ?

— Il cherchait quelqu'un pour veiller sur vous,

et je lui ai été recommandé par un de mes anciens supérieurs de la CIA. J'imagine que ce qu'on lui a dit à mon propos lui a plu.

— Vous avez quitté la CIA ?

— J'ai eu quelques soucis en Grèce.

— Que s'est-il passé ?

— Ma coéquipière est morte par ma faute. J'aurais dû garder mes distances avec elle, ajouta-t-il d'un ton sec.

Elle n'insista pas, mais il avait éveillé sa curiosité.

— Attention, ça va piquer, dit-elle en ouvrant la bouteille d'antiseptique.

Il gémit lorsque le liquide pénétra dans la plaie. Une fois la blessure aseptisée, Carrie la tapota avec les carrés de gaze pour la sécher.

Elle sortit la chemise neuve du sac et la déboutonna. Elle l'aida ensuite à enfiler les manches, qui se révélèrent un peu courtes.

A ce moment, le bruit d'un Klaxon la fit sursauter. Elle en perdit l'équilibre et bascula vers Wyatt, qui se retrouva le visage enfoui contre sa poitrine. Elle se redressa aussitôt.

Une Jeep blanche surmontée d'un gyrophare orange s'approchait d'eux. Un agent de sécurité se pencha vers la vitre du côté chauffeur, les dévisageant en plissant les paupières.

— Ce parking est réservé au personnel. Trouvez un autre endroit pour batifoler, dit-il d'un ton sec.

Alors qu'elle s'apprêtait à rétablir la vérité, Wyatt lui posa une main sur le bras.

— Désolé, monsieur.

— Boutonnez votre chemise et déguerpissez.

— Oui, monsieur, répondit Wyatt.

Elle ne l'imaginait pas du style à courber l'échine face

à un uniforme. Il cherchait certainement à éviter une confrontation, surtout avec un fusil dans le véhicule.

Elle replaça ses emplettes dans le sac plastique de la pharmacie et jeta celui-ci sur la banquette arrière. Puis, elle reprit sa place au volant. Le gardien resta immobile jusqu'à ce qu'elle quitte le stationnement, et il les suivit dans son véhicule jusqu'aux feux de signalisation à la sortie du parking.

Wyatt se redressa subitement et poussa un nouveau juron.

— Qu'y a-t-il ? demanda-t-elle, alarmée.

— Nous devons nous débarrasser de ce fusil.

— Vous voulez que je le jette dans des buissons ?

— Non, je pensais plutôt le mettre dans le coffre. Prenez cette ruelle, et arrêtez-vous lorsqu'il n'y aura plus d'habitations.

Elle suivit ses instructions, et tous deux sortirent du 4x4. Elle se plaça de manière à le cacher des regards indiscrets pendant qu'il mettait l'arme à l'abri.

Puis, ils reprirent la route.

Après l'échangeur menant à l'autoroute qui traversait le district de Columbia, il lui suggéra de sortir à hauteur de la Route 29, le long de laquelle se trouvaient de nombreux motels.

Subitement, elle ralentit, et il la dévisagea d'un air surpris.

— Que faites-vous ?

— Il faut que j'appelle mon père pour le rassurer.

— Quand nous serons hors de danger.

— Mais il va s'inquiéter.

— Nous serons à Columbia dans moins de trente-cinq minutes. Si vous étiez morte, il serait déjà au courant, car les radios en auraient fait la une de leurs journaux.

Elle grimaça.

Il se renfonça dans son siège et ferma les yeux.

Sid poussa un soupir. Carrie Mitchell et son garde du corps avaient réussi à quitter la zone, et lui ne savait que faire. Dans le jardin de la résidence, deux de ses complices, Harry et Jordan, gisaient, morts, tandis que Bruce était blessé à la jambe. Il était le seul des quatre à s'en être sorti indemne.

Au départ, la résidence sécurisée s'était révélée une cible facile. Ils avaient neutralisé le système d'alarme, puis attaqué par surprise les gardes du corps, qui se détendaient pendant que leur cliente était absente. Seul l'un des gardes était resté suffisamment sur le qui-vive pour effectuer une ronde à l'extérieur, mais il n'était pas allé plus loin que l'escalier…

C'est après que les choses avaient mal tourné, quand Carrie Mitchell et son garde du corps étaient revenus, pesta Sid.

Si c'était à refaire, il refuserait cette mission. De toute façon, il n'avait pas signé pour des raisons idéologiques, mais uniquement par appât du gain. Et maintenant, il se maudissait d'avoir été piégé par de l'argent facile.

Il faillit monter dans la camionnette, puis rouler sans but précis. De toute façon, il avait déjà empoché le premier acompte.

Mais la fuite n'était pas la solution. On n'abandonnait pas une mission comme ça. Une fois impliqué, il devait la mener à terme. Et ça risquait d'être bien plus long que ce qu'on lui avait annoncé. Le seul moyen de s'en sortir était d'accomplir sa mission.

Il étendit des bâches à l'arrière de leur camionnette

puis entama la lourde tâche de charger les corps dans le véhicule. On lui avait ordonné de ne laisser aucune trace de leur passage.

Bruce l'observait d'un regard vide. D'habitude, c'était lui qui menait les opérations, mais il était en trop sale état pour s'occuper d'autre chose que de sa jambe.

— Je suis salement touché, vieux, gémissait-il.

— Je vais te conduire au QG, le rassura Sid.

— Tu ferais mieux de m'amener à l'hôpital.

— Attends, ce n'est pas ce que tu m'aurais dit si tu avais été à ma place ? lui demanda Sid, en le dévisageant d'un air interrogateur.

— La route est longue jusqu'à notre planque.

— Ce n'est pas si loin, c'est seulement très isolé.

Bruce grimaça, puis se tut.

Sid finit sa sale besogne, mais les policiers n'auraient aucun mal à relever des indices s'ils venaient avec du luminol. Il y avait tellement de traces partout. En revanche, songea Sid, il leur faudrait sûrement un bon bout de temps avant d'arriver à la résidence, car qui les préviendrait ? Pas Wyatt Hawk, qui tenait trop à ce que sa mission reste confidentielle.

Les retrouver, lui et la fille, ne serait d'ailleurs pas chose facile. Mais il n'y avait pas d'autre solution que continuer.

4

Tout en poursuivant son périple dans Columbia, Carrie jeta un regard vers Wyatt. Il était calé au fond du siège, la tête rejetée en arrière et les yeux clos. Elle mourait d'envie de lui caresser la joue, mais il passerait aussitôt en mode alerte, elle se retrouverait avec une arme pointée sur elle. Aussi garda-t-elle les mains sur le volant.

Wyatt avait pris un maximum de précautions en lui suggérant de s'éloigner de la résidence. Les terroristes auraient-ils le temps d'inspecter tous les motels à vingt kilomètres à la ronde de leur dernière localisation ? Elle en doutait, car les hôtels ne manquaient pas. Ils ne le feraient que s'ils n'avaient pas d'alternative.

A côté d'elle, Wyatt émit un son étranglé. Elle se tourna vers lui.

— Comment allez-vous ?

— Ça va.

Certainement un mensonge visant à la rassurer, se dit-elle. Comment pouvait-il être en forme, alors qu'on lui avait tiré dessus ?

Il secoua la tête et s'étira, mais s'arrêta brusquement, car la douleur dans son bras avait dû se réveiller. Il inspira profondément puis expira lentement.

— Combien de temps ai-je dormi ?

— Une demi-heure.

— Arrivons-nous bientôt à Columbia ?

— Nous y sommes, mais j'ai du mal à trouver un motel. Cette ville semble avoir été conçue pour qu'on s'y perde.

— Dirigez-vous vers la Route 108, et tournez à la hauteur du centre commercial Palace Nine. Il y aura des motels à foison le long de Parkway.

Elle suivit son conseil et s'arrêta devant un hôtel franchisé qui proposait chambre et petit déjeuner pour moins de cent dollars.

— Restez ici, je vais réserver, lui intima-t-il.

— Pourquoi ?

— Parce que je ne veux pas que le réceptionniste voie un couple et se souvienne de nous si quelqu'un vient poser des questions. Un homme seul attire moins l'attention qu'une femme.

Elle se gara près de la réception, et Wyatt sortit du véhicule. Il s'appuya un instant contre la portière puis se redressa en carrant les épaules et rejoignit la réception de l'hôtel.

Elle en profita pour l'observer plus à son aise. De toute évidence, il n'était pas en possession de tous ses moyens, mais personne n'aurait soupçonné qu'il avait reçu une balle moins d'une heure plus tôt.

Elle regarda ensuite autour d'elle. Heureusement, personne ne lui prêtait la moindre attention.

Patrick Harrison luttait pour ne pas laisser son stress prendre le dessus. Il jeta un coup d'œil furtif à sa montre. Cela faisait deux heures que le père de Carrie avait été averti du guet-apens de Washington, et depuis, la tension était palpable dans le bureau lambrissé.

Il s'assit dans l'un des fauteuils de cuir destinés aux visiteurs. Douglas Mitchell occupait, pour sa part, son siège derrière un imposant bureau de bois de rose. Tous deux étaient focalisés sur un poste de télévision branché sur CNN. Rien de nouveau n'avait été annoncé depuis une heure et demie, mais les commentateurs s'efforçaient de maintenir l'attention de leurs téléspectateurs. En ce moment, ils diffusaient un reportage sur la famille Mitchell, relatant comment Douglas avait fait fructifier les vingt millions de dollars hérités de son père : en achetant des entreprises en difficulté qu'il faisait péricliter, il avait amassé une fortune de plus d'un milliard. Sa stratégie plaisait fort au groupe d'investissement qu'il avait fondé, mais beaucoup moins aux employés qui avaient perdu leur emploi.

Suivirent quelques clichés de Carrie adolescente, pris lors de concours hippiques, et d'autres où, adulte cette fois, elle apparaissait au bras de plusieurs célibataires très convoités. On la voyait ensuite en compagnie de son père lors d'un voyage en Europe effectué deux ans plus tôt. Mais pas une photo de Patrick, bien sûr. Dans l'histoire familiale, il faisait figure d'homme invisible.

La chaîne diffusa ensuite des photos prises par Carrie aux quatre coins du pays. Si elle survivait à cette épreuve, songea Patrick, sa carrière de photographe en serait formidablement boostée. Et si elle périssait, la valeur de ses clichés allait décupler.

Il jeta un regard au profil strict de Douglas. L'homme pressait une main contre son front, comme pour chasser une migraine.

— Carrie est entre de bonnes mains, avança Patrick d'une voix qui se voulait rassurante. Je suis persuadé qu'elle s'en est sortie.

Douglas, furieux, pivota dans son fauteuil.

— Je me contrefiche de tes hypothèses fumeuses. Tu n'en sais pas plus que moi.

Il était rongé par l'angoisse, ce qui était légitime, se dit Patrick. D'ailleurs, depuis le jour où sa fille lui avait confié avoir surpris des hommes fomentant un complot terroriste, la peur ne l'avait plus quitté.

Ses véritables sentiments pourtant ne transparaissaient pas, sauf lorsqu'on le connaissait suffisamment pour passer outre son air impassible.

Il paraissait embarrassé et furieux, mais Patrick le côtoyait suffisamment pour comprendre les affres dans lesquelles il était plongé. Sa fille avait pris le risque de témoigner contre une organisation terroriste, se plaçant de ce fait dans sa ligne de mire. Après s'être cachée durant une semaine, elle s'était rendue au rendez-vous fixé par le procureur fédéral. Malheureusement, les malfaiteurs avaient tenté de profiter de cette entrevue pour la supprimer, elle et son garde du corps, Wyatt Hawk.

D'après les bulletins télévisés, Hawk avait réussi à la sortir de ce mauvais pas. Mais où étaient-ils, maintenant ?

Patrick prit une longue inspiration censée l'apaiser. Il avait toujours connu Carrie, et il détestait se sentir impuissant face à ses malheurs, même s'il ne voyait guère comment il aurait pu l'aider.

Douglas Mitchell décrocha son téléphone et composa de nouveau le numéro de portable de Hawk. Mais le résultat ne fut pas plus fructueux que les fois précédentes.

— Qu'il aille au diable ! grommela le vieil homme.

— N'oublie pas ta tension, lui murmura Patrick.

Douglas sembla vouloir jeter le combiné à travers la pièce.

— Je n'ai pas besoin de tes fichus conseils, rugit-il, en tapant du plat de la main sur la table.

Puis il expira bruyamment et ajouta :

— Désolé, je suis sur les nerfs. J'ai tort de m'en prendre à toi.

— Je comprends.

— Je veux savoir ce qui se passe.

Cette fois, il appela la résidence sécurisée où Carrie avait passé la semaine, mais sans plus de succès.

— Comment puis-je t'être utile ? s'enquit Patrick.

— Apporte-moi un whisky.

— Est-ce raisonnable ?

— Epargne-moi ça, s'il te plaît.

Patrick se leva en soupirant et jeta un coup d'œil à sa montre. Combien de temps ce supplice allait-il durer ? Il méritait bien un petit verre, lui aussi. D'autant qu'il comptait suggérer de nouveau à Douglas d'engager une équipe pour le protéger, lui aussi, même si le vieil homme était persuadé de ne pas en avoir besoin.

A peine arrivé près du bar, un bruit mit tous ses sens en alerte. Deux hommes armés et masqués apparurent sur le seuil du bureau. Aussitôt, il bondit pour s'interposer entre Douglas et les deux malfaiteurs.

— Qu'est-ce qui se passe ? gronda Mitchell.

— Ecarte-toi de mon chemin, marmonna l'un des assaillants, qui chargea Patrick et lui assena un coup de crosse sur le côté de la tête.

Patrick poussa un cri de douleur et s'effondra, luttant tout de même pour ne pas perdre connaissance.

— Suis-nous, intima le second malfaiteur à Douglas Mitchell.

— Où ?

— Tu verras bien.

L'homme saisit le vieux spéculateur par le bras et

le traîna vers la porte. Mais Douglas se débattit, et le malfrat lui plaqua son arme dans le creux des reins.

— Tu as intérêt à coopérer, sinon je te descends !

Puis il se tourna vers Patrick.

— Préviens Carrie que, si elle ne se rend pas, son père est un homme mort.

— Nous ne savons pas où elle est, balbutia Patrick.

— Eh bien, j'espère pour toi qu'elle va appeler. Et si par malheur tu préviens la police, les conséquences seront similaires.

L'angoisse de Carrie s'accentuait chaque minute, alors qu'elle attendait que Wyatt ressorte du motel. La succession d'infortunes, au cours des dernières heures, la poussait à anticiper la prochaine.

A son grand soulagement, Wyatt réapparut avec une clé moins de cinq minutes plus tard et lui fit signe de le suivre. Il n'avait pris qu'une chambre… Elle n'aimait pas cette perspective, mais comprenait ses raisons.

L'ameublement de la chambre était assez basique, avec deux grands lits et assez d'espace pour qu'ils ne se marchent pas sur les pieds.

Wyatt retira ses chaussures, ouvrit l'un des lits et s'y allongea.

— Je vais appeler mon père, dit Carrie.

— Si vous voulez.

Elle sortit son portable de son sac et l'alluma. Aussitôt l'appareil se mit à biper.

— J'ai reçu plusieurs messages.

— Appelez d'abord votre père, lui suggéra-t-il en s'installant plus confortablement sur l'oreiller.

— D'accord.

Elle appuya sur le bouton d'appel automatique.

Patrick Harrison, le bras droit de son père, décrocha immédiatement.

Il faisait partie de la famille depuis la mort de sa mère vingt-cinq ans plus tôt, dans un accident de voiture. A l'époque, elle était au service des Mitchell, et Patrick n'avait que trois ans, et pas de famille pour le recueillir. Douglas s'en était donc chargé, le prenant sous son aile.

Plus tard, Patrick avait étudié à l'université de l'Ohio puis était rentré à la maison pour seconder Douglas dans ses affaires.

— Carrie, Dieu soit loué ! bredouilla-t-il. J'ai essayé de te joindre, mais sans succès.

Le jeune homme frisait l'hystérie. Carrie s'efforça de conserver un ton calme.

— Wyatt m'avait ordonné d'éteindre mon portable afin qu'on ne puisse pas me localiser.

— Est-ce que tu vas bien ?

— Oui, mais les gardes de la résidence sécurisée sont morts, répondit-elle d'une voix étranglée. A part Wyatt. Nous y sommes retournés, mais des tueurs nous y attendaient. Comme au bureau fédéral.

— Dieu merci, tu es indemne, répéta-t-il.

Quelque chose dans sa voix clochait, nota Carrie : il ne s'inquiétait pas seulement pour elle. Son père aurait-il fait une crise cardiaque ?

— Qu'y a-t-il ? demanda-t-elle.

— Ce n'est pas facile à dire.

— Crache le morceau, Patrick !

— Ton père a été kidnappé !

— Non ! gémit-elle.

Wyatt bondit hors du lit et saisit l'appareil.

— Que venez-vous de lui annoncer ? gronda-t-il en activant le haut-parleur.

— Son père a été kidnappé.

— Comment ? Où ? le pressa Wyatt.

— Deux hommes se sont introduits chez nous.

— Et toi, tu vas bien ? intervint Carrie.

— L'un d'eux m'a frappé avec la crosse de son arme, mais ça va. Ils exigent que Carrie se livre, sans quoi ils tueront Douglas. Et ils ont dit que si j'appelais la police ils l'abattraient.

Carrie réprima un cri.

— Etes-vous sûr qu'il s'agissait des terroristes ? demanda Wyatt.

— Je crois, mais je n'en suis pas certain. Qui d'autre agirait de la sorte ?

— A quoi ressemblaient-ils ?

— Ils portaient des masques de ski.

— Qu'avez-vous remarqué d'autre ?

— Vous savez, j'étais allongé par terre, et je faisais de mon mieux pour rester conscient.

— Je suis désolée, s'excusa Carrie.

— Ce n'est rien. Enfin, je veux dire, je suis vivant. Mais où es-tu, toi ?

— A l'abri, rétorqua Wyatt.

— Je dois rentrer chez moi, le supplia Carrie.

— Non, répondit-il en la regardant droit dans les yeux. Patrick vient de dire que deux hommes ont enlevé votre père, mais c'est vous qu'ils veulent. Il restera en vie tant qu'ils n'auront pas mis le grappin sur vous. Si vous vous rendez, vous êtes morte, et lui aussi.

Elle le dévisagea. Quelques minutes plus tôt, il semblait incapable de lever le petit doigt avant d'avoir dormi quelques heures. A présent, il était totalement opérationnel.

— Je veux savoir ce qui s'est passé, reprit-il à

l'intention de Patrick, mais pas maintenant, au cas où cet appel serait surveillé.

— Par qui ?

— Les terroristes. Je vous rappellerai.

— Mais…

Wyatt raccrocha.

A l'autre bout du fil, Patrick Harrison poussa un juron. Il raccrocha violemment puis resta immobile un instant, bataillant pour retrouver son calme, respirant le plus lentement possible. Wyatt Hawk avait dit qu'il rappellerait. Mais quand ?

Il venait de subir un véritable calvaire, et il n'appréciait guère la manière dont Hawk gérait la situation. Depuis le début, d'ailleurs, il s'était opposé à l'idée d'embaucher ce type.

Il avait proposé une liste de gardes du corps, dans laquelle figurait Hawk, puis il avait découvert des failles dans le passé de celui-ci. Il avait alors suggéré à Douglas de ne pas l'employer, mais le vieil homme n'en avait fait qu'à sa tête : s'il écoutait les conseils qu'on lui prodiguait, il finissait généralement par faire exactement le contraire, parce qu'il était persuadé d'avoir raison. Dans ce cas précis, il avait décidé d'engager l'ancien agent de la CIA alors que la dernière mission de ce type avait tourné à la catastrophe.

Patrick poussa un long soupir. Cela faisait des années qu'il supportait les décisions arbitraires de Douglas Mitchell. Et si, à la fin de ses études universitaires, il était rentré pour travailler avec lui, plus d'une fois il avait songé à prendre son envol. Mais il se sentait bien ici, et lorsque le vieil homme lui avait fait une offre mirobolante, il avait compris qu'il souhaitait le voir rester et qu'il appréciait son travail.

Cependant, collaborer avec Mitchell pouvait être frustrant. Jamais plus, d'ailleurs, qu'en ce moment.

Patrick souffla de nouveau. Il aurait aimé que Carrie soit mise à l'abri chez eux, qu'il sache exactement où elle se trouvait, alors que ce Hawk l'avait emmenée Dieu savait où.

Il frappa du poing sur le bureau de bois de rose, puis batailla pour retrouver son calme. Hawk avait promis de rappeler. Selon l'humeur du garde du corps, il obtiendrait l'information qu'il attendait, ou pas…

Il jura de nouveau, mais plus doucement. Wyatt Hawk constituait la plus grosse erreur de cette mission.

— Mon père est leur otage, balbutia Carrie, immobile, serrant son portable dans sa main. Encore ma faute, ajouta-t-elle. Et les hommes qui l'ont enlevé ont malmené Patrick.

— Carrie, vous n'êtes responsable de rien. Vous accomplissiez simplement votre devoir de citoyenne. Comptiez-vous les laisser faire sauter le Capitole, en feignant de n'avoir rien entendu ?

Alors qu'elle s'apprêtait à protester, il l'attira contre lui et lui plaqua le visage contre son épaule.

— Nous avons deux priorités : assurer votre sécurité, tout d'abord, et libérer votre père.

— Etes-vous sûr que c'est le bon ordre ? demanda-t-elle.

— Absolument. Et je vous promets que nous allons le sauver.

— Comment ?

— Nous devons considérer tous les paramètres

et procéder de manière subtile. Hors de question de passer à l'action sans un plan précis, expliqua-t-il sur un ton apaisant, tout en lui caressant le dos.

Il gardait ses bras autour d'elle, lui massant la nuque et les épaules, tandis qu'elle s'abandonnait, cherchant à chasser de ses pensées sa conversation avec Patrick. Heureusement qu'elle n'était pas seule. Si Wyatt ne l'en avait pas empêchée, elle aurait probablement révélé à Patrick où elle se trouvait, et les terroristes seraient déjà lancés à leur poursuite.

— Ils ne peuvent pas nous localiser avec le téléphone ? murmura-t-elle.

— L'appel n'a pas duré assez longtemps pour être exploitable. Mais nous allons nous débarrasser des deux appareils, pour ne pas être trahis par le GPS.

Elle acquiesça au creux de son épaule.

— Vous vous sentez mieux ? s'enquit-il.

— N'est-ce pas plutôt à moi de vous demander ça ?

— Je vais bien, répondit-il en riant.

— Vous avez pourtant reçu une balle, et vous vous reposiez quand j'ai appelé Patrick.

— J'ai connu pire.

— Comme en témoigne la cicatrice sur votre poitrine.

— Oui.

— Mais vous vous êtes fait soigner à l'hôpital.

— J'ai dit que c'était bien pire, répondit-il en s'écartant d'elle. Nous devons acheter de nouveaux téléphones.

— D'accord.

— Avez-vous confiance en Patrick ? lui demanda-t-il en la regardant droit dans les yeux.

— Bien sûr !

— Qui d'autre est chez vous ?

— Inez, notre gouvernante.

— Depuis combien de temps est-elle à votre service ?

— Quinze ans.

— A-t-elle besoin d'argent ?

— Comme tout un chacun.

Il acquiesça.

— Qui d'autre aurait pu vous entendre lorsque vous avez choisi la résidence sécurisée avec votre père ?

Elle avait l'impression d'être soumise à un interrogatoire, mais ces informations étaient cruciales, elle le savait.

— Il y a une équipe de jardiniers qui vient une fois par semaine. L'un d'eux a pu surprendre notre conversation.

— Personne d'autre ?

— Je ne crois pas.

Il plissa les paupières. De toute évidence, il examinait toutes les possibilités.

— Je refuse de vous laisser ici, et je n'ai pas très envie de vous emmener dans un magasin, mais je crois qu'il est plus prudent que nous restions ensemble.

Il craignait sûrement qu'elle contacte Patrick s'il la laissait seule, se dit-elle.

Wyatt emporta les portables dans la salle de bains et les écrasa d'un coup de talon, puis rassembla les pièces et les mit dans sa poche. Elle grimaça en songeant à tous les numéros et les photos qu'elle venait de perdre. Il surprit sa mimique et marmonna :

— Vous en achèterez un nouveau plus tard.

— Oui.

— Je sors en premier.

Il ouvrit la porte et osa un regard à l'extérieur, puis marcha jusqu'à la voiture, et lui fit alors signe de le rejoindre.

A peine assise, elle lui demanda :

— Ils ne peuvent pas nous avoir repérés, n'est-ce pas ?

— Certainement pas, mais je ne pensais pas qu'ils investiraient la résidence avant même que nous y soyons arrivés. On dirait que ce groupuscule est mieux organisé que nous l'imaginions.

— Génial.

Ils étaient de nouveau sur la route, après n'avoir passé que quelques minutes dans la chambre du motel. Cette fois, Wyatt prit le volant. Elle aurait voulu lui proposer de se reposer, mais il n'aurait pas tenu compte de sa suggestion, elle le savait. Il n'était pas du genre à se laisser conduire par une cliente s'il était en possession de ses moyens.

Après avoir roulé un moment, il jeta par la fenêtre les portables démantibulés, puis se tourna vers elle.

— J'avais lu le topo sur Patrick. Ça fait vingt-cinq ans qu'il vit avec vous, c'est ça ?

— Oui.

— A-t-il des raisons d'en vouloir à votre famille ?

— Vous plaisantez ? Mon père a tout fait pour lui et l'a toujours traité comme un fils. Sa chambre était dans le même couloir que la mienne, il prenait ses repas avec nous, et mon père l'a envoyé dans la même école privée que moi. Il a également payé ses frais d'inscription à l'université.

— Il était bon élève ?

— Oui.

— A-t-il jamais posé problème à votre père ?

— Vous voulez dire : est-ce qu'il se rebellait ?

— Oui.

— Disons plutôt que nous avons fait quelques bêtises

ensemble, comme lorsque nous avons emprunté la voiture de mon père. Je n'avais que quinze ans.

— Que s'est-il passé quand votre père s'en est rendu compte ?

— Il ne l'a jamais su. Nous nous sommes couverts réciproquement.

— Vous l'aimez ?

— Il était comme un frère pour moi, précisa-t-elle, alors que les souvenirs l'assaillaient. Nous étions toujours ensemble, car papa était très occupé. Il n'avait pas beaucoup de temps à nous consacrer, mais nous savions qu'il nous aimait.

— Nous parlions de Patrick, pas de votre père.

— J'essayais de vous expliquer que nous étions très proches.

— Et il aimait Patrick ?

Elle hésita un instant.

— Le mot est un peu fort, mais je sais qu'il l'apprécie énormément, et il a toute confiance en lui.

Elle marqua une pause, puis continua :

— Patrick n'était pas obligé de revenir travailler pour papa, il l'a fait de son plein gré.

— D'accord, fit Wyatt en jetant un œil au rétroviseur. Et votre mère ?

— Papa ne parle jamais d'elle.

— Quand l'avez-vous vue pour la dernière fois ?

— J'avais six ans, je crois. Quand je suis entrée dans sa chambre, elle bouclait sa valise.

Elle marqua une pause, la douleur et l'hébétement qu'elle avait éprouvés à cet instant revenant la tarauder.

— Elle m'a assuré qu'elle m'aimait, mais qu'elle devait partir. Qu'elle viendrait me voir, aussi, mais elle n'en a rien fait.

— Pourquoi ?

— A l'époque je pensais qu'elle m'avait abandonnée. Mais je pense que mon père la tenait à l'écart. Je l'ai entendu parler à son banquier un jour. Il disait lui avoir attribué une substantielle somme d'argent, et qu'elle n'aurait rien de plus.

— D'après vous, pourquoi est-elle partie ?

— Je pense que mon père aimait plus son travail qu'elle.

— Vous pensez qu'elle lui en veut ? Qu'elle pourrait lui vouloir du mal ?

Elle se tourna brusquement vers lui.

— Qu'insinuez-vous ? Que l'enlèvement de mon père n'a rien à voir avec cette conspiration terroriste ?

— J'essaie d'explorer toutes les pistes. Avez-vous eu une relation amoureuse avec Patrick ?

La question la décontenança.

— En quoi cela vous regarde-t-il ?

— Je tente de me représenter la dynamique familiale.

— Patrick et moi n'avons jamais été si proches, dit-elle sèchement, espérant qu'il changerait de sujet.

Mais il n'y semblait pas enclin et poursuivit :

— A-t-il jamais tenté quelque chose ? L'avez-vous repoussé ?

Elle resta parfaitement immobile.

— Si je me fie à votre expression, la réponse est oui.

— Un jour, dans la piscine, il est arrivé par-derrière et m'a enveloppée de ses bras.

— Comment avez-vous réagi ?

— J'ai nagé loin de lui aussi vite que j'ai pu.

— Et comment l'a-t-il pris ?

— Il n'a jamais recommencé.

— Quel âge aviez-vous ?

— Nous étions adolescents. Dites, ce n'est pas bientôt fini ?

— Bien, conclut-il.

Mais il recommencerait plus tard, comprit-elle à son ton.

5

— Dites-moi qui, à part ces terroristes, aurait pu kidnapper mon père ? insista Carrie.

Wyatt poussa un long soupir puis répondit :

— Votre histoire fait la une de l'actualité. N'importe qui pourrait en tirer avantage, alors que votre père est vulnérable.

— Mais pourquoi ?

— C'est ce que je cherche à découvrir. Que savez-vous de ses ennemis ?

Elle n'aimait guère cette formulation. Wyatt avait d'emblée considéré comme naturel que son père soit victime d'inimitiés.

— Il ne parle pas beaucoup de ses affaires.

— Mais vous savez quelque chose.

— Il a eu un différend avec un certain Quincy Sumner au sujet d'une propriété qu'ils voulaient tous deux acquérir.

— Et votre père a gagné.

— Oui.

— Nous ajouterons donc Sumner à notre liste. Où habite-t-il ?

— A Fairfax, en Virginie.

Ils étaient arrivés à la supérette. Cette fois, ils y entrèrent ensemble. Après avoir choisi quatre portables, Carrie acheta quelques articles de toilette, car les leurs étaient restés à la résidence. Wyatt insista pour lui offrir un chapeau dont il retira aussitôt l'étiquette. Il le lui mit sur la tête de manière à camoufler partiellement son visage.

Une fois dans la voiture, sur le parking, il lui annonça :

— Nous allons rappeler Patrick, mais c'est moi qui lui parlerai.

— Et si j'ai des choses à lui dire ?

— Laissez-moi m'occuper de lui. Je mettrai le haut-parleur pour que vous suiviez notre échange.

Ça ne lui plaisait pas, mais c'était certainement la meilleure option, étant donné son état émotionnel.

Wyatt composa le numéro de la maison des Mitchell, et Patrick décrocha aussitôt.

— Où diable étiez-vous passés ? vociféra-t-il.

— Nous avons acheté de nouveaux téléphones. Dites-nous ce qui est arrivé.

— Carrie est là ?

— Oui, répondit-elle, oubliant qu'elle était censée laisser Wyatt mener la conversation. Comment as-tu su que j'avais des problèmes ? poursuivit-elle.

— Ton père a reçu un message d'alerte sur son ordinateur, disant qu'il y avait eu une attaque au bâtiment fédéral où tu devais rencontrer le procureur. Il a allumé la télé, et nous regardions le journal quand des hommes armés ont fait irruption dans le bureau et ont menacé de le tuer.

Carrie gémit d'inquiétude.

— Comment a-t-il pris les choses ? insista-t-elle.

Patrick répéta ce qu'il lui avait dit plus tôt.

— Je ne voyais pas grand-chose, car j'étais au sol. Il les a suivis sans qu'ils le rudoient, et ils ont dit qu'ils voulaient l'échanger contre toi.

— Ce serait complètement stupide, intervint Wyatt.

— Que comptez-vous faire, dans ce cas ? s'enquit Patrick.

— Vous verrez bien.

— Si vous venez à la maison, nous pourrons y réfléchir tous les trois.

— Vous plaisantez, pas vrai ? le railla Wyatt. Si ces types ont assailli votre propriété, Carrie n'y sera pas en sécurité.

Patrick étouffa un cri de frustration.

— Vous avez raison. Mais où êtes-vous ?

— Moins vous en savez, mieux c'est, renchérit Wyatt. Imaginez un peu : ces malfrats pourraient revenir et vous torturer pour vous extorquer ces informations.

— Je ne parlerais pas.

Le rire de Wyatt avait des relents amers.

— Tout le monde capitule lorsque la douleur devient insupportable.

— Qui me dit que Carrie est en sécurité ?

— Ne t'en fais pas, Patrick, lui répondit-elle de manière un peu mécanique.

Elle n'était pas en grande forme, mais elle était vivante, grâce à Wyatt Hawk.

— Tu as besoin d'une équipe de professionnels autour de toi pour te protéger, ajouta Patrick.

Avant qu'elle n'ait le temps de répondre, Wyatt s'immisça dans leur échange :

— On a déjà eu l'occasion de tester les limites de cette approche, je vous signale.

— Nous pouvons en discuter, si vous voulez, rétorqua Patrick.

— Il n'y a rien à discuter. On ne vous a pas confié la protection de Carrie.

— Je pourrais vous renvoyer.

— Je travaille pour Douglas Mitchell, répliqua

Wyatt. Pas pour vous. Passez une agréable journée, Patrick.

— Attendez. Quand me rappellerez-vous ?

— Je ne sais pas.

— Et si les ravisseurs me contactent ?

— Dites-leur de m'envoyer un mail.

— Et si je dois vous contacter rapidement ?

— Utilisez la même méthode.

— N'y a-t-il pas de moyen plus rapide ?

— Je vérifie régulièrement mes messages, répondit Wyatt.

Puis, il raccrocha sèchement.

Carrie ferma les yeux et s'enfonça dans son siège.

— Si vous vous trompez, ils risquent de tuer mon père.

— Je ne crois pas qu'ils le feront.

— Mais vous n'en êtes pas certain.

— Je suis désolé, mais nous ne pouvons être sûrs de rien, sauf qu'ils veulent vous supprimer, et qu'ils tenteront d'y parvenir par tous les moyens.

— Mon père a une santé fragile. L'angoisse provoquée par ma mise en quarantaine me faisait même craindre une crise cardiaque.

— Mon job est de vous protéger, et je ne pense pas que vous ramener chez vous soit la meilleure stratégie.

Elle le regarda droit dans les yeux, et lui répondit de la seule manière qui lui semblait raisonnable :

— Je comprends.

Puis elle ajouta :

— Vous avez suggéré à Patrick de vous contacter par mail, mais vous avez laissé votre ordinateur portable à la résidence, et je ne pense pas que ces téléphones premier prix que nous venons d'acheter permettent de se connecter à internet, pas vrai ?

— Je vais acheter un petit ordinateur et quelques vêtements.

De toute évidence, il avait déjà échafaudé un plan, songea Carrie, alors que, elle, elle se contentait de garder la tête hors de l'eau.

Ils s'arrêtèrent peu après dans un magasin d'électronique où Wyatt acheta un ordinateur portable en utilisant la carte de crédit associée à son nom d'emprunt. Dans la boutique adjacente, ils complétèrent leur garde-robe, et Wyatt offrit à Carrie une paire de lunettes de soleil.

Puis, ils remontèrent en voiture.

— Vous avez dépensé une petite fortune, observa-t-elle.

— Votre père me remboursera lorsque nous l'aurons libéré.

Elle n'était pas aussi optimiste que lui concernant l'issue de cette aventure, mais elle n'osa le lui avouer. Elle se sentait fourbue. Comment Wyatt tenait-il le coup ? Sa blessure n'était pas gravissime, mais elle aurait suffi à ralentir n'importe qui.

— Nous devrions manger un morceau, suggéra-t-il.

Elle n'avait pas faim. Elle était taraudée par une espèce de mauvais pressentiment.

— Nous devrions rappeler Patrick, avança-t-elle.

— Je préfère le contacter par mail.

— Vous avez dit que ces appareils ne sont pas traçables.

— La ligne de votre père est sûrement placée sur écoute. Ne leur fournissons aucune information.

— Mais vous devez configurer l'ordinateur portable pour consulter votre messagerie, dit-elle en soupirant.

— Nous pouvons acheter de quoi nous restaurer et

retourner au motel. Ainsi, nous gagnerons du temps. De quoi avez-vous envie ?

— Difficile de se concentrer sur son estomac, rétorqua-t-elle en haussant les épaules.

— Mais il faut reprendre des forces, avec un plat simple mais nourrissant.

Il roula jusqu'à un fast-food, où il commanda de gros hamburgers, des frites et des milk-shakes. Ils regagnèrent ensuite le motel, inspectèrent le parking, puis se garèrent sur la place de stationnement située devant leur fenêtre.

Carrie avait l'estomac noué par l'inquiétude, mais il était important de manger, elle le savait.

Aussi, une fois dans la chambre, elle prépara la table et sortit leur repas du sac en papier brun. Mais elle ne put que grignoter de petits morceaux de son hamburger.

— Buvez au moins le milk-shake, insista Wyatt. Vous avez besoin de ces calories.

Elle aspira une grande gorgée du breuvage, qu'elle s'appliqua à boire consciencieusement. Wyatt était assis en face d'elle, et il se restaurait tout en programmant son ordinateur.

Comme la chambre était équipée d'une télévision, elle attrapa la télécommande et se brancha sur CNN. Les grands titres du journal la laissèrent pantoise : on n'y parlait que de… Carrie Mitchell.

Un peu hébétée, elle observa les images du bâtiment où s'était déroulée l'attaque, puis des clichés d'elle, et écouta le témoignage d'amis qui parlaient d'elle. L'un d'eux était Pat Simmons, qui participait avec elle à de nombreux concours hippiques. Le second à intervenir fut un éditeur à qui elle avait vendu plusieurs de ses photos animalières.

Elle se concentra sur les clichés qui la représentaient. La plupart d'entre eux étaient assez anciens, et par chance, elle avait changé de coiffure depuis.

— Je suis une célébrité, à présent.

— Malheureusement, répondit Wyatt, en relevant la tête de son ordinateur.

— Je n'imaginais pas que cette histoire prendrait une telle ampleur.

— La fusillade a fait les gros titres et provoqué plus d'émoi que la conspiration que vous avez mise au jour.

— Pourquoi ?

— Parce qu'en révélant ce complot vous l'avez annihilé, alors que la fusillade a réellement eu lieu.

Elle soupira.

— Vous voulez regarder la suite ? demanda-t-il lorsque les mêmes images repassèrent en boucle.

— Pas vraiment, dit-elle en éteignant la télévision. Elle se tourna vers lui et scruta son visage, à l'affût de signes trahissant sa douleur.

— Comment va votre bras ?

— Il a connu des jours meilleurs, admit-il en se remettant à sa tâche.

Elle l'observa alors plus discrètement. Il était compétent et efficace, elle l'avait compris dès leur première rencontre. Et il lui était dévoué. Mais était-ce juste d'un point de vue professionnel ?

— Voilà, je peux accéder à ma messagerie, dit-il après un moment.

Elle attendit, et son rythme cardiaque s'emballa, pendant qu'il entrait son mot de passe.

— Il y a un message de Patrick, annonça-t-il. Urgent, d'après lui.

— Que dit-il ?

— Les terroristes ont pris contact avec moi. Ils ont dit…

Avant qu'il ne poursuive, elle saisit l'ordinateur et tourna l'écran vers elle :

— De demander à Carrie si elle voulait avoir la mort de son père sur la conscience.

Les mots la brûlèrent comme s'ils lui avaient été appliqués sur la peau au fer rouge. Elle bondit de son siège et se précipita vers le sac contenant les téléphones.

Wyatt réagit aussitôt et l'arrêta au moment où sa main se refermait sur l'un des appareils. Il lui prit le téléphone des mains.

— Ne faites pa s ça, Carrie.

— Je dois l'appeler.

— C'est ce qu'ils veulent. C'est leur objectif. Je suis convaincu que le téléphone de votre père est surveillé.

— Je ne peux pas rester là à attendre qu'ils le suppriment.

— Ils n'en feront rien.

— Vous ne cessez de le répéter, mais ce n'est pas votre père. Et je refuse d'être responsable de sa mort, s'écria-t-elle en lui lançant un regard furieux.

— Je vous promets qu'ils ne le tueront pas.

Le stress accumulé tout au long de la journée eut raison d'elle. Elle avait tenu bon jusqu'alors, mais des larmes chaudes commençaient à lui piquer les yeux.

Wyatt les remarqua aussi. Il la souleva dans ses bras et la porta jusqu'à un des lits sur lequel il se pencha pour la déposer délicatement. Elle roula alors sur le côté, loin de lui, et se recroquevilla, gênée de l'avoir pour témoin de sa faiblesse.

Il murmura quelques mots qu'elle ne comprit pas, puis il s'assit près d'elle, la tourna vers lui et la serra dans ses bras.

Elle se détestait de pleurer devant lui, détestait cette situation, mais elle était trop stressée pour retenir les sanglots qui agitaient tout son corps.

Pourtant, elle avait appris à ne pas montrer ses émotions. Lorsqu'elle pleurait devant son père, il s'énervait et l'exhortait à grandir un peu. Cette attitude les avait d'ailleurs un peu éloignés. Elle feignait de ne pas avoir besoin de lui, ce qui expliquait certainement pourquoi la nouvelle de son enlèvement l'avait dévastée. Elle se sentait coupable parce que leur relation n'avait jamais atteint ce degré de complicité que l'on voyait dans les séries télévisées, même si ce n'était qu'une illusion constamment alimentée par Hollywood. Comme les belles histoires d'amour…

Wyatt la serrait toujours dans ses bras, et elle ressentait un délicieux sentiment de sécurité. Elle avait l'impression d'être chérie. Etait-ce une une illusion ?

Une fois calmée, elle ne s'écarta pas, et lui non plus. Soudain, la bouche de Wyatt frôla son front. L'effleurement, si léger, la décontenança. Cet homme qui s'était toujours montré distant promenait ses lèvres sur son visage.

Depuis leur rencontre, elle s'était convaincue ne pas l'aimer et ne pas avoir besoin de lui. Jusqu'à ce que cet imposteur, au bâtiment fédéral, leur tire dessus.

Wyatt l'avait abattu. Puis, il l'avait protégée des déflagrations en la faisant sortir de la voiture. Il lui avait sauvé la vie, une première fois.

Les émotions la submergeaient peu à peu.

Il s'éloigna pourtant doucement d'elle, se releva et se passa une main dans les cheveux.

— Je suis désolé, ce geste était totalement déplacé, s'excusa-t-il.

Que répondre à ça ? L'avait-elle, sans en être consciente, incité à aller trop loin ?

Elle se mordit la lèvre. Il avait peut-être raison. Il leur rendait sûrement service en quittant le lit, même si, là, elle n'en était pas convaincue.

— Nous devons découvrir qui a dévoilé l'heure et le lieu de votre rendez-vous, lui rappela-t-il.

— Qui aurait eu intérêt à faire ça ? se reprit-elle.

— J'ai ma petite idée à ce sujet.

Douglas cligna les yeux. Il ne voyait pas grand-chose dans cette pièce obscure, mais il était allongé sur un lit étroit un peu semblable à celui d'un enfant, en bien moins confortable.

Il se sentait désorienté.

Il bougea la main gauche et tira sur l'anneau métallique glacé qui entourait son poignet. Lorsqu'il essaya de déployer son bras, quelque chose l'en empêcha. Une corde, apparemment, mais il ne pouvait s'en assurer car il faisait trop noir.

Il referma les yeux, s'efforçant de respirer lentement et de se calmer. S'il s'énervait, sa pression sanguine augmenterait, et il risquait des problèmes cardiaques. Ce ne serait bon ni pour lui, ni pour Carrie.

Il prenait des médicaments pour contrôler sa tension, et tout un tas d'autres pilules, mais les hommes qui l'avaient enlevé ne s'en étaient guère souciés. Ce qui était somme toute logique, car ils allaient le tuer, songea-t-il en frissonnant de peur.

Il s'efforça de se ressaisir. Réfléchis, s'exhorta-t-il.

Pouvait-il leur échapper ? Ou les duper ? Il fallait essayer. Pour Carrie.

Son cœur se serra. Sa fille était si courageuse, si entière. Il ne lui avait pourtant jamais avoué combien il était fier d'elle et de la manière dont elle menait sa vie. Il n'en aurait peut-être jamais l'occasion.

Il chassa cette pensée et tenta de se concentrer sur la stratégie à adopter, mais les pensées s'embrouillaient dans sa tête comme c'était le cas depuis quelques mois. Il se souvenait presque exactement du moment où ce sentiment d'hébétude l'avait envahi. Enfin, presque. Mais il ne laisserait pas ce brouillard le neutraliser. Il devait tenir sa place, conserver sa réputation d'homme intransigeant qui lui avait toujours si bien correspondu.

Heureusement que Patrick était là pour gérer ses finances et l'avenir de Carrie. Patrick avait examiné de près la liste d'experts en sécurité et arrêté son choix sur Wyatt. Non, pas vraiment… En réalité, Patrick avait recommandé quelqu'un d'autre. Mais il avait eu le dernier mot en imposant Wyatt Hawk. Etait-ce une erreur ?

Il jura à mi voix. Avait il été stupide et mis la vie de sa fille en danger ? De la grossièreté, il passa à la prière, ce qui ne lui était pas arrivé depuis des années. Mais il pouvait bien prier pour Carrie, non ?

Elle devait être hors de danger, pour le moment, puisque ces hommes le retenaient toujours. Mais comment en être certain ? La poignée de la porte tourna, et il ferma les yeux, feignant de dormir. Un rai de lumière lui parcourut le visage. Des hommes parlaient.

— Combien de temps devons-nous garder le vieux ?

— Jusqu'à ce qu'on ait confirmation que la fille est hors d'état de nuire. Ensuite on s'en lavera les mains.

— Et si on s'en occupait maintenant ? Ils ne verront pas la différence.

— Non, le patron ne serait pas d'accord.

La porte se referma, mais les ravisseurs se tenaient de l'autre côté, continuant leur discussion.

— C'est une vraie plaie.

— Ouais, mais il paie assez bien pour qu'on s'en accommode. On a déjà reçu un acompte.

— Ce n'est pas assez. J'en veux plus, en gage de bonne volonté, tu sais.

Les voix s'éloignèrent.

Douglas s'assit dans le lit. Avait-il vraiment entendu cette conversation, ou était-ce le fruit de son imagination ? Dans l'état où il était, honnêtement, il n'en savait rien.

Carrie n'avait pas bougé du lit. Elle ne pouvait détacher son regard de Wyatt : il était allé dans la salle de bains pour s'asperger le visage d'eau fraîche, puis s'était installé devant son ordinateur.

Quelques minutes plus tôt, elle avait failli perdre la tête, et il lui avait rendu service en s'éloignant. Mais était-ce vraiment ce qu'elle pensait ?

Elle était bien trop déstabilisée pour en avoir le cœur net. Peut-être parce qu'elle comptait peu de relations si fortes avec un homme. A l'université, elle avait eu des petits amis, mais qui semblaient plus désireux de trouver une camarade de jeux érotiques qu'une compagne. Etait-ce sa faute ? Peut-être leur envoyait-elle des vibrations destinées à les tenir à l'écart.

Et n'étant pas satisfaite de la relation qu'elle entretenait avec son père, comment pourrait-elle être à l'aise avec les autres hommes ?

Elle n'avait jamais réfléchi à ça auparavant. Elle savait seulement avoir du mal à accorder sa confiance. Elle dissimulait souvent ses émotions.

Ce qui n'était pas le cas avec Wyatt Hawk. Elle voulait être proche de lui. Pourquoi donc jetait-elle son dévolu sur un homme qui ne souhaiterait assurément pas dépasser certaines limites ?

6

Wyatt détourna le regard de Carrie et s'obligea à se concentrer sur ce qui restait sa mission : découvrir qui était le commanditaire de l'embuscade et du kidnapping.

Il se connecta à un moteur de recherches sur internet.

— Vous avez mentionné un certain Quincy Sumner, n'est-ce pas ? demanda-t-il à Carrie.

— Oui.

— Qui habite à Fairfax ?

— Effectivement.

Il associa le nom et la ville dans sa recherche. Aussitôt plusieurs occurrences apparurent.

Après les voir rapidement parcourues, il leva la tête.

— Ce n'est pas lui.

— Comment le savez-vous ?

— Il est mort.

— Vraiment ? demanda-t-elle, surprise.

— Oui, alors qu'il venait de prendre sa retraite, il a succombé à une crise cardiaque pendant une partie de golf.

— Papa ne me l'a jamais dit.

— Il n'est peut-être pas au courant, avança Wyatt en parcourant l'article nécrologique. Il est possible que l'un de ses proches en veuille encore à votre père, mais il est peu plausible qu'il élabore un plan aussi sophistiqué.

De son lit, Carrie confirma son opinion.

Wyatt se pencha de nouveau sur l'écran.

— J'ai d'autres idées, dit-il en recherchant des dossiers qu'il venait d'archiver.

— Lesquelles ?

— Pour commencer, je voudrais vérifier une adresse. Et ensuite, je pense qu'une petite conversation avec Aaron Madison s'impose.

— Qui est-ce ? demanda Carrie.

— Un procureur qui collaborait avec Skip Gunderson.

— Vous croyez qu'il est au courant de quelque chose ?

— Probablement. Cette fois, vous restez ici, et n'oubliez pas de verrouiller la porte.

Il éteignit son ordinateur et se leva. Sa visite à Madison lui permettrait de prendre ses distances avec Carrie. Il en avait réellement besoin. Son geste avait été stupide, et il ne comptait pas s'exposer davantage à la tentation.

Mais elle ne semblait pas du même avis.

— Hors de question.

— Pardon ?

— Hors de question que je reste ici.

— C'est plus sûr pour vous, déclara-t-il en s'éloignant.

Mais elle se leva aussitôt et traversa la pièce, puis lui posa fermement une main sur le bras.

Il la regarda droit dans les yeux.

— Votre père m'a engagé pour prendre ce genre de décisions. Il est plus prudent que vous restiez ici.

— Rien n'est prudent.

— Mais vous courez moins de risques si personne ne vous voit.

— Ce n'est pas ce que vous disiez avant.

— La situation a évolué.

— Si vous allez rendre visite à ce Madison, je vous accompagne, répéta-t-elle. C'est moi qu'on cherche à supprimer, j'ai donc le droit de savoir ce qui se passe.

On avait aussi cherché à le tuer, faillit-il lui répondre. Et il lui rapporterait toutes les informations pertinentes dont il prendrait connaissance. Mais elle ne s'en contenterait pas, il le savait.

— Bien, fit-il en soupirant.

Il ouvrit le sac dans lequel ils avaient mis les vêtements qu'ils venaient d'acheter, et il en sortit un jean noir ainsi qu'un polo de la même couleur, puis les emporta dans la salle de bains.

Lorsqu'il réapparut, elle le regarda d'un air curieux.

— Allons-nous lui parler, ou nous introduire en catimini dans sa maison ?

— On ne sait jamais, répondit-il.

— Accordez-moi une minute.

A son tour, elle choisit des vêtements sombres puis alla se changer. Lorsqu'elle referma la porte derrière elle, il faillit en profiter pour s'éclipser, puis se ravisa.

Une fois qu'elle l'eut rejoint, il lui tendit son chapeau et ses lunettes de soleil :

— Tenez, mettez ça.

Elle s'exécuta, et il l'observa longuement, essayant de déterminer à quel point elle ressemblait à la femme qu'il venait de voir à la télévision. Elle avait perdu du poids depuis leur rencontre, si bien que son visage paraissait plus anguleux.

— Je ne peux pas porter ces lunettes le soir, s'exclama-t-elle.

— Gardez-les au moins jusqu'à la voiture, insista-t-il.

Puis il la fixa intensément et poursuivit :

— A partir de maintenant, on applique les mêmes règles que lorsque nous étions dans le champ jouxtant la résidence sécurisée : mes ordres sont à suivre à la lettre.

— Vous vous prenez pour un maître sado-maso ? le railla-t-elle.

— Vous savez parfaitement ce que j'ai voulu dire, rétorqua-t-il en souriant.

— C'est vrai.

— Laissez-moi sortir en reconnaissance.

— Vous ne m'auriez pas laissée seule ici si vous pensiez que j'y étais en danger, lui rappela-t-elle.

— Oui, mais ne prenons aucun risque. Quand je vous ferai signe, rejoignez-moi sans vous hâter. Marchez comme si vous étiez en vacances.

— A Columbia ?

— Vous aviez peut-être planifié un après-midi shopping au centre commercial…

Elle éclata de rire, et il ajouta :

— Le but est de ne pas attirer l'attention.

Dès que Carrie fut installée sur son siège, il quitta leur stationnement. Son bras le faisait souffrir chaque fois qu'il tournait le volant, mais au moins, ça l'obligerait à rester concentré. A côté de lui, Carrie retira ses lunettes, qu'elle rangea dans son sac à main, puis elle croisa ses mains sur ses genoux. Elle se tenait parfaitement immobile. Regrettait-elle de l'avoir accompagné ? se demanda-t-il.

— Parlez-moi d'Aaron Madison, finit-elle par dire. Vous croyez qu'il est impliqué dans ce complot ?

— S'il avait accès à votre dossier, il devait être au courant de ce rendez-vous.

— Comme de nombreux autres employés, non ?

— Pas vraiment. Je crois que c'était censé rester confidentiel, pour éviter tout incident.

— Eh bien, c'est raté.

Après une nouvelle pause, elle reprit :

— Qu'est-ce qui vous incite à vous méfier de lui ?

— C'est difficile à expliquer. Il y a quelque chose chez lui… J'ai un vague pressentiment à son sujet, peut-être parce qu'il était toujours fébrile lorsque je lui parlais.

— Mais ce rendez-vous était très important. Cela justifiait sûrement sa nervosité.

— Possible, concéda-t-il.

Ils roulèrent en silence quelques minutes.

— Où habite-t-il ? reprit Carrie.

— A Bethesda, dans la banlieue chic.

— Sa famille ne va-t-elle pas trouver étrange que nous nous présentions chez eux, et en soirée ?

— Il n'a pas d'enfant, et il vient de se séparer de sa femme Rita, répondit-il, content de se concentrer de nouveau sur Madison.

— Vous savez pour quelle raison ?

— Non, mais elle est partie il y a quelques mois et s'est installée dans un de ces appartements luxueux à la lisière de Washington.

— N'est-ce pas étrange que ce soit l'épouse qui parte ?

— Effectivement, je m'étais fait la même remarque.

— Avez-vous mené une petite enquête à ce sujet ?

— Non, pas vraiment, mais c'était peut-être une erreur, dit-il en resserrant ses mains sur le volant.

Il attendit un commentaire de la part de Carrie, mais elle réfléchit un moment, puis lui confia :

— Je l'ai rencontré, assez brièvement.

— Quelle impression vous a-t-il faite ?

Elle réfléchit :

— De toute évidence, il ne voulait pas s'attarder avec moi. Et maintenant que j'y pense, il n'a pas vraiment cherché à me connaître.

Mauvais signe, songea Wyatt, en se dirigeant vers Bradley Boulevard, un raccourci menant à la banlieue huppée où se situait le domicile de Madison.

Il tourna sur Wisconsin Avenue, puis prit une ruelle séparant des rangées de maisons en brique à deux étages, vraisemblablement construites dans les années quarante ou cinquante. Les trottoirs étaient bordés d'arbres majestueux, et toutes les pelouses et arrangements floraux étaient bien entretenus. Dans ce quartier, on ne lésinait pas sur les moyens.

— Un joli petit quartier où l'on se sent entre soi, observa Carrie. Quel est le numéro de sa maison ?

— 157, répondit Wyatt, désignant une maison coloniale en brique rouge où la plupart des lumières étaient éteintes.

Lorsqu'il arriva au bout de la rue, il tourna à gauche, puis une nouvelle fois à gauche, et remonta la ruelle jouxtant l'arrière de la maison.

— Que faites-vous ? s'étonna Carrie.

— Je prends mes précautions, afin que personne ne sache que nous sommes ici.

— Mais si nous devons partir précipitamment, il serait judicieux de se garer plus près.

— Vous pensez que c'est ce qui va se produire ?

— J'espère que non, répondit-elle en haussant les épaules. Je dois regarder trop de films d'action.

Alors qu'ils marchaient vers la maison, Wyatt s'efforçait de garder un rythme nonchalant, comme s'ils effectuaient une promenade nocturne. Ils étaient visiblement les seuls à le faire : pourvu que personne, derrière ses fenêtres, ne se demande qui était ce couple qui n'habitait pas le quartier, songea-t-il.

Ils arrivèrent à l'arrière du 157. Heureusement, une grande haie séparait la propriété de Madison de celle de ses voisins, leur procurant un peu de discrétion.

Carrie écarquilla les yeux en découvrant la bâtisse à deux étages.

— Comment un employé du gouvernement peut-il s'offrir une telle maison ?

Wyatt venait de se poser la même question.

— Grâce à un héritage, peut-être, à moins qu'il n'ait des revenus complémentaires.

Wyatt se déplaçait lentement pour ne pas faire de bruit et percevoir d'éventuels sons en provenance de la maison ou des environs. Mais tout était silencieux.

Ils atteignirent une barrière de bois mesurant presque deux mètres, mais dont le portail était ouvert. Wyatt s'engagea le premier, inspecta les environs, puis fit signe à Carrie de le suivre.

Une fois dans le jardin, il se dirigea vers la porte arrière de la maison, dont le panneau supérieur était vitré. Tout comme le portail, il était entrouvert.

A côté de lui, Carrie prit une grande inspiration.

— Que se passe-t-il ? murmura-t-elle.

Secouant la tête, il sortit son arme et observa l'intérieur de la cuisine à travers la vitre : les placards étaient ouverts, des boîtes de céréales et de pâtes jonchaient le sol et les comptoirs.

Il jura à mi-voix, se maudissant de n'avoir pas insisté pour que Carrie reste à l'hôtel. Elle l'avait accompagné, et maintenant, il devait veiller à ce qu'elle soit en sécurité.

— Restez près de la porte, murmura-t-il.

Il entra dans la cuisine, tenant son arme à deux mains et la pointant dans toutes les directions, à l'affût de l'auteur de ce capharnaüm. Personne ne semblait se trouver dans cette partie de la maison, mais il vérifia tout de même la buanderie, le salon et la salle à manger, puis appela Carrie pour qu'elle le rejoigne.

Les pièces étaient sens dessus dessous, comme si quelqu'un avait procédé à des fouilles sans se soucier du bazar qu'il laisserait derrière lui.

— Ça fait froid dans le dos, soupira Carrie en entourant ses épaules de ses bras. Que s'est-il passé, d'après vous ?

— Quelqu'un cherchait quelque chose… et il était pressé.

— Est-il parti ?

— On dirait…

Ils longèrent un petit couloir qui menait à l'avant de la maison. Des doubles portes y ouvraient sur un bureau.

Le désordre y était encore pire que dans la cuisine : les livres étaient tombés des bibliothèques, le tapis avait été retourné, les tiroirs du secrétaire étaient encore ouverts. Et une bouteille de Jack Daniels avait été renversée sur le tapis.

Surtout, les jambes d'un homme dépassaient d'un coin du bureau.

Carrie réprima un cri.

— Restez là, lui ordonna Wyatt.

Il se précipita vers le bureau derrière lequel gisait Aaron Madison : l'homme était âgé d'une quarantaine d'années. Il avait un début de calvitie, et si autrefois il avait dû être beau, son visage était à présent tuméfié, et ses lunettes étaient à terre, près du mur, brisées. Ses yeux étaient clos, mais l'un était très gonflé. Son nez semblait cassé, et ses lèvres fendues et ensanglantées. Sous sa chemise ouverte, des coups de couteau lui avaient entaillé la peau, pas assez profondément pour provoquer une mort immédiate, nota Wyatt.

Il aurait aimé épargner cette vision macabre à Carrie, mais c'était trop tard : elle était juste derrière lui.

— Mon Dieu, murmura-t-elle en regardant la victime. Qui a pu lui faire ça ?

— J'espère que ce n'était pas quelqu'un qui cherchait à obtenir des informations à votre sujet.

Elle pâlit immédiatement, et il regretta de s'être exprimé aussi ouvertement. Il s'agenouilla à côté de Madison et appliqua deux doigts contre la gorge du procureur : le pouls était assez faible.

— Il est vivant. Quelqu'un l'a manifestement torturé. Celui ou ceux qui ont mis la maison dans cet état. Je vais appeler une ambulance.

L'œil indemne d'Aaron s'entrouvrit.

— Trop tard, bafouilla-t-il. Blessures internes… graves.

— Qui vous a agressé ? lui demanda Wyatt.

Au lieu de répondre, Madison demanda :

— Wyatt Hawk ? Qu'est-ce que vous faites là ?

— J'ai eu un pressentiment, voilà tout. Qui a fait ça ?

De nouveau Madison ignora la question, comme s'il était dangereux de dénoncer ses agresseurs. Même maintenant.

— Ils n'ont pas ouvert le coffre, marmonna-t-il.

Sa respiration était de plus en plus saccadée.

— Vous avez besoin…, commença Wyatt.

— La combinaison…, l'interrompit Madison. Vingt-six droite.

Il marqua une pause.

— Quinze gauche.

De nouveau, il s'arrêta pour reprendre son souffle.

— Double tour à droite jusqu'à soixante-douze.

Après avoir achevé sa phrase, il referma les yeux. Wyatt lui agrippa l'épaule.

— Où est le coffre-fort ?

— Derrière le cabinet de toilette, dans la salle de bains au bout du couloir.

— Restez près de lui, intima-t-il à Carrie. Il a peut-être d'autres informations.

Carrie s'agenouilla près de l'homme.

— Vous avez besoin de soins, lui murmura-t-elle.

Wyatt lui laissa son arme et se rendit dans la salle de bains. L'armoire à pharmacie était ouverte, et son contenu répandu aux quatre coins de la pièce, mais le petit meuble n'avait pas été retiré. Il ne s'agissait pas d'un modèle classique mais d'un coffret de bois délicatement sculpté.

Wyatt le souleva puis le posa au sol, dévoilant un coffre-fort scellé dans le mur. Aussitôt, il fit tourner le cadran en suivant les indications fournies par Madison.

Vingt-six à droite, quinze à gauche, double tour à droite jusqu'à soixante-douze. A ce moment, le verrou cliqueta et la porte s'entrouvrit. Il y avait une liasse de billets de vingt et cent dollars, et derrière, un carnet. Il reposa l'argent et sortit le carnet, le feuilleta : c'étaient des listes de nombres, mais à quoi correspondaient-elles exactement ? Il devrait poser la question à Madison.

Un bruit dans son dos le fit sursauter. C'était Carrie, le visage fermé.

— Il n'a pas tenu ?

— Non, balbutia-t-elle.

— A-t-il dit quelque chose ?

— Il m'a regardée et a dit qu'il avait été stupide.

— C'est tout ?

— Oui.

— Vous avait-il reconnue ?

— Je crois. Il a dû me trahir, et il…

— Pas de conclusions hâtives…

— C'est forcément en rapport avec moi.

— Mais peut-être pas ce que vous imaginez, répondit Wyatt en lui montrant le carnet. Nous ignorons s'il est lié à cette embuscade, ou s'il est impliqué de quelque manière que ce soit, mais je crois que j'ai ce que cherchaient ceux qui ont mis la maison à sac.

— Heureusement que nous n'avons pas croisé leur chemin.

Il lui tendit le carnet et l'observa pendant qu'elle en tournait les pages.

— De quoi s'agit-il à votre avis ?

— Aucune idée, dit-elle en secouant la tête.

Un son assourdissant les interrompit : celui d'une sirène qui approchait.

— La police arrive, marmonna-t-il. Il faut s'en aller.

— Et Madison ?

— On ne peut rien pour lui.

Il sortit un mouchoir en papier de la boîte qui se trouvait par terre et s'en servit pour effacer ses empreintes sur le cadran du coffre. Avait-il touché autre chose dans le bureau ? se demanda-t-il. A priori, non.

La voiture de patrouille était maintenant très proche.

— Allons-y.

Ils traversèrent le couloir en courant, et Wyatt ramassa le pistolet que Carrie avait laissé à terre.

— Désolée, souffla-t-elle.

— Ce n'est pas votre métier.

Il l'emmena vers la porte arrière. Dans la rue, des lumières rouge et bleu dansaient. Ils ne pouvaient s'en aller par là, mais y avait-il une autre issue ?

Maudissant ce mauvais timing, il lui fit longer le jardin, puis ils se trouvèrent face à la clôture de deux mètres. Quel dommage que Madison ait montré tant de zèle pour protéger sa piscine ! pesta Wyatt.

Carrie lui lança un regard inquiet.

— Laissez-moi passer en premier, lui dit-il.

Il se hissa le long de la palissade et l'enjamba. De l'autre côté, il y avait un tasseau sur lequel reposer ses pieds. Il se pencha vers Carrie, lui saisit la main et la souleva jusqu'à ce qu'elle atteigne le sommet de la barrière. Ils atterrirent tous deux dans le jardin jouxtant celui de Madison.

De l'autre côté de la barrière, des bruits de pas précipités résonnaient. Heureusement, ils étaient à présent hors de vue.

— Allez ! lança-t-il.

Se félicitant de s'être garé loin, Wyatt traversa au pas de course un autre jardin, agrémenté lui aussi d'une piscine.

Mais avant que Carrie et lui aient parcouru la moitié du chemin, un chien, apparemment de taille moyenne, se mit à aboyer. S'ils étaient chanceux, les policiers n'y prêteraient pas attention. L'animal était à l'intérieur de la maison. Avec un peu de chance, songea Wyatt, le propriétaire ne le laisserait pas sortir.

Mais des lumières s'allumèrent dans la maison, puis des projecteurs se mirent en marche, illuminant tout le jardin.

Saisissant le bras de Carrie, Wyatt les précipita

tous deux dans un gros buisson. Une porte s'ouvrit au même moment.

Il attendit, le cœur battant. Un homme en jean et chemise apparut dans la lumière émanant d'un couloir.

Wyatt était armé, contrairement à l'homme, mais il n'avait pas l'intention d'ouvrir le feu. Derrière lui, Carrie respirait difficilement : il posa une main sur son bras.

Les secondes s'égrenèrent. Wyatt se força à faire preuve de patience. Ce type ne serait pas assez stupide pour se mettre en danger, non ?

Finalement, la porte se referma. Ils restèrent immobiles une minute de plus, mais les policiers pouvaient surgir à tout moment.

— Il faut y aller, murmura-t-il.

Ils rampèrent à travers le buisson et débouchèrent sur le jardin voisin, puis patientèrent de nouveau.

De nouveaux bruits de pas se firent entendre. Wyatt se figea. Cette fois, il s'agissait d'un policier qui inspectait la rue et balayait du faisceau de sa lampe torche toutes les haies délimitant les jardins.

7

Wyatt fit signe à Carrie de se recroqueviller autant que possible. Il s'aplatit sur elle, dissimulant son visage. Leurs vêtements sombres leur permettraient probablement de rester invisibles, espéra-t-il.

La bouche contre l'oreille de Carrie, il murmura :

— Ne regardez pas en l'air.

L'agent en uniforme approchait, puis s'arrêta non loin d'eux. Wyatt sentit chacun de ses muscles se contracter, alors que de multiples scénarios défilaient dans sa tête.

Après tout, ils cherchaient à échapper à des terroristes. Aussi pourrait-il expliquer leur présence chez Aaron Madison. Mais s'ils se faisaient interpeller, l'interrogatoire serait interminable, ce qui mettrait Carrie en danger puisqu'ils ignoraient qui fournissait les informations aux malfaiteurs.

Aussi, il attendit, tous les sens en alerte tandis que Carrie tremblait. Enfin, les pas s'éloignèrent, mais ils restèrent encore un moment immobiles.

Wyatt finit par relever la tête, s'écarta de Carrie et rampa un peu plus loin afin d'inspecter les alentours. La voie était libre.

— Je vais chercher la voiture, lui dit-il. Restez là.

Il s'attendait à ce qu'elle proteste, mais elle avait dû se rappeler sa remarque au sujet des instructions.

— Je dois être discret, alors ça risque de prendre du temps, murmura-t-il.

— D'accord.

— Ouvrez l'œil. Je remonterai la rue avec les phares éteints.

De nouveau, elle murmura son consentement.

Il resta accroupi, alors qu'il aurait voulu presser le pas. Sa progression était difficile, d'autant que son bras pulsait. Après avoir passé trois maisons, il prit le risque de se redresser.

Luttant contre le désir de courir, il marcha jusqu'à la voiture et en ouvrit la portière. Aussitôt, une veilleuse s'alluma. Il appuya sur l'interrupteur afin qu'elle reste éteinte même lorsqu'il ouvrirait de nouveau la portière, puis il démarra le moteur et conduisit à vitesse modérée jusqu'à l'endroit où se trouvait Carrie.

Elle émergea des buissons et courut vers le véhicule. Une fois qu'elle fut installée, Wyatt alluma les phares pour ne pas attirer l'attention et démarra avant qu'elle n'ait eu le temps de boucler sa ceinture.

Ils arrivèrent au premier croisement : des lumières clignotaient encore devant la maison du procureur. Wyatt tourna en direction inverse, roulant toujours à la manière d'un citoyen responsable jusqu'à ce qu'il débouche sur Wisconsin Avenue.

— Vont-ils découvrir que nous étions là ? s'alarma Carrie.

— Je ne sais pas. Si nous avons laissé des empreintes, oui, ou si un témoin affirme avoir vu un homme et une femme entrer dans la propriété.

— Ça ne prouve pas que c'est nous.

— Non, mais ils risquent d'avoir de fortes présomptions.

Elle prit le carnet de Madison, puis alluma la veilleuse et feuilleta le calepin.

— J'aimerais savoir ce que ça signifie. Certains nombres sont précédés d'un plus, d'autres d'un signe négatif.

— Y a-t-il des dates ?

— Oui, dit-elle en tournant les dernières pages. Dans cette partie, on dirait qu'il n'y a que des moins. Oh ! attendez, un plus.

— Quel est le nombre ?

— Vingt mille.

— Intéressant. Et les nombres négatifs ?

— Ils sont plus petits. Cinq mille. Trois mille. Deux mille.

— Les premières dates sont-elles antérieures à la discussion des terroristes dans le parc ?

— Oui.

— Ce n'est donc pas forcément lié. Mettons ce carnet de côté et voyons si la nouvelle du meurtre a déjà été rendue publique.

Carrie éteignit la veilleuse et alluma la radio, choisissant une station dédiée aux informations. Le journaliste annonça quelques résultats sportifs, puis des nouvelles politiques, et embraya :

— La police a ouvert une enquête suite au meurtre du procureur Aaron Madison, qui a succombé à des blessures portées à l'arme blanche dans son domicile de Bethesda, dans le Maryland. Deux personnes, Carrie Mitchell et Wyatt Hawk, sont activement recherchées à des fins d'interrogatoire concernant cet homicide.

— Quoi ? s'exclama Carrie.

Wyatt lui posa une main sur le bras.

— Du calme, j'aimerais entendre la fin.

Le présentateur poursuivit :

— Ce matin, Mlle Mitchell avait rendez-vous avec le procureur Skip Gunderson afin de lui transmettre des informations relatives à un complot terroriste. Le cadavre de M. Gunderson a été découvert dans le bâtiment où il était censé rencontrer Mlle Mitchell. La police reste sans nouvelles de la jeune femme depuis cet incident.

Carrie se tourna vers Wyatt, paniquée :

— Ils ne peuvent pas avoir déjà analysé nos empreintes !

— Comme je vous l'ai dit, on a pu nous voir fureter autour de la maison. Peut-être la personne qui a appelé la police…

Il s'efforçait de garder une voix posée, mais quelque chose le tracassait :

— Ce que je ne comprends pas, c'est comment ils ont eu mon nom. Il n'a jamais été rendu public.

Il soupira et ajouta :

— Nous voilà revenus à la case départ : aux personnes qui savaient que votre père m'avait engagé.

— Si la police nous arrête…

— Ils peuvent nous incarcérer pour atteinte à la sûreté de l'Etat, la coupa-t-il.

— Pourquoi ?

— Parce que tout est lié à un complot terroriste.

— Ils pourraient nous retenir indéfiniment, sans que nous ayons recours à un avocat ?

— Exactement.

— Mais c'est moi qui ai dénoncé ces malfaiteurs !

— Maintenant que les morts s'accumulent, personne ne connaît vos réelles motivations dans cette histoire.

Ils roulèrent en silence un long moment, jusqu'à ce que des lumières rouge et bleu apparaissent au bout d'une avenue.

— Mon Dieu, s'exclama Carrie. Une voiture de patrouille. Vous croyez que c'est pour nous ?

— Si c'était le cas, il ne serait pas positionné ainsi, répondit Wyatt, en espérant avoir correctement analysé la situation.

Il chercha tout de même un endroit où effectuer un demi-tour, mais il n'y en avait aucun.

A côté de lui, Carrie serrait ses mains sur ses genoux.

— Il ne fait probablement que surveiller le trafic, la rassura Wyatt.

Elle ne répondit rien.

Heureusement, quelques instants plus tard, la voiture de patrouille les laissa passer sans leur prêter attention.

— Notre voiture n'a pas dû être signalée aux autorités, en conclut Wyatt. Personne ne l'a vue près de chez Madison, et je l'ai louée sous un nom d'emprunt.

Carrie acquiesça.

Peu de temps après, il s'engagea sur le parking d'une supérette.

— Que faites-vous ? s'étonna-t-elle.

— Nous devons nous restaurer. De quoi avez-vous envie ?

— Surprenez-moi, dit-elle sans grand enthousiasme.

— Glissez-vous sous le siège pendant que je serai parti.

Il parcourut rapidement les rayons et choisit quelques sandwichs, des boissons et des encas. Lorsqu'il regagna la voiture, Carrie l'observait, mais il ne prit pas la peine de lui rappeler qu'elle était censée se cacher.

De retour au motel, il demanda à Carrie de patienter pendant qu'il inspectait la chambre, puis lui fit signe de le rejoindre. Elle entra puis s'appuya contre la porte qu'elle venait de refermer.

— Je déteste tout ça, bougonna-t-elle.

Puis elle saisit la télécommande et alluma la télévision. C'était le même bulletin d'informations que précédemment, à une nuance près, nota Wyatt : ils diffusaient maintenant une photo de lui, prise lorsqu'il faisait encore partie de la CIA.

Il marmonna un juron.

— Elle n'est pas très récente, non ? releva Carrie.

— Maigre consolation, répliqua-t-il en plaçant du lait et des jus de fruits dans le petit réfrigérateur. Vous voulez boire quelque chose ?

— Vous m'offrez un apéritif ?

— Non, plutôt du jus d'orange ou du lait.

— Du jus, s'il vous plaît.

Il leur servit un verre puis observa Carrie : elle tentait de se relaxer en avalant de petites gorgées.

Il avait très envie de passer ses bras autour de ses épaules, mais il était plus prudent de garder ses distances. Certes, il aurait pu aussi louer une seconde chambre, ou même une suite, mais il ne devait pas la perdre de vue.

— Regardez un film, lui suggéra-t-il.

— Je serais incapable de me concentrer.

— Mais c'est mieux que de s'inquiéter.

Elle retira prestement ses chaussures, puis emporta dans la salle de bains quelques articles achetés au magasin.

Il y eut un bruit de chasse d'eau, puis la douche. Ils avaient passé une partie de la soirée à ramper dans la terre… Et elle resta sous le jet un long moment.

Lorsqu'elle sortit enfin, elle avait enfilé un chemisier propre et un jean. Il devrait suivre son exemple, se dit-il.

— Vous vous sentez mieux ? s'enquit-il.

— Oui. Une douche accomplit toujours des miracles.

Elle choisit un sandwich et le sortit de son emballage, puis se mit à zapper avec la télécommande.

Il n'avait pas envie de regarder la télévision, mais il ne fallait surtout pas qu'il succombe à la tentation de contempler Carrie.

Il alla donc prendre une douche rapide, en veillant à ne pas mouiller son bras blessé, et se changea. Puis, il s'attabla et prit un sandwich. Il l'avala en étudiant le carnet de Madison.

Ces notes correspondaient-elles à des sommes d'argent gagnées ou dues ? Que cela signifiait-il ? Madison était-il impliqué dans des affaires, probablement illégales, où les transactions ne s'effectuaient qu'en liquide ? S'il l'avait caché à sa femme, mais qu'elle avait découvert ce qui se passait, ça expliquait peut-être leur récente rupture ?

Rita Madison serait en mesure de résoudre le mystère que constituaient ces listes. Ils lui rendraient visite, s'ils pouvaient le faire sans attirer trop d'attention.

Il jeta un regard à Carrie : elle s'était endormie sur le lit.

Il l'appela doucement, mais elle ne répondit pas. Il éteignit la télévision, soulagé de ne plus avoir à supporter ce bruit de fond. Ensuite, il ramassa les reliefs de son sandwich et les jeta à la poubelle.

Carrie était couchée au-dessus des couvertures, et il pensa la réveiller pour qu'elle s'installe un peu plus confortablement, mais se ravisa. Mieux valait la laisser se reposer : elle avait eu une journée cauchemardesque et avait besoin de s'en remettre.

Par conséquent, il devait rester éveillé, même s'il était aussi éreinté qu'elle, voire davantage : il s'était fait tirer dessus quand même. Et s'il ne dormait pas, il serait en petite forme le lendemain, alors qu'il aurait besoin de toutes ses facultés pour comprendre ce qui se passait.

Il marcha jusqu'au lit et observa Carrie quelques instants, comme hypnotisé par sa respiration régulière.

A la résidence sécurisée, il avait tenté d'éviter tout contact direct avec elle, mais il l'avait souvent observée à la dérobée. Il s'offrait maintenant le plaisir de contempler ses traits délicats, les longs cils qui bordaient ses paupières, ses cheveux courts et sombres qui, s'ils ne correspondaient pas à son style naturel, lui allaient bien. De toute façon, quelles que soient la couleur ou la coupe de ses cheveux, elle resterait jolie.

Il se délecta de son visage, et ses yeux vagabondèrent jusqu'au creux de son cou, la courbe de ses seins puis celle de ses hanches.

Il s'imagina la rejoignant sous les draps, la prenant dans ses bras, la caressant à tous ces endroits qu'il rêvait de découvrir. Une érection pointa alors sous son jean, et il se détourna d'elle pour saisir le sac contenant le matériel de soins.

Il ferma la porte de la salle de bains, puis retira son T-shirt et le bandage. Son bras était douloureux lorsqu'il le pliait, mais il n'y avait que quelques gouttelettes de sang sur la bande de gaze. Il l'enleva et se tourna pour observer la plaie dans le miroir, s'assurer qu'elle guérissait correctement. Il en toucha les abords : la zone était sensible, mais elle n'était plus gonflée. Il appliqua donc une nouvelle dose d'antiseptique et banda la plaie.

Lorsqu'il ressortit de la salle de bains, il laissa la lumière allumée et la porte entrouverte. Puis, il jeta un œil au radio-réveil : 11 heures passées. Il n'attendait aucune visite inopportune, mais dormir habillé était certainement une bonne idée.

Il s'installa sur son lit avec son ordinateur portable et effectua des recherches sur Aaron Madison.

Quand ses paupières se firent trop lourdes, il s'allongea et repensa à tout ce qui s'était passé au cours des dernières heures. Beaucoup trop pour une seule journée. Il ferma les yeux. Le moindre bruit le réveillerait, il le savait.

Carrie étouffa un cri. Elle était sur la banquette arrière d'une grosse berline noire, en route pour rencontrer Skip Gunderson. Elle accomplissait son devoir de citoyenne, elle le savait, mais la tension augmentait de minute en minute, bien qu'elle soit assise à côté de Wyatt. Elle s'attendait au pire, car cette fois elle connaissait le déroulement des événements. Elle se retrouvait là où elle en était avec Wyatt auparavant, lorsqu'il était froid et distant. Il était d'ailleurs figé telle une statue, le regard fixé au loin.

— Wyatt ?

Il ne répondit pas, ne tourna même pas la tête vers elle. Elle voulait tendre une main vers lui, mais ce serait inutile. La voiture s'arrêta devant la barrière menant au parking du bâtiment gouvernemental, et ses nerfs vibrèrent comme un élastique tendu à se rompre. Même en connaissant la suite, elle ne parvint pas à bondir de son siège. Le faux gardien introduisit son bras dans la voiture et leur tira dessus, comme ce matin, et Wyatt réagit en abattant l'homme avant de la faire sortir du véhicule.

Elle fuyait avec Wyatt, mais cette fois, c'était différent, elle était persuadée qu'ils allaient mourir. Wyatt courait dans des couloirs violemment éclairés, en tirant sur leurs agresseurs dont les balles venaient se ficher dans le sol à quelques centimètres d'eux. Tout était si réel et si prenant : Wyatt et elle ne pourraient s'en sortir.

Elle gémit, et des mains lui agrippèrent les bras. Elle hurla, tenta de s'échapper, certaine que les terroristes l'avaient attrapée et la tenaient fermement.

Elle batailla contre son ennemi, lui assenant force coups de pied, le repoussant de ses mains : il en grogna de douleur. Comme il lui parlait, elle essaya de se concentrer sur ses paroles :

— Carrie, tout va bien. Carrie, c'est Wyatt.

— Wyatt ?

Elle cligna des yeux, puis le dévisagea.

— Wyatt ? répéta-t-elle.

— Oui.

Elle inspira puis expira longuement, comprenant enfin sa méprise.

— Je vous ai blessé, Wyatt ! Oh mon Dieu, je suis désolée.

— Je vais bien.

Wyatt était près d'elle, mais tout le reste était flou. Elle ne se trouvait ni dans son appartement de Columbia, ni chez son père, et pas non plus à la résidence sécurisée. Elle était étendue sur un lit, toute habillée. Où était-elle donc ?

La réalité prit enfin le dessus : son cauchemar n'était qu'une autre version de sa réalité. Sa nouvelle réalité.

— Ce n'était qu'un rêve, murmura-t-il.

— Oui. Et vous étiez si distant… comme au début. Je détestais ça.

Elle regretta aussitôt d'avoir prononcé ces mots.

— Je suis désolé.

— Ce n'est pas votre faute, plutôt celle de mon subconscient, corrigea-t-elle en grimaçant.

Ce n'était pas vraiment mieux de dire ça…

— Quelle heure est-il ? reprit-elle.

— 4 heures du matin.

— Je vous ai réveillé.

Elle pensait avoir maîtrisé sa peur, mais celle-ci avait envahi son sommeil, se devait-elle de constater.

— Ce n'est pas grave, la rassura Wyatt. Vous voulez me parler de votre cauchemar ?

Pas vraiment, songea-t-elle. Mais elle lui devait une explication.

— J'ai revécu ce qui s'est passé ce matin. Vous m'avez accompagnée chez le procureur, vous avez abattu ce faux garde, et vous avez ouvert le feu sur les terroristes qui nous poursuivaient. Nous courions dans des couloirs interminables, avec eux sur nos talons, en train de nous tirer dessus.

Jusqu'alors, il avait été penché sur elle, mais subitement il s'installa à côté d'elle et lui caressa le bras, puis les cheveux.

— Ce devait être terrifiant.

— J'étais persuadée que nous allions mourir.

Elle roula vers lui, recherchant la chaleur de son corps. Elle ne voulait plus penser à ce rêve, ni en parler.

— Tout va bien, ma chérie, murmura-t-il, la bouche contre son oreille.

Ma chérie ? se répéta-t-elle. Cela lui avait-il échappé parce qu'il voulait la rassurer ? Ou le pensait-il vraiment ? Comment en avoir le cœur net ?

Submergée par les émotions, elle tourna la tête, si bien que ses lèvres frôlèrent la bouche de Wyatt. Il s'apprêta à reculer, mais elle lui passa une main sur la nuque et le maintint près d'elle.

Deux jours plus tôt, elle n'aurait jamais songé à l'embrasser. Il était bien trop distant. Mais maintenant elle savait qu'il avait adopté cette attitude afin de préserver l'aspect strictement professionnel de leur relation.

Elle avait appris à le connaître, et à se connaître aussi. Elle avait toujours cru se suffire à elle-même, mais là, elle avait besoin de cet homme à un point qu'elle ne pouvait comprendre.

Leurs lèvres se scellèrent, et elle s'agrippa à lui. Son monde, celui dans lequel elle avait évolué toute sa vie, venait de voler en éclats. Wyatt constituait son dernier repère. S'il la repoussait, sa réalité allait s'annihiler.

Elle pressa un peu plus ses lèvres contre les siennes, et il lui retourna son baiser. Bien sûr, elle voulait qu'il la réconforte. Mais visiblement, lui aussi. Il semblait se délecter d'elle, et leur subite passion frôlait le désespoir. Hier, ils avaient eu un aperçu de l'enfer : ils étaient seuls pour l'affronter.

Son cœur battit plus vite jusqu'à ce qu'il l'attire contre lui et que ses mains lui parcourent frénétiquement le dos. Son contact, au début, avait été réconfortant, mais exprimait maintenant une sensualité qu'elle n'aurait jamais imaginé le voir posséder. Ou peut-être l'avait-il juste enfouie au plus profond de lui, avant qu'elle ne la fasse remonter à la surface. A cette idée, son rythme cardiaque s'emballa de plus belle.

Durant un long moment, il lui caressa les seins, les hanches, les fesses, envoyant des vagues de sensations sur sa peau qui envahissaient ensuite son corps pour l'embraser de l'intérieur. Comment avait-elle pu le trouver froid ? Son simple contact lui coupait le souffle.

Elle ferma les yeux, s'agrippa à lui, et ils roulèrent doucement sur le lit. Le sexe gonflé de Wyatt pressa contre son intimité, et elle s'en réjouit, jusqu'à ce qu'il s'écarte subitement d'elle.

Elle ouvrit les yeux : il avait un regard sombre et profond.

— Wyatt ?

— Nous devons nous arrêter là, vous le savez, dit-il d'une voix devenue rauque.

— Pourquoi ? répondit-elle en s'efforçant de garder un ton calme. Puisque nous en avons tous deux…

Il lui posa un doigt sur les lèvres, l'empêchant de finir sa phrase.

— L'envie n'est pas le problème. Nos émotions ont été soumises à rude épreuve hier. Vous ne faites que réagir à ce rêve, et au fait que vous avez frôlé la mort. Je ne voudrais pas…

Cette fois, ce fut lui qui n'acheva pas sa phrase, visiblement mal à l'aise.

— Vous quoi ? insista Carrie.

— Je refuse de profiter de la situation.

— C'est absurde.

Ce n'était pas la vérité, elle le savait. Il ne tirait pas parti d'elle.

— Vous êtes en pleine crise émotionnelle, ajouta-t-il.

Son analyse était certainement sincère, mais elle aurait aimé qu'il lui explique le soudain embrasement qui s'était produit chez eux.

Il s'assit sur le lit et se passa une main dans les cheveux, puis se leva, s'éloignant d'elle, essayant de retrouver son calme.

Elle aussi avait du mal à contrôler son corps, et notamment son cœur qui pulsait douloureusement dans sa poitrine.

Que se passerait-il si elle se levait et le rejoignait ? Reviendrait-il vers elle, et achèveraient-ils ce qu'ils avaient entamé ? C'était tentant, mais elle ne supporterait pas un second refus.

Elle se contenta donc de se redresser dans le lit.

— Ça va aller ? s'enquit-il.

Elle faillit lui demander de la serrer dans ses bras, mais se contenta d'un « oui » et replaça son oreiller plus confortablement sous sa nuque.

Elle ferma les yeux, espérant qu'il la rejoindrait. Mais rien ne se passa. Elle attendit quelques minutes, puis entrouvrit doucement les paupières : il avait pris son portable et travaillait sur la table.

Persuadée qu'elle ne retrouverait pas le sommeil, elle l'observa subrepticement, mais la fatigue l'obligea à capituler.

Ce fut l'odeur du café frais qui la réveilla. Elle cligna les yeux et regarda Wyatt, puis le radio-réveil. Il était 9 heures.

— Pourquoi ne m'avez-vous pas réveillée ?

— Vous aviez besoin de dormir. Comme ils offrent le petit déjeuner, je suis allé nous chercher de quoi nous sustenter. Et ça a l'air bien meilleur que les sandwichs rassis d'hier soir, indiqua-t-il d'une voix absolument neutre, comme si rien ne s'était passé pendant la nuit.

— Merci, répondit-elle placidement.

Après tout, elle aussi pouvait feindre l'amnésie.

Il désigna la table et le plateau chargé de café, de jus de fruits, de brioches à la cannelle et d'œufs durs.

Elle le rejoignit, et ils prirent tous deux leur premier repas de la journée.

— A quoi travailliez-vous quand je me suis endormie ? demanda-t-elle en se tournant vers l'ordinateur.

— J'ai déniché l'adresse de la femme de Madison, mais si nous nous y rendons, nous risquons d'y croiser beaucoup de monde.

— Si nous nous habillons de manière plus formelle, nous pouvons nous y présenter comme des amis de son mari et demander à lui parler en privé.

— Ça peut marcher, mais ce n'est pas sans risques.

Elle posa sa tasse de café pour saisir la télécommande, puis se brancha sur CNN. Ils étaient encore à la une de l'actualité : les journalistes spéculaient sur leur présence au domicile d'Aaron Madison durant la nuit.

— Pauvre femme, murmura Carrie. Même s'ils étaient séparés, la nouvelle de son décès a dû la bouleverser.

Douglas Mitchell remuait frénétiquement sur son lit étroit. Ses ravisseurs lui avaient permis de se rendre aux toilettes, puis avaient de nouveau attaché sa main au lit. Ils lui avaient aussi apporté de l'eau et un sandwich, qui semblait venir d'un supermarché.

Il s'assit dans la pénombre, mastiquant lentement son repas. Depuis combien de temps était-il captif ? Des jours ? Quelques heures ? Il secoua la tête. Cette perception déformée du temps le rendait fou.

Mais il était sûr d'une chose : Carrie était toujours en cavale, puisqu'il était encore en vie.

Il serra les dents : il était totalement à la merci de ces hommes. Il en avait vu trois lorsqu'il s'était rendu à la salle de bains. Tous étaient jeunes, âgés d'une trentaine d'années. Et ils avaient l'air de bons petits fermiers du Midwest. Pas vraiment le profil habituel du terroriste. Mais ces types avaient seulement parlé de l'argent qu'ils touchaient pour ce qu'ils faisaient. Se fichaient-ils de ce complot ?

Il avala une petite gorgée d'eau. Ne devrait-il pas en garder pour plus tard ? Il était plus prudent de l'économiser, non ? Mais il ferait mieux de finir son sandwich, qui ne se conserverait pas.

Il soupira. Connaissait-il cette maison ? Il n'en était pas sûr, mais elle lui semblait familière.

Il se souvint d'un ami qui lui avait fait part de ses problèmes de mémoire. Il prenait alors beaucoup de médicaments, et quand son nouveau médecin en avait supprimé une majorité, tout était rentré dans l'ordre. Son problème venait-il de là ?

8

Carrie finissait son petit déjeuner, quand Wyatt relança la conversation.

— Quelque chose me dit que Madison est impliqué dans cette affaire.

— C'est peut-être une coïncidence, rétorqua-t-elle.

— Sa maison a été mise à sac, et il a été assassiné le même jour que Gunderson, avec qui vous aviez un rendez-vous qui a failli vous coûter la vie ? Peu plausible.

— Alors nous devrions aller présenter nos condoléances à sa veuve.

— Mais s'il y a des journalistes devant chez elle, nous passerons notre chemin.

— Et ensuite ? demanda-t-elle.

— Nous suivrons la prochaine piste.

— Laquelle ?

— Euh, laissez-moi réfléchir…

Son petit déjeuner terminé, Carrie alla faire sa toilette et se changer.

— Nous allons devoir nous arrêter dans une boutique un peu plus chic, la prévint-il en désignant son jean et son T-shirt.

Elle acquiesça.

— Pourtant, je préférerais éviter les lieux publics, ajouta-t-il.

— Ne vous inquiétez pas, je serai rapide, le rassura-t-elle, tout en commençant à planifier ce qu'elle devrait acheter.

Si elle choisissait une robe, il lui faudrait des collants et des chaussures assorties. Aussi valait-il mieux se contenter d'un pantalon classique et d'une veste sombre.

Wyatt se mit lui aussi à réunir ses affaires.

— Nous quittons le motel ? s'étonna-t-elle.

— Mieux vaut ne pas rester au même endroit deux nuits de suite.

— Dans ce cas, nous avons besoin d'une valise, suggéra-t-elle en rassemblant ses effets dans les sacs plastique.

— Mettez votre chapeau, lui rappela Wyatt.

— Je déteste en porter.

— Quand tout ceci sera fini, plus personne ne vous y obligera.

Elle réprima un soupir. Wyatt serait-il encore là lorsque ses cheveux auraient repoussé et qu'elle aurait retrouvé sa teinte naturelle ? L'espérait-elle vraiment ? Evidemment, mais elle ne pouvait s'attarder sur cette pensée. Pour le moment, elle devait s'en sortir vivante.

Il réitéra ses consignes de sécurité, puis lui fit signe de le rejoindre à la voiture.

Ils roulèrent jusqu'au centre commercial de Columbia.

— La boutique Macy's est une valeur sûre, lui rappela-t-elle.

— D'accord. Je vais choisir un pantalon, une veste et une chemise, et aussi des mocassins. Retrouvons-nous au rayon des bagages. Encore une chose. Le magasin est truffé de caméras, et il y en aura aussi devant chez Rita Madison. Gardez le visage baissé, comme si vous deviez observer vos pieds pour marcher droit.

— Vous pensez que la police visionne ces bandes ?

— Mieux vaut se tenir prêt. Si quelqu'un croit nous avoir repérés, les policiers saisiront les enregistrements.

Une fois dans le magasin, ils se séparèrent.

Carrie avait toujours détesté le shopping. Et davantage ce matin, car elle craignait d'être observée. Aussi, pour minimiser les risques, elle tenta d'optimiser ses courses : elle choisit un pantalon habillé qui semblait lui aller, puis une veste noire à fines rayures blanches qu'elle coordonna avec un petit haut blanc. L'ensemble était seyant, et allait bien avec les chaussures basses qu'elle portait pour se rendre au rendez-vous avec Gunderson.

Au rayon bagagerie, elle ne trouva pas Wyatt immédiatement. Ce n'est que lorsqu'un grand homme en blazer bleu marine et pantalon gris se retourna qu'elle remarqua son changement d'apparence. Elle ne l'avait vu qu'en jean, dans lequel il donnait l'air d'un agent plutôt coriace, alors que dans sa nouvelle tenue il semblait bien plus policé et aurait été parfaitement à sa place au sein d'un conseil d'administration.

— Dites, vous portez vraiment bien le costume, le complimenta-t-elle.

— Vous aussi, répondit-il en détaillant sa tenue à la fois classique et flatteuse.

Une fois les valises et les vêtements payés, ils retournèrent à la voiture et prirent le chemin emprunté la veille, en passant par Beltway et Wisconsin Avenue.

— Nous devrions discuter de la manière dont nous allons nous présenter, proposa Wyatt.

— D'accord. Comment voulez-vous la jouer ?

— Eh bien, si on nous demande où nous avons rencontré Aaron, nous pourrions dire que c'était au country club.

— Mais si des membres du club sont présents chez Rita ?

— C'est peu probable. Il a été exclu il y a six mois parce qu'il ne pouvait plus payer sa cotisation.

— Comment le savez-vous ?

— J'ai pris quelques renseignements pendant que vous dormiez.

— Et qu'avez-vous découvert d'autre ?

— Qu'il avait atteint le plafond de toutes ses cartes de crédit. Et que sa femme possédait un fonds fiduciaire de sa famille. Elle s'en est servie pour acheter son appartement.

— Ainsi, elle ne dépendait pas de son mari.

— Oui, heureusement pour elle.

— Décrivez-la-moi, lui demanda-t-elle. Il ne faudrait pas que je m'adresse à une visiteuse en pensant qu'il s'agit de la veuve.

— C'est une jolie blonde d'une trentaine d'années. Ses cheveux sont coupés à la garçonne, et son maquillage toujours impeccable. Elle prend grand soin d'elle et veille à ne jamais acheter autre chose que du 36.

— On dirait que vous n'êtes pas attiré par les femmes minces.

Il lui jeta un regard interrogateur, puis se concentra de nouveau sur la route.

— Dans notre société, reprit-il finalement, la minceur est une véritable obsession.

— Mais il y a aussi beaucoup des personnes obèses.

— Oui, étrange contraste.

Ils roulèrent en silence pendant quelques minutes jusqu'à ce que Wyatt s'éclaircisse la gorge.

— Oui ? fit-elle.

— Pour notre couverture… nous devrions dire que nous sommes mariés.

Le silence régna de nouveau dans la voiture, mais Carrie ne put s'empêcher de le taquiner.

— Et pour quelle raison ?

— Parce que ça paraît logique, si nous venons ensemble. Vous avez une meilleure idée ?

— Nous travaillions tous les deux avec lui.

— Rita connaît certainement ses collègues, rétorqua-t-il.

— C'est vrai. Utilisons donc le country club, et de fausses identités.

— Etant donné que je suis déjà Will Hanks pour la location de la voiture, vous pouvez être Carolyn Hanks.

— Vous n'avez pas perdu de temps. Y aviez-vous déjà pensé ?

Il confirma d'un hochement de tête.

— Carolyn Hanks et Will Hanks, répéta-t-elle comme pour se familiariser avec ces noms. Si nous parlons à Rita, laissez-moi engager la conversation.

— Pourquoi ?

— Parce que nous serons entre femmes et qu'elle se confiera peut-être plus aisément.

Il y réfléchit un instant.

— Bien, mais nous devrons ajouter un hameçon afin de ne pas dévier de notre sujet.

— De quoi parlez-vous ?

— C'est un truc d'espion. Dites-lui que vous avez perdu votre premier mari il y a quelques années, et que vous savez ce qu'elle ressent.

— Ce scénario devient de plus en plus complexe, pas vrai ?

— Nous devons être prêts.

— Et alors, que faisiez-vous avec Aaron ? renchérit-elle. Vous jouiez au tennis, au golf ?

— Je ne tiendrai pas longtemps la distance si on

me parle de golf ou de tennis, alors mettons que nous allions à la salle de musculation ensemble.

— D'accord, répondit-elle.

Wyatt avait été en effet un utilisateur assidu des appareils qui se trouvaient dans la résidence sécurisée.

Ce souvenir la décontenança. Pendant une semaine, elle avait vécu avec lui et partagé cette salle de sport. A présent, cela semblait remonter à une éternité. A vrai dire, tous ses repères avaient été chamboulés, à plusieurs reprises, ces dernières semaines.

Ils arrivèrent à la résidence de Rita Madison, l'un de ces luxueux gratte-ciel proches du centre commercial à l'intersection de Winston et Western. Ils sillonnèrent le quartier en voiture, afin d'inspecter les alentours.

— Pas de camion de régie, observa Carrie.

— Espérons que les reporters ne se cachent pas dans les buissons.

— Vous n'y pensez pas, tout de même ?

— Difficile de prédire ce qu'ils vont faire. J'ignore encore où ils se sont procuré ma photo.

Sa remarque fit frissonner Carrie, et elle resta sur ses gardes jusqu'à ce qu'ils aient atteint l'immeuble.

Apparemment, il s'agissait du type de résidence où l'on ne peut entrer sans être résident ou annoncé.

— Puis-je vous aider ? leur demanda une dame âgée en costume sombre qui se tenait derrière un comptoir rappelant la réception d'un hôtel.

Wyatt approcha et Carrie le suivit.

— Nous venons présenter nos condoléances à Rita Madison, appartement 315.

La femme prit un air dépité.

— Oui, c'est tellement triste. Nous avons appris la nouvelle hier soir, lors du journal télévisé. Mme Madison n'a emménagé ici qu'il y a quelques mois.

— Après avoir quitté Aaron ?

— Oui.

— Nous espérions qu'ils se réconcilieraient, reprit Wyatt.

La dame âgée acquiesça et leur désigna l'ascenseur.

Une fois dans la cabine, Carrie observa Wyatt du coin de l'œil. Il aurait pu être acteur, car il avait le don de se fondre dans un personnage. Comme il l'avait fait avec elle au début, à la résidence : il s'était montré froid et distant parce que c'était l'image qu'il voulait lui donner. Ce n'était qu'une façade, elle l'avait compris. Mais comment savoir ce qu'il pensait vraiment d'elle et de leur relation ?

Elle arrêta de se poser des questions lorsqu'ils atteignirent le troisième étage. La porte du 315 était entrouverte, certainement pour éviter à la jeune veuve de devoir accueillir chaque visiteur qui s'y présentait.

Ils entrèrent dans un vestibule au sol de marbre qui aurait pu constituer l'allée de garage d'une maison ordinaire. Ensuite venait une salle à manger à l'ameublement très formel, avec des reproductions de pièces anglaises du XVIIe siècle.

Carrie repéra immédiatement Rita Madison. Silhouette longiligne et chevelure blonde, la jeune femme n'était cependant pas maquillée. Elle conversait avec un homme en costume noir, dont la chemise, noire elle aussi, était rehaussée d'un col blanc. Son pasteur. D'autres personnes discutaient à voix basse ou buvaient du café, tout en grignotant.

Carrie se tourna vers la table de la salle à manger où le buffet avait été dressé. Une jeune femme aux cheveux sombres entra alors dans la pièce et débarrassa les assiettes et les verres vides.

Rita Madison leva les yeux vers eux et se raidit. La

jeune veuve devait se demander qui ils étaient, songea Carrie. Craignait-elle l'irruption des acolytes de son mari ? Qu'ils viennent faire du grabuge ? A moins qu'elle ne les ait reconnus après les avoir vus à la télé ?

— Madame Madison ? demanda-t-elle. Je suis navrée de vous rencontrer dans de telles circonstances, mais nous tenons à vous présenter nos condoléances.

Le pasteur posa une main sur l'épaule de Rita.

— Je vais me servir un café, je vous laisse à vos visiteurs.

Rita parut un peu réticente à le voir s'éloigner, mais elle ne le retint pas, et l'homme se dirigea vers le buffet.

Elle se tourna alors vers Carrie et Wyatt.

— Qui êtes-vous ? demanda-t-elle un peu froidement.

— Nous… enfin je voyais souvent Aaron au country club, répondit Wyatt. Nous discutions fréquemment dans la salle de musculation, et nous avions même organisé un concours de développé couché.

— Aaron aimait beaucoup la compétition, murmura Rita.

— Je m'appelle Will Hanks, et voici ma femme, Carolyn.

— Ravie de vous rencontrer. Oups, se reprit-elle, ce n'est pas ainsi que je voulais l'exprimer, mais j'ai un peu de mal à trouver les mots justes aujourd'hui.

— Je comprends, répondit Carrie sur un ton compatissant. J'ai perdu mon premier mari il y a quelques années, aussi je sais ce que vous ressentez.

Rita acquiesça.

— Pourrions-nous vous parler en privé ? demanda alors Wyatt.

— A quel sujet ?

— Aaron n'aurait pas aimé que nous en discutions en public.

Sa remarque avait dû déclencher quelques signaux d'alarme chez Rita, car elle les fixa soudain d'un regard pénétrant, nota Carrie.

— Pouvons-nous nous isoler ? insista-t-elle. C'est important.

Rita hésita et regarda autour d'elle. Baissant la voix, elle leur glissa :

— J'espère que vous n'en profiterez pas pour m'abattre si nous allons dans ma chambre.

— Certainement pas, répondit Wyatt.

Ils la suivirent dans le couloir. Carrie, d'un regard, manifesta son étonnement à Wyatt : tout s'était enchaîné très facilement. Mais lui semblait plus circonspect.

Ils entrèrent dans une grande chambre, décorée dans le même style que le reste de l'appartement. Rita ferma la porte et alla chercher quelque chose dans sa table de chevet.

Quand elle se retourna vers eux, elle tenait dans sa main tremblante un petit pistolet.

Carrie réprima un cri.

— Vous mentez, tonna Rita. Dites-moi ce que vous attendez de moi. Ou peut-être devrais-je appeler la police ?

Elle les fixait d'un œil rageur. La gorge de Carrie se serra.

— Nous sommes venus parce que nous avons un gros problème, intervint Wyatt, et nous espérons que vous pourrez nous aider.

— Vous êtes le couple recherché par la police, n'est-ce pas ?

— Oui.

— Avez-vous tué mon mari ?

— Non.

— Mais vous étiez chez lui hier soir. Et vous m'avez menti. Vous ne connaissiez pas Aaron.

— Je l'ai rencontré parce qu'il s'occupait du dossier de Carrie, corrigea Wyatt. Je suis désolé d'avoir inventé cette histoire, mais nous avions besoin d'un prétexte pour vous poser quelques questions.

— Que savez-vous au sujet de la mort de mon mari ?

— Quand nous sommes arrivés chez lui, il était à terre et avait perdu beaucoup de sang. Nous ne pouvions plus rien pour lui.

— Si j'avais été là..., gémit Rita.

— Ils vous auraient probablement tuée aussi.

Sa remarque fit frissonner la jeune veuve. Elle en baissa légèrement son arme, au grand soulagement de Carrie.

— Qu'avez-vous découvert ? reprit Rita.

— La maison avait été fouillée par quelqu'un qui se moquait de laisser un véritable chaos derrière lui, répondit Wyatt. Aaron était dans son bureau. Il a lutté pour nous transmettre quelques informations, mais il était trop tard. Il m'a seulement confié la combinaison de son coffre-fort.

— Son coffre-fort ? répéta Rita, les yeux écarquillés.

— Savez-vous ce qu'il contenait ?

— Aaron ne m'a jamais donné la combinaison. Qu'y avez-vous trouvé ?

— De l'argent, pour commencer. Nous l'y avons laissé, expliqua Wyatt sans la quitter du regard. Et un carnet contenant des notes que nous ne pouvons déchiffrer. Je vais vous le montrer, mais pour cela je vais devoir le sortir de ma poche. Je procéderai très lentement afin que vous puissiez suivre mes gestes. Je ne suis pas armé. Ne tirez pas.

Il glissa sa main dans la poche de sa veste et en

sortit le calepin. Carrie ne se souvenait pas l'avoir vu le prendre au motel.

— Pouvez-vous nous dire de quoi il s'agit ? demanda-t-il à Rita.

9

Carrie scrutait Rita. Celle-ci prit le carnet des mains de Wyatt et le soupesa comme si elle cherchait à en évaluer le poids.

— L'aviez-vous déjà vu ? demanda Wyatt.

— Je ne crois pas, répondit-elle en feuilletant les pages et en parcourant des yeux les listes de nombres.

— Encore une chose qu'Aaron me dissimulait, dit-elle en secouant la tête. Il avait certainement honte de ce que ça représentait.

— Pourquoi ? la pressa Wyatt.

La respiration de Carrie se stabilisa, mais elle était impatiente d'en apprendre davantage.

— Je pense que ces nombres représentent les gains et les pertes de jeu de mon mari.

— Il était accro ? s'étonna Wyatt.

Rita reposa le pistolet dans le tiroir. A présent, son visage exprimait une profonde tristesse.

— Je l'ignorais quand je l'ai épousé, mais il était déjà en état de dépendance. Les premiers temps, il gagnait, et je me demandais d'où venait cet argent… En début de carrière, le salaire d'un procureur n'est pas très conséquent. Un soir, nous avons eu une dispute durant laquelle il s'est vanté de ne pas avoir son pareil pour choisir le bon cheval ou gagner au black jack. Mais la chance a tourné. Il n'en parlait plus, mais son comportement le trahissait. Je me doutais qu'il avait des dettes, et j'avais si peur de ce qui se passerait s'il ne les honorait pas. Je l'ai supplié de se faire soigner, mais il a refusé. Alors je l'ai quitté.

Carrie pensa alors à la famille de Rita.

— Vos parents n'auraient-ils pas couvert ses dettes ?

— Je les avais déjà sollicités, et ils m'avaient clairement fait comprendre qu'ils ne le sauveraient pas une seconde fois.

Carrie acquiesça.

— Il était donc prêt à faire certaines choses pour de l'argent, qu'il aurait refusées dans d'autres circonstances ? insinua Wyatt.

— Je l'ignore, et à vrai dire, je ne voulais rien savoir, expliqua Rita avec un regard implorant, tout en serrant et desserrant ses poings. Un jour, il a vendu un bijou qui était dans ma famille depuis des générations. Après cela, il a entreposé mes objets de valeur dans un coffre dont je n'avais pas la clé.

Carrie hocha la tête.

— C'était comme s'il prenait de la drogue, poursuivit Rita, se parlant plus à elle qu'à eux. Une maladie dont il ne parvenait pas à guérir. J'ai essayé de l'aider, mais en vain.

Carrie lui posa une main sur le bras.

— Nous sommes désolés de vous importuner, et aussi d'avoir inventé cette histoire, mais nous sommes dans une situation critique. Nous tentons de démasquer les auteurs de ces attaques. Je veux dire, ceux qui se cachent derrière ces terroristes fantoches.

— Je peine à imaginer ce que vous vivez, soupira Rita, et je m'excuse de vous avoir menacés d'une arme.

— C'est compréhensible, la rassura Wyatt, étant donné que la police nous présente comme des suspects.

Vous ont-ils confié un élément qui n'a pas été rendu public ?

— Non, à part qu'ils souhaitaient vous parler au sujet de ce qui s'était passé hier soir.

Wyatt se rembrunit.

— Nous ferions mieux de partir, lança-t-il.

Puis, regardant Rita droit dans les yeux, il ajouta :

— Ils vont sûrement visionner les enregistrements des caméras de surveillance, et ils risquent de vous demander de quoi nous avons parlé. Je vous serais reconnaissant de ne pas leur révéler le but de notre visite.

Son regard se fit plus pressant, et il poursuivit :

— Leur avez-vous parlé du problème d'Aaron ?

— Non, convint-elle en rougissant.

— Il le faudrait peut-être.

— Pourquoi ?

— Cela leur fournit un autre mobile pour le meurtre, qui nous disculpe par la même occasion.

— Vous avez dit qu'il y avait de l'argent dans le coffre ? Pourriez-vous m'en donner la combinaison ?

— Oui.

Elle nota les indications que Wyatt lui fournit, et les déposa dans le tiroir, près de son arme.

— Merci.

Carrie la serra dans ses bras.

— Je suis profondément désolée du décès de votre mari, et aussi de vous avoir approchée de cette manière.

— Je comprends.

— Nous ferions mieux d'y aller, les coupa Wyatt.

— Laissez-moi vérifier que la voie est libre, leur proposa Rita.

Lorsqu'elle eut quitté la pièce, Carrie se tourna vers Wyatt.

— Vous pensez qu'Aaron a prévenu les terroristes de l'heure et du lieu de mon rendez-vous ? Pour de l'argent ?

— Possible. S'il craignait que la mafia soit à ses trousses, il était certainement prêt à tout.

— La mafia ?

— Vous croyez qu'il faisait ses paris chez le lapin de Pâques ?

Avant que Carrie ne réplique, Rita était entrée précipitamment dans la pièce.

— L'inspecteur Langley est dans mon salon.

— Que fait-il là ? s'alarma Wyatt.

— Il veut en apprendre davantage sur Aaron. Mais ça me gêne de lui parler de son addiction.

Carrie agrippa le bras de Wyatt.

— Qu'allons-nous faire ? S'il nous trouve ici, il va nous emmener au poste.

— Je réfléchis, pesta-t-il.

Puis il s'adressa à Rita :

— Y a-t-il une autre issue ?

— Il y a bien une porte de service dans la cuisine, mais vous devez passer par le salon pour y accéder.

— Prenez l'uniforme de la serveuse, suggéra Wyatt à Carrie.

— Pardon ? s'exclama-t-elle, en écarquillant les yeux.

— Ça vous permettra de sortir d'ici.

— Et vous ? s'enquit-elle.

— J'emploierai une autre méthode.

Il se tourna vers Rita et lui demanda :

— Demandez à l'hôtesse de venir.

Lorsqu'elle eut quitté la pièce, il expliqua à Carrie :

— Rita et sa domestique ne doivent pas être vues

comme des complices par les autorités. Surtout si la police les interroge.

— Que voulez-vous dire ?

— Que nous allons les contraindre à nous obéir.

Rita Madison réapparut suivie de la serveuse. Wyatt sortit alors son pistolet, qu'il dissimulait dans sa veste.

Rita et la jeune femme sursautèrent.

— Mon amie a besoin de votre uniforme. Enlevez-le, ordonna-t-il d'une voix sévère. Vous porterez les vêtements qu'elle va vous laisser.

La serveuse le dévisagea d'un air hébété, et il gronda :

— Dépêchez-vous, nous n'avons pas de temps à perdre. Vous préférez que je m'en charge ?

La serveuse déboutonna son uniforme pendant que Carrie enlevait son pantalon, sa veste et son corsage. L'uniforme était un peu large pour Carrie, mais il ferait l'affaire.

Une fois l'échange opéré, Wyatt se tourna vers la serveuse.

— Entrez dans la salle de bains. Vous aussi, Rita. Et gardez le silence pendant vingt minutes.

La jeune veuve paraissait ébranlée, mais acquiesça. Wyatt referma la porte sur les deux femmes, et regarda Carrie.

— Quittez cet appartement. On se retrouve à la voiture.

Elle répondit d'un hochement de tête.

Il attrapa une chaise et l'inclina de manière à bloquer la porte de la salle de bains.

— Ne traînez pas, ordonna-t-il.

— Combien de temps dois-je vous attendre ? dit-elle, alors que son cœur battait à tout rompre.

— Pas plus de dix minutes. Et si vous entendez des sirènes, allez-vous-en.

— Je…

— Allez-y, s'agaça-t-il.

Elle le serra dans ses bras, puis recula. Tout ce qu'ils entreprenaient semblait voué à l'échec, mais elle ne comptait pas se rendre au premier inspecteur venu.

Adoptant un air naturel, elle longea le couloir.

Lorsque le regard du policier se posa sur elle, elle se força à avancer, et poussa un soupir une fois arrivée dans la cuisine. Un instant, elle crut qu'il allait se précipiter vers elle, mais il ne semblait pas l'avoir suivie. Soulagée, elle passa la porte de service.

Une fois arrivée dans le sous-sol de l'immeuble, elle observa les alentours. Wyatt lui avait suggéré de garder la tête baissée, se rappela-t-elle. De toute évidence, elle se trouvait dans une zone de service. Les étages supérieurs n'étaient que marbre, chromes polis et parfums d'ambiance, alors qu'ici les murs étaient en béton, comme les sols, et le tout sentait fort les produits ménagers. Un panneau indiquait où trouver la buanderie, le local à ordures, le garage ainsi que la zone de livraison.

Elle pourrait sortir en passant par le garage ou le local à poubelles. Lequel choisir ? Elle croiserait certainement moins de monde dans le second, conclut-elle.

Priant pour qu'aucun policier ne soit posté à la sortie, elle entra dans la salle de collecte des ordures. Rien ne l'attaqua, si ce n'est l'odeur de vieille poubelle.

De l'autre côté de la pièce, une porte menait à l'extérieur. Lorsqu'elle atteignit l'extrémité de l'allée goudronnée, elle respira enfin normalement. Elle craignait tant de ne pas parvenir à sortir de cet immeuble ! Mais elle ne devait pas baisser la garde, s'intima-t-elle. Il y avait certainement des caméras. Se faisant violence pour ne pas courir, elle remonta une allée et se retrouva dans une ruelle séparant deux gratte-ciel.

Elle hâta le pas pour atteindre la rue adjacente, puis s'arrêta pour se repérer : leur véhicule était garé sur sa droite.

Elle avait été terrifiée à l'idée qu'on aurait pu l'intercepter avant qu'elle n'ait quitté l'immeuble. Et maintenant qu'elle était libre, elle avait peur pour Wyatt. Si elle atteignait les dix minutes fatidiques, elle devrait prendre une décision. Elle redressa un peu la tête. Deux agents en uniforme arpentaient la rue et vérifiaient les plaques d'immatriculation des véhicules.

A l'étage, Wyatt se dirigea vers les baies vitrées qui constituaient la façade de la chambre. Il en écarta les rideaux, découvrant un large balcon et deux chaises d'extérieur autour d'une table de jardin. Il fit coulisser le panneau vitré et sortit, puis jeta un regard vers le pied de l'immeuble.

Regrettant de ne pas être équipé pour cette situation, il inspecta la chambre, mais n'y remarqua rien d'utile. Il se résolut alors à retirer le couvre-lit et s'empara du drap.

Et maintenant ? songea-t-il. D'un coup de dents, il fit un trou dans le tissu et le déchira en deux. Il noua les deux morceaux pour avoir plus de longueur, puis attacha une extrémité à la rambarde et testa la solidité de son nœud. S'il tombait, la chute serait longue.

Mais il n'avait pas d'autre option : les femmes enfermées dans la salle de bains pouvaient se mettre à hurler. Ou le policier décider d'inspecter l'appartement, inquiet de savoir ce qui retenait Rita.

Assuré que le nœud tiendrait, il enroula le second lambeau autour de sa taille et enjamba la rambarde, usant de ses jambes pour soulager au maximum la pression dans ses bras : sa blessure le faisait toujours souffrir.

Arrivé à l'étage inférieur, il jeta un regard inquiet vers la baie vitrée de l'appartement : Dieu merci, les rideaux étaient fermés.

Comme il était impossible de récupérer le premier morceau de drap, il se résolut à l'abandonner comme témoin de son échappatoire. Avec une grimace, il noua le second lambeau à la rambarde et répéta sa manœuvre.

Un cri étouffé faillit lui faire lâcher le drap alors qu'il atteignait le balcon inférieur. Il regarda par la baie vitrée : une dame âgée en sous-vêtements le dévisageait, le visage empreint d'effroi.

— Désolé, cria-t-il.

Puis, il reprit à sa descente. Il n'avait plus de corde, mais n'était plus très loin du niveau du sol. La vieille femme était certainement en train d'appeler la police. Aussi enjamba-t-il sans tarder la dernière rambarde. Il se laissa glisser autant que possible le long de la façade avant de lâcher prise. Il atterrit sur la pelouse et vacilla un instant sur ses jambes.

Soulagé de ne pas s'être tordu une cheville, il prit un instant pour lisser ses vêtements, puis se dirigea vers la rue où il avait garé la voiture, espérant retrouver Carrie.

10

Wyatt observait de loin la voiture de location, inquiet de ne pas voir Carrie. Soudain, deux policiers apparurent près de leur véhicule dont le coffre renfermait le fusil d'assaut. Wyatt sentit la panique l'envahir et se força à retrouver son calme. Ces agents n'étaient pas munis de lunettes à rayons X.

Avaient-ils répondu à l'appel de la femme qui l'avait vu descendre la façade ? Ou l'inspecteur avait-il découvert les deux femmes enfermées dans la salle de bains et appelé des renforts ? A moins que ces policiers n'effectuent qu'une banale patrouille dans le quartier ?

S'il tournait les talons et repartait en direction opposée, il paraîtrait suspect. Mais s'il s'approchait d'eux, ils risquaient de le reconnaître. Tout bien pesé, il était plus judicieux de poursuivre son chemin, conclut-il.

Il dépassa la voiture, espérant ne pas ressembler à un homme dont le cœur bat à tout rompre. Une fois qu'il eut dépassé les agents, il s'inquiéta pour Carrie. Elle avait dû s'éloigner en apercevant les uniformes… si elle n'avait pas été interpellée.

Les pensées les plus sombres se bousculaient dans sa tête. Il était censé la protéger, et au lieu de ça, il les avait mis dans le pétrin en décidant d'aller rendre visite à Rita Madison. Tout comme deux ans plus tôt, en Grèce, il avait fait la grasse matinée au lieu d'être sur ses gardes. A l'époque, sa négligence avait coûté la vie à sa partenaire.

Il frissonna. Rien à voir avec la situation présente, se morigéna-t-il. Il n'avait pas commis d'impair parce qu'il était attaché à Carrie : il voulait obtenir des informations de Rita Madison et avait pour cela pris des risques parfaitement calculés. Les éléments recueillis les feraient avancer dans leurs recherches.

Mais d'abord, il devait retrouver Carrie.

Essayant de se mettre à sa place, il se dirigea vers le centre commercial, en se maudissant de ne pas lui avoir laissé l'un des téléphones portables. Cependant, lorsqu'ils s'étaient mis en route, ils n'imaginaient pas être séparés.

Il arriva dans la zone commerciale et commença à arpenter les magasins. Lorsqu'il passa devant un café, Carrie en sortit, portant toujours son uniforme, comme il s'y attendait.

Il était soulagé de la retrouver enfin, et Carrie lui parut l'être aussi. Leurs regards se croisèrent, il se fit violence pour ne pas la serrer dans ses bras.

Il continua de marcher. Avec un peu de chance, leur regard échangé n'avait attiré l'attention de personne.

Elle lui emboîta le pas. Il prit la direction du grand centre commercial, feignant d'être un promeneur essayant de tuer le temps ou un client en quête d'un cadeau pour sa femme.

Lorsqu'il entra dans une boutique assez haut de gamme, elle le suivit.

Il s'arrêta sur le seuil et regarda aux alentours comme s'il cherchait un rayon particulier. Plusieurs clients le dépassèrent, et Carrie le rejoignit.

Ils s'isolèrent discrètement.

— Qu'allons-nous faire ? murmura-t-elle.

— Mieux vaut ne pas être vus ensemble. Patientez cinq minutes dans les toilettes des femmes. Pendant ce temps, j'irai à la voiture vérifier que les policiers sont partis. Je viendrai vous récupérer devant la sortie.

— Et mon uniforme ? lui rappela-t-elle en baissant les yeux vers sa tenue.

— Vous faites un peu de shopping pendant votre pause-déjeuner, voilà tout. Vous vous changerez plus tard.

Un peu comme s'ils s'étaient croisés par hasard, elle lui adressa un signe de tête puis se dirigea vers le comptoir de la bijouterie, où elle demanda à une vendeuse où étaient les toilettes.

Wyatt, lui, rejoignit le rayon chaussures et s'arrêta devant plusieurs modèles de mocassins, puis quitta le magasin.

A mesure qu'il approchait du véhicule, paradoxalement, il s'inquiétait de ne voir personne aux environs. Etait-ce un guet-apens ?

S'il avait eu un autre moyen de locomotion, il l'aurait abandonné là. Mais s'il louait un autre véhicule sous le même nom, ça risquait de compliquer les choses. Et en voler un était trop dangereux.

Il déverrouilla la portière et s'installa au volant. Il resta immobile un instant, serrant le volant entre ses mains, puis quitta son stationnement et retourna au centre commercial.

Quand il ralentit à hauteur du magasin de luxe, Carrie en sortit et regarda à droite et à gauche, puis monta dans le 4x4. Il démarra avant qu'elle ait eu le temps de boucler sa ceinture, puis il tourna rapidement sur Western Avenue et s'engagea dans une zone résidentielle.

Carrie avait rejeté la tête en arrière, et ses yeux étaient fermés. Il ne put alors s'empêcher de poser sa paume sur ses mains. Elle entremêla ses doigts aux siens et les serra fort.

— J'avais si peur, finit-elle par dire.

— Moi aussi. Surtout quand je suis retourné à la voiture et que vous n'y étiez pas.

— J'étais inquiète pour vous. Que s'est-il passé après mon départ ? Comment êtes-vous sorti ?

— J'ai déchiré un drap et m'en suis servi pour descendre du balcon.

Elle le regarda avec des yeux écarquillés.

— J'ai réussi ! lui dit-il en riant. Après avoir causé une belle frayeur à une dame en sous-vêtements.

Leur situation avait beau être critique, l'anecdote fit rire Carrie, au grand bonheur de Wyatt.

Il continua à rouler dans des quartiers où les maisons étaient toutes impressionnantes, et les pelouses taillées au cordeau. Manifestement, personne ne les suivait, mais il lui restait un détail à vérifier. Il s'arrêta sur une allée de garage bordée de grandes haies et coupa le moteur.

— Que faites vous ? s'étonna Carrie.

— Je veux m'assurer qu'il n'y a pas d'émetteur sur la voiture.

— Ils auraient pu faire ça ?

— C'est peu probable, mais je préfère en avoir le cœur net.

Carrie l'observa tandis qu'il descendait du 4x4. Il se pencha et passa sa main sous le pare-chocs avant, puis tout autour du véhicule, en se déplaçant lentement.

Lorsqu'il reprit sa place au volant, il paraissait soulagé.

— Tout est O.K, lui annonça-t-il.

Abrités des regards indiscrets par la haie qui bordait la propriété, ils se trouvaient dans une petite enclave qui rendait l'atmosphère presque intime. Avant qu'il ne redémarre le moteur, elle se leva un peu de son siège et s'approcha de lui. Résisterait-il ? Elle retint sa respiration. Qu'allait-il faire ?

A son grand soulagement, il se pencha vers elle, soupirant en l'attirant contre lui.

— Pour l'amour de Dieu, Carrie, murmura-t-il en promenant ses mains sur son dos et dans ses cheveux.

— J'étais si inquiète pour toi, susurra-t-elle.

— Oui. Moi aussi.

Elle était soulagée : il allait bien, et ils s'étaient retrouvés. Elle ne pensait qu'à être près de lui, sentir la puissance rassurante de ses bras autour d'elle.

Voulant totalement profiter de lui, elle enjamba le boîtier de vitesse et vint s'installer sur ses genoux. Comme il avait de longues jambes, son siège était suffisamment reculé pour qu'il puisse l'accueillir.

Elle n'avait jamais été déraisonnablement passionnée, mais là, si. Et ça lui plaisait terriblement. Sans se donner le temps de changer d'avis, elle se mit à califourchon sur lui, de manière à ce que son intimité vienne presser contre l'avant de son jean.

Il émit un gémissement étranglé.

Avant qu'il ne puisse changer de position, elle leva la tête vers lui et trouva sa bouche. Ce fut un baiser brûlant. Après les événements de la matinée, ils avaient tous deux les nerfs à fleur de peau.

Elle s'efforçait de fermer les yeux et de ne penser qu'à cet homme qui la tenait dans ses bras, et non à tout ce qui venait de lui arriver.

Il se délectait de sa bouche, et soudain, son baiser se fit plus profond. Elle adorait la saveur de ses lèvres, le contact de sa peau, la manière dont il la tenait. Elle avait envie de lui depuis la veille, et la terreur des heures précédentes avait rendu ses émotions plus intenses.

Elle oubliait où ils étaient, oubliait tout sauf ce besoin impérieux d'être plus près de lui, aussi près que deux personnes peuvent l'être.

Il enfonça un peu plus sa langue dans sa bouche, caressant la partie si sensible à l'intérieur de ses lèvres, envoyant des vagues de chaleur dans tout son corps.

Il avait voulu garder ses distances avec elle pour des raisons déontologiques, elle le savait. Mais à présent, il succombait au désir qui avait grandi entre eux, et elle s'en réjouissait infiniment.

Ses mains allaient et venaient sur ses côtes, ses paumes caressant l'arrondi de ses seins, puis passant sur ses tétons durcis. Son érection enflait la braguette de son jean et pulsait contre la partie de son corps qui en avait le plus envie.

Son uniforme de serveuse était somme toute adapté à la situation, s'amusa-t-elle. Il suffisait qu'elle retire sa culotte et qu'il dézippe son jean pour qu'ils parviennent à leurs fins.

Le souffle court, il déboutonna sa robe et y glissa deux doigts qu'il passa ensuite sous le tissu de son soutien-gorge pour caresser son mamelon, lui envoyant des décharges électriques dans tout le corps.

Elle pouvait faire de même, pensa-t-elle, et elle entreprit d'ouvrir sa chemise pour y faufiler sa main et taquiner la toison qui couvrait son torse. Elle frôla un téton plat qui se durcit à son contact.

Reculant légèrement, elle posa sa main sur la boucle de sa ceinture. Mais avant qu'elle ait pu la défaire, le bruit strident d'un Klaxon la fit sursauter comme si elle était parcourue d'une onde de choc.

11

Carrie s'écarta précipitamment de Wyatt et retourna sur son siège, tout en cherchant du regard la source de cette intrusion dans leur petit monde. A quelques mètres d'eux, la conductrice d'une Cadillac appuyait de nouveau sur le Klaxon.

Wyatt marmonna un juron, mit le contact et recula dans l'allée de garage, prenant une marge de sécurité conséquente en arrivant à la hauteur du véhicule de luxe.

Une femme âgée aux cheveux teints en blond les fusillait du regard. Elle baissa sa vitre et leur cria :

— Comment osez-vous utiliser ma propriété pour batifoler avec votre bonne !

— Ma bonne ? s'étonna Wyatt.

Carrie comprit aussitôt la méprise de la femme, et ses joues s'empourprèrent. Elle baissa la tête pour dissimuler son visage.

Wyatt quitta alors l'allée, les mâchoires crispées.

— Je suis désolée, murmura-t-elle.

— Ce n'est pas ta faute, répondit-il en accélérant. Nous ne serions pas allés plus loin, de toute façon. Quand je te ferai l'amour, ce ne sera pas sur la banquette d'une voiture.

— Ai-je bien entendu ? demanda-t-elle, essayant d'interpréter correctement son commentaire.

— Ce n'est pas exactement ce que je voulais dire, corrigea-t-il d'un air gêné.

— Mais c'est ce que tu pensais, répondit-elle.

— Oublie ça.

— Ce ne sera pas facile.

Hors de question même, songea-t-elle. C'était presque inespéré, étant donné les principes qu'il s'était imposés. Mais elle préféra changer de sujet :

— Qu'ai-je manqué, lorsque j'ai quitté l'appartement de Rita ?

— Rien, à part mon évasion acrobatique.

Elle tressaillit : il avait beau en plaisanter, sa sortie avait été assez risquée.

— Tout s'est bien passé, la rassura-t-il, comme s'il lisait dans ses pensées.

— Dieu merci. Mais qu'allons-nous faire, à présent ?

— Adopter une nouvelle stratégie, commença-t-il.

Puis, il se tourna vers elle.

— Si je n'étais pas revenu, aurais-tu appelé Patrick Harrison ?

— Je n'en sais rien.

— Mais tu y avais songé, avoue.

— Qu'étais-je censée faire si tu ne réapparaissais pas ?

Il crispa les mains autour du volant, puis les détendit.

— D'abord retirer un maximum de liquide de tes comptes bancaires, puis disparaître.

— Comment y serais-je parvenue ?

— Tu es maligne, tu aurais appris.

— On ne peut pas disparaître à jamais.

— Certains le font. Comme cette femme du groupuscule terroriste Weather Underground, qui s'est offert une nouvelle vie. Ou ce parrain de la mafia qui a disparu pendant dix ans.

— Et des années plus tard, ils finissent par être arrêtés.

— Ou non. Il y en a tant qui passent entre les mailles du filet.

— Tu devrais peut-être me donner quelques conseils, au cas où j'en aurais besoin.

— Rends-toi dans un cimetière et trouve une tombe d'une enfant née la même année que toi, mais décédée très jeune. Endosse son identité et déménage dans une région où personne ne la connaît. Après ça, prétends que tu as perdu tes papiers d'identité et fais-les renouveler.

— C'est affreux, s'écria-t-elle.

— Mais ça marche, affirma-t-il. Revenons-en à Patrick. Je n'ai pas confiance en lui.

— Pourquoi ?

— Parce que je me méfie de tout le monde. Et parce qu'il est proche des cibles.

— Ça ne fait pas de lui un coupable. Il ne me ferait jamais de mal.

— En es-tu si sûre ?

— Autant que je puisse en juger, rétorqua-t-elle d'un ton sec. Je te rappelle que nous avons grandi ensemble.

— Et vous vous êtes toujours bien entendus ?

— On en a déjà parlé, soupira-t-elle.

— J'essaie de rassembler autant d'informations que possible. J'aimerais jeter un œil à l'ordinateur de ton père et aussi interroger sa gouvernante, mais je préférerais que Patrick ne soit pas dans les parages, expliqua-t-il en jetant un regard dans le rétroviseur. Donne-moi plus d'infos sur lui.

Elle repensa à toutes ces années qu'ils avaient passées ensemble.

— A une époque, quand il était adolescent, il en voulait à mon père, et il était devenu un peu, comment dire… rebelle. Mais moi aussi.

— Que veux-tu dire ?

— Tu parles de lui ou de moi ?

— Des deux.

— Il y avait un garçon au collège qui me plaisait beaucoup. J'inventais des histoires pour aller le retrouver, et une copine me couvrait.

— Comment ?

— Dois-je tout t'expliquer ?

— Non, bien sûr. Parle-moi de Patrick.

— La pire chose qu'il ait faite a été d'emprunter l'une des voitures de papa… Il a foncé dans un trottoir, et l'essieu a cassé. Alors il m'a demandé de l'aider à le faire réparer sans que papa l'apprenne.

— Tu l'as fait ?

— Oui.

— C'était sympa de ta part.

— Il m'avait rendu plus d'un service.

— Par exemple ?

— Une fois, en sixième, je ne voulais pas aller au collège. Alors il a placé un thermomètre au-dessus d'une ampoule, puis l'a fait refroidir jusqu'à ce qu'il indique 39 °C.

Wyatt éclata de rire.

— Et tu avais besoin de lui pour ça ?

— A vrai dire, il m'a surprise en train de le faire, mais il a promis de ne pas le dire à mon père.

Elle se tourna alors vers lui et lança :

— A toi maintenant. Quelles bêtises as-tu faites ?

— Je ne voudrais pas que tu t'en serves contre moi.

— Je refuse d'être la seule à me confesser.

Il réfléchit un instant, puis répondit :

— Il y avait un gamin dans notre rue qui nous avait appris à voler les détecteurs de radars et les GPS.

— Vous vous êtes fait prendre ?

— Non, mais ça me mettait mal à l'aise, alors j'ai arrêté.

— Et à part ça ? Tu avais du succès auprès des filles quand tu étais ado ?

— Je me suis laissé séduire par une fille plus âgée. Mais puisque tu abordes le sujet, dis-moi, qui a été ton premier amant ? Pas Patrick, j'espère.

— Je te l'ai dit, entre lui et moi il n'y avait rien de tout ça. C'était un étudiant quand j'étais à l'université, précisa-t-elle un peu sèchement.

— Une aventure d'un soir ?

— Non, nous sortions ensemble, mais il a vite prétexté que ça ne marchait pas entre nous.

Visiblement, Wyatt n'avait pas compris son peu d'empressement à évoquer ce sujet.

— Comment sommes-nous venus à en discuter ? marmonna-t-elle.

— Nous essayions de déterminer si Patrick était fiable ou non. Si nous nous rendions chez ton père, crois-tu qu'il préviendrait les terroristes ?

— Certainement pas.

— Tu ne peux en être si sûre. Et je ne mettrai pas ta sécurité en jeu. Je voudrais parler à la gouvernante, mais sans qu'il sache où tu te trouves.

— Comment allons-nous procéder ?

— Fais-le sortir de la maison. Appelle-le pour lui fixer un rendez-vous.

— Où ?

— Nous sommes près du parc de Macomb Street, répondit-il en regardant autour de lui. Ça pourrait convenir.

Ils descendirent Connecticut Avenue, puis tournèrent sur Macomb Street. L'aire de jeux abritée par les arbres était déserte, et Wyatt trouva une place de parking à proximité.

— Je reviens, lança-t-il en sortant du 4x4.

Il alla repérer les lieux, puis revint et indiqua :

— Précise que tu es seule et que tu le retrouveras dans une heure à la première table de pique-nique, près du portail. Peux-tu lui dire ça sans lui faire comprendre que tu n'as aucune intention de venir ? ajouta-t-il en la regardant droit dans les yeux.

— Oui, rétorqua-t-elle un peu froidement.

— Et essaie de vérifier qu'Inez est à la maison.

— Je sais ce que je fais.

Il lui tendit le portable, et elle composa le numéro du domicile familial.

Patrick décrocha immédiatement.

— Carrie ?

— Oui.

— Où es-tu ? dit-il d'une voix empreinte d'inquiétude.

— Je suis à Columbia.

— A ton appartement ?

— Non.

— Tu devrais venir à la maison.

— Tu sais que c'est impossible. C'est trop dangereux pour moi. Les terroristes doivent surveiller les alentours. Mais toi, tu peux me rejoindre.

— Où ?

— A l'aire de jeux de Macomb.

— Une aire de jeux ?

— On ne risque pas de me chercher dans un tel endroit, si ?

— Hawk est avec toi ?

— Non, je suis seule, affirma-t-elle en regardant Wyatt.

— Pourquoi ?

— Nous avons préféré nous séparer pour le moment, dit-elle d'une voix qu'elle espérait assurée.

— Je croyais qu'il ne te lâchait pas d'une semelle.

— Je t'expliquerai quand on se verra.

— Quand ?

— Je ne peux pas rester trop longtemps au même endroit. Je vais m'éloigner, et je reviendrai dans une heure. Tu pourras m'y rejoindre ?

Elle lui expliqua brièvement comment s'y rendre, puis bredouilla un peu :

— Y aura-t-il quelqu'un à la maison, si les terroristes appellent ?

Son cœur se serra à cette idée. Elle essayait tant bien que mal de ne pas penser à son père, mais elle ne pouvait s'en empêcher.

— Inez sera là, répondit Patrick.

Elle se tourna vers Wyatt : il avait entendu.

— Tu n'as pas de nouvelles de papa ? finit-elle par demander, en s'efforçant de rester calme.

— Non, je suis désolé, Carrie.

Wyatt lui serra le bras. Elle posa un regard interrogateur sur lui, et il désigna sa montre.

— Rendez-vous dans une heure, abrégea-t-elle.

Elle raccrocha aussitôt.

— Satisfait ? demanda-t-elle à Wyatt.

— Oui, mais je ne veux pas qu'il remonte jusqu'à ce téléphone.

Il mit le moteur en marche.

— Plus tôt nous arrivons chez ton père, et mieux ce sera. Quand il comprendra que tu ne viendras pas au rendez-vous, il rentrera immédiatement. Et nous ne devons plus être là à son retour.

Patrick reposa le combiné, tout en luttant pour contrôler les tremblements qui agitaient son corps. Ces dernières heures, il avait craint que Carrie ne le rappelle plus. Mais non, elle avait repris contact avec lui. Les choses allaient s'arranger. Restait à savoir comment procéder.

Il se mit à faire les cent pas dans la pièce. Le mieux était certainement d'aller la retrouver. Ensuite, il aviserait.

Il devait lui faire quitter l'aire de jeux avant que Wyatt ne réapparaisse, mais il ne serait pas aisé de la sortir des griffes de son garde du corps.

Soudain, un bruit le fit se retourner : Inez l'observait.

— Y a-t-il du nouveau ? demanda-t-elle.

— Non. Je sors.

— Où allez-vous ?

— Mieux vaut que vous n'en sachiez rien, fit-il d'un air mystérieux.

— Très bien, répondit-elle sur le même ton, les yeux fixés sur lui.

Il ne s'était jamais senti très à son aise face à cette femme. Il n'arrivait pas à cerner ses intentions : à qui accordait-elle sa loyauté ?

Il avait envie de lui dire de rentrer chez elle, mais quelqu'un devait garder la maison.

Il quitta la pièce, sous son regard intrigué, et rejoignit le garage où était garée sa Lexus, offerte par Douglas Mitchell. Ce n'était pas la voiture qu'il aurait choisie, mais le vieil homme agissait systématiquement de la sorte. Il croyait tout savoir et se fichait de ce que pensaient les autres.

Carrie tentait de dompter la course folle de son cœur alors que Wyatt remontait Connecticut Avenue. Il s'arrêta devant une station-service.

— Que fais-tu ? s'enquit-elle.

— Tu comptes te promener dans cette tenue toute la journée ?

— Pas vraiment, reconnut-elle.

En réalité, elle avait oublié qu'elle portait cet uniforme.

— Va te changer dans les toilettes, lui suggéra-t-il.

Elle alla chercher un jean et un T-shirt dans le coffre, et à son retour enfouit l'uniforme de serveuse dans sa valise, puis remonta en voiture.

Maintenant qu'ils roulaient vers Potomac, dans le Maryland, elle se sentait tendue. Elle n'était retournée chez son père qu'une fois après l'incident du parc, et pour une courte visite seulement. Wyatt avait alors refusé qu'elle passe à son appartement, et elle avait rassemblé quelques vêtements qui se trouvaient dans la résidence familiale et les avait emportées sous son regard attentif. A cette époque, Wyatt la mettait terriblement mal à l'aise. Aujourd'hui, elle pensait mieux le comprendre. Il s'ouvrait à elle de manière très étonnante.

En fait, il faisait plus que s'ouvrir. Sa remarque, comme quoi il lui ferait l'amour, l'avait totalement décontenancée. Elle devrait faire en sorte qu'il tienne cet engagement : d'ailleurs, échafauder une stratégie pour l'amener dans son lit était bien plus amusant que d'appréhender le rendez-vous avec Inez.

Elle avait toujours pensé entretenir de bonnes

relations avec la gouvernante, mais ne s'était-elle pas fourvoyée ? Elle ne savait plus à qui faire confiance.

— Que savez-vous à propos d'Inez ? demanda soudain Wyatt.

Elle sursauta de la coïncidence, puis répondit :

— Elle vient du Nicaragua. Elle a obtenu un visa de travail il y a quinze ans, et mon père l'a fait renouveler afin qu'elle obtienne le statut de résidente permanente.

— Ça fait quinze ans qu'elle est à votre service ?

— Oui.

— Est-elle mariée ?

— Je l'ignore.

— Elle a abandonné son mari et son fils au Nicaragua, lui annonça-t-il alors.

— Comment le sais-tu ? s'étonna-t-elle, abasourdie par la révélation.

— Je me suis renseigné à son sujet.

— Alors pourquoi ces questions ?

— Pour m'assurer qu'elle vous a raconté toute son histoire. Crois-tu que ton père est au courant, pour sa famille ?

— Je ne sais pas, il ne l'a jamais mentionné.

Elle réfléchit un instant : son père aurait-il gardé pour lui cette information sur Inez afin d'avoir un moyen de pression sur leur gouvernante, le cas échéant ? Il était impitoyable, ce genre de pratique ne le rebutait pas.

— Elle ne les a peut-être pas abandonnés ? répliqua-t-elle finalement. Elle leur envoie sûrement de l'argent.

— Je n'en ai trouvé aucune trace.

— Tu as le sens du détail, on dirait, le railla-t-elle.

— C'est mon métier. La crois-tu capable de tenter

le tout pour le tout, si ton père avait découvert son passé, ou s'il voulait la renvoyer au pays ?

— Aurait-elle fomenté ce complot ? Ou le kidnapping ? Ça me paraît un peu fort de café. Où aurait-elle établi de tels contacts ?

— Et un procureur qui accepte de l'argent pour dévoiler le lieu et l'heure d'un rendez-vous confidentiel, ce n'était pas un peu fort de café ? Pourtant, c'est ce qui s'est passé. Et si quelqu'un avait forcé Inez à coopérer ?

— Ces spéculations sont abominables.

— Tu sais que j'envisage toujours le pire scénario.

— Quels autres secrets inavouables as-tu découverts au sujet d'Inez ? le défia-t-elle.

— Rien d'autre, répondit-il sèchement.

Il paraissait ennuyé, mais elle ne comptait pas s'excuser d'avoir posé ces questions. Après tout, c'était lui qui avait initié cette conversation.

Ils roulèrent en silence jusque chez son père.

Autrefois, songea-t-elle, Potomac ne comptait que des propriétés gigantesques où l'on se déplaçait à cheval et s'adonnait à la chasse au renard. Graduellement, les terrains avaient été divisés en lotissements résidentiels, et seules quelques familles avaient conservé leur lot intact, dont les Mitchell.

Elle s'agita lorsqu'ils atteignirent Trotter Hill Road.

— Pourquoi roules-tu si vite ? demanda-t-elle, alors qu'il venait de rater la première entrée de la propriété.

— Personne ne doit savoir que tu es ici, et il faut éviter de potentiels guets-apens.

— Tu crois que la propriété est surveillée ?

— Une fois encore, ma réponse ne serait que spéculation.

Il parcourut deux cents mètres et s'engagea dans l'allée du voisin direct des Mitchell, une autre grosse parcelle qui arborait cependant un panneau indiquant qu'elle était à vendre.

— C'est la maison des Butler, indiqua Carrie.

— Je sais, j'ai fait ma petite recherche. Le mari est décédé, et la veuve est partie en Floride.

— Quoi ? Tu as enquêté sur tout le quartier ?

— Seulement les propriétés jouxtant celle de ton père. Mme Butler reste inflexible sur le prix, et elle est trop grippe-sou pour engager une équipe de sécurité qui surveillerait son bien.

Ils se garèrent à l'arrière de la maison familiale.

Puis, ils longèrent la piscine, traversèrent l'impeccable pelouse, s'enfoncèrent dans les hautes herbes en friche et contournèrent de gros buissons épineux.

— Je venais ramasser des framboises et des mûres ici, quand j'étais enfant, murmura Carrie.

— Assez pour en faire une tarte ?

— Parfois. Et j'en mettais dans mes céréales le matin.

— Patrick n'a pas vraiment l'air d'un amoureux de la campagne. Est-ce qu'il t'aidait lors de tes cueillettes ?

— Parfois.

— Il connaît donc ce coin de la propriété.

Elle acquiesça, regrettant le ton sinistre qu'il avait employé.

Ils traversèrent un bouquet de pins blancs, plantés longtemps auparavant pour masquer la maison des regards des voisins.

Wyatt sortit alors une paire de jumelles de son sac à dos, et Carrie s'arrêta.

— Où les as-tu achetées ?

— Au centre commercial où nous avons choisi les vêtements. Elles ne sont pas d'excellente qualité, mais elles feront l'affaire pour le moment.

Il observa la maison.

— Tout semble tranquille. Je n'y suis jamais entré, sauf le jour où tu es venue récupérer quelques effets, avant que nous nous rendions à la résidence sécurisée. Les chambres se trouvent dans l'aile gauche, c'est ça ?

— Oui.

— Et la pièce où vous prenez le petit déjeuner est au milieu ?

— Oui, c'est celle qui donne sur la piscine.

— J'imagine que la porte arrière n'est pas déverrouillée.

— Elle ne devrait pas, en effet.

Il observa de nouveau les environs.

— Pourtant, la porte du garage est ouverte.

— Patrick était sûrement pressé de se rendre au rendez-vous.

— Nous entrerons par là, mais je veux que tu restes accroupie pendant que nous approchons. Cours aussi vite que possible jusqu'à la façade arrière.

Il passa en premier, si penché qu'il courait étrangement, et elle suivit son exemple, contournant la piscine en longeant la maison, puis s'engouffrant dans le garage.

Apparemment, personne ne les avait repérés, songea-t-elle. Inez était-elle là ?

Une fois à l'abri, Wyatt lui demanda :

— A cette heure-ci, où Inez peut-elle se trouver ?

— N'importe où.

Il marcha lentement vers la porte menant aux pièces de vie. Elle était fermée à clé, mais il sortit sa carte de crédit de son portefeuille et l'inséra entre la porte et le chambranle.

En quelques secondes, elle fut ouverte.

— Pas très efficace comme protection, marmonna-t-il.

Ils rentrèrent dans la buanderie.

Carrie se sentait étrangement détachée. Elle avait beau y avoir grandi, elle ne ressentait plus rien de spécial pour cette maison. Et lorsque ce cauchemar prendrait fin, y remettrait-elle les pieds ? Pourquoi pas, après tout ?

En fait, comprit-elle, son malaise était lié à Wyatt. Sans le dire, il lui avait fait comprendre que le style de vie de son père ne lui convenait pas.

Ils traversaient le hall d'entrée lorsqu'une porte s'ouvrit. Ils se retrouvèrent nez à nez avec Inez. La gouvernante hurla et essaya de claquer la porte qui la séparait d'eux, mais Wyatt la retint d'une main.

— Restez ici, lui ordonna-t-il.

Inez mit un instant à reconnaître Carrie.

— *Madre de Dios*, psalmodia-t-elle. Que faites-vous ici ?

— Nous devons vérifier quelques petites choses, lui expliqua-t-elle.

— Mais vous aviez rendez-vous avec monsieur Patrick.

— Comment le savez-vous ? s'étonna Carrie.

Inez rougit, et lorsqu'elle reprit la parole, son accent hispanique se fit plus prononcé :

— J'ai entendu votre conversation. J'étais inquiète pour vous, et je voulais vous parler, mais je savais que c'était impossible.

Carrie hocha la tête.

— Vous écoutez souvent les conversations personnelles des autres ? ironisa Wyatt.

— Quand le *señor* Mitchell ou mademoiselle Carrie sont en danger, oui.

— Vous êtes donc au courant de ce qui se passe ? s'enquit-il en la fixant droit dans les yeux.

— Je sais que la *señorita* a été attaquée en ville, et bien sûr, que le *señor* a été kidnappé.

— Etiez-vous présente quand ça s'est produit ?

— Non, dit-elle en secouant la tête. J'étais allée faire des courses.

— Ça tombait bien, marmonna-t-il.

— Que sous-entendez-vous ? s'indigna Inez en relevant le menton.

— Que vous préfériez sûrement vous tenir à distance pendant le rapt.

— Comment aurais-je pu être au courant ?

— A vous de me le dire.

— Je l'ignorais, répondit-elle, au bord des larmes.

— Tout va bien, murmura Carrie. Il est simplement prudent.

— M. Mitchell sait-il que vous avez abandonné votre mari et votre enfant pour venir ici ? demanda Wyatt de but en blanc.

— Je ne les ai pas abandonnées, rectifia-t-elle avec véhémence. Dans mon pays, les femmes n'ont guère le choix. Mon mari était un homme qui parvenait toujours à ses fins. Et comme il souhaitait épouser une autre femme, il m'a chassée de la maison. Quand j'ai essayé de reprendre mon fils, il m'a menacée de mort.

— J'ignorais tout ça, soupira Carrie, choquée.

— Votre père est au courant. J'ai eu… beaucoup de mal à obtenir un visa de travail.

Carrie avait peine à imaginer ce qu'elle avait pu endurer pour quitter son pays.

— Ma sœur avait été au service de votre père

avant de se marier. Elle m'a suggéré de lui écrire, ce que j'ai fait, et il m'a aidée à obtenir la résidence permanente. Je lui dois beaucoup, et je ne vous ferais jamais de tort.

A présent, son ton était déterminé.

— J'ai économisé mon argent, lança-t-elle à Wyatt d'un air de défi. Mon fils est grand, et ma sœur, celle qui est encore au pays, m'a dit que mon mari était décédé. Mon fils a pris contact avec elle. Il veut me voir, et je m'apprêtais à lui rendre visite, mais j'ai annulé mon voyage car vous aviez des problèmes ici et que je voulais vous aider, si c'était possible.

— Oh ! Inez, je suis désolée, dit Carrie en prenant la vieille dame dans ses bras. Je suis désolée de ce qui est arrivé à votre mari et à votre fils. Et je m'excuse si M. Wyatt s'est montré si… dur envers vous.

— Je comprends. C'est son travail, reconnut la gouvernante.

— Oui, certifia Wyatt.

— Pourquoi avez-vous pris le risque de venir ici ? demanda-t-elle alors à Carrie.

— Je voulais récupérer mes appareils photo, prétexta celle-ci.

— Et obtenir quelques informations, ajouta Wyatt.

Carrie le regarda, puis se tourna vers Inez. A la manière dont il avait entamé la conversation, la gouvernante n'allait certainement pas coopérer. Il avait dû lire dans ses pensées, car il reprit aussitôt :

— Je m'excuse de m'être montré si direct envers vous, mais je dois me méfier de tout le monde. Carrie est en grand danger. Chaque jour nous apporte son lot de nouvelles menaces.

— *Si.*

— Nous avons demandé à Patrick de la rejoindre

ailleurs, afin qu'il ne soit pas à la maison lorsque nous viendrions.

— Vous ne lui faites pas confiance ?

Wyatt haussa les épaules, et Inez se tourna vers Carrie.

— Il y a une chose que vous ignorez, et à vrai dire, j'ai du mal à vous l'annoncer.

— Vous allez y arriver, l'encouragea Wyatt.

Inez hocha la tête.

— A propos de votre père.

— A-t-il d'autres problèmes de santé ? s'inquiéta Carrie.

— Ce n'est pas physique. Il…

Inez marqua une pause et leva les mains, en signe d'impuissance.

— Il oublie les choses, il n'est plus tout à fait lui-même.

— Je n'étais pas au courant, s'alarma Carrie.

— Vous parlez d'une détérioration de ses capacités mentales, c'est ça ? intervint Wyatt.

La gouvernante acquiesça.

— *Si.* Il n'est plus en mesure de tout gérer. C'est monsieur Patrick qui s'en occupe, de plus en plus.

— Vous parlez de ses finances ? insista Wyatt.

— Je crois, confia-t-elle en rougissant. Vous n'appréciez pas que j'écoute les conversations, mais je crois que ça peut être une bonne chose.

Carrie se remémora les dernières entrevues avec son père, essayant d'y voir plus clair. Il s'était montré plus brusque dernièrement, c'était vrai. Il s'énervait facilement, ce qu'elle avait mis sur le compte de sa frustration à se voir vieillir. Mais son état était peut-être plus grave qu'il n'y paraissait. Elle se sentit triste et inquiète. Quel impact ce kidnapping aurait-il sur lui ?

— Nous le libérerons, lui promit Wyatt en lui posant une main sur le bras.

— Tu savais à quoi je pensais ?

— Oui.

Elle leva les yeux : Inez les observait, et elle avait deviné quelle relation s'était nouée entre eux. Rien n'échappait à Inez.

Patrick quitta la table de pique-nique à laquelle il était installé. Cela faisait vingt minutes qu'il patientait, et il n'aimait pas la tournure que prenaient les événements. Carrie lui avait assuré qu'elle serait là, mais il ne l'avait pas encore vue. Ni elle, ni son garde du corps.

De ses poings serrés, il frappa le grillage qui ceignait l'aire de jeux. Il avait fait tout ce chemin pour rien. C'était bien à cet endroit qu'ils devaient se retrouver, il n'y avait pas de confusion possible.

Il sortit de la zone clôturée et fit les cent pas dans la rue. Toujours pas de Carrie en vue. Il sortit son téléphone de son étui et le serra dans sa main. Il avait essayé de la rappeler, mais l'appareil qu'elle avait utilisé ne semblait pas recevoir ses appels. Impossible de savoir où elle était.

Combien de temps devait-il attendre avant de rentrer à la maison ? Elle avait sûrement appelé Inez.

Quand la sonnerie du téléphone retentit, Wyatt se figea, puis jeta un regard à Carrie. Elle semblait à la fois pleine d'espoir et de peur.

— Ce sont peut-être les ravisseurs, avança-t-elle.

— Je vais décrocher, dit Inez.

Wyatt n'eut pas le temps de lui donner des instructions : la gouvernante avait déjà le combiné en main.

— Allô ?

Elle activa le haut-parleur du téléphone.

— Avez-vous des nouvelles de Carrie ? demanda Patrick, manifestement énervé.

— Non, pourquoi ? mentit Inez en serrant l'appareil plus fort dans sa main.

— Nous étions censés nous voir, reprit Patrick. Mais elle n'est pas venue, et je me fais du souci pour elle.

— Je ne suis au courant de rien.

— Votre voix est bizarre.

— Vous savez, je suis un peu sur les nerfs. J'ai peur pour la *señorita*, et son père, aussi.

— Je vais rentrer à la maison.

— Elle ne va certainement pas tarder. Que va-t-elle faire si vous n'êtes pas là lorsqu'elle arrivera ?

— Je rentre.

Il raccrocha aussitôt, et tous trois se regardèrent, interloqués.

— Nous n'avons pas beaucoup de temps, déclara Wyatt. Il est peut-être au coin de la rue.

— J'avais l'impression qu'il était encore au parc, intervint Carrie.

— Sauf s'il mettait la loyauté d'Inez à l'épreuve, précisa Wyatt.

Il se tourna vers la gouvernante :

— Surveillez l'entrée et prévenez-moi lorsqu'il arrivera.

Puis il s'adressa à Carrie :

— Va chercher tes appareils photo, mais pas tous. Ce que nous prenons, nous risquons d'avoir à l'abandonner à un moment.

— D'accord, concéda-t-elle en grimaçant.

— Et pendant que je fouillerai la chambre de Patrick, essaie d'accéder aux dossiers informatiques de ton père.

— Je ne connais pas son mot de passe.

— Fais de ton mieux.

Wyatt se précipita vers la chambre de Patrick mais marqua une pause avant d'en franchir le seuil. Patrick avait-il fait installer un système d'alarme quelconque, ou même une caméra ?

Il observa la porte close, puis le sol : manifestement, non.

Il ouvrit donc la porte et entra dans la pièce. Les stores étaient baissés, aussi dut-il allumer afin d'y voir. De toute évidence, Patrick était un véritable maniaque de l'ordre. Rien ne traînait, et chaque objet semblait avoir une place attribuée. Sa chambre ressemblait à celles des hôtels de grand luxe.

Il inspecta les étagères de la bibliothèque : des volumes de fiction populaire, ainsi que des livres consacrés au business. Il passa la main sur les tranches : l'un d'entre eux renfermait certainement une caméra.

Mais visiblement, non. Et rien non plus sur les murs qui pourrait emplir cet office.

Il se rendit ensuite dans la salle de bains et ouvrit le meuble sous vasque : que des articles de toilette.

Il retourna dans la chambre, ouvrit la penderie et écarta délicatement les chemises, vestes et pantalons, tous rangés par couleur. Peu d'hommes appréciaient le shopping, mais l'armoire de Patrick était pleine, et de vêtements de grande marque. Apparemment, le jeune homme tenait à son élégance.

Wyatt pesta intérieurement : il aurait dû demander

à Carrie ce que Patrick faisait de son temps libre, car pour le moment il n'en avait pas la moindre idée.

Il ouvrit des tiroirs dans lesquels il trouva des T-shirts et des sous-vêtements parfaitement pliés. Tout portait à croire qu'Inez les avait repassés.

Puis, il ouvrit le tiroir à chaussettes et repéra une légère bosse dans le plastique qui en protégeait le fond. Il le souleva : Patrick avait caché une pochette cartonnée. Dedans, il y avait glissé une feuille annotée à la main répertoriant tous les anciens postes de Wyatt.

Inez se tenait dans le couloir, l'estomac au bord des lèvres.

Elle jeta d'abord un œil dans la chambre de Patrick, où Wyatt poursuivait sa fouille. Soulagée de le voir occupé, elle se rendit dans le bureau où Carrie tentait de faire parler l'ordinateur.

Elle aurait pu lui fournir le mot de passe, mais elle aurait trahi à quel point elle avait mis son nez dans les affaires des Mitchell.

Son cœur battait à tout rompre quand elle se rendit dans la cuisine, et elle vérifia à maintes reprises que ses visiteurs ne l'observaient pas.

Lorsqu'elle eut la certitude d'être seule, elle décrocha le combiné téléphonique et composa un numéro.

— Allô ?

— Suis-je bien chez Maisons du Monde ? demanda-t-elle.

— Désolé, vous vous êtes trompée de numéro.

— Excusez-moi, au revoir.

Elle raccrocha rapidement : elle avait délivré le bon message. Elle devait expliquer de manière déguisée où se trouvait Carrie. Maisons du Monde lui paraissait clair : Carrie était dans la résidence familiale.

Elle pressa son poing contre sa bouche, puis se ressaisit et retourna près de la fenêtre.

12

Wyatt parcourut le contenu de la pochette trouvée dans le tiroir de Patrick : il s'agissait d'un dossier sur lui. Certains documents concernaient d'autres agents, mais manifestement c'était lui l'attraction principale.

Il connaissait plusieurs de ces hommes : Cal Winsom était un bon choix pour de la protection rapprochée, tout comme Drake Inmann. Tous deux auraient été parfaits pour cette mission, mais au vu du peu d'informations recueillies sur eux, ils avaient rapidement été écartés.

Il feuilleta ensuite les documents le concernant, notamment la partie relatant sa formation initiale à Fort Bragg, puis celle relatant son expérience au sein de la CIA, qui l'avait mené aux quatre coins du globe. L'opération qui avait dégénéré en Grèce était surlignée en jaune.

Ils étaient donc au courant de cet échec monumental. Pourtant, il était noté en marge, juste à côté, que Douglas avait accepté la recommandation faite par Patrick.

Wyatt relut la note en plissant les paupières. A en croire ces mots, Patrick était celui qui l'avait choisi pour mener l'opération. Parce qu'il le considérait comme le mieux qualifié ?

Un son, derrière lui, le fit se retourner. Carrie était sur le seul.

— Désolée de t'avoir fait peur.

— Je suis un peu nerveux, c'est tout.

— Comme moi. As-tu trouvé quelque chose ?

— Un dossier regroupant les CV de plusieurs agents de sécurité, dont le mien. Savais-tu que c'était Patrick qui m'avait recommandé auprès de ton père ?

— Non.

Wyatt leva la pochette.

— Il y avait d'autres candidats. D'excellents agents. Pour quelle raison ai-je été retenu ?

— Je l'ignore.

Il faillit lui demander si c'était parce qu'il avait provoqué un drame en Grèce, mais il ne tenait pas à aborder ce sujet.

— Où était ce dossier ? demanda-t-elle.

— Dans son tiroir à chaussettes.

— Il le dissimulait ?

— On dirait, répondit-il.

Puis, il changea de sujet :

— As-tu réussi à accéder aux fichiers de ton père ?

— Oui. Il a choisi ma date de naissance comme mot de passe.

— Pas très original. Qu'as-tu trouvé ?

— Les éléments habituels. Sa liste de contacts, et de médicaments. Des lettres de réclamation écrites à des entreprises dont il n'aimait pas les produits. Il y a aussi un dossier avec des photos de famille.

— Rien d'utile ?

— Les factures acquittées et ses relevés bancaires. On dirait que certains fonds ont été récemment transférés.

— Jetons-y un œil.

Il replaça la pochette à sa place, puis examina la pièce : n'avait-il laissé aucune trace de son passage ?

— Patrick a-t-il toujours été aussi maniaque ? demanda-t-il ensuite à Carrie.

— Pas au début, répondit-elle. Mon père lui faisait constamment des remarques sur la tenue de sa chambre. Ça l'a incité à devenir plus ordonné.

— Les enfants réagissent aux ordres de leurs parents d'une manière ou d'une autre. Soit ils s'y conforment, soit ils font exactement le contraire.

— Pas faux, concéda-t-elle en riant.

— Etais-tu aussi organisée ?

— Non, ce fut d'ailleurs l'un de mes coups d'éclat durant ma période de rébellion.

Ils se rendirent dans le bureau de Douglas, et Wyatt y scanna les documents qui l'intéressaient. Il fouilla ensuite dans les tiroirs en quête d'une clé USB, qu'il connecta à l'ordinateur. Il venait de commencer la copie de dossiers lorsque Inez apparut, le visage déformé par la panique.

— Monsieur Patrick est dans l'allée du garage. S'il apprend que vous étiez là, il me renverra. Que puis-je faire ?

— Comportez-vous normalement, comme si vous veniez de repasser ses T-shirts, lui suggéra Wyatt.

Il n'avait pas eu le temps de copier les documents intéressants, et il risquait de ne pas être en mesure de le faire.

— Allez, dépêche-toi, marmonna-t-il à l'intention de la machine.

Finalement, il mit la clé USB dans la poche de sa veste et sortit dans le couloir, mais la voix de Patrick résonna depuis le vestibule.

— Où sont-ils ? demanda-t-il d'une voix tonitruante à Inez.

Wyatt murmura à l'oreille de Carrie :

— Où pouvons-nous nous cacher ?

Elle chercha frénétiquement autour d'eux, puis désigna la porte arrière.

— J'ai une idée.

Dans le vestibule, Inez tentait de tenir tête à Patrick :

— De qui parlez-vous ?

— Carrie et Wyatt, bien sûr.

— Pourquoi seraient-ils venus ?

— A vous de me le dire.

— Je … je ne sais pas.

Wyatt ne put entendre la suite : il suivit Carrie dehors, jusqu'à un abri de jardin qui comblait un vide dans la haie ceignant la piscine. Elle en ouvrit la porte : la maisonnette contenait une pompe et de gros bidons de produits chimiques. Ils refermèrent derrière eux, ce qui les plongea dans l'obscurité.

— Il ne connaît pas cette cachette ? murmura Wyatt.

— Je ne sais pas, mais si on se barricade, il ne pourra pas entrer.

Elle fouilla dans les équipements stockés autour d'eux et s'empara d'une barre de fer qu'elle fit coulisser derrière deux tiges métalliques de la porte.

— Elle se ferme de l'intérieur ? demanda Wyatt à mi-voix.

— J'ai demandé à l'un des ouvriers de mon père d'installer ce système, il y a quelques années, expliqua-t-elle.

— Pourquoi ?

— Quand j'étais enfant, un ami de mon père venait souvent nous rendre visite avec son gros chien qui me terrifiait. Que je sois dans l'eau ou sur un transat, il me fonçait dessus. Alors, si je sentais que je n'arriverais pas jusqu'à la maison, je m'enfermais là.

Des bruits de pas l'obligèrent à s'interrompre. Wyatt tendit l'oreille : quelqu'un marchait le long de la piscine. Il attrapa Carrie et la cacha derrière lui, puis se tourna face à la porte.

Celle-ci se mit à bouger, et Wyatt se contracta, se préparant à une confrontation. Mais la porte tint bon.

Dehors, Patrick poussa un soupir.

— Carrie, tu es dans l'abri, n'est-ce pas ? Je me rappelle que c'était ta cachette favorite.

Elle déglutit bruyamment.

— Ecoute-moi, reprit-il, j'ai commis une erreur en aidant ton père à choisir un garde du corps. Je n'aurais pas dû lui recommander Wyatt Hawk.

Celui-ci se crispa en entendant son nom.

— Je pensais qu'il était le candidat idéal, poursuivit Patrick, mais maintenant que j'ai compris ma méprise, j'ai très peur pour toi. Laisse-moi te protéger, ou appeler un autre de ces agents que ton père avait envisagés.

Carrie poussa un léger soupir, et Wyatt commença à s'inquiéter. Croyait-elle Patrick ? Allait-elle accepter sa proposition ? Lui faudrait-il la bâillonner pour la mettre à l'abri ?

Il patienta, en dépit de la tension qui enflait en lui. Patrick aussi attendait une réponse. Au grand soulagement de Wyatt, Carrie ne répondait pas.

Après de longues minutes, Patrick donna un coup de pied dans la porte.

— Sortez de là, vociféra-t-il.

N'obtenant aucun résultat, il ajouta :

— Très bien, comme vous voulez.

Il redonna un coup de pied et s'éloigna.

— Que va-t-il faire ? murmura Carrie.

— Certainement chercher un outil qu'il utilisera pour casser la porte.

— Il est furieux.

— Oui.

Wyatt attrapa la barre qui verrouillait l'abri, se tourna et en envoya un grand coup dans les lattes qui constituaient l'arrière de la cabane. D'une poussée, il en fit céder une, qu'il retira, puis une autre.

— Sors par là, lança-t-il à Carrie.

Elle se faufila à l'extérieur.

Il replaça la barre sur la porte et se dirigea vers leur échappatoire improvisée. Etant plus imposant que Carrie, il dut se contorsionner pour passer dans l'ouverture, serrant les dents au moment où les planches vinrent effleurer son bras blessé.

Derrière lui, des pas pressés se firent entendre, et Patrick se mit à secouer la porte.

— Sortez ! hurla-t-il.

N'obtenant pas de réaction de leur part, il se mit à heurter la porte avec un objet pesant. Wyatt replaça les lattes. Elles ne résisteraient pas si Patrick les poussait, mais pour le moment elles feraient illusion.

— Allons-y, murmura-t-il.

Il saisit la main de Carrie et traversa les hautes herbes en courant, tandis que Patrick s'acharnait sur le cabanon en jurant.

Ils avaient pratiquement traversé la friche lorsque le bruit d'un moteur troubla le silence de l'allée menant à la maison. Une camionnette verte passa à vive allure.

— Qui est-ce ? chuchota-t-il.

Carrie se tourna et suivit son regard.

— Les jardiniers.

— Est-ce le jour où ils viennent travailler, d'habitude ?

— Je ne sais pas.

Désignant les bois, Wyatt lui fit signe de se baisser et de se mettre à couvert des arbres. Il la suivit, en se plaçant entre elle et la camionnette.

A peine avaient-ils atteint la partie boisée qu'une fusillade éclata.

Douglas cligna des yeux. Il se trouvait toujours dans la pièce sombre, allongé sur le lit auquel sa main était attachée. Mais tout était différent à présent.

Il resta un moment immobile, pensant à tout ce qui s'était passé. Carrie avait entendu ces hommes fomenter un complot pendant qu'elle prenait des photos dans les bois. Elle avait parlé à la police, et la situation avait viré à la catastrophe.

Elle s'était mise au vert, entourée par Wyatt Hawk et d'autres hommes qu'il avait engagés pour la protéger. Sa sécurité avait été assurée jusqu'à ce qu'elle se rende à ce rendez-vous avec le procureur.

Douglas soupira. Jusqu'alors, ces détails avaient flotté dans sa mémoire, et il avait été incapable de déterminer s'ils étaient réels ou s'il les avait inventés. Son esprit avait été complètement embrouillé, comme englué dans une nappe de mazout. Mais maintenant, cette pollution avait été dispersée, son cerveau fonctionnait de nouveau correctement.

Combien de temps s'était-il écoulé depuis qu'il avait ressenti les premiers symptômes ? Six mois. Exactement. Il avait vécu les six derniers mois dans un état second. Ensuite, ces hommes l'avaient capturé et isolé du reste du monde, et il avait recouvré la raison.

Il serra les dents, refusant de croire qu'il s'agissait d'une coïncidence. Dans sa tête, il rejoua les derniers mois, et les dernières semaines, jusqu'à ce qu'une terrible conclusion se fasse jour.

Il aurait hurlé de rage, mais à quoi bon ? Au lieu de ça, il regarda autour de lui et fit une surprenante découverte. Il savait où il était. Quand il avait quitté la chambre pour se rendre à la salle de bains, l'endroit lui avait paru vaguement familier… Il était dans la chambre d'amis de sa maison de vacances, au bord de la rivière Severn !

Dieu Tout-Puissant ! On le séquestrait dans sa propre maison, un lieu qu'il connaissait bien. Y avait-il un moyen de s'échapper ? Ou d'envoyer un message à Carrie ?

Il avait tant de choses à lui confier. Pas seulement lui révéler où il était retenu, mais toutes ces choses qu'il aurait dû lui dire depuis de nombreuses années.

Mais d'abord il devait se libérer, afin de la prévenir de ce qui se passait. Comment allait-il procéder ?

13

Au bruit des détonations, Wyatt saisit le bras de Carrie et l'entraîna à l'abri. Les occupants de la camionnette verte avaient ouvert le feu. Mais qui visaient-ils ? se demanda Wyatt.

Une fois dans les bois, lui et Carrie s'arrêtèrent pour reprendre leur souffle. Wyatt se tourna vers la maison, devant laquelle des hommes en uniforme vert s'étaient postés. Les haies qui entouraient la piscine l'empêchaient de voir Inez et Patrick.

— Et s'ils sont blessés ? s'alarma Carrie. Nous devons y retourner !

— C'est impossible.

— Mais…

— Nous devons partir, répondit-il en secouant la tête.

Ils reprirent l'itinéraire emprunté à l'aller, traversant un champ puis le jardin taillé au cordeau de la maison en vente.

— Attends, lui ordonna-t-il, alors qu'il allait inspecter leur véhicule.

Apparemment personne n'y avait touché, et les auteurs de la fusillade ne semblaient pas avoir remarqué que leur voiture se trouvait là. Il lui fit signe de le rejoindre.

Ils prirent la route, mais quelques instants plus tard un véhicule s'élança derrière eux.

Wyatt ne put retenir un juron.

— Qu'y a-t-il ? s'inquiéta Carrie.
— On nous a repérés, lui répondit-il en appuyant sur l'accélérateur.
Carrie se retourna pour mieux observer leur poursuivant.
— Accroche-toi, lui lança Wyatt, en négociant un tournant à grande vitesse.
Mais au sortir du virage un camion apparut devant eux. Wyatt klaxonna pour lui signaler leur présence, puis s'engagea sur la voie opposée. Il doubla le camion, mais eut à peine le temps de regagner sa file de circulation pour éviter une collision frontale avec une berline.
A côté de lui, Carrie étouffa un cri.
Quelques minutes plus tard, ils arrivèrent dans une zone plus densément peuplée de Potomac, et Wyatt s'engagea dans le premier quartier résidentiel qu'il rencontra, prenant soin de ralentir dans les petites rues bordées de maisons à deux étages. Il roula une centaine de mètres, puis tourna dans l'une des ruelles.
— Surveille ce qui se passe derrière nous, suggéra-t-il à Carrie. Préviens-moi si on nous suit.
Elle s'exécuta.
— Rien ?
— Non, il n'y a personne.
Il poussa un soupir et prit la direction de la Route 29.
A côté de lui, Carrie parut se détendre légèrement.
— Il faut que j'appelle Inez, murmura-t-elle.
— Ce n'est pas une bonne idée.
— Mais…
— Si les terroristes sont là-bas, ton appel risque de la mettre en danger. Ils comprendront que tu es en contact avec elle.
— Ils savent que nous étions là-bas, de toute façon.

— Oui, mais ils ignorent qu'elle est de notre côté.

— Tu crois que c'étaient les terroristes ?

— Ça me paraît très plausible.

— Mais nous avons entendu un échange de coups de feu. Il y avait donc deux factions.

— Les terroristes contre la police, peut-être ? A moins que Patrick ait perdu tout self-control. Il était tellement furieux…

— C'est vrai, reconnut-elle.

— L'avais-tu déjà vu dans un tel état ?

— Non.

— C'est sûrement le stress qui le déstabilise.

— Il s'inquiète pour mon père et moi.

— Probablement.

— Parfois, confia-t-elle, il est difficile de supporter un tel stress. Si je me mets à hurler pour décompresser, n'hésite pas à me bâillonner.

— Ce ne sera pas nécessaire.

— Comment le sais-tu ?

— Parce que tu as la tête sur les épaules.

— Certes, mais dès que je me retourne, des gens meurent ou sont blessés par ma faute. Je n'aurais pas dû aller à la maison.

Elle sortit son portable et se tourna vers Wyatt, le défiant du regard :

— J'appelle à la maison !

A l'autre bout de la ligne, la voix d'Inez résonna :

— Allo ?

— Inez, c'est Carrie ! Vous allez bien ?

— Oui. Nous…

Wyatt s'empara du téléphone et raccrocha.

— Tu as obtenu la réponse à ta question, grommela-t-il.

Elle le fusilla du regard.

— Ils vont bien, reprit-il, et nous avons appris une information importante.

— De quoi parles-tu ?

— Nous avons les fichiers informatiques de ton père, et nous savons qu'il souffre de…

Il marqua une pause. Comment formuler le reste de sa phrase ?

— De démence, marmonna Carrie.

— Pas forcément.

— Inez l'affirme. D'après elle, Patrick est obligé de prendre ses affaires en main.

Elle inspira, puis expira lentement.

— J'essaie de me rappeler comment il était avant. Je n'ai pas remarqué de différence, si ce n'est qu'il parle peu, et qu'il s'énerve facilement.

— Nous ignorons ce qui lui arrive. Par ailleurs, trop d'événements se bousculent en ce moment pour que nous réglions tout en quelques heures. Nous aviserons quand nous aurons retrouvé ton père.

— Tu crois que nous y parviendrons ? demanda-t-elle d'une voix brisée.

— Oui, dit-il en entremêlant ses doigts aux siens. Je suis désolé, Carrie.

— Ce n'est pas ta faute.

— Tu ne souscris donc pas à la théorie de Patrick selon laquelle je ne suis pas l'homme de la situation ?

— Non ! Sans toi, je serais morte.

— Si nous avons tous ces ennuis, c'est sûrement parce que j'ai pris de mauvaises décisions.

— Tu n'es pas sérieux, j'espère ?

— Non, mais je pense que nous avons affaire à une conspiration de plus grande envergure que ce que nous pensions.

— Une conspiration ?

— Je ne trouve pas de mot plus adéquat pour en parler.

Il quitta la route et les emmena dans une clairière. Elle le regarda d'un air interrogateur.

— Que fais-tu ?

— Je vérifie qu'il n'y a pas de mouchard. Quelqu'un aurait pu en installer un pendant que nous étions chez ton père.

Il suivit la même procédure qu'auparavant. Il passa la main sous le pare-chocs, puis le long du châssis.

Brusquement, il s'immobilisa. Ses mains venaient de se poser sur un boîtier en plastique.

Le cœur battant, il le décrocha. Il ne s'attendait pas vraiment à ce que ses soupçons soient avérés.

Il montra l'objet à Carrie, elle ouvrit de grands yeux.

— Qu'est-ce que c'est ?

— Un émetteur GPS.

— Depuis combien de temps est-il en place ?

— J'avais vérifié en quittant l'appartement de Rita… On l'a certainement installé quand nous étions chez ton voisin.

— Qui aurait fait ça ? demanda-t-elle, sans détacher son regard du boîtier.

— Inez, probablement.

— A quel moment ?

— Pendant que nous étions occupés à fouiller chez ton père.

— Mais elle nous a avertis de l'arrivée de Patrick.

Il haussa les épaules.

— Une preuve de plus que nous ignorons totalement ce qui se trame, déclara-t-il en jouant avec l'appareil.

Ou alors c'est Patrick. Il a pu l'installer avant d'entrer dans la propriété.

Elle le regarda, d'un air perdu, mais elle acquiesça lentement.

— Ce serait légitime, étant donné que nous lui avons menti, avança-t-il. Il voulait sûrement s'assurer de pouvoir te localiser s'il le souhaitait.

— Cette idée ne me plaît pas.

— A moi non plus. Mais ce ne sont que spéculations. Après tout, c'est peut-être l'œuvre de la police ?

— Pourquoi feraient-ils ça ?

— Ils veulent savoir ce que nous mijotons.

— Ne serait-ce pas plus simple de nous arrêter ?

— Pas s'ils pensent que nous sommes impliqués dans l'enlèvement de ton père.

— C'est horrible !

— Toute cette histoire est horrible, renchérit-il.

Soudain, il pensa à Rita Madison. Qu'avait-elle pu dire au policier qui se trouvait dans son appartement quand il l'avait libérée ? Elle semblait disposée à les aider mais, après l'épisode de la salle de bains, elle avait pu changer d'avis. Réticent à partager sa crainte avec Carrie, il feignit d'être absorbé dans la contemplation de l'émetteur.

Une chose était sûre : ils devaient quitter les lieux au plus vite.

Il posa le GPS à terre et s'apprêtait à l'écraser d'un coup de talon lorsqu'il se ravisa. Que ces crétins pensent qu'ils avaient fait une pause ! Carrie et lui auraient ainsi une longueur d'avance sur leurs poursuivants.

Après avoir dissimulé le boîtier dans l'essieu d'un vieux pneu, il reprit sa place derrière le volant.

— Tu veux les gruger, en leur laissant croire qu'ils sont toujours sur nos traces ? lui lança Carrie.

— Oui.

— Qu'allons-nous faire à présent ?

— Quand ils remarqueront notre disparition, ils vont employer les grands moyens. Nous devons nous arrêter quelque part afin que j'étudie le contenu de cette clé USB.

— Un motel ?

— Par exemple.

Elle poussa un grand soupir, puis reprit la parole.

— D'accord, mais quelque chose de sympa. Je ne veux plus avoir l'impression d'être en cavale.

— A quoi penses-tu ?

— Que dis-tu de Frederick ? Ce n'est pas très loin, et avec tous les touristes qui s'y rendent, les chambres d'hôtes ne manquent pas.

Il y réfléchit un instant, puis entra le nom de la bourgade dans son GPS. S'il se fichait de son propre confort, Carrie avait besoin d'un peu de répit. Aurait-il dû lui cacher qu'il avait découvert ce mouchard ? Il lui aurait épargné cette angoisse, mais sa conscience l'aurait taraudé. Restait à lui trouver une cachette agréable… une fois qu'il aurait réglé un dernier problème.

Lorsqu'ils abordèrent la ville de Frederick, il s'arrêta devant un magasin de bricolage.

— J'ai besoin de ruban adhésif et de ciseaux, expliqua-t-il à Carrie.

— Pourquoi ?

— S'ils ont repéré la voiture, notre plaque d'immatriculation va nous trahir.

Elle grimaça.

— Je vais la maquiller, la rassura-t-il.

Il effectua ses emplettes puis roula jusqu'à une section isolée du parking. Après examen de la plaque, il décida de transformer le premier chiffre, 1, en E.

Il recula ensuite de quelques pas : à plus de trente mètres, leur ruse fonctionnerait.

Ils gagnèrent ensuite le centre-ville de Frederick, et lorsqu'ils passèrent devant une maison victorienne entourée d'un grand jardin et arborant un panneau signalant qu'il s'agissait d'un Bed and Breakfast, Carrie se tourna vers Wyatt.

— Essayons cet endroit, dit-elle en pointant la maison du doigt.

— Est-ce un coup de cœur ?

— Oui.

Il ralentit puis s'arrêta au bout de la rue.

— Nous ferions mieux de nous mettre d'accord avant de nous y présenter, proposa-t-elle.

— O.K. Tu as une idée ?

— Nous visitons la Virginie et le Maryland, et nous faisons halte quand nous trouvons un lieu qui nous plaît.

— Te souviens-tu des noms que nous utilisions ? insista-t-il.

— Carolyn et Will Hanks.

— Exact.

— Et nous sommes mariés ? demanda-t-elle.

— Ça te convient ?

— Oui.

— Parfait.

Wyatt fit demi-tour et s'engagea sur l'allée gravillonnée, et ils sortirent ensemble du véhicule. Carrie lui saisit la main pendant qu'ils cheminaient vers le porche. Peu après, il appuya sur la sonnette, et une femme charmante, entre deux âges, vint à la porte.

— Puis-je vous aider ? demanda-t-elle.

— Avez-vous une chambre libre ?

— Bien sûr, entrez, je vous en prie.

Ils pénétrèrent dans un vestibule spacieux. Sur la gauche, c'était le salon où des meubles anciens rehaussaient l'élégance de canapés et de fauteuils profonds. Sur la droite se trouvait une salle à manger comprenant plusieurs tables.

— Je suis Barbara Williamson, se présenta leur hôtesse.

— Mon nom est Carolyn Hank, et voici mon mari, Will, répondit Carrie. Nous aimerions louer votre plus belle suite.

— Célébrez-vous un événement ?

— Pas vraiment, mais nous effectuons un voyage magnifique, et nous souhaitons en profiter pleinement.

— Notre meilleure chambre se trouve à l'arrière, dans une annexe. Souhaitez-vous la voir ?

— Oui.

Ils traversèrent une grande cuisine moderne et empruntèrent la porte arrière pour rejoindre un bâtiment qui, autrefois, devait faire office de remise à calèches, observa Wyatt.

Mme Williamson déverrouilla une porte qui ouvrait sur une suite à deux chambres. Le salon était chaleureux, la chambre principale abritait un grand lit à baldaquin, et la salle de bains attenante était équipée d'une baignoire, d'une douche et d'un lavabo à double vasque.

— Parfait, annonça Carrie.

— Le petit déjeuner est servi entre 8 heures et 9 h 30, précisa Mme Williamson.

— Serait-il possible de le prendre ici ? s'enquit Carrie.

— Si vous le souhaitez. A quelle heure voulez-vous qu'on vous le porte ?

— A 8 heures, répondit Wyatt.

Mme Williamson les laissa seuls, et Carrie s'approcha de lui, l'air soulagé :

— Je crois qu'elle ne nous a pas reconnus.

— Tant mieux, répondit-il en déposant leur dernière valise.

Il inspecta ensuite le pavillon : s'il le fallait, ils pourraient s'échapper par l'une des fenêtres donnant sur l'arrière.

Carrie le suivit :

— Est-ce le genre d'endroit où tu aimerais me faire l'amour pour la première fois ? demanda-t-elle d'une voix éthérée.

— Je n'aurais jamais dû dire ça ! soupira-t-il. Tu poses souvent ce genre de questions ?

— Jamais. Mais dans notre cas, je n'ai guère le choix. S'il te plaît, réponds à ma question.

— Oui, admit-il, la gorge si serrée qu'il avait peine à parler.

Il raisonnait encore en garde du corps, mais les terroristes avaient peu de chances de les localiser, se rassura-t-il.

— Tu fais peut-être une grosse erreur, parvint-il à articuler.

— Je ne pense pas.

Elle avait été prévenue, mais elle ne comptait pas se laisser déstabiliser, et elle soutint son regard sans faillir. S'il avait envie d'elle, il ne fit aucun geste pour combler la distance qui les séparait. Il semblait crispé. C'était à elle de faire le premier pas, comprit-elle.

Suffirait-il de lui tendre une main ? Certainement pas.

Elle retira son T-shirt et le lança à terre. Puis elle dégrafa son soutien-gorge, l'envoya valser.

Wyatt la contemplait, médusé. Il posa ses yeux sur

ses seins, et son regard s'embrasa, mais il ne fit pas un mouvement vers elle.

Si elle n'avait pas été aussi sûre de sa décision, elle aurait été tentée de prendre ses jambes à son cou. Au lieu de cela, elle fit glisser d'un geste délicat son jean et sa culotte le long de ses cuisses et les envoya à l'autre bout de la pièce. Elle était à présent totalement nue.

Wyatt resta parfaitement immobile.

Soudain, elle fut saisie d'une angoisse : ne venait-elle pas effectivement de commettre une grosse erreur ?

14

Carrie fixa Wyatt, dans l'expectative.

Enfin, il réagit. Il déboutonna sa chemise et la jeta au sol. Puis, il défit sa ceinture et se débarrassa de son pantalon et de son caleçon, jusqu'à ce qu'il soit à son tour entièrement nu, totalement émoustillé.

— Je savais que tu serais belle, dit-il en la prenant dans ses bras.

Le choc du contact entre leurs corps créa une véritable décharge électrique. Un instant, elle se sentit étourdie.

Puis, les mains de Wyatt vagabondèrent sur son dos, ses épaules, et elle ne put retenir un gémissement, qui s'amplifia lorsqu'il caressa la courbe de ses fesses.

Elle fit de même, explorant chaque parcelle de son corps.

Alors qu'ils oscillaient en rythme, leurs bouches se rencontrèrent dans un baiser passionné. Elle l'embrassa avec une fougue qui exprimait tout ce qu'elle aurait voulu lui dire. Du moins, elle l'espérait. Lui, en retour, se montrait aussi exalté.

Lorsqu'il s'écarta d'elle, sa respiration était saccadée.

— Dis-moi d'arrêter, lui intima-t-il. Je peux encore le faire, si tu me dis non.

— Je croyais que nous avions déjà passé le point

de non-retour, répondit-elle. Que dois-je donc faire d'autre ?

Elle passa son bras entre eux et saisit son érection à pleine main, satisfaite d'en éprouver la vigueur.

Il émit un son étranglé, puis se mit à rire.

— J'abandonne. Mais tu ferais bien de ralentir, si tu ne veux pas que tout finisse avant même d'avoir commencé.

Alors qu'elle laissait retomber son bras le long de son corps, il recula de quelques centimètres et enveloppa de ses mains ses seins, en caressant les pointes dressées, puis déposant des baisers brûlants sur son cou et ses épaules.

Elle déglutit. Aucune phrase cohérente n'aurait pu exprimer ce qu'elle ressentait. Elle oublia même où ils étaient, ce qu'ils avaient vécu. Plus rien ne comptait que la saveur de sa peau, le contact de ses mains et de sa bouche sur sa chair incandescente, l'incroyable satisfaction d'être aussi intime avec lui.

Il lui prit la main et l'emmena vers le lit dont il retira les couvertures. Elle s'allongea, et il la rejoignit aussitôt.

De ses doigts, elle parcourut les traits de son visage. Lentement, il l'attira vers lui, parsemant de baisers ses joues, la naissance de ses cheveux, ses oreilles. Puis, il revint à sa bouche dans un baiser long et voluptueux alors que ses mains recouvraient délicatement ses seins.

— J'ai rêvé de mille manières de te toucher et de t'embrasser, murmura-t-il d'une voix rauque, en se penchant vers un de ses mamelons turgescents.

Elle lui passa une main autour de la nuque, caressant langoureusement ses cheveux, alors qu'il la suçotait délicatement. Il partit en quête du second téton qu'il tirailla gentiment, lui envoyant des vagues de chaleur à travers tout le corps.

Perdue dans ce maelström de sensations, elle s'était alanguie sur les oreillers, se contentant de faire jouer ses doigts sur sa colonne vertébrale.

Lorsqu'il posa de nouveau sa bouche sur la sienne, ce fut avec une infinie douceur, tandis que ses doigts s'attardaient sur les replis gonflés de son sexe, la faisant s'arc-bouter sous des vagues de plaisir.

Il savait comment contenter une femme, comment entretenir son désir jusqu'à un point quasiment douloureux, songea-t-elle. Elle susurra son nom, le suppliant de combler ce vide en elle.

— Wyatt, j'ai besoin de toi. Ne me fais plus attendre.

Il ajusta son corps au sien, et elle le guida en elle. Les mots lui manquaient pour exprimer combien c'était bon. Un gémissement de satisfaction enfla dans la gorge de Wyatt, révélant combien il avait envie d'elle.

Il se mit à aller et venir, elle se laissa emporter. Elle était totalement soumise à la puissance de cet homme, comprit-elle alors : en elle, sur elle, tout autour d'elle.

Il adopta un rythme langoureux, mais leur étreinte était trop intense pour durer longtemps, devina-t-elle. Son tempo s'accéléra, l'emportant vers des sommets si élevés qu'elle peinait à respirer. Elle s'agrippait à lui, son corps se contractant, soumis à des sensations si intenses qu'elle ne put réprimer un cri de plaisir.

A son tour, il se raidit et ne tarda pas à la rejoindre, puis ils restèrent arrimés l'un à l'autre, semblant lentement reprendre pied avec la réalité.

Quand il roula sur le côté, elle accompagna son mouvement, le serrant contre elle. Il l'attira plus près encore, ses lèvres balayant ses cheveux, son visage humide et sa bouche.

Une brise fraîche parcourut sa peau moite, la faisant frissonner, et il remonta les couvertures sur eux, puis s'installa tout contre elle.

Le silence s'installa. Ni lui ni elle ne savaient quoi dire. Tout avait changé, et en même temps rien. Durant la dernière demi-heure, elle n'avait pensé qu'à lui. A présent, la réalité reprenait ses droits. Ils étaient des fugitifs tentant d'échapper à des hommes qui avaient juré de l'éliminer. Et son seul rempart face à ces ennemis implacables était Wyatt Hawk.

Il la cajola un long moment, et elle s'offrit le luxe de s'endormir dans ses bras.

Lorsqu'elle se réveilla, le crépuscule s'installait, baignant la chambre dans la pénombre. Elle jeta un œil vers Wyatt. Il s'était adossé contre la tête du lit.

— Ne me dis pas que nous n'aurions pas dû faire l'amour, murmura-t-elle en se redressant.

— Lis-tu dans les pensées des gens ?

— Non, mais je commence à savoir comment fonctionne Wyatt Hawk.

— J'ai été engagé pour veiller à ta sécurité.

— C'est ce que tu fais.

— Vraiment ?

— Nous sommes dans une chambre d'hôte où personne ne connaît notre identité.

— J'espère que tu as raison.

— Je pense qu'il est temps de mettre notre théorie, selon laquelle c'était une bonne idée, à l'épreuve.

— Que veux-tu dire ?

— Ça.

Elle l'attira vers elle, levant sa bouche vers la sienne. Elle était étonnée de sa propre impudence, mais avec lui elle devait exprimer clairement ses intentions, du moins jusqu'à ce qu'ils soient hors de danger, et que Wyatt arrête de répéter qu'il négligeait ses devoirs.

Au début, il parut tenté de quitter le lit, mais ensuite les baisers et les caresses qu'elle lui prodigua produisirent de l'effet sur lui. Et il la laissa lui imposer une position de nouveau horizontale. Pour son plus grand plaisir.

Elle le tint occupé plus d'une heure, découvrant quelles étaient ses préférences, et s'extasiant de la manière dont il lui retournait ses faveurs, tandis qu'ils exploraient mutuellement le corps de l'autre.

Lorsqu'elle finit par s'alanguir sur son oreiller, comblée, elle ne put s'arrêter de sourire.

— J'aimerais t'emmener dehors pour te gratifier d'un bon repas, déclara Wyatt au bout de quelques minutes, mais il vaudrait mieux que je ramène de quoi manger ici.

— D'accord.

Il sortit du lit, et elle ne put qu'admirer son corps tandis qu'il rassemblait ses vêtements et s'habillait.

— De quoi as-tu envie ? demanda-t-il.

— Surprends-moi.

Il quitta la chambre, et elle profita de son absence pour se doucher et s'habiller.

A son retour, des effluves de cuisine italienne emplirent immédiatement la pièce.

— Il y a du veau et du poulet, annonça-t-il. Fais ton choix.

— Parfait ! s'exclama-t-elle. Mais nous pouvons partager.

Il avait même acheté une bouteille de vin.

Elle savoura le repas, en imaginant leur vie future. Voilà à quoi ressemblerait leur quotidien. Si Wyatt l'acceptait…

Vers la fin du repas, il parut préoccupé.

— Wyatt Hawk, ici la Terre, le railla-t-elle.

— Désolé, répondit-il en levant les yeux vers elle. Je réfléchissais à ce que je devais faire. Tu sais, mon job, quoi.

Il s'écarta de la table et apporta son ordinateur portable.

— Je vais télécharger les fichiers de ton père, indiqua-t-il.

Puis, il ajouta :

— Laisse tes affaires dans la valise, au cas où nous devrions prendre la fuite rapidement.

— Tu penses que ça risque de se produire ?

— Comme je te l'ai dit, envisage-le.

Leur repas fini, elle débarrassa la table et s'assit près de lui.

Elle l'observa tandis qu'il analysait les données défilant devant lui, mais il marqua soudain une pause afin de lire un fichier plus en détail.

— Qu'y a-t-il ? s'enquit-elle.

— Plusieurs virements bancaires ont été effectués récemment.

Elle se pencha pour regarder l'écran : il affichait une feuille de calculs.

— Vers quels bénéficiaires ?

— Je ne suis pas sûr. Les noms sont codés, expliqua-t-il en se tournant vers elle. Ton père essaierait-il de dissimuler des fonds afin de ne pas payer d'impôts ?

Songeant à ses pratiques commerciales des dernières années, elle soupira.

— C'est possible. Il n'appréciait guère de donner au gouvernement plus que ce qu'il jugeait nécessaire.

— La majorité de ses revenus provient-elle d'investissements ?

— Oui, dit-elle en focalisant son attention sur les listes de nombres. J'imagine qu'il est difficile de déterminer où sont ces comptes.

— J'ai besoin de plus de renseignements, car tous les fichiers ne sont pas disponibles.

Elle se leva et se dirigea vers la fenêtre, alors que le monde extérieur était déjà plongé dans l'obscurité. Son père s'était-il rendu coupable de manœuvres frauduleuses ? Ou les problèmes mentionnés par Inez le menaient-ils à agir de manière erratique ? Elle aurait aimé avoir toutes les archives de son père en main, mais il était hors de question de retourner chez lui pour les récupérer.

— Tu devrais te reposer, lui suggéra Wyatt.

— Et toi ?

— Je vais essayer d'exploiter ces fichiers.

Elle s'installa dans le lit et s'endormit presque instantanément.

Ce n'est que lorsque Wyatt posa une main sur son bras qu'elle se réveilla.

Elle cligna les yeux. Il était debout à côté d'elle, vêtu d'un jean et d'un T-shirt.

— Bonjour, murmura-t-elle.

— Désolé de te réveiller, mais j'aimerais partir tôt.

— Quelle heure est-il ?

— 6 h 30. Prépare-toi, je vais demander à Mme Williamson si nous pouvons prendre notre petit déjeuner avec un peu d'avance.

Alors qu'il s'écartait d'elle, elle se redressa dans le lit pour lui voler un baiser. Il l'embrassa en retour, mais rapidement.

Regrettait-il leur étreinte de la veille ? se demanda-t-elle avec angoisse.

Wyatt traversa le jardin qui séparait leur suite de l'habitation principale. Alors qu'il gravissait l'escalier arrière, des notes de musique classique emplirent l'air. Et Mme Williamson parlait avec un homme à la voix grave. Les autres clients devaient déjà être levés, songea Wyatt. Mais l'homme prononça le nom de Carrie, et Wyatt se figea sur place, tendant l'oreille.

Il ne comprit pas la réponse de leur hôtesse, mais il en avait assez entendu. Il était temps pour eux de partir. Soit ce type appartenait à la police ou au FBI, soit il se faisait passer pour l'un de leurs agents. Durant quelques secondes il hésita. Quelle stratégie adopter ?

Il se maudit d'avoir laissé son arme dans leur chambre. Et pour ce qui s'était passé avec Carrie la veille : c'était une mauvaise idée, mais il l'avait laissée…

Il s'interrompit aussitôt. *Ne rejette pas la faute sur elle*, s'admonesta-t-il.

Il recula ensuite discrètement, puis regagna leur suite en courant.

Lorsqu'il entra, Carrie enfilait un T-shirt.

— Que se passe-t-il ? s'enquit-elle. Tu n'as pas l'air bien !

— Nous sommes découverts.

— Les terroristes nous ont repérés ? s'écria-t-elle.

— Je ne sais pas.

— Qu'allons-nous faire ? demanda-t-elle, avec une pointe de panique dans la voix.

— Nous allons tendre une embuscade à ce type. Il ne sait pas que nous sommes au courant.

Wyatt ouvrit les rideaux et jeta un œil par la fenêtre, puis étouffa un juron.

— Quoi ? s'exclama Carrie.

— Un homme parlait avec Mme Williamson, mais à présent, il y en a deux qui viennent par ici. Nous allons essayer de les neutraliser sans tirer.

— Comment ?

— Ils croient bénéficier de l'effet de surprise.

Il tenta tout de même d'affiner son plan : Carrie pouvait sortir par la fenêtre donnant sur l'arrière, mais leurs visiteurs risquaient de contourner le bâtiment. Et puis, ils devaient être armés.

Il scruta fébrilement autour de lui dans la suite et s'arrêta sur les deux lampes de chevet en cuivre.

Après les avoir débranchées puis avoir retiré leur abat-jour, il en garda une en main et plaça l'autre entre les mains de Carrie. La portée de ces matraques de fortune serait plus longue que celle de la crosse du pistolet s'ils devaient assommer leurs assaillants.

Mais ne serait-il pas plus judicieux de les abattre et de s'enfuir ? songea-t-il un instant. Oui, sauf s'il s'agissait des fédéraux…

Un coup frappé à la porte l'interrompit dans ses pensées.

— Demande qui c'est, articula-t-il en silence à Carrie.

— Qui est-ce ? s'écria celle-ci.

— Mme Williamson m'a demandé de vous apporter votre petit déjeuner, lui répondit une voix masculine.

Elle se tourna vers Wyatt, d'un air interrogateur.

— Gagne du temps, murmura-t-il.

— Nous ne sommes pas habillés, mentit-elle. Accordez-moi une minute.

— Ouvre la porte et plaque-toi contre le mur, à côté de moi, lui dit-il à l'oreille.

Carrie s'approcha de la porte, livide.

— Un instant ! s'exclama-t-elle.

Elle tourna la poignée et se plaça près de Wyatt.

Les deux hommes s'engouffrèrent immédiatement dans la pièce, arme au poing.

Wyatt assomma le premier d'un coup porté à l'arrière de la tête. L'homme s'effondra avec un gémissement de surprise.

L'autre s'arrêta net, stupéfait d'être pris au piège. Il essaya de se jeter sur Wyatt, mais trébucha sur son acolyte qui gisait à ses pieds. Carrie lui assena alors un premier coup, et Wyatt un second, pour s'assurer que leur agresseur était totalement inconscient.

Puis il tendit son pistolet à Carrie et s'éloigna des deux hommes.

— Tiens-les en joue.

— Qui est-ce ?

— Nous allons vite le savoir.

Il referma la porte et se pencha sur leurs visiteurs pour fouiller leurs poches. Tous deux avaient dans leur portefeuille ce qui ressemblait à un badge d'identification du FBI.

Carrie poussa un cri de surprise.

— Ce sont peut-être des faux, avança Wyatt. Je vais attacher ces types et leur poser quelques questions.

Il cherchait autour de lui ce qu'il pourrait utiliser en guise de corde. Mais des sirènes de police brisèrent le silence.

— Comment nous ont-ils trouvés ? demanda Carrie, les yeux écarquillés.

— Je n'ai pas entendu toute la conversation, précisa Wyatt. Mme Williamson nous a sûrement reconnus en regardant un journal télévisé. Ou peut-être se méfiait-elle de ces types, et elle a décidé d'appeler la police. De toute façon, nous ne devons pas traîner ici.

Il attrapa leur valise, y rangea son ordinateur portable et se dirigea vers la porte, devancé par Carrie.

Dès qu'ils se furent installés dans la voiture, il démarra et emprunta un chemin menant sur l'arrière de la propriété. Lorsqu'ils atteignirent la sortie, une voiture de police se dirigeait vers leur suite.

Wyatt préféra ne pas s'attarder et quitta les lieux, prenant la direction du centre de Frederick.

— Si nous ne pouvons plus descendre dans les motels ou les gîtes ruraux, qu'allons-nous faire ? s'inquiéta Carrie.

— Soit nous trouvons une cachette et dormons dans le 4x4, soit nous investissons un appartement vide.

— Je n'aime pas tes suggestions, lui confia-t-elle.

— Moi non plus, mais nous n'avons guère le choix, bougonna-t-il.

— Tu te dis qu'ils auraient pu nous surprendre pendant que nous faisions l'amour ?

— Exactement.

— Tu ne pouvais pas prévoir ça.

— Mon job est de te protéger, et non de te mettre dans une situation où tu risques d'être tuée ou kidnappée.

— Ce n'était pas le cas. Je te rappelle que c'est moi qui ai entamé les hostilités.

— Je n'aurais jamais dû m'approcher de toi.

Ses mots la blessèrent, et elle s'enfonça dans son siège de voiture. Elle avait eu envie de lui et avait fait en sorte qu'il ne puisse pas la rejeter. Elle était parvenue à ses fins. Mais peut-être qu'en gagnant une bataille elle avait perdu la guerre…

Elle lança un nouveau regard à Wyatt : son expression n'avait pas changé. Il affichait le visage froid qu'il avait eu durant leur semaine dans la résidence sécurisée. Mais cette fois, elle savait pourquoi.

Elle eut envie de poser sa main sur la sienne, mais se retint : elle anticipait déjà sa réaction.

Jusqu'à ce que cette affaire soit arrivée à son terme, mieux valait suivre les règles établies, se dit-elle. Ensuite, ils pourraient reprendre là où ils s'étaient arrêtés. Mais y parviendrait-elle encore ?

15

Carrie fut tirée de ses pensées par Wyatt :

— Et si nous retournions à Rock Creek Park, là où tu avais surpris ces malfrats ?

A cette idée, elle fut parcourue de frissons. Il dut s'en rendre compte, car il posa une main sur la sienne.

— Désolé, j'imagine que tu ne tiens pas vraiment à y remettre les pieds.

— Pourquoi veux-tu y aller ? bredouilla-t-elle, la gorge sèche.

— Pour y dénicher des indices exploitables.

— Je suis persuadée que les policiers ont passé le parc au peigne fin.

— Mais ils ignoraient ce qu'ils cherchaient. Si tu avais été présente, tu aurais pu les aiguiller dans la bonne direction.

— Mais ils ont refusé que je les y accompagne.

— Ils ne voulaient prendre aucun risque.

— Alors pourquoi en prenons-nous ?

— Dans notre situation, personne ne s'attend à nous y trouver.

Il avait pris la direction de Baltimore, mais lorsqu'il arriva au croisement suivant, il bifurqua vers Washington.

Douglas avança en tremblant dans le couloir, escorté par deux de ses geôliers.

— Ces promenades aux toilettes m'exaspèrent, marmonna l'un des deux à son intention.

— Je suis désolé, bafouilla Douglas.

— C'est comme ça quand les prisonniers ont l'âge de Mathusalem, ironisa l'autre. La prochaine fois, on te laissera mouiller ton pantalon.

— Pour quelle raison m'infligez-vous ça ? s'emporta Douglas. Pour de l'argent ? Je peux vous en offrir bien plus que votre commanditaire.

— Ferme-la, ou je t'assomme, répliqua le premier.

Douglas serra les dents et s'assit sur le lit métallique. L'autre malfaiteur l'attacha à l'un des barreaux du lit.

Une menotte lui enserrait le poignet, et un anneau était accroché au lit, mais entre les deux le lien était une espèce de corde en Nylon.

Le même geôlier déposa sur le lit une bouteille d'eau et une assiette en papier contenant un sandwich au beurre de cacahuètes et à la confiture, puis les deux ravisseurs quittèrent la pièce.

Manifestement, songea Douglas, ils avaient cru que leur mission s'achèverait bien plus tôt, et ils exprimaient leur frustration en le malmenant, lui.

Il tendit l'oreille : les deux hommes se querellaient.

— Tout cela aurait déjà dû prendre fin.

— Quand allons-nous être payés ?

— Et Bobby ? On ne va pas le lâcher, quand même ?

— Tant pis pour lui s'il s'est fait prendre.

Puis, les deux hommes se turent pendant un moment. Douglas avait beau se concentrer, pendant quelques instants, il n'entendit plus rien.

Finalement, l'un des malfrats reprit la parole :

— Il faudrait voir combien on peut tirer du vieux.

— Ce n'est pas ce qui était prévu.

— La vie est pleine d'imprévus.

Il y eut un autre échange animé, mais ils s'étaient trop éloignés pour qu'il saisisse leurs paroles. Combien étaient-ils en tout ? Au moins quatre, mais certainement plus.

Il avala deux bouchées de son sandwich, puis but un peu. La dernière fois qu'il avait mangé du beurre de cacahuètes, il était encore enfant. Sa saveur avait un côté un peu réconfortant.

Il finit sa collation, puis sortit de sa poche ce qu'il avait trouvé dans la salle de bains : un petit morceau de verre tombé derrière les toilettes.

S'il avait veillé à ce que la maison soit parfaitement nettoyée, il aurait été furieux de découvrir cet éclat. Mais là, il était aux anges. Il possédait maintenant un outil pour cisailler la corde qui le retenait prisonnier. Cela prendrait du temps, mais il n'en manquait pas, tant que sa fille restait en vie… Car si elle mourait, ces hommes disposeraient de lui.

Les mâchoires serrées, il étouffa un juron et se mit à couper la corde. Evidemment, c'était risqué. Si ses geôliers remarquaient sa manœuvre, ils le malmèneraient davantage ou le tueraient. Mais il devait courir ce risque.

Il leva les yeux et observa la pièce. Pourrait-il s'échapper par la fenêtre ? Et où irait-il ? Normalement, son bateau était amarré au ponton…

Il haussa les épaules : il se soucierait de ça une fois qu'il serait libre de ses mouvements.

Carrie resta silencieuse durant la majeure partie du trajet les menant, elle et Wyatt, à Washington.

Lui aussi d'ailleurs. A l'exception de quelques jurons qu'il poussa face aux sempiternels embouteillages matinaux sur Beltway.

Sa tension était légitime, songea Carrie. Elle aussi était stressée, mais ils progressaient dans leurs recherches, essayait-elle de se convaincre.

Ils empruntèrent Connecticut Avenue pour entrer dans Columbia, puis tournèrent sur Military Road, se dirigeant vers la zone du parc où elle avait surpris les terroristes.

Un frisson la parcourut quand ils approchèrent de l'aire de pique-nique.

Cet endroit n'avait rien de commun avec Central Park, à New York : ce n'était pas aménagé pour distraire les visiteurs. Le terrain était aussi boisé qu'à l'époque antérieure au développement de la ville. On y croisait encore des écureuils et des biches, ainsi que d'autres animaux sauvages. Probablement aussi des coyotes. Et bien sûr, énormément d'oiseaux.

— Tu photographiais un nid d'aigle ? s'enquit Wyatt.

— Oui.

— Te souviens-tu de son emplacement ?

— Oui, je venais très régulièrement. J'ai des photos des parents apprêtant le nid pour y accueillir les petits, des œufs à peine éclos, et aussi des aiglons à différents stades de leur croissance. Je comptais publier un article sur cette famille de rapaces.

Il hocha la tête.

Que pensait-il de sa fascination pour les aigles ? se demanda-t-elle. Parfois, elle aussi se posait des questions. Son intérêt pour la vie quotidienne de ces animaux sauvages l'avait peut-être fait passer à côté des bonheurs de la vie de famille… chez les humains. Avait-elle usé de son travail comme d'une excuse pour ne pas s'investir dans une vraie relation ? Jusqu'alors, cette pensée ne l'avait jamais effleurée. Mais elle s'y attarda tout en se dirigeant Wyatt.

Il était encore tôt, et l'aire de pique-nique était déserte. Cependant, comme elle s'y attendait, Wyatt ne s'arrêta pas immédiatement, préférant inspecter les environs à vitesse réduite.

— Je m'étais garée de l'autre côté, puis j'ai traversé la forêt, lui expliqua-t-elle, en désignant un chemin.

Ils stationnèrent à l'ombre, puis elle guida Wyatt à travers bois jusqu'au grand chêne où les aigles avaient bâti leur nid, à plus de vingt-cinq mètres de haut.

— Les bébés ont dû bien grandir depuis ma dernière visite, murmura-t-elle.

— Ont-ils peur des humains ?

— Pas vraiment. Enfin, si quelqu'un s'aventurait près du nid ou les importunait, il risquerait un bon coup de bec. Mais comme les aigles sont au sommet de la chaîne alimentaire, ils ne s'inquiètent pas d'éventuels prédateurs. Les œufs et les aiglons courent de plus grands dangers, surtout de la part des ratons laveurs, mais les parents sont vigilants. La mère passe la nuit avec eux, et le père se tient généralement sur une branche adjacente.

Elle soupira : ça lui faisait du bien de parler des animaux, mais ils n'étaient pas vraiment là pour ça, se rappela-t-elle soudain.

— Les terroristes n'ont pas de raison de surveiller cet endroit, n'est-ce pas ?

— A leur place, je serais même tenté de l'éviter, répondit Wyatt.

Ils se déplaçaient précautionneusement entre les arbres, et à un moment Carrie désigna à Wyatt la cime d'un grand chêne, là où un triangle formé par trois grosses branches soutenait le nid construit par les aigles.

— C'est impressionnant, s'exclama Wyatt.

— Il est aussi grand qu'une Volkswagen Beetle et pèse cinq cents kilos.

— Difficile d'imaginer que deux oiseaux puissent fabriquer quelque chose d'aussi massif !

— Le mâle choisit l'emplacement et prend en charge la majeure partie de la construction. La femelle s'occupe davantage de son entretien. Mais tu serais étonné de voir la taille des branches utilisées.

— Il est évident que tu as passé beaucoup de temps à les observer. As-tu nommé ces oiseaux ?

— J'y ai songé, mais après tout, ce sont des animaux sauvages. Alors j'ai baptisé les parents maman et papa, et les bébés RC1 et RC2.

— Rock Creek 1 et Rock Creek 2 ?

— Bien vu, s'amusa-t-elle.

Il acquiesça, d'un air admiratif. Au même moment, l'un des jeunes déploya ses ailes et prit gracieusement son envol pour aller se poser sur un autre chêne, à une dizaine de mètres du sol, mais sur quelque chose qui ne ressemblait pas à une branche, remarqua Carrie.

— Sur quoi se tient-il ? s'étonna Wyatt.

— Aucune idée. Des feuilles masquent la vue…

— Il ne se perchait pas là, avant ?

— La dernière fois que je suis venue, les petits étaient encore trop jeunes pour voler. Je ne les avais jamais vus quitter leur nid.

Wyatt s'approcha de l'endroit où l'aiglon s'était perché, et Carrie le suivit.

— Ce truc n'a pas l'air naturel, marmonna-t-il.

Il changea d'angle d'observation et ajusta ses jumelles.

— Je ne vois pas bien de quoi il s'agit, il y a trop de feuilles.

Il observa ensuite le tronc, semblant évaluer la distance séparant le sol de la première branche.

— Je pense que je pourrais l'atteindre… si tu me fais la courte échelle.

— Pourquoi veux-tu grimper là-haut ?

— C'est un endroit étrange pour se percher…, insista-t-il d'une voix traînante. Tu penses que tu pourrais supporter mon poids ?

— Oui.

— Alors je suis prêt, dit-il après avoir posé ses jumelles et vidé ses poches.

Elle plaça ses mains de manière à y accueillir son pied et dut serrer les mâchoires lorsqu'il s'y appuya.

— Je suis désolé, bredouilla-t-il.

Elle luttait pour rester stable en attendant qu'il atteigne la branche la plus basse.

Il s'y agrippa de ses deux mains et se souleva, avec une grimace de souffrance. Il s'était quand même fait tirer dessus, se souvint-elle.

— Tu es sûr de vouloir aller plus loin ? s'enquit-elle.

— Il le faut, répondit-il en se hissant jusqu'à la branche.

Il y resta un instant, puis monta au niveau supérieur.

L'aiglon, qui observait l'homme envahissant son territoire, s'envola vers un autre arbre.

Carrie recula de quelques pas afin d'avoir une meilleure perspective de ce que faisait Wyatt. Mais son estomac se nouait chaque fois qu'il grimpait plus haut. Il finit cependant par atteindre la hauteur où le volatile s'était perché.

Un instant, il jura, et elle retint son souffle.

Il resta perché durant quelques minutes, puis finit

par redescendre assez précipitamment. Lorsqu'il atteignit la branche la plus basse, il se servit de ses deux mains pour se laisser glisser et sauta les quelques mètres qui le séparaient de la terre ferme en prenant soin de plier les genoux.

Puis, il se redressa : quelque chose était caché sous son T-shirt.

— Qu'est-ce que c'est ? demanda-t-elle.

— Allez, il faut partir d'ici, se contenta-t-il de répondre.

Il remit son portefeuille et ses autres effets dans ses poches, puis la prit par la main et la ramena vers l'endroit où ils étaient garés.

Dès qu'ils furent dans le véhicule, il lui montra ce qu'il dissimulait jusqu'alors.

— Une caméra ? s'écria-t-elle.

— Oui.

Il déposa l'objet sur la console et démarra, observant alternativement la route devant lui puis son rétroviseur. Il ne sembla se détendre qu'une fois qu'ils eurent franchi Connecticut Avenue.

— Je crois qu'on s'en est sortis, dit-il en se tournant vers elle. Quelqu'un surveillait la zone.

— Ce n'est pas inhabituel d'avoir des caméras installées pour filmer les animaux sauvages.

— Sauf que celle-ci n'était pas dirigée vers le nid. Elle enregistrait ce qui se passait au sol.

— Pour quelle raison ?

— Parce que ceux qui l'ont installée comptaient surprendre quelque chose, et je ne crois pas que c'était les amoureux qui se bécotent dans le parc. Tu es arrivée comme un chien dans un jeu de quilles, au beau milieu de l'entrevue des terroristes. Si des enquêteurs les surveillaient, ça signifie qu'ils étaient au courant de ce complot depuis des semaines, voire des mois.

— Mais s'ils possèdent un enregistrement des propos tenus par les malfaiteurs, mon témoignage est parfaitement inutile, s'étonna Carrie.

— Effectivement.

— Alors que se passe-t-il ?

— Admettons que les terroristes ignoraient la présence de la caméra. Ils savaient seulement que tu les avais surpris, et ils tenaient absolument à te supprimer. Rappelle-toi que l'un d'eux est derrière les barreaux. Si tu ne témoignes pas contre lui, ils obtiendront un classement de l'affaire.

Il marqua une pause, puis reprit :

— Mais il y a une autre possibilité.

— Laquelle ?

— Quelqu'un savait que tu te trouverais là et voulait t'y prendre en photo.

— C'est insensé. Pourquoi ferait-on ça ?

Au lieu de répondre, il demanda :

— Qui savait que tu avais planifié cette séance ?

— Personne n'était au courant, mais j'avais parlé à mon père du nid d'aigle. Je lui avais expliqué que je les observais, et je lui ai fourni les mêmes informations qu'à toi, tout à l'heure.

— Intéressant... Patrick ou Inez auraient pu entendre cette conversation.

— Oui, murmura-t-elle.

— Vous en aviez discuté au téléphone, toi et ton père ?

— Oui, et puis, il y a eu ce dîner, il y a environ un mois. J'étais passée prendre certains de mes objectifs chez mon père.

— Lui as-tu dit à quoi ils allaient servir ?

— Peut-être. Je ne me souviens plus.

Tous deux gardèrent le silence, songeant aux implications de cette découverte. Carrie ne pouvait détacher ses yeux du visage tourmenté de Wyatt.

— Et si cette conspiration était contre toi ? lança-t-il brusquement.

Elle le dévisagea, stupéfaite.

— Ça signifierait que quelqu'un n'a pas lésiné sur les moyens !

— As-tu une meilleure explication ?

— Peut-on voir ce que la caméra a enregistré ?

— Peut-être.

Ils venaient d'entrer dans la zone commerciale de Bethesda. Wyatt ralentit, puis se gara devant un magasin d'appareils électroniques.

— Attends-moi ici, et baisse-toi. Tu dois être invisible.

Il sortit du véhicule, et elle suivit ses instructions, se recroquevillant de manière à ce que seule sa tête apparaisse à hauteur de la fenêtre. Son cœur battait à tout rompre. Elle avait besoin d'un peu de repos pour faire face à tout ça.

Elle eut soudain une idée.

Mais comment Wyatt y réagirait-il ?

Lorsqu'il revint, la caméra était dans un sac contenant ses achats.

— Qu'as-tu acheté ?

— Un câble qui me permettra de brancher la caméra à mon ordinateur afin de visionner l'enregistrement, s'il y a quelque chose à voir…

16

— Quelles sont nos chances ? demanda-t-elle.

— Ça dépend des capacités de stockage de l'appareil. Si elle est du même style que les caméras de supermarché, la bande est réenregistrée une fois par semaine. Il nous reste à trouver un endroit où la visionner.

— J'y ai pensé.

— Je t'écoute.

— Papa possède une propriété à Arnold, dans le Maryland, au bord de la Severn. Nous y passions tous nos étés.

— C'est une possibilité, effectivement, mais les terroristes connaissent peut-être cet endroit. Et je préférerais rester à proximité de Washington.

— A quoi penses-tu ?

Il l'observa un moment.

— Retournons chez les voisins de tes parents, les Butler. Nous n'aurons même pas à investir la maison, puisqu'ils ont un petit chalet près de la piscine. Y a-t-il une vue directe sur la propriété de ton père ?

— Je ne crois pas.

— Mais c'est bien le dernier endroit où les terroristes nous chercheraient. Ça vaut la peine d'essayer.

Il s'arrêta dans une rue bordée de fast-foods en tous genres.

— On a mangé italien hier soir. De quoi as-tu envie pour le brunch ?

Elle jeta un œil aux devantures des restaurants.

— Un plat mexicain, répondit-elle.

— Je ne te pensais pas fan de ce genre de cuisine.

— Pourquoi pas ? J'ai passé un été au Costa Rica. Papa m'y avait envoyée pour apprendre l'espagnol. Je sais que ce n'est pas la même chose que la cuisine mexicaine, mais les bases de riz et de haricots sont similaires.

— Pour quelle raison voulait-il que tu étudies cette langue ?

— C'était mon idée. J'étais au lycée, et comme je rêvais déjà d'être photographe, j'envisageais de voyager en Amérique du Sud.

— Tu avais des idées bien arrêtées.

— Oui.

Ils s'insérèrent dans la file d'attente du drive-in, puis commandèrent des burritos et des tacos, ainsi que deux grands verres de thé glacé.

Après avoir reçu leur commande, ils prirent la route menant à la maison des Butler.

En arrivant à proximité de leur destination, Wyatt regarda partout autour d'eux et remonta l'allée du garage très lentement. Il s'arrêta ensuite dans les bois, puis se tourna vers Carrie.

— Attends jusqu'à ce que je t'indique que la voie est libre.

Il laissa le moteur en marche et partit faire le tour du chalet. Elle le vit par intermittence : il examina la porte, les fenêtres, cherchant probablement un système d'alarme. Puis, il disparut dans le chalet.

Il réapparut une minute plus tard et lui fit signe de

le rejoindre, ce qu'elle fit après avoir éteint le moteur et empoché les clés.

Ils entrèrent en même temps, et aussitôt elle inspecta la pièce du regard. Mme Butler n'avait pas pris la peine de vider le chalet. La pièce était encore meublée d'un canapé, de deux fauteuils profonds, d'un coin repas et de quelques appareils ménagers dans la cuisine.

Carrie déposa les sacs de victuailles sur la table et se laissa tomber dans l'un des fauteuils.

— Longue journée, soupira Wyatt. Et il n'est que midi.

Elle confirma d'un hochement de tête.

Wyatt déposa la caméra et l'ordinateur portable sur la table, à côté des sacs. Pendant qu'ils se restauraient, il connecta les deux appareils, et Carrie déplaça sa chaise de manière à voir l'écran.

— Je vais revenir au début de l'enregistrement, annonça-t-il.

Durant un moment, l'image sur l'écran resta complètement noire. Peut-être n'y avait-il rien à voir, se dit-elle. Puis l'écran s'illumina : des hommes apparurent à l'image.

— Les terroristes, murmura-t-elle.

— En train de fomenter leur complot, précisa Wyatt.

Ils disparurent, et pendant un certain temps, il n'y eut plus à l'écran que des oiseaux, des écureuils et des biches, ou Carrie prenant des clichés de la famille d'aigles.

— Ils me surveillaient, comprit-il.

— Tu as raison.

— Il y avait certainement d'autres caméras, mais seule celle-ci est restée en place.

Wyatt fit défiler la bande en visionnage accéléré, jusqu'à ce que les hommes réapparaissent.

— Est-ce le jour où je les ai surpris ? demanda Carrie.

— Nous allons le savoir.

Tous deux fixèrent l'écran : avant de sortir de l'objectif de la caméra, les hommes levèrent la tête vers elle, puis dans d'autres directions où devaient se trouver d'autres écrans espions.

— Que regardent-ils ? s'étonna-t-elle.

— Ils vérifient que tout est en place.

Peu après elle se reconnut, furetant à travers bois, son appareil photo en main, prête à immortaliser les aigles.

— Je crois que c'est le bon jour, en conclut-elle, la gorge nouée.

— Oui, ce qui confirme qu'ils t'attendaient.

— Pouvaient-ils envoyer ces images vers un autre endroit ?

— Probablement. Je suis persuadé qu'ils t'ont tendu un piège. Ils voulaient que tu surprennes leur conversation, s'exclama Wyatt.

Il se leva et se mit à faire les cent pas.

— Dans quel but ? s'enquit Carrie.

— Je l'ignore.

A son tour, la nervosité la gagna, et elle remua nerveusement dans son fauteuil. Elle craignait tant de découvrir le but de ce guet-apens qu'elle se força à chercher un autre sujet de conversation.

17

Carrie avala une bouchée de burrito et leva les yeux vers l'homme avec lequel elle avait passé pratiquement chaque seconde depuis le matin où il l'avait accompagnée à son rendez-vous de Washington.

— Tu m'as dit que tu te sentais responsable de la mort de ta partenaire en Grèce, mais était-ce vraiment ta faute ?

Ses mots ressemblaient à une accusation, mais elle ne le comprit qu'après les avoir prononcés. D'ailleurs, Wyatt se redressa brusquement, comme si elle s'était plantée devant lui armée d'une batte de base-ball.

— Ça n'a aucune importance, tonna-t-il.

— Je crois que si.

— Tu n'as pas confiance en moi ? enchaîna-t-il d'une voix rauque.

— Non, je suis curieuse d'apprendre ce qui te taraude.

Il reposa brusquement sa boisson sur la table et lui jeta un regard noir, mais elle ne baissa pas les yeux.

— En quoi consistait votre mission ? insista-t-elle.

— Nous étions censés être un couple de touristes venu découvrir les monuments de l'époque antique, mais en réalité nous étions sur les traces des membres d'un groupuscule terroriste.

— En Grèce ?

— Oui, ces types pensaient que c'était une bonne cachette.

Il ne poursuivit pas. Aussi le força-t-elle un peu.

— Les avez-vous trouvés ?

— Nous les avons localisés dans un village de pêcheurs, mais ils nous ont semés.

— Et ensuite ?

— Nous avons passé la nuit dans une petite pension de famille, commença-t-il d'une voix puissante. Et nous y avons fait l'amour, ce qui n'aurait jamais dû se produire, évidemment.

— Qui a fait le premier pas ?

— La décision était mutuelle, répondit-il en secouant la tête.

Elle avait beaucoup de mal à le faire parler, sans compter qu'il s'interrompait sans cesse. Et chaque fois, il semblait un peu plus tendu. Mais elle ne comptait pas lâcher prise, même si ce qu'elle entendait ne la ravissait pas, loin de là.

— Et ensuite ?

— Quand je me suis réveillé le lendemain, Gina avait quitté la chambre.

— Tu l'avais envoyée chercher quelque chose ?

— Je lui avais demandé de ne pas s'aventurer seule à l'extérieur, de rester constamment avec moi, mais elle n'a pas suivi mes instructions, lui confia-t-il avec une pointe d'irritation dans la voix.

Il avait l'air énervé, mais elle ne cilla pas et décida de le laisser poursuivre comme bon lui semblait.

— Nous avions parlé avec certains villageois, pour gagner leur confiance. Ils pouvaient nous transmettre des informations intéressantes. Je pense qu'elle voulait interpeller seule les malfaiteurs afin de récolter les lauriers de cette opération. Au lieu de ça, elle a été percutée par une voiture alors qu'elle se rendait au centre-ville. Tout avait été planifié pour que ça ressemble à un accident. Deux années se sont écoulées, et les coupables n'ont jamais été identifiés.

— Et si c'était vraiment un accident ?

— Je ne crois pas. Les terroristes se sentaient acculés, et ils nous ont envoyé un avertissement.

— Et en quoi es-tu responsable de cette tragédie ?

— J'ai perdu le contrôle de la situation.

— J'ai l'impression qu'elle a pris sa décision sans te consulter, et que tu n'y pouvais pas grand-chose.

— C'était moi le chef de mission, j'étais plus expérimenté ! lâcha-t-il soudain.

— Et tu te sentais coupable d'avoir couché avec elle. Ça constituait effectivement une entorse à votre code de déontologie, mais pour le reste, tu n'as rien à te reprocher. Elle n'était pas censée sortir ce matin-là, et tu n'étais même pas présent lorsqu'elle a été percutée.

— Tu te contentes de spéculer.

— Tout comme toi.

Il se leva brusquement et sortit du cabanon. Planté devant la piscine, il lui tournait le dos, mais ses épaules contractées trahissaient sa frustration.

Il était furieux contre elle, car elle mettait en doute ce qu'il tenait pour vrai depuis deux ans, et elle le comprenait. Mais elle tenait trop à lui pour accepter de se taire.

Elle attrapa un autre burrito et en mordit une bouchée, mais c'était comme mâcher du ciment. Elle fit passer le sandwich avec une gorgée de thé glacé, puis se rendit à la salle de bains pour s'asperger le visage d'eau fraîche. Ensuite, elle retira ses chaussures et s'allongea sur le lit. Si Wyatt remarquait qu'elle avait déserté le salon, il rentrerait peut-être.

Effectivement. Il fit irruption dans le chalet et cria son nom :

— Carrie ! Il faut y aller !

Elle se releva aussitôt et le rejoignit dans le salon.

— Où ? s'enquit-elle.

— Patrick vient de quitter la propriété. Nous devons le suivre.

Elle remit ses chaussures et lui emboîta le pas jusqu'à la voiture. Il s'était déjà engagé dans l'allée lorsqu'elle boucla sa ceinture.

— Je croyais que tu voulais retourner chez mon père pour inspecter son ordinateur.

— Oui, c'est vrai, mais il est plus important de découvrir où se rend Patrick.

Sur la route, ni l'un ni l'autre ne mentionnèrent la conversation précédente, et elle était soulagée de devoir se concentrer sur autre chose pendant qu'ils retournaient vers Washington.

Wyatt veillait à conserver une distance raisonnable de la voiture de Patrick. Mais c'était difficile, et à deux reprises, ils crurent avoir perdu leur cible de vue, jusqu'à ce qu'elle réapparaisse un peu plus loin.

— Je n'ai pas l'impression qu'il craint d'être suivi, murmura-t-elle au bout d'un moment.

— Qu'est-ce qui te fait dire ça ?

— Ses manœuvres sont fluides.

— Il nous mène peut-être vers un traquenard.

— Pourquoi agirait-il de la sorte ? s'écria-t-elle, un peu déstabilisée.

— J'ignore ses motivations, mais une chose est sûre : je n'ai pas confiance en lui.

Elle acquiesça, tentant de réévaluer ce qu'elle savait de Patrick Harrison. Elle avait grandi avec lui et l'avait toujours considéré comme un ami. Mais à présent, elle se méfiait de lui, ainsi que d'Inez.

Wyatt laissa deux voitures s'insérer entre leurs véhicules lorsqu'ils atteignirent Capital Beltway. Au milieu de ce trafic intense, il était plus aisé de suivre Patrick sans se faire repérer, mais celui-ci s'engagea rapidement sur la bretelle menant à Wisconsin Avenue.

Puis, il atteignit Bethesda, tourna dans une ruelle, et ralentit en arrivant à la hauteur d'un café Starbucks. Il parut scruter la devanture de l'établissement, et s'engouffra ensuite dans un parking souterrain. Carrie et Wyatt poursuivirent leur chemin.

— Je crois qu'il a rendez-vous avec quelqu'un, avança Wyatt. Suis-le pendant que je vais me garer, mais fais en sorte qu'ils ne te repèrent pas.

— D'accord.

Carrie se cacha près d'un kiosque à journaux. Patrick sortit presque aussitôt du garage et marcha jusqu'au café, sans prêter la moindre attention à ce qui l'entourait. Devait-elle le suivre à l'intérieur ? Elle ne savait que faire, et décida de rester en planque à l'extérieur.

Quelques minutes plus tard, une femme apparut au coin de la rue. Carrie cligna les yeux. Etait-ce possible ? Elle ne put détacher son regard de la nouvelle venue. Patrick attendait Rita Madison. Cette idée la cloua sur place.

Une fois Rita entrée, Carrie se rapprocha de la baie vitrée et osa un regard à l'intérieur. Patrick et Rita étaient en grande discussion, leurs têtes se frôlant presque. Carrie recula de peur d'être vue.

Au même moment, une présence derrière elle la fit tressaillir.

— C'est moi, la rassura Wyatt. Est-il seul ?

— Tu ne vas pas y croire. Il est avec Rita Madison. Et ce matin, elle correspond bien mieux à la description que tu m'avais faite d'elle.

— Que veux-tu dire ?

— Sa coiffure est aussi impeccable que son maquillage.

— Intéressant. On dirait que la période de deuil ne s'est pas éternisée.

Il posa sa main sur celle de Carrie, l'écartant de la devanture.

— Est-ce que je peux te laisser seule quelques minutes ?

— Bien sûr.

— Cache-toi. Je serai aussi rapide que possible, et s'ils quittent le café, réfugie-toi dans la boutique voisine.

Elle acquiesça.

Wyatt sentit son estomac se nouer.

Il abandonnait Carrie en position vulnérable, mais il avait deux fronts à couvrir et n'avait pas encore le don d'ubiquité. Pourvu que tout se passe bien, songea-t-il.

Heureusement, ils se trouvaient près du magasin d'appareils électroniques où ils avaient acheté le câble USB. Il sprinta jusqu'à la boutique, s'y engouffra, puis s'arrêta net : une file de clients attendaient d'être servis.

Il se fraya un chemin jusqu'au comptoir et fit signe à un employé :

— J'ai besoin d'un émetteur GPS.

— Attendez votre tour ! grommela le client qui se trouvait à sa hauteur.

— C'est un cas de force majeure, déclara Wyatt.

— Qu'est-ce qui se passe ? Votre femme se carapate avec un autre type ?

— C'est un peu ça.

L'employé lui désigna une série d'appareils exposés sur un mur.

Wyatt s'empara d'un boîtier, et après avoir jeté un œil au prix, lut les instructions et alla chercher les piles adéquates. Il retourna au comptoir sur lequel il jeta deux billets de cinquante dollars.

— Hé, attendez ! le héla l'employé.

— Pas le temps, cria-t-il sans se retourner.

Il lui avait fallu moins de deux minutes pour entrer et ressortir du magasin : il espérait n'avoir pas trop tardé.

Il entra ensuite dans le parking où Patrick était stationné. Adoptant un pas de course, il observa les véhicules tout en ouvrant l'emballage de l'émetteur.

Il retrouva la Lexus au troisième niveau. Haletant, il se planta devant le véhicule, plaça les piles dans l'émetteur, et dès qu'une lumière verte apparut, s'agenouilla et colla le GPS sous le pare-chocs avant. Normalement, son stratagème devrait fonctionner, espéra-t-il.

Il repartit aussitôt en courant et se dirigea vers le café, craignant toutefois de tomber nez à nez avec Patrick. Mais Carrie était toujours à son poste.

— Ils sont encore là ?

— Oui.

Elle lui céda sa place et il observa la scène : le couple semblait bien se connaître. Que mijotaient donc ces deux-là ?

Patrick quitta Rita pour aller passer commande, pendant que celle-ci s'asseyait, tournant le dos à la vitrine, certainement pour garder un œil sur son acolyte.

— Laisse-moi voir ce qui se passe, tempêta Carrie.

Elle regagna son poste, mais au bout de quelques minutes s'écarta de la vitrine.

— On dirait que leur entrevue touche à sa fin.

Wyatt lui saisit la main et l'entraîna dans une maroquinerie située sur le trottoir opposé.

— Puis-je vous aider ? demanda immédiatement la vendeuse.

— Je cherche un article un peu original pour ma femme, mentit Wyatt.

Pourquoi avait-il utilisé ce mot ? songea-t-il aussitôt. Carrie avait l'air stupéfait.

Mais elle se reprit et feignit de s'intéresser à un sac à main à impression léopard.

— N'est-il pas magnifique ? intervint la vendeuse. Et comme il est en soldes, vous faites une économie de 20 %.

Pendant que Carrie s'entretenait avec la vendeuse, Wyatt surveillait la porte du café. Patrick fut le premier à quitter les lieux.

Quelques minutes plus tard, Rita sortit à son tour et sembla hésiter. Un instant, Wyatt s'inquiéta : et si elle décidait de faire un tour dans cette boutique ? Au lieu de cela, elle finit par s'éloigner.

— Viens, enjoignit-il à Carrie.

Alors qu'ils quittaient la maroquinerie, la vendeuse les rattrapa :

— Ce sac est une fin de série, je peux faire un petit geste supplémentaire.

— Merci beaucoup, répondit Carrie, je vais y réfléchir.

Une fois dans la rue, ils suivirent la direction prise par Rita, veillant à laisser des passants entre eux et leur cible. Celle-ci entra dans une banque.

Wyatt repéra un passage entre deux magasins, où ils se postèrent, sous couvert de l'ombre du bâtiment.

— A ton avis, pourquoi se voyaient-ils ? demanda Carrie.

— Je n'en sais rien. Et puis, comment se connaissent-ils ?

Carrie haussa les épaules :

— Aucune idée !

Rita passa une vingtaine de minutes dans la banque, et en ressortit avec une expression maussade.

— Je crois que ça ne s'est pas bien passé, avança Wyatt.

— Allons-nous la prendre en filature ?

— Si nous y parvenons sans qu'elle nous repère.

Ils conservèrent une distance équivalant à un demi-pâté de maisons alors que Rita passait d'une boutique à une autre.

Puis, elle se dirigea vers le parking où Patrick était stationné.

Lorsqu'elle y entra, ils regagnèrent leur véhicule de location. Le temps qu'ils s'acquittent de leur paiement, Rita était déjà au bout de la rue, mais Wyatt parvint à la rattraper. Ils la suivirent … jusque chez elle.

— Et maintenant ? s'agaça Carrie. Nous voilà bien avancés !

— Nous nous occupons de Patrick, annonça Wyatt.

— Tu veux dire que nous le suivons jusqu'à la maison ?

— J'espère qu'il se rend ailleurs. Je t'ai laissée devant Starbucks pour aller acheter un émetteur, comme celui qui était caché sous notre véhicule. Je l'ai installé sur sa Lexus.

— Bonne initiative !

— Je crois qu'il ne se méfie pas. Suivons-le, et nous verrons où il nous mène.

Tout en conduisant, Wyatt sortit le récepteur qui lui indiquait à chaque instant la localisation de Patrick. Apparemment, le bras droit de Douglas Mitchell se trouvait à hauteur de Capital Beltway.

— Crois-tu que Rita jouait la comédie, quand nous sommes allés la voir ? supposa Wyatt à voix haute.

— Que veux-tu dire ?

— Et si ce carnet n'avait rien à voir avec des dettes de jeu ?

— Alors quoi ?

— Nous devons découvrir la vérité.

A ce moment, Patrick s'engagea sur la I 95, qui menait à Baltimore. Mais il évita le centre-ville et bifurqua vers Annapolis. Wyatt restait à bonne distance. Inutile de courir le risque d'être repéré puisque le GPS les tenait informés.

Lorsque la Lexus tourna sur East Oak Road, Carrie s'exclama :

— Je crois savoir où il va.

Wyatt se tourna un instant vers elle, puis se concentra de nouveau sur la route.

— Mon père possède une maison à Arnold, lui rappela-t-elle.

— Patrick se rend à votre maison de vacances ? Intéressant, je trouve. Dis-moi tout ce dont tu te souviens à propos de cette propriété.

— Papa a acheté un vieux bungalow, il y a une trentaine d'années, et l'a fait rénover. Le terrain vaut une fortune, car il se trouve au bord d'une falaise qui surplombe la rivière. La route d'accès mesure une centaine de mètres. La maison n'a qu'un étage. Il y a trois chambres et une pièce principale. Rien d'extravagant. Sur l'arrière, il y a une allée gravillonnée et un escalier qui mène à un débarcadère, où papa laisse son bateau au mouillage.

— Y a-t-il un garage ?

— Oui. Il est spacieux et séparé du pavillon.

— On peut donc y dissimuler plusieurs véhicules.

— Oui.

— La propriété est-elle boisée ?

— Oui, il y a beaucoup d'arbres et de buissons, sans compter toutes les herbes folles qui doivent y pulluler, car à ma connaissance papa n'y emploie pas de jardinier. Mais que peut bien y faire Patrick ?

— Nous allons bientôt le savoir, répondit Wyatt.

Il s'engagea sur un chemin qui serpentait dans la forêt menant à la résidence estivale des Mitchell.

Arrivé à une centaine de mètres de leur destination, il s'arrêta à un endroit où il pourrait faire demi-tour. A peine sorti du 4x4, il vérifia que son pistolet était en place.

— Tu crains du grabuge ? s'inquiéta Carrie.

— Je ne sais pas à quoi m'attendre. Comme tu le disais, que fabrique-t-il ici ? Est-ce Rita qui l'envoie ?

Carrie haussa les épaules, rechignant encore à penser du mal de son ami de toujours. Cela faisait des années qu'elle n'était plus venue dans cette maison. Mais dès qu'ils s'enfoncèrent dans les bois, mille souvenirs l'assaillirent. Enfant, elle adorait cet endroit : les jeux dans la forêt, les baignades dans le fleuve, les parties de pêche sur le ponton… Lorsqu'ils furent plus grands, Patrick et elle eurent même le droit d'utiliser le bateau à moteur. Et les premiers temps, comme le pavillon n'avait pas l'air conditionné, ils dormaient sous le porche ceint d'une moustiquaire.

— Il y a un sentier à travers bois, murmura-t-elle. Du moins, autrefois. Personne ne l'avait entretenu, si bien que la nature y avait repris ses droits, n'en laissant qu'une trace pratiquement imperceptible.

— Je n'aime pas ça, mais tu vas devoir me guider, lui lança Wyatt.

Elle passa devant lui, se déplaçant le plus silencieusement possible vers la maison en prenant soin d'éviter les mûriers sauvages et les pieds de sumac vénéneux.

Partant du chemin, ils devaient monter pour atteindre la maison. Carrie faisait en sorte de ne pas la perdre de vue, afin de ne pas s'égarer.

Au cours de leur pérégrination, ils atteignirent une structure délabrée.

— Qu'est-ce que c'est ? s'enquit Wyatt.

— Une cabane que j'avais construite avec Patrick. Nous aimions jouer aux pionniers.

A l'orée du bois, Wyatt marqua une pause. La maison semblait vide, et il n'y avait apparemment pas d'autre véhicule que celui de Patrick, stationné à côté d'un tas de branchages. Il avait contourné le monceau de bois et s'était garé de manière à être face à l'allée, comme s'il se préparait à une sortie précipitée.

Patrick sortit alors de la maison. Il y était certainement arrivé quelques minutes plus tôt, mais il s'apprêtait déjà à partir.

— Que fait-il ? murmura Carrie.

— Je ne sais pas. Reste là.

Patrick concentrait son attention sur la maison, sans se soucier des dangers qui pouvaient se tapir derrière lui, dans les bois. Wyatt courut vers lui et le rattrapa alors qu'il se tenait à une vingtaine de mètres de la maison. Il lui plaqua la gueule de son arme dans le dos et le menaça :

— Si vous levez la voix ou que vous faites un geste brusque, vous êtes mort.

Patrick se figea sur place.

— Qu'est-ce que vous faites ? balbutia-t-il.

— C'est moi qui pose les questions, répondit Wyatt. Tournez-vous et dirigez-vous vers les bois, lui ordonna-t-il, ponctuant sa phrase en lui enfonçant l'arme un peu plus fermement dans le dos.

Carrie s'approcha d'eux.

— Tu es de mèche avec lui ? s'étonna Patrick.

Pour toute réponse, elle haussa les épaules.

— Avancez, gronda Wyatt.

Patrick finit par se mettre en marche.

Wyatt le menait vers les bois, où ils ne seraient plus visibles de la maison si quelqu'un s'y trouvait.

Il se planta ensuite devant Patrick.

— Que faites-vous ici ? lui lança-t-il.

Patrick le dévisagea d'un air inquiet.

— Qui est dans la maison ? insista Wyatt.

— Est-ce que Rita est impliquée dans cette affaire ? intervint Carrie.

Wyatt lui lança un regard noir : elle n'aurait pas dû mentionner la jeune veuve. Il tenait à garder cette information pour lui, jusqu'à ce que Patrick leur ait fourni sa première version des faits.

— Pourquoi me parles-tu de Rita ? demanda Patrick, circonspect.

— Tu l'as rencontrée, rétorqua Carrie.

L'air paniqué de Patrick céda la place à une expression bien plus sournoise.

— N'en dis pas plus, intima Wyatt à Carrie.

Le visage de Carrie s'empourpra : elle avait compris son erreur tactique.

— C'est elle qui m'a donné rendez-vous, déclara Patrick.

— Pour quelle raison ? Comment vous connaissez-vous ? le relança Wyatt.

— Après le décès de son mari, elle a pris contact avec moi, car vous étiez en cavale. Carrie, elle m'a transmis des informations à propos de ton père. Elles sont là, poursuivit-il en levant les mains. Je ne ferai aucun geste inconsidéré, leur promit-il.

Puis, il enfonça une main dans la poche de sa veste. Aussitôt, Carrie s'approcha de lui.

— Ecarte-toi ! lui hurla alors Wyatt.

Trop tard. Patrick en avait profité pour attraper Carrie et lui caler une arme contre le cou.

18

Wyatt se crispa.

— Jette ton arme, ou je tire, ordonna Patrick. Et ne crois pas que j'hésiterai.

— Patrick ? murmura Carrie.

— Boucle-la, gronda-t-il en retour.

Elle se tut. Wyatt n'avait d'autre choix que d'obtempérer.

La tenant toujours contre lui, Patrick se baissa pour ramasser le pistolet.

A peine l'arme en main, il ouvrit le feu sur Wyatt, mais celui-ci avait anticipé et s'était réfugié derrière un arbre. D'autres balles fusèrent, mais manifestement Patrick ne tirait pas de sa bonne main. Wyatt se contenta d'attendre la fin de la salve à l'abri des chênes.

Derrière Patrick, la porte d'entrée s'ouvrit. Deux jeunes hommes armés en sortirent. Ils ressemblaient fort aux terroristes qui avaient investi le bâtiment gouvernemental et la résidence sécurisée, remarqua Wyatt.

— Que se passe-t-il ? cria l'un d'eux à Patrick.

— Carrie Mitchell et Wyatt Hawk sont ici ! Je la tiens prisonnière, et Hawk se cache dans les bois. J'ai son pistolet. Ne faites pas de quartier.

Wyatt répugnait à abandonner Carrie à la merci de

Patrick. Mais mort, il ne lui serait d'aucun secours. Il se mit donc à courir.

Une balle siffla à ses oreilles : les deux terroristes l'avaient pris en chasse.

Il s'accroupit et trouva refuge dans un buisson de mûriers sauvages dont les épines l'égratignèrent au passage, tandis que les deux hommes inspectaient les sous-bois.

Quel était le rôle de Patrick dans ce complot ? se demanda-t-il. Une chose était sûre : pour obtenir ce qu'il désirait, il était prêt à tuer Carrie. Mais que cherchait-il, à la fin ?

Sa gorge se serra. Le but de cette mascarade était d'éliminer Carrie, et rien d'autre !

Chaque seconde la rapprochait d'un danger mortel. Il devait la tirer de ce mauvais pas.

Il tendit l'oreille. Ses ennemis s'étaient séparés, mais l'un d'eux se rapprochait de sa cachette.

Patrick escorta Carrie jusqu'à la maison.

— Pose ton sac à main, lui ordonna-t-il, quand ils en eurent franchi le seuil.

Elle retira la bandoulière qui lui barrait la poitrine, et dès que le sac fut à terre, Patrick la poussa vers un fauteuil de la pièce principale.

— Ne bouge pas d'ici si tu tiens à la vie.

Il se mit à étudier le contenu du sac. Puis, il s'empara de son portable et le jeta violemment à terre, le faisant voler en éclats.

— C'est cet appareil que tu as utilisé pour m'attirer dans ce parc, afin que tu puisses fouiller la maison ?

— Non.

— Menteuse. Vous étiez cachés dans l'abri près de la piscine, pas vrai ?

Elle garda le silence. Trois autres hommes les observaient. L'un était blond. Il était appuyé sur une béquille, et sa jambe était entourée d'un bandage. Les deux autres avaient des cheveux plus foncés. Sous leurs airs ordinaires, elle reconnut les trois comploteurs du parc.

Patrick les toisa alors d'une manière qu'elle connaissait bien. Il était satisfait de son effet et comptait bien le leur faire comprendre.

— Vous avez été incapables de la neutraliser, et pourtant, voyez qui est là ! ironisa-t-il.

— Comme si tu avais planifié sa venue ! maugréa le blond.

— Je sais tirer parti d'une situation, rien de plus.

Carrie se sentait défaillir. Elle avait du mal à reconnaître la traîtrise de Patrick, et davantage la naïveté dont elle avait fait preuve.

— Où est mon père ? s'écria-t-elle.

— Boucle-la, rétorqua-t-il.

Le jeune homme blond s'appuya sur sa béquille et focalisa son regard sur Patrick.

— Le plan ne se déroule pas comme prévu. J'ai reçu une balle dans la jambe, Bobby est toujours en détention, et il n'est pas près d'en sortir, pas vrai ?

— Ce n'est pas ma faute s'il s'est fait prendre, rétorqua Patrick.

— Mais tout ça, c'était votre idée.

— Celle de Rita Madison, corrigea Patrick.

— Pardon ? intervint Carrie.

— Je t'ai dit de la mettre en veilleuse, éructa Patrick.

— J'avais confiance en toi.

— Oh ! Vraiment ? A tel point que tu m'as promené

dans tout Washington, avant de jouer à cache-cache dans l'abri de jardin.

Manifestement, cette mésaventure l'horripilait, remarqua-t-elle. Aussi devait-elle s'assurer d'être circonspecte dans sa réponse.

— Wyatt a insisté. Je ne voulais pas le faire.

— Rejette la faute sur lui, c'est bien commode, répliqua-t-il.

— Patrick, je croyais que nous étions amis.

— En effet, mais jusqu'à un certain point. Ton père et toi, vous vous êtes toujours sentis supérieurs à moi.

— Non, bien sûr que non.

Elle avait toujours vu Patrick comme un allié. Pourtant, son amitié n'était qu'illusoire. Il bouillait de haine. Jamais elle n'aurait cru à une telle avanie.

Mais elle ne désespérait pas de lui faire entendre raison.

— Tu ne comprends pas que papa est prêt à tout pour toi ?

— Mais c'est toi qu'il préfère.

— Je suis sa fille.

— Je passais toujours en second, et à présent, je suis réduit à un statut d'homme à tout faire.

Décidément, elle ne parviendrait pas à le raisonner. Aussi, elle lui demanda :

— As-tu fomenté toute cette mascarade ?

— Non, c'était l'idée de Rita. Mais j'aimais la manière dont elle pensait. Elle voyait grand.

— Pourquoi l'as-tu suivie ?

— A cause des dettes de jeu de son mari, elle avait besoin de liquidités, et je savais comment lui en procurer. En contrepartie, elle connaissait des personnes susceptibles de monter cette pseudo-attaque terroriste et de te faire tomber dans le panneau.

Carrie agrippa les bras du fauteuil dans lequel elle était assise, tentant de s'arrimer à un point d'ancrage alors que le sol semblait s'ouvrir sous ses pieds. Tout ce qu'elle avait imaginé au cours des jours précédents n'était qu'un immense leurre.

— Es-tu en train de me dire qu'il n'y avait pas de complot terroriste ?

— En réalité, si. Les véritables cibles étant ton père et toi, clama-t-il en riant. Rita savait pertinemment quelle tournure prendraient les événements une fois que tu aurais dénoncé ces terroristes. Il était évident que tu te retrouverais dans ce bâtiment gouvernemental.

— Pourquoi échafauder un plan aussi compliqué ?

— Tu n'es pas au courant ? La police d'assurance-vie que ton père t'a fait souscrire garantit un triplement de la prime en cas de décès dû à un attentat.

— Quand a-t-il signé ce contrat ?

— Eh bien, je l'ai fait en son nom, avoua Patrick avec un sourire en coin. Il était si diminué, à ce moment, qu'il a dû oublier.

Carrie eut envie de lui cracher à la figure. Son père avait tout fait pour cet homme, et en définitive il lui reprochait de ne pas s'être montré assez généreux. Il avait bien caché son jeu. Elle n'avait rien soupçonné, contrairement à Wyatt, qu'elle aurait dû écouter. Depuis le début, il se méfiait de Patrick.

Certes, ce dernier semblait rongé par l'amertume depuis bien longtemps, mais aurait-il osé passer à l'action contre elle et son père sans Rita ?

Comme il aimait pérorer, elle décida de le pousser à parler. Plus elle gagnait de temps, et plus Wyatt aurait de chances de la sauver, ce qui ne manquerait pas de se produire, elle en était persuadée.

— Comment as-tu rencontré Rita ? reprit-elle.

— Je conduisais ton père à une réception du country club, et il m'a proposé de l'y accompagner afin que je lie connaissance avec certains membres. Rita et moi, nous nous sommes tout de suite entendus.

— Est-elle l'instigatrice de l'enlèvement ?

— Oui.

— Sais-tu où se trouve mon père ?

— Pour être honnête, oui.

Totalement absorbé par la conversation, Patrick avait détaché son regard de l'homme à la béquille, remarqua Carrie. Or, il venait de sortir une arme.

— J'en ai assez de votre bla-bla, dit le malfaiteur en le visant.

— Ici, c'est moi le patron, maugréa Patrick, incrédule.

— Plus maintenant, rétorqua son ancien complice, qui ponctua sa phrase d'un coup de feu.

Patrick tituba en arrière, alors que du sang maculait la manche de sa chemise.

Wyatt sursauta. Une détonation avait retenti, puis le calme était revenu. Que se passait-il dans la maison ? Carrie était-elle blessée ?

Il bouillonnait de rage dans sa cachette. Lorsqu'un des assaillants s'approcha du mûrier où il se terrait, il bondit sur lui et le projeta à terre. L'homme chercha à se défaire de son emprise et à pointer son arme vers Wyatt. Mais celui-ci lui écrasa la main contre une pierre, arrachant au malfaiteur un cri de douleur.

— Eric ? cria l'un de ses compères, à une vingtaine de mètres.

Quand Eric tenta de répondre, Wyatt lui assena un coup de poing en plein visage. Du sang coula de sa bouche, mais il tenait bon. Wyatt n'eut alors d'autre choix que de l'agripper par les épaules et de le projeter violemment au sol, lui coupant le souffle. Sentant ses forces décupler, il le frappa à plusieurs reprises, jusqu'à ce que son adversaire perde connaissance.

Puis, il ramassa l'arme que détenait Eric.

Mais un autre homme fonça alors vers lui. Aussitôt, Wyatt ouvrit le feu.

Le cœur de Carrie s'emballa. Une détonation venait de leur parvenir du dehors. Puis une seconde !

Elle faillit bondir hors du fauteuil, mais l'un des hommes aux cheveux foncés lui posa une main sur l'épaule et la força à se rasseoir.

— Ne bouge pas, ordonna-t-il. C'est Eric, ou Cory, qui règle son compte à ton petit copain. Comment s'appelle-t-il, déjà ? Wyatt ?

— Non…, gémit-elle.

Wyatt n'était pas mort. Pas l'homme qui l'avait sauvée de si nombreuses fois depuis l'attaque du bâtiment gouvernemental. Ce type se trompait, car de toute façon il ne voyait pas ce qui se passait. Non, c'était le contraire qui se produisait : Wyatt avait neutralisé ces deux gangsters.

Wyatt n'avait pas été touché par la balle et il tira sur l'homme chargeant vers lui, le stoppant net d'une balle en pleine poitrine.

Il s'écarta des deux malfrats qu'il avait neutralisés, prit la seconde arme et se tourna vers la maison. Combien de gangsters allait-il y trouver, et arriverait-il à temps pour sauver Carrie ?

Un pistolet dans chaque main, il courut à travers bois, puis marqua une pause en atteignant la zone à découvert.

Il se fichait éperdument de ce qui pouvait lui arriver, mais il devait rester en vie pour sauver Carrie. Il avait toutes les raisons du monde de vouloir mener sa mission à son terme, mais ce qui revenait sans cesse à son esprit était son amour pour elle.

Or, ce sentiment était si puissant qu'il le déstabilisait totalement. Il l'aimait ? Cette conviction s'était fait jour en lui sans même qu'il en ait conscience. Mais il était inutile de nier l'évidence, alors qu'il l'avait réfutée avec toute la force émotionnelle qu'il avait pu rassembler. Malgré ça, il avait succombé, et, s'il ne la sauvait pas, à quoi bon vivre ?

Il s'arrêta derrière un arbre et scruta la façade de la maison. Les stores étaient baissés, et personne ne semblait surveiller les alentours. Cependant, au lieu de se ruer vers l'habitation, il en fit le tour en restant à l'abri des buissons, de manière à s'en approcher sous un angle différent.

Il ne pouvait faillir : il représentait l'unique espoir de Carrie.

19

Horrifiée, Carrie dévisagea le tireur, puis Patrick, puis de nouveau le malfrat.

Patrick ouvrit la bouche, d'où s'échappèrent lentement quelques mots :

— Bruce, pourquoi as-tu fait ça ?

— Ce coup devait être facile. Elle était censée mourir au bureau gouvernemental ou à la résidence. Mais les choses ont tourné au vinaigre, et rien ne va comme prévu. J'avais réuni une superéquipe pour toi, et regarde le résultat : on a perdu George et Perry, Harry et Jordan, sans compter Bobby qui est à l'ombre, et moi qui suis blessé. Tout ça pour deux mille dollars, rien de plus…

— Je saurai me montrer généreux, articula Patrick à grand-peine.

— Je me contrefiche de ta pseudo-prime d'assurance. Donne-nous l'argent que tu as détourné des comptes du vieux quand il était drogué.

— C'est mon argent, protesta Patrick.

— Plus maintenant. Vire-le sur un compte auquel j'ai accès. Et si tu ne t'exécutes pas immédiatement, je te mets une balle dans le genou.

— J'ai besoin de soins, répliqua Patrick, blafard.

— Ah bon ? se moqua Bruce. Comme moi, après le fiasco de la résidence ?

— Je n'y suis pour rien.

— Ton muscle est touché, rien de plus. Tu survivras, répliqua l'homme blond.

Puis, il se tourna vers Carrie :

— On va avoir besoin de toi pour un petit moment.

— Est-ce que je la boucle avec le vieux ? demanda l'un des malfrats.

— Voyons, Sid, rétorqua Bruce, tu crois que c'est malin de les enfermer ensemble ? Tu veux qu'ils mijotent un truc contre nous ?

— Non, pas vraiment.

— Mon père est ici ? s'écria Carrie.

Personne ne daigna répondre, et Sid lui agrippa fermement le bras pour lui faire traverser la pièce vers la sortie. Tout en marchant, elle réfléchissait. D'après Inez, les capacités mentales de son père étaient altérées. Non parce qu'il devenait sénile, mais à cause des médicaments administrés par Patrick, qui comptait mettre la main sur ses avoirs.

Bruce avait poussé Patrick vers une table, du côté opposé à la porte, sur laquelle trônait un ordinateur. Patrick grimaça en s'asseyant. Manifestement, il allait coopérer avec le gangster et transférer l'argent de son père sur un autre compte.

Alors que Sid l'escortait dans le couloir, elle observa les portes fermées. Si ces hommes ne mentaient pas, son père devait se trouver dans l'une des trois chambres que comptait la maison.

Prenant son courage à deux mains, elle cria :

— Papa ?

— Carrie ? répondit aussitôt son père, de derrière la porte la plus proche.

Carrie sentit son cœur s'arrêter, puis battre à tout

rompre. Son père était effectivement retenu prisonnier dans ces murs.

— On se tait, prévint Sid.

Refusant de laisser passer une telle chance, elle ignora la remarque de son geôlier.

— Papa, tu vas bien ?

L'homme la gifla si violemment que ses oreilles bourdonnèrent.

— Recommence, et je te descends, gronda-t-il en l'entraînant plus loin.

Une fois dans la chambre située au bout du couloir, il sortit des menottes dont il se servit pour l'attacher à la tête de lit.

— Tout ça, c'est ta faute, vociféra-t-il vers Carrie.

— Ma faute ? Je ne faisais que mon travail, ce jour où je vous ai surpris.

— Et voilà le résultat.

La haine qui transparaissait dans ses yeux lui fit perdre tout espoir de le raisonner. Mieux valait se taire et trouver un moyen de s'échapper.

A son grand soulagement, il quitta la pièce. Elle poussa un soupir ; elle était en sécurité pour le moment, mais qu'en était-il de Wyatt ?

Sa gorge se serra.

— Wyatt, murmura-t-elle. Oh ! Mon Dieu, faites qu'il s'en sorte. Que ferais-je sans lui ?

Sa vie lui avait toujours convenu jusqu'à ce qu'elle surprenne cette conversation dans le parc. Mais depuis, tout avait été chamboulé, et seul Wyatt semblait capable de remettre un semblant d'ordre dans ce chaos.

Au début, elle avait détesté cohabiter avec lui. Puis elle avait compris qu'il lui apportait quelque chose qu'elle n'avait pas trouvé ailleurs. Il n'était pas qu'un garde du corps ; il pourrait devenir son compagnon, s'il s'en accordait le droit. Mais sauterait-il le pas ? Et qui avait tiré ces coups de feu, à l'extérieur ?

Elle joua sur la menotte qui la retenait prisonnière. Elle devait les libérer, son père et elle, puis rejoindre Wyatt.

Un défi de taille, mais il était hors de question de rester assise à attendre que ces types reviennent pour la supprimer.

A l'arrière de la maison, Wyatt frissonnait de soulagement. Carrie avait appelé son père, qui avait répondu. Dieu merci, tous deux étaient vivants.

Une porte s'ouvrit, se referma, puis le silence s'installa de nouveau.

Il rampa alors vers une fenêtre en prenant mille précautions : Carrie était assise sur un lit et tirait sur la menotte qui lui enserrait le poignet gauche.

Il patienta un moment, s'assurant que son geôlier n'était pas dans les parages, puis tapota du doigt contre la vitre. Elle regarda tout autour d'elle, puis le vit, et ses yeux s'écarquillèrent.

— Wyatt, articula-t-elle en posant une main sur son cœur.

Il plaqua ses mains contre la vitre et poussa vers le haut, mais le verrou était mis. Et, s'il cassait le carreau, les malfaiteurs seraient alertés.

Remarquant sa manœuvre, elle se leva et essaya de se rapprocher de l'ouverture, mais les menottes l'empêchaient de l'atteindre. Elle jeta un regard par-dessus son épaule, vers la porte, puis traîna le lit centimètre par centimètre jusqu'au mur opposé. Elle tirait, puis attendait un instant, afin de s'assurer que personne n'entendait le grincement des pieds sur le sol, puis le déplaçait de nouveau. Apparemment, conclut Wyatt, les ravisseurs étaient occupés dans le salon.

Au bout de quelques minutes, Carrie fut suffisamment près de la fenêtre pour débloquer le verrou de sa main libre.

Elle souleva le panneau inférieur de la fenêtre, et dès qu'elle fut entrouverte, Wyatt y glissa la main pour l'aider à la monter. Elle recula afin de lui laisser de l'espace pour entrer. Une fois à l'intérieur, il la prit dans ses bras et la serra contre son cœur.

— Dieu merci, tu es indemne, dirent-ils en chœur.

— J'ai entendu une détonation, reprit-il.

— L'un des malfaiteurs a tiré sur Patrick, alors qu'il était de mèche avec eux. Mais ce plan machiavélique est l'œuvre de Rita. Si tu veux mon avis, les assassins de son mari se trouvent dans cette maison.

Il acquiesça, tout en examinant la menotte qui lui enserrait le poignet. Il sortit son couteau suisse et se servit de l'un des outils pour forcer la serrure. Lorsque celle-ci émit un cliquetis, le bracelet métallique s'ouvrit. Carrie jeta alors ses bras autour de son cou.

— Combien y a-t-il de malfrats ? demanda-t-il.

— Trois, plus Patrick. Un blond nommé Bruce qui est blessé à la jambe, plus deux autres. L'un s'appelle Sid, mais j'ignore le nom de son acolyte. En revanche, je l'avais vu au parc, et je pense qu'ils ont participé à l'attaque du bâtiment fédéral.

— Et moi, je pense qu'ils sont tous armés.

— Oui, mais Patrick est hors-jeu. Bruce lui a tiré dessus.

— Pourquoi ?

— Pour lui faire comprendre qu'il lui arriverait malheur s'il ne transférait pas l'argent de mon père du compte où il l'a dissimulé.

— Cette histoire est en train de virer à l'aigre pour Patrick, on dirait.

— Oui, et ce n'est pas tout. Apparemment, il administrait des médicaments à mon père, une espèce de drogue qui lui embrouillait l'esprit. Comme ça, Patrick a eu la mainmise sur son ordinateur.

Elle poussa un soupir de dégoût.

— Mon père a tout fait pour Patrick. Pour quelle raison lui a-t-il tourné le dos ?

— Tu m'as dit que ton père était… difficile à vivre. Si tu le ressentais ainsi, qu'en était-il pour quelqu'un qui n'appartenait pas vraiment à la famille ?

Elle acquiesça.

— Nous en discuterons plus tard.

— Oui. Mon père est ici. Nous devons le libérer.

— Je t'ai entendue l'appeler. Où est-il ?

— Dans la chambre voisine.

— Dans ce cas, passons par la fenêtre.

Il l'aida à enjamber le montant puis à se réceptionner. Pourvu qu'il la sorte de ce guêpier avant que les malfaiteurs ne découvrent ce qui se passe, espéra-t-il.

Bruce s'appuya sur sa béquille pour se lever, puis toisa ses compagnons.

— Eric et Cory devraient être revenus.

Les autres confirmèrent d'un hochement de tête.

— Tu ne crois quand même pas que ce Wyatt leur a réglé leur compte, non ? demanda Larry, le troisième malfrat.

— Ils sont très pros, renchérit Sid.

— Mais il est peut-être meilleur, répliqua Bruce. Et puis, ils auraient dû prendre les fusils d'assaut. Tiens, va les chercher, Larry. Quant à toi, Sid, ramène nos otages. Si ça dégénère, nous pourrons nous en servir comme boucliers humains.

— C'est vrai, acquiesça Sid en se dirigeant vers les chambres.

Wyatt se déplaça lentement vers l'autre fenêtre, Carrie derrière lui. Apparemment, Douglas Mitchell les avait entendus, car il s'était approché de la vitre et regardait vers l'extérieur. Lui aussi portait une menotte, à laquelle pendait un morceau de corde jaune effilochée.

Il déverrouilla la fenêtre et la fit coulisser.

— Je viens de couper ce maudit lien, leur expliqua-t-il en passant une jambe par la fenêtre.

Il était déjà pratiquement dehors lorsqu'un cri provint de la chambre, suivi d'une détonation.

Douglas poussa un cri d'effroi, puis bascula vers l'extérieur.

Carrie se pencha sur lui.

— Papa ? Papa ?

Wyatt ouvrit le feu vers l'intérieur. L'homme qui avait tiré se replia vers le couloir, puis vers le salon.

Douglas, un peu hébété, se releva tout de même. Wyatt s'approcha de lui : une estafilade rougeâtre marquait tout un côté de sa tête, disparaissant dans ses cheveux.

— Ce n'est qu'une égratignure, le rassura Wyatt.

Il ajouta aussitôt :

— Il ne faut pas rester ici. Allons-nous-en.

— Où ? demanda Carrie.

— Loin de leur ligne de mire.

Carrie et Wyatt soutinrent Douglas pendant qu'ils prenaient le chemin de la forêt. Ils en avaient presque atteint l'orée lorsque des coups de feu retentirent derrière eux. Mais cette fois il s'agissait d'armes automatiques. Ils entraînèrent Douglas à l'abri. Du sang dégoulinait sur sa joue, et son visage était pâle, mais il tenait bon.

Une fois hors d'atteinte, Wyatt se retourna et ouvrit le feu.

— Il faut que tu mettes ton père à l'abri, intima-t-il à Carrie en lui tendant les clés du 4x4. Je vais les retenir. Si je ne vous ai pas rejoints dans dix minutes, allez-vous-en.

Carrie sembla hésiter. Aussi, il insista :

— Allez, il faut protéger ton père.

Elle soupira. La panique, la peur et la détermination se mêlaient sur son visage. De toute évidence, elle rechignait à s'en aller, tout comme à risquer la vie de son père.

— Mets le moteur en marche, ordonna-t-il. Au cas où il faudrait partir précipitamment. Je vous suivrai.

Elle s'approcha de lui et l'attira contre elle.

— Je ne peux pas te laisser faire ça.

— Nous n'avons pas le choix.

Elle le serra un instant de plus, puis saisit le bras de son père et l'entraîna plus loin dans la forêt.

Wyatt resta posté derrière son arbre. La dernière fois qu'il avait été chargé de la protection d'une femme, elle était morte. Ça ne se reproduirait pas.

Carrie aida son père à traverser les bois, et chaque fois qu'il trébuchait, elle faisait en sorte de le retenir.

— On ne peut pas abandonner Wyatt, murmurait-elle, tout en lui faisant hâter le pas.

— Tu as raison. Mais que pouvons-nous faire ?

— Est-ce que tu vas bien, papa ?

— Qu'est-ce que tu crois ? J'ai beau être un vieux schnock, je reste un dur à cuire.

— Tu n'es pas un vieux schnock, voyons !

— Bien sûr que si. J'ai toujours été dur envers Patrick et toi, et ça ne fait qu'empirer, je m'en rends compte.

— Tu n'y es pour rien.

Il haussa les épaules et garda le silence.

Ils avançaient rapidement. En fait, leur progression était même facilitée par la pente, d'autant qu'à l'aller Wyatt et elle avaient écrasé de hautes herbes pour se frayer un chemin.

— J'ai commis une grosse erreur, finit-il par lui confier.

— Papa…

— Laisse-moi parler. Je sais que Patrick avait du mal à trouver sa place dans notre famille. J'ai essayé de le traiter comme un membre légitime, mais je sentais que ça ne suffisait pas. Alors je me suis dit que le meilleur moyen de l'impliquer était de lui déléguer une partie de mes prérogatives.

— Tu ne pouvais pas te douter qu'il en ferait mauvais usage.

— Mais j'ai compris, maintenant : il m'a assommé avec ses médicaments et en a profité pour détourner ma fortune à son profit.

Savait-il que Patrick avait aussi souscrit cette assurance-vie ? se demanda Carrie. S'il l'ignorait, elle lui épargnerait cette nouvelle déception.

Pour le moment, elle devait trouver un moyen de venir en aide à Wyatt. Il lui avait dit de prendre la fuite. C'était évidemment ce qu'il y avait de plus raisonnable, mais elle ne pouvait le laisser aux mains des malfrats : ils ne tarderaient pas à le prendre en chasse. La perspective d'une nouvelle fusillade la fit tressaillir d'effroi. Wyatt accomplissait son devoir, mais elle refusait qu'il se sacrifie pour elle.

Ils arrivèrent à la voiture.

— Allonge-toi sur la banquette arrière, papa. Je t'emmènerai à l'hôpital dès que possible, promit-elle.

— Je vais bien. Que comptes-tu faire, à présent ?

— Je réfléchis. Wyatt était près de la maison, et il y avait un tas de branchages à côté de la voiture de Patrick.

Elle fouilla dans la boîte à gants. Sa main se referma sur une pochette d'allumettes.

— J'ai une idée, lui confia-t-elle.

Elle la lui exposa brièvement. Il parut inquiet, mais ne tenta pas de la dissuader.

Ensuite, elle mit le moteur en marche pour vérifier le niveau du carburant : le réservoir était assez plein.

Elle coupa alors le contact et quitta le véhicule, puis retira son pantalon et ouvrit le bouchon du réservoir. A l'aide d'un bâton, elle y enfonça une jambière de pantalon : telle une mèche de bougie, le tissu se gorgea d'essence.

Elle longea ensuite la route sur plusieurs mètres, choisit une pierre de la taille d'une balle de base-ball qu'elle glissa dans la jambière, puis noua le tissu en prenant soin de ne pas toucher la partie humide.

Enfin, elle remonta dans le véhicule et roula vers l'allée de garage. La suite risquait d'être corsée, mais elle ne pouvait plus reculer.

Lorsque les malfaiteurs aperçurent son véhicule, ils ouvrirent le feu. Elle se baissa derrière le volant, qu'elle agrippa désespérément. Manifestement, Sid, Bruce et leur acolyte étaient trop loin pour viser correctement. S'ils la touchaient, ce serait le fruit du hasard.

Toujours baissée, elle se gara à côté de la voiture

de Patrick, s'en servant comme paravent tandis qu'elle quittait le 4x4. Elle craqua une allumette qu'elle approcha de la jambière trempée d'essence. Le feu prit aussitôt, et elle eut un mouvement de recul. Puis, elle lança le vêtement lesté par le caillou sur le tas de bois sec. Celui-ci s'embrasa instantanément.

Elle rampa alors jusqu'à son véhicule. Les gravillons lui labouraient les genoux et les paumes des mains. Au moment où elle prenait place au volant, les terroristes tirèrent une nouvelle salve. De sa cachette, Wyatt riposta immédiatement. Avait-il compris sa manœuvre ? se demanda Carrie.

Elle attendit, le cœur battant. L'écran de fumée devait être assez dense pour qu'elle puisse approcher la voiture de l'endroit où Wyatt se tenait.

Cela prenait une éternité, pesta-t-elle, mais elle finit par se lancer. Wyatt se pencha alors dans sa direction tout en tirant vers la maison pour les couvrir.

Lorsqu'elle ralentit à sa hauteur, il traversa l'épais brouillard et sauta sur le siège passager. Les coups de feu redoublèrent, et quelques projectiles touchèrent la carrosserie tandis qu'elle faisait marche arrière.

Puis, elle s'enfuit à tombeau ouvert.

— Tout le monde va bien ? cria-t-elle alors.

— Oui, répondirent de concert son père et Wyatt.

— Je t'avais dit de partir, grommela ce dernier.

— Hors de question de t'abandonner.

Les bruits de la fusillade s'estompèrent alors qu'ils quittaient l'allée du garage. Elle avait réussi, ils s'en étaient sortis.

Mais, un instant plus tard, ses yeux s'écarquillèrent. Un peu plus loin, le sentier était bloqué par un gros 4x4.

20

A la stupéfaction de Carrie, des hommes portant des vestes au sigle du FBI, et lourdement armés, surgirent du véhicule.

— FBI ! Sortez immédiatement, mains en l'air ! hurla un agent de haute stature.

— On ferait mieux d'obtempérer, dit Wyatt, en posant son arme au plancher et en sortant du 4x4.

A son tour, Carrie descendit du véhicule, regrettant de ne plus avoir de pantalon.

Wyatt prit la parole :

— Je suis Wyatt Hawk, et voici Carrie et Douglas Mitchell. Trois terroristes armés sont encore retranchés dans la maison, en haut de la colline. Patrick Harrison s'y trouve aussi, il a été blessé.

Pendant qu'il parlait, des policiers les avaient encerclés et inspectaient leur véhicule.

— Ils ont une arme d'assaut, rapporta l'un d'eux.

— Nous l'avons prise aux malfaiteurs, rétorqua Carrie.

Elle retint son souffle pendant que les agents conversaient à voix basse. Puis, ils baissèrent leurs fusils, à son grand soulagement.

— Je suis l'agent Fitzgerald, se présenta l'homme qui menait l'opération. D'où vient ce feu ?

— J'ai incendié un tas de branchages dans l'allée

du garage afin de couvrir la fuite de Wyatt, répondit Carrie en baissant les mains.

— Comment êtes-vous parvenus ici ? s'étonna Wyatt.

— La gouvernante, Inez, a relevé votre numéro d'immatriculation, lui confia Fitzgerald. Vous avez quitté la propriété au moment où nous arrivions dans la camionnette des jardiniers.

— Est-ce votre équipe qui est à l'origine de la fusillade ?

— Non, les terroristes étaient arrivés avant nous. Ils nous ont tiré dessus et ont pris la fuite.

— Comment va Inez ? demanda Carrie, inquiète.

— Elle va bien, répondit le policier.

Puis, il se tourna vers Wyatt :

— Nous avions la marque et le modèle de votre véhicule, mais nous vous avons repérés sur les caméras de circulation il y a seulement une demi-heure, lorsque nous avons compris que les plaques étaient maquillées.

— Inez collaborait avec vous ?

— Oui. Au départ, elle était réticente, mais nous avons su la convaincre. C'est elle qui a placé l'émetteur sur votre véhicule, avoua-t-il à Wyatt en lui adressant un regard noir, mais vous l'avez repéré.

— Je croyais que c'était l'œuvre des malfrats.

— Le moins qu'on puisse dire, c'est que nous avons un sérieux problème de communication. Nous nous demandions même si vous n'étiez pas partie prenante de ce complot.

— Partie prenante ? éructa Carrie, furieuse. C'est à lui que nous devons la vie, mon père et moi.

— Vous devez reconnaître que vos agissements étaient suspects, se défendit Fitzgerald.

— Parce que nous ignorions à qui faire confiance, riposta Carrie. Est-ce que vous êtes au courant de ce qui se tramait ? Patrick Harrison et Rita Madison sont les instigateurs d'un complot visant à me tuer et à s'emparer de la fortune de mon père.

Fitzgerald acquiesça.

— Nous avons besoin de détails plus précis. Cette affaire a commencé par une pseudo-conspiration terroriste visant le gouvernement, alors que la véritable cible était la famille Mitchell.

— Exactement, certifia Wyatt.

— Nous vous dirons tout ce que nous avons découvert, lui assura Carrie.

— Je pense que ces terroristes étaient de simples mercenaires.

Plusieurs agents s'étaient déjà mis en route vers la maison, et un hélicoptère approchait.

— Nous allons les arrêter, lança Fitzgerald.

— Et Rita Madison ? s'alarma Carrie.

— Nous l'avons convoquée après avoir intercepté un appel passé à Patrick Harrison. Mais ça ne suffit pas à la mettre en accusation. Nous devons prouver qu'elle était liée à ce complot.

— Patrick affirme qu'elle en est l'instigatrice, indiqua Carrie. Vous les amènerez peut-être à se dénoncer l'un l'autre.

— Je l'espère, répondit Fitzgerald.

— Auriez-vous des vêtements à me prêter ? ajouta-t-elle.

L'un des agents alla dans leur 4x4 et lui ramena un pantalon, qui se révéla trop long, si bien qu'elle dut rouler le bas des jambières.

Une sirène annonça l'arrivée d'une ambulance.

— Accompagne ton père à l'hôpital, suggéra Wyatt à Carrie.

— Et toi, où vas-tu ?

— Je dois leur montrer où trouver mes victimes dans les bois.

Sa réponse la fit tressaillir.

— Des victimes ? répéta Fitzgerald.

— Oui, deux hommes armés m'ont pris en chasse. J'ai dû me défendre, répondit Wyatt en soutenant le regard de Fitzgerald. Suivez-moi, je vais vous montrer.

Les deux hommes s'éloignèrent, et Carrie les accompagna du regard, inquiète. Reverrait-elle Wyatt ? Il lui avait sauvé la vie. A présent, il avait parfaitement le droit de disparaître.

L'agent Gleason avait suivi l'ambulance jusqu'à l'hôpital, et il tint compagnie à Carrie pendant que son père recevait des soins.

— Il a besoin de rentrer chez lui et de se reposer, dit-elle à l'agent lorsque son père les retrouva dans la salle d'attente.

Gleason hésita, puis se tourna vers Douglas.

— Nous recueillerons votre témoignage demain, finit-il par dire.

— Merci, soupira Douglas.

— Mais je voudrais que vous me suiviez au QG, annonça l'agent à Carrie.

— Est-ce que Wyatt y sera ?

— Oui, mais vous ne pourrez pas lui parler. Nous devons prendre vos témoignages séparément.

— Pour être sûr qu'il n'y a pas de contradictions ?

— C'est la procédure habituelle.

Elle soupira. Il était vain de protester : si elle mourait

d'envie de revoir Wyatt, elle avait également hâte que cette affaire soit bouclée.

Son père lui saisit le bras.

— Carrie, je suis désolé de tout ce qui t'est arrivé.

— Je vais bien, papa, grâce à Wyatt.

— Nous lui devons beaucoup.

— Oui.

— Il y a tant de choses pour lesquelles je voudrais m'excuser, poursuivit son père. C'est lorsqu'on croit sa dernière heure venue qu'on comprend ce qui est vraiment important.

— Je l'ai découvert, moi aussi, reconnut-elle, la gorge nouée.

Douglas la serra dans ses bras durant un long moment, puis ils attendirent ensemble qu'un taxi vienne le chercher.

Carrie passa les trois heures suivantes dans les bureaux du FBI, racontant son histoire, confirmant certains détails et posant des questions.

— Rita a-t-elle orchestré l'assassinat de son mari ? demanda-t-elle.

— Non, lui répondit Fitzgerald. Ça, c'était l'œuvre de la mafia, qui voulait récupérer son argent, soit plus de quarante mille dollars. Il en avait récupéré vingt mille en imitant la signature de sa femme sur un chèque, mais ce n'était pas suffisant. Nous pensons qu'il s'apprêtait à prendre la fuite.

— Les vingt mille dollars qui se trouvaient dans son coffre, avec le petit carnet, n'est-ce pas ?

— Quel carnet ? s'étonna Fitzgerald.

— Avant de mourir, Madison nous a confié la combinaison de son coffre-fort, dans lequel Wyatt a découvert ce carnet et des liasses de billets. Nous pensions qu'il avait reçu un pot-de-vin des terroristes et qu'il leur avait révélé le lieu et l'heure de mon rendez-vous avec Skip Gunderson.

— Certes, ça paraissait logique, mais c'est Rita Madison l'auteur de la fuite. Elle a dû obtenir l'information en utilisant l'ordinateur de son mari.

— Nous l'avons suivie alors qu'elle se rendait à la banque. Elle avait l'air maussade en sortant.

— Elle avait dû découvrir que l'argent avait disparu.

Le téléphone se mit à sonner, et après quelques minutes de conversation, l'agent raccrocha et focalisa de nouveau son attention sur elle.

— Patrick Harrison est sous bonne garde à l'hôpital, et comme il espère arriver à un compromis, il n'est pas avare de confidences.

— Tant mieux, répondit-elle. Mais je me fiche de son sort, à présent.

Fitzgerald et ses collègues lui posèrent encore d'autres questions, jusqu'à ce qu'elle réclame une pause pour se rendre aux toilettes.

A son retour, elle s'arrêta net : Wyatt remontait le couloir accompagné d'un agent. Il leva les yeux vers elle et s'immobilisa à son tour.

Elle s'approcha des deux hommes et s'adressa au policier :

— M. Hawk et moi souhaiterions nous entretenir un instant en privé.

— Je comprends, dit le policier, en leur désignant un bureau sur leur droite.

Elle marcha vers la porte d'un pas qu'elle espérait assuré, alors que sa poitrine était si oppressée qu'elle peinait à respirer.

Wyatt allait-il la suivre ? Un instant, elle craignit que non, mais il finit par la rejoindre dans un salon de détente meublé de canapés confortables et de fauteuils profonds, ainsi que de quelques tables entourées de chaises.

Elle se tourna aussitôt vers lui.

— Comptais-tu partir sans me revoir ?

— C'était peut-être la meilleure chose à faire.

— Pourquoi ? Parce que tu es un lâche ?

— Bien sûr que non ! répliqua-t-il, les yeux empreints de colère.

— Mais tu pensais qu'il était plus judicieux de filer à l'anglaise.

— C'est mieux pour toi.

— Pourquoi ?

— Parce que je suis un ancien agent de la CIA, pas vraiment taillé pour la société civile.

— Epargne-moi cette rengaine, veux-tu ? rétorqua-t-elle, furieuse. Dois-tu te flageller éternellement parce que ta partenaire a agi de manière stupide en Grèce ?

Face à son mutisme, elle poursuivit :

— Wyatt, est-ce que tu m'aimes ?

Il resta immobile.

— Crains-tu de me dire la vérité ? insista-t-elle.

Il prit une grande inspiration, puis soupira.

— Non. Je t'aime, avoua-t-il d'une voix à peine audible.

Puis, il le répéta avec plus d'assurance.

Elle franchit la distance qui les séparait et se jeta dans ses bras. Il la serra fort contre lui, et ils restèrent ainsi un long moment. Puis, elle leva la tête vers lui, et leurs lèvres se joignirent dans un long baiser passionné.

Carrie en profita pour verrouiller la porte derrière lui.

— Que fais-tu ?

— Je m'assure que personne ne viendra nous déranger, répondit-elle en lui débouclant la ceinture du jean.

— Nous sommes dans les bureaux de feu Edgar Hoover ! On ne peut pas faire ça ici.

— Chiche !

Il poussa un juron à mi-voix, mais l'aida à se déshabiller. Ils avaient eu un avant-goût de l'enfer ces derniers jours, et ce qu'elle ressentait pour lui n'avait rien de subtil, elle le reconnaissait. Elle avait envie de lui, et il semblait habité par le même désir irrépressible. Il retira son jean hâtivement et poussa une chaise, puis il l'allongea sur l'une des tables.

Elle écarta les cuisses et le guida en elle, mais fut aussitôt parcourue d'un tressaillement.

— Je t'ai fait mal ? s'inquiéta-t-il.

— Non.

Elle le rassura d'un baiser fougueux, puis fit vagabonder ses mains de ses épaules puissantes jusqu'à ses fesses alors qu'il allait et venait en elle.

Tous deux étaient bien trop bouleversés pour que leur étreinte dure longtemps, pressentit-elle.

Rapidement, tout son corps s'affola alors qu'un orgasme dévastateur l'emportait. Il la rejoignit peu après dans l'œil du cyclone. Durant plusieurs minutes, ils restèrent collés l'un à l'autre.

Puis, Wyatt s'écarta d'elle et lui tendit le pantalon emprunté un peu plus tôt aux agents fédéraux.

— On ne sait jamais, ils risquent de nous envoyer leur section d'assaut, dit-il en se rhabillant à son tour.

Une fois vêtu, il la souleva dans ses bras et l'emmena sur le canapé où il s'assit, avec elle sur ses genoux, pelotonnée contre sa poitrine.

— Promets-moi que tu ne partiras pas, murmura-t-elle.

Son silence lui noua l'estomac.

— Wyatt ?

— Tu tiens vraiment à ce que je reste ?

— Oui. Je t'aime.

— Tu me connais à peine, dit-il d'une voix étranglée.

— Je ne connais pas grand-chose de ton passé, mais je sais exactement qui tu es. Tu me l'as prouvé maintes fois ces derniers jours. Tu es l'homme le plus courageux que je connaisse.

— Mais…

— Pas de mais, s'il te plaît, ordonna-t-elle en posant un doigt sur ses lèvres. Je n'ai jamais rencontré un homme avec lequel j'ai eu envie de passer ma vie. Je me croyais vouée à vivre seule, alors je me suis jetée à corps perdu dans mon travail. Quand je t'ai rencontré, j'ai cru que tu étais encore l'un de ces mâles dominateurs.

— J'essayais de maintenir une distance entre nous.

— J'ai fini par le comprendre. Et j'apprécie ta sollicitude. Mais tout a changé quand tu as risqué ta vie pour sauver la mienne.

— Je faisais mon travail.

— Et bien plus que ça, murmura-t-elle en levant la tête pour l'embrasser de nouveau.

Tout n'était pas réglé bien sûr, elle le savait. Mais il ne disparaîtrait pas subitement de sa vie, et ils auraient le temps de procéder à des ajustements. Il aimerait d'ailleurs sûrement l'accompagner lors de certaines séances photo, celles où elle avait peur de se rendre seule, par exemple.

Elle allait lui poser la question, lorsque des coups retentirent contre la porte.

— Dites, vous êtes encore vivants, là-dedans ? tonna une voix.

— Oui, répondit Wyatt d'une voix encore rauque. Nous procédions à un débriefing d'ordre privé.

Carrie dut réprimer un gloussement.

— O.K, j'ai compris. En tout cas, vous êtes tous les deux libres de quitter les lieux… Vous verrez, les hôtels ne manquent pas dans le quartier, mais vous devez rester joignables.

— Nous serons à mon appartement de Columbia, cria Carrie.

Les pas s'éloignèrent.

— J'espère qu'ils ne sont pas postés derrière la porte, à attendre qu'on sorte, dit-elle après un moment.

— Ce sont des agents du FBI, ils sont du genre discret.

Elle étouffa un petit rire, et il lui sourit en retour. Jamais il n'avait eu l'air aussi détendu, et elle aimait ça. Ils en avaient grand besoin, ainsi que de beaucoup d'autres bons moments à partager.

LAUREN GIORDANO

La menace inconnue

Traduction française de
FLORENCE BERTRAND

BLACK ROSE

HARLEQUIN

Titre original :
FOR HER PROTECTION

Ce roman a déjà été publié en 2014.

1

Si seulement elle avait grillé le feu rouge ! Tout en s'efforçant d'apaiser les battements précipités de son cœur, Jillian Moseby jeta nerveusement un regard à l'homme tassé sur lui-même dans le fauteuil passager.

Il braquait toujours un revolver sur elle.

— Suivez mes instructions à la lettre et tout ira bien. Pas de mouvement inconsidéré et pas de questions avant qu'on soit sortis de là. Compris ?

Elle hocha la tête. Pourvu qu'il ne leur fasse pas de mal ! Comment cette catastrophe avait-elle pu arriver ? Elle était aux Etats-Unis depuis moins d'une semaine… et voilà !

Regardez dans votre rétroviseur extérieur, ordonna-t-il. Dites-moi ce qui se passe au coin de la rue.

— De quel côté ? demanda-t-elle, surprise de pouvoir encore parler malgré sa peur.

L'homme, pour sa part, s'exprimait calmement. Il n'était pas en proie à la panique, contrairement à elle. Et ses yeux… Jillian supposa qu'elle aurait dû être reconnaissante qu'ils ne soient pas vitreux et affolés par la drogue. Non, les yeux qui la fixaient avaient l'éclat de l'acier. Jamais de sa vie on ne l'avait dévisagée avec une telle intensité.

— Du mien.

— Oh… D'accord.

Elle obéit. Puis ses mains se crispèrent sur le volant tandis qu'elle lançait un coup d'œil furtif à la banquette arrière. Fuir était impossible. Jamais elle ne serait partie sans eux…

Par miracle, les enfants ne s'étaient pas réveillés. Deux têtes blondes étaient penchées l'une vers l'autre, se touchant presque. James, étendu à côté des deux bambins, dormait lui aussi. Jillian s'en félicita. Elle n'aurait guère eu le loisir de répondre à ses questions.

L'inconnu aux cheveux blonds n'avait pas remarqué leur présence, elle le savait. Il avait failli arracher les gonds de la portière en s'engouffrant dans la voiture. A présent, il se recroquevillait, au point qu'il était assis sur le plancher plus que sur le siège. A l'évidence, il tenait à ne pas être vu.

— Alors ?

Jillian ajusta le rétroviseur.

— Trois… non, quatre hommes se tiennent devant l'immeuble.

Il eut un juron sonore et elle se retint de lui dire de parler moins fort. Il risquait de réveiller les petits.

— Deux d'entre eux viennent de traverser la rue.

Au grand dam de Jillian, il jura de nouveau.

— Et maintenant ? Où sont-ils ?

Sa voix était irritée mais pas effrayée, pas vraiment. Il semblait plutôt frustré d'avoir été relégué à ce rôle passif. Il aurait préféré être dans le feu de l'action… Elle détacha son regard de ses yeux fauves pour reporter son attention sur le rétroviseur.

— Zut, l'un d'eux vient par ici. Il inspecte les voitures.

— Bon sang ! Dès que le feu passera au vert, partez. Sans brusquerie, sinon vous allez nous faire repérer.

Et qu'il ne vous surprenne pas en train de l'observer, sinon nous aurons de gros ennuis…

— Oh, mon Dieu…

— Quoi ? Qu'y a-t-il ?

Le ton était exaspéré. Elle l'entendit armer le revolver, sentit qu'il se préparait à l'affrontement et réprima un frisson de terreur. Elle n'était pas préparée au chaos de la vie américaine. Jusqu'alors, elle avait vécu tranquillement dans la banlieue de Londres. La grande banlieue, en fait. Loin des embouteillages, des revolvers et de la violence…

Néanmoins, mieux valait rassurer ce dément avant qu'il commence à tirer sur tout ce qui bouge. A peine une semaine plus tôt, elle avait promis à Annie de protéger les enfants, fût-ce au prix de sa propre vie. Elle ne s'était pas imaginé qu'elle serait si vite mise à l'épreuve.

— Il n'est pas encore là. Il y a quatre véhicules entre nous. Et il est armé aussi.

— Sans blague.

Elle gardait un œil sur les feux de circulation. Elle avait l'impression d'être arrêtée là depuis une éternité. Ils allaient forcément changer d'un instant à l'autre. Et en effet, trois secondes plus tard, elle appuyait sur la pédale d'accélérateur. Le break chargé à ras bord gémit en guise de protestation avant de faire un saut en avant. L'inconnu marmonna un nouveau juron, sans doute un commentaire sur ses talents de conductrice.

— Vous m'avez dit de mettre le pied au plancher, je l'ai fait, lança-t-elle en fronçant les sourcils.

Pour toute réponse, il grimaça de douleur. Jillian s'en émut.

— Ça va ? s'enquit-elle, radoucie. Je… je peux vous déposer quelque part ?

Si elle l'aidait, peut-être les laisserait-il libres de partir plus vite.

— J'ai une longue route à faire, poursuivit-elle. Je n'ai pas vraiment le temps de musarder.

— Ah non ?

— Non, je…

Elle s'interrompit, consciente de son ton moqueur.

— Vous retournez en Angleterre ?

— Non, je vais dans le New Hampshire. J'ai un travail qui m'attend là-bas.

Elle lui jeta un coup d'œil prudent.

— Vous n'avez pas bonne mine. Vous ne vous sentez pas bien ?

— Non. Figurez-vous que je n'ai pas passé une très bonne journée.

Il se frotta le menton, l'air préoccupé, comme s'il ne savait pas très bien quoi faire dorénavant.

— Ça m'ennuie de vous demander ça, et j'espère que vous comprendrez, mais il faut vraiment que je sache si vous êtes un gentil ou un méchant.

Elle hésita une seconde, puis se jeta à l'eau avant qu'il ait eu le temps de parler.

— Et, si vous êtes un gentil, pourriez-vous s'il vous plaît cesser de me tenir en joue ? Ça me rend un tantinet nerveuse.

Le choc se lut dans son regard, et Jillian se demanda s'il était surpris par son audace ou s'il jugeait sa question trop stupide pour y répondre. Malgré tout, son intervention produisit l'effet désiré. Elle entendit un petit déclic et il pointa l'arme vers le plancher.

— Je… Je suis un gentil, j'imagine, même si je n'en ai pas l'air. Je travaille pour la DEA. Je vous montrerais ma plaque d'agent spécial si j'en avais une, mais j'étais infiltré, alors vous allez devoir me croire sur parole.

— Qu'est-ce que c'est, la DEA ?

— L'agence nationale de contrôle des stupéfiants. Ce que vous venez de voir, c'est une opération de démantèlement qui a mal tourné.

— Mal tourné ?

— Oui. Ces gangsters n'étaient pas censés s'enfuir. Je croyais les tenir, mais il y a eu un raté. J'ai eu de la chance de m'en sortir vivant.

Il changea de position sur le plancher. Il était si large d'épaules qu'elle avait peine à comprendre qu'il ait pu se glisser dans un espace aussi étroit.

— Surtout avec cette explosion, reprit-il.

— Explosion ? Quelle explosion ?

— Hé, dites ! Tâchez de rester dans la même voie, d'accord ?

Elle redressa le volant et déglutit, l'estomac noué.

— Je crois que vous pouvez vous asseoir maintenant, dit-elle en regardant le rétroviseur.

— Cette voiture vous appartient ou vous la louez ?

— Je la loue. Pourquoi ?

— Je ne voudrais pas qu'il y ait du sang partout sur le siège.

— Du sang ! s'écria-t-elle, atterrée, tandis que la voiture faisait un nouvel écart. Mon Dieu, vous êtes blessé !

— Du calme ! Arrêtez de conduire comme ça, sinon je vais avoir une crise cardiaque.

— Je vais vous emmener à l'hôpital. Dites-moi où aller.

— Pas question. Pas avant que je sache ce qui s'est passé tout à l'heure. Je ne peux pas prendre le risque d'aller à l'hôpital.

Etouffant un gémissement, il tenta de se hisser sur le siège.

— Donnez-moi une minute pour réfléchir.

Elle promena son regard sur lui, cherchant un trou béant.

— Où êtes-vous touché ?

L'inconnu gémit de nouveau et finit par s'asseoir.

— Je présume que je devrais m'estimer heureux, lâcha-t-il en exhalant un soupir de soulagement. Vu que je ne portais ni gilet pare-balles ni rien. Mais ça fait mal quand même.

— Où ? Vous n'allez pas mourir, hein ?

— Je ne crois pas que j'aurai cette chance. Il m'a tiré dans le derrière.

Jillian aurait éclaté de rire si les traits crispés de son interlocuteur et la sueur qui perlait à son front ne l'en avaient pas dissuadée.

— Qui ça ?

L'inconnu tressaillit au son de la petite voix qui venait de s'élever. Il se retourna, puis fixa Jillian, le visage livide.

— Nom d'une pipe, vous avez trois gosses à l'arrière ! Pourquoi ne m'avez-vous rien dit ?

— Eh bien, je n'en ai pas vraiment eu le temps…

Elle ajusta le rétroviseur central et rencontra le regard interrogateur de James.

— Voici James, qui a six ans et qui va être très silencieux pendant quelques minutes, n'est-ce pas, mon chéri ?

James l'ignora et, se penchant, dévisagea l'homme.

— Vous avez reçu une balle dans le derrière ? Je peux la voir ?

— James !

L'agent la considéra comme si elle avait perdu la

tête. A vrai dire, c'était peut-être bel et bien le cas. Ces derniers jours, elle s'était posé la question… N'avait-elle pas renoncé à son existence tranquille et sans surprise pour affronter ce… cette contrée sauvage ? Hériter non seulement d'un nouveau pays et d'un nouvel emploi, mais de trois jeunes enfants ? Et, dans l'affaire, elle avait perdu Ian. Il ne voulait pas faire partie de l'aventure.

— Comment il s'appelle, Jilly ?

Arrachée à ses pensées, elle tourna vers son voisin des yeux hagards.

— Eh bien, je…

— Gianetti. Luke Gianetti.

Il sourit pour la première fois. Un petit sourire mince, tendu par la douleur et la frustration. Mais quel sourire ! Pas loin d'être dévastateur…

— Et vous êtes Jilly ?

— Jillian. Jillian Moseby.

— Enchanté, Jillian.

L'agent Gianetti posa son revolver par terre et se tourna vers James.

— Et content de faire ta connaissance, James. Comment s'appelle le bébé ?

— C'est ma petite sœur, Sarah. Elle n'a que quatre mois. Elle pleure beaucoup quand elle ne dort pas.

Luke fronça les sourcils.

— Je vois… Eh bien, dans ce cas, on va essayer de ne pas la réveiller, d'accord ?

James pouffa et Jillian ne put retenir un sourire. Depuis son arrivée, c'était la première fois qu'elle voyait le petit garçon joyeux ou fasciné par quoi que ce soit.

Luke reporta brusquement son attention sur elle.

— Bon. Voici ce qu'on va faire. La ville la plus proche est Charleston. Je vous montrerai où me déposer et vous pourrez reprendre votre route. J'aurais seulement besoin de vos coordonnées, au cas où je devrais vous contacter à propos de cette affaire.

— Mais… et votre blessure ? Ça va aller ?

Il haussa les épaules.

— Ne vous inquiétez pas pour ça.

— Ouah, Luke, je pourrai la voir ? Avant qu'on parte, je veux dire ?

L'agent secoua la tête, incrédule.

— Je ne sais pas, fiston. On verra.

Quelques minutes plus tard, ils se dirigeaient vers le nord, vers Charleston et, en fin de compte, le New Hampshire. Vers une nouvelle vie. Une vie lourde de responsabilités. Un nouvel emploi, trois jeunes enfants à élever. Comment parviendrait-elle à s'en sortir ?

Ils roulaient depuis près d'une demi-heure — James bombardait l'agent de questions depuis qu'il s'était réveillé et Luke se montrait très patient, prenant le temps de répondre à chacune — quand elle se souvint d'une chose qu'il avait dite.

— Et vous avez déjà tué… ?

— James, tais-toi une minute, veux-tu ? fit-elle avant de se tourner vers son passager. Que vouliez-vous dire à propos de cet homme tout à l'heure ?

— A quel sujet ?

— Vous avez dit que nous aurions des ennuis s'il nous voyait.

Luke plissa les yeux.

— Et ?

— Eh bien, il m'a vue l'observer dans le rétroviseur.

Il se raidit aussitôt.

— Vous en êtes sûre ?

— Tout à fait sûre. Son regard a croisé le mien l'espace d'une seconde avant que je me détourne.

C'est drôle… il ne m'a pas semblé inconnu, mais c'est impossible, n'est-ce pas ?

Il resta silencieux, cependant, la tension qui émanait de lui sembla gagner Jillian à son tour. Son cœur se mit à battre plus vite.

— C'est grave ?

Les traits de Luke Gianetti s'étaient crispés, durcis.

— Prenez la prochaine sortie. Ne perdez pas de temps.

— Ecoutez, j'apprécie votre sollicitude, vraiment. Mais je ne peux pas me permettre de prendre du retard. Je ne sais pas au juste à quelle distance nous sommes du New Hampshire et il faut que je sois installée avant de commencer mon nouveau travail…

— Vous n'irez nulle part pour le moment, dit-il en se retournant pour regarder derrière eux, lançant à James un bref sourire.

Puis il baissa la vitre et rajusta le rétroviseur de son côté.

— Je ne crois pas que vous ayez compris…

— Ici. Sortez ici.

Comme elle hésitait, il lui fit face. Ses yeux fauves étaient devenus froids.

— Je vous place sous ma protection. Vous ferez exactement ce que je vous dis de faire jusqu'au moment où je jugerai que vous n'êtes plus en danger.

— Mais…

— Ici ! ordonna-t-il en donnant un coup de volant vers la droite. Dépêchez-vous, bordel !

— J'apprécierais que vous surveilliez votre langage devant les enfants, rétorqua-t-elle sèchement.

Luke retint un soupir. Comment avait-il pu jouer de malchance à ce point ? Pour commencer, l'opération avait échoué sans raison apparente. Il n'avait commis aucun impair, il en était sûr, et pourtant, dès ce matin, il avait eu un mauvais pressentiment, l'impression que quelque chose ne tournait pas rond.

Il avait infiltré le groupe de Sloan sans difficulté, et accumulé peu à peu toutes les preuves qui avaient conduit à l'action d'aujourd'hui. Tout s'était bien passé. Peut-être le problème était-il là. Tout avait été trop facile, jusqu'au moment où Murphy et lui avaient entendu l'immeuble s'effondrer autour d'eux. Alors ils s'étaient mis à courir. Il savait que Murphy avait réussi à sortir, il l'avait vu se mettre à l'abri avec leur supérieur…

Ses réflexions furent interrompues par les cris perçants d'un bébé. La petite Sarah avait des poumons bien développés. Il secoua la tête, s'efforçant d'ignorer le bruit. Sa blessure lui faisait atrocement mal. Ç'avait été le second désastre de la journée. Non seulement l'opération avait été un fiasco, mais il avait été touché, et à la fesse, encore.

Une fois au motel, il gagna la salle de bains en boitillant et avala trois comprimés de paracétamol. Il ne songeait qu'à faire cesser cette douleur lancinante. La plaie ne saignait plus, mais la balle était encore là. Logée dans sa chair depuis plus de douze heures à présent. Il fallait l'en sortir, sinon il risquait d'avoir de pires ennuis. Il allait bientôt devoir demander de l'aide à cette jeune Anglaise à l'air stressé, perspective qui ne le réjouissait guère.

Il retourna dans la chambre. Même s'ils avaient été les meilleurs amis du monde ou une famille très unie, elle aurait été trop petite pour eux cinq. Quant à abriter de quasi-inconnus… Elle lui faisait l'effet d'un placard. Il jeta un coup d'œil vers Jillian. Elle essayait d'apaiser le nourrisson, mais ses gestes gauches semblaient aggraver la situation au lieu de l'améliorer.

— Donnez-la-moi. Je vais tâcher de la calmer pendant que vous préparez un biberon.

Elle lui lança un regard à la fois reconnaissant et coupable. Il tenta d'adoucir ses paroles avec un clin d'œil et un petit sourire las l'en récompensa. Mary Poppins paraissait au bout du rouleau. Mais elle tenait le coup, étonnamment. Cela ne devait pas lui arriver très souvent d'être interceptée par un agent fédéral et forcée à se cacher.

Il ne pouvait pas les laisser partir… pas avant d'être certain qu'ils ne couraient aucun danger. Et tout dans cette opération lui semblait douteux, du moins pour l'instant. Il n'avait pas encore réussi à contacter son binôme, pas plus que ses autres collègues. Depuis l'explosion, leurs numéros sonnaient occupé. Pour autant qu'il le sache, ils étaient peut-être tous morts. On parlait très peu de l'événement à la télévision, et pourtant l'explosion avait soufflé la moitié du bâtiment.

Jillian s'était empressée de s'occuper de Samuel, qui était parfaitement réveillé et débordait d'énergie. Luke la regarda avec admiration installer ce gosse de trois ans dans la minuscule kitchenette devant une boîte de crayons sortie de nulle part. De son côté, James mélangeait les ingrédients du biberon. Combien d'enfants de six ans faisaient ça ? Le petit garçon semblait très mûr pour son âge. Mais qu'en savait-il, après tout ?

Pour sa part, après trente-deux ans d'existence, il n'avait pas réussi grand-chose dans la vie. Son mariage s'était soldé par un échec, et sa femme et lui n'avaient jamais eu d'enfants. Si cela n'avait tenu qu'à lui, ils auraient fini par en avoir. Si seulement Linda avait attendu. C'était un de ses plus vifs regrets.

Ses pensées se reportèrent sur Jillian. Un joli nom, juste assez inhabituel pour qu'on s'en souvienne. Et si son nom n'avait pas suffi à retenir son attention, son accent l'aurait fait. Il avait été surpris d'apprendre qu'elle était née aux Etats-Unis et que sa famille était retournée en Angleterre lorsqu'elle avait deux ans.

Elle avait de jolis yeux — d'un gris-bleu changeant, semblait-il, au gré de son humeur. Elle sourit à James et lui ébouriffa les cheveux. Elle était grande et mince, mais pas dans le genre sportif. Il se fit soudain la remarque que les trois enfants étaient blonds comme les blés, et qu'elle était châtain foncé.

— Vous êtes doué, lui dit-elle en revenant avec le biberon. Elle ne pleure plus. Vous avez des enfants ?

Il sourit un peu mélancoliquement, tout en continuant à bercer Sarah.

— Non. Mais je me suis entraîné avec mes neveux.

Jillian sourit à son tour et s'approcha pour caresser la tête bouclée du bébé.

— Peut-être pourriez-vous me donner des cours. Je suis encore novice en la matière.

Elle se pencha vers lui, effleurant son épaule alors qu'elle déposait un baiser sur la joue de Sarah avant de la soulever dans ses bras.

— L'heure du dîner, mon chou.

— Avec trois bambins dans les pattes, vous devriez être une pro à l'heure qu'il est.

Elle sentait délicieusement bon et il réprima l'envie d'inspirer son parfum de nouveau. Il y avait trop longtemps qu'il n'avait pas couché avec une femme, voilà tout… Et il était peu probable que cela se produise dans un avenir proche. Pas alors qu'il avait une balle dans le postérieur et une crèche dans leur chambre de motel.

— Ils ne sont à moi que depuis trois jours, avoua-t-elle en installant le bébé sur ses genoux.

— Une minute. Je suis perdu. Ces enfants ne sont pas les vôtres ?

Jillian le regarda. Il ne s'était pas plaint mais, à en juger par sa démarche et l'expression de son visage, sa blessure le faisait souffrir.

— Ils le sont désormais. J'ai déjà signé les papiers d'adoption.

— Vous êtes venue aux Etats-Unis pour adopter des enfants ? Pourquoi ça ? demanda-t-il, visiblement perplexe.

Elle jeta un coup d'œil vers le coin où James était assis, face à la télévision. En trois jours, le petit garçon n'avait pas mentionné sa mère une seule fois, mais elle savait que la mort d'Annie l'avait anéanti. Elle-même était encore sous le choc. Sans doute évoquerait-il sa mère lorsqu'il y serait prêt. Elle n'allait certainement pas le brusquer.

Luke suivit son regard.

— Ma… ma sœur, reprit-elle avec hésitation. Elle est morte il y a deux semaines…

— Excusez-moi, coupa-t-il, gêné. Je ne voulais pas être indiscret. Je suis vraiment désolé.

Le regard plein de compassion qu'il posait sur elle émut Jilly. Elle refoula les larmes prêtes à couler et répondit dans un souffle :

— Je lui ai promis de venir et…

Il leva la main.

— Je comprends. Je suis vraiment désolé. Je ne voulais pas vous faire de peine.

Lorsque Jilly s'autorisait à y penser, la mort d'Annie lui faisait l'effet d'une plaie à vif. Par chance, elle n'avait guère le temps de penser à quoi que ce fût. Pour une fois, elle fut reconnaissante à Sarah de s'agiter. Rien de tel qu'un bébé affamé pour vous rappeler les priorités. Elle aurait toute sa vie pour faire le deuil de sa sœur. Pour se demander ce qui aurait pu se passer si seulement elle était venue plus tôt.

Elle se leva, alla s'asseoir sur le lit et s'adossa à l'oreiller, calant Sarah contre son épaule avant de lui glisser le biberon dans la bouche. L'enfant se mit aussitôt à téter et son petit visage plissé se détendit. Jillian eut un soupir de soulagement.

— Elle a de la voix, cette petite. Je me demande si tous les bébés font autant de bruit.

— Je ne suis pas un expert en la matière mais il me semble que mes neveux hurlaient à pleins poumons quand ils avaient faim, repartit Luke en s'asseyant avec précaution sur le bord d'une chaise.

— Que va-t-il se passer à présent, monsieur Gianetti ? Avez-vous pu joindre votre supérieur ?

Tout en parlant, elle avait détaché son regard de Sarah et contemplait la pièce défraîchie, le mobilier usé, démodé depuis des décennies. Il y régnait une odeur de renfermé qui lui appelait les châteaux que son père les emmenait visiter autrefois, à ceci près que les châteaux étaient froids et humides alors qu'ici, aux Etats-Unis, il faisait chaud, un peu trop à son goût.

— Quand pourrons-nous quitter ce charmant endroit ?

— Je ne le sais pas encore, répondit l'agent, sur la défensive.

— Nous ne pouvons pas rester ici indéfiniment.

Elle arqua un sourcil.

— Dites-moi ce qui se passe.

— La bonne nouvelle, c'est que nous sommes en sécurité. Pour le moment.

— En sécurité ? Que voulez-vous dire ? Vous avez dit que personne ne nous avait suivis.

Il se redressa sur son siège, et prit une brusque inspiration.

— Ça va ?

Il serra les dents et acquiesça.

— Ça va.

— Vous n'en avez pas l'air.

— Il faut que je me lève, c'est tout.

Les yeux voilés par la douleur, il agrippa le rebord de la table et se mit debout lentement.

— La mauvaise nouvelle, c'est que je n'ai pu joindre aucun membre de mon équipe. Et mon portable ne marche plus.

— Vous ne pensez quand même pas que cet homme va nous rechercher, si ?

Que pouvait-il lui dire ? Pour l'instant, elle était calme, rationnelle. Luke voulait qu'elle le reste. Il ne tenait sûrement pas à avoir une femme hystérique sur les bras. Bon sang, oui, Sloan allait les chercher. Il les cherchait sûrement déjà. C'était une règle chez les trafiquants. Pas de témoins.

— Nous n'irons nulle part avant que je sois sûr qu'il n'y a pas de risque. Dès qu'il fera nuit, j'essaierai d'appeler mon partenaire. Il y a une cabine téléphonique devant l'hôtel.

Luke se rendait compte qu'il n'était pas en position de force. Il devait élaborer un plan. Jillian, ses trois enfants et lui étaient dangereusement vulnérables face à Sloan et à son gang de voyous. Toute précipitation pouvait être mortelle. De plus, il n'avait qu'une petite somme d'argent liquide sur lui et il répugnait à se servir de sa carte de crédit avant de savoir ce qui se passait. Utiliser un tel mode de paiement revenait à laisser des traces. Pour comble de malchance, il n'avait qu'un seul revolver, de piètre qualité : une arme sans numéro de série, comme celles qu'utilisent les petits trafiquants.

A supposer que Sloan ait noté le numéro de la plaque d'immatriculation de Jillian, ils étaient dans une situation plus grave encore. Ses hommes de main ne tarderaient pas à arriver. S'il avait eu du temps devant lui, il aurait volé une autre voiture, mais le véhicule était plein à ras bord et transférer les bagages aurait pris la moitié de la nuit.

Il avait choisi cet hôtel minable pour sa situation, à l'écart de la route principale. Le break était garé à l'arrière. Le parking donnait sur un champ de tabac. Personne ne pourrait le repérer à moins de s'approcher et, de la chambre, il jouissait d'une vue dégagée. Si quelqu'un venait rôder alentour, il le saurait.

Sloan devait déjà connaître le nom de Jillian.

— Jill… quelle adresse avez-vous mentionnée sur le formulaire de location ?

— Je… c'était à Raleigh.

— Pourquoi êtes-vous allée là-bas ?

— Eh bien, j'avais besoin de venir d'urgence et tous les vols pour la côte est étaient pleins. Raleigh était la destination la plus proche de la Caroline du Nord. Je ne savais pas exactement quelle distance j'aurais à couvrir pour récupérer les enfants. C'était plus loin que je ne le pensais.

Luke se frotta les yeux.

— Bon. Alors, quelle adresse avez-vous notée sur le formulaire ?

Elle secoua la tête.

— Oui, bien sûr. Votre question. Eh bien, je n'avais pas d'adresse fixe aux Etats-Unis, par conséquent, j'ai utilisé mon adresse anglaise. Personne à l'agence n'a semblé s'en soucier. C'est un problème ?

— Non. Non, c'est très bien.

Sloan perdrait du temps à retrouver sa trace en Angleterre et, avec un peu de chance, personne ne pourrait le renseigner.

Luke soupira et se rassit en grimaçant de douleur. Que faire à propos de cette balle ? Elle était logée très haut sur sa cuisse droite. A l'évidence, elle n'avait rien touché de très important, sinon il se serait vidé de son sang.

Aller à l'hôpital était exclu, étant donné les circonstances. Mais la douleur ne ferait que croître tant que la balle n'aurait pas été extraite, et il ne pouvait pas prendre le risque d'avoir une infection. Pas avec quatre personnes à protéger.

C'était par sa faute qu'ils avaient vu Jillian. La déflagration l'avait pris au dépourvu, sinon il ne se serait jamais engouffré dans la voiture d'une passante innocente. Tout bien considéré, elle avait fait preuve d'un sang-froid remarquable. Sans doute était-elle restée calme à cause des enfants. Elle avait dû prier pour qu'il ne leur fasse pas de mal.

Quand même, elle avait eu le courage de lui demander de baisser son arme et de le réprimander pour avoir juré devant James. Oh ! oui, Jillian était une vraie lady anglaise. Il serait intéressant de voir la tête qu'elle ferait quand il la prierait de retirer la balle fichée dans sa fesse.

2

— Que je fasse quoi ? se récria Jillian en reculant.

Seigneur ! Il ne pouvait pas parler sérieusement, si ?

— Vous m'avez bien entendu, répondit-il, le regard grave.

— Mais je ne peux pas… j'ignore tout de…

— Ecoutez, nous n'avons pas le choix. Il faut extraire cette balle. Elle est là depuis trop longtemps déjà. Et je vous ai expliqué pourquoi je ne pouvais pas aller à l'hôpital.

— Ne pouvez-vous essayer de nouveau de joindre votre ami ? Je veux dire…

Elle déglutit avec difficulté.

— Peut-être a-t-il eu votre message. Peut-être même est-il en route…

— Non. Il m'aurait averti.

Le ton de sa voix était teinté d'exaspération, mais elle s'en moquait. Là, il en demandait trop. Qu'elle s'improvise chirurgien ? Il avait perdu la tête ! Il était hors de question qu'elle essaie d'extraire une balle sanglante de son postérieur. Elle avait l'estomac retourné rien que d'y penser.

Elle fureta désespérément autour d'elle, cherchant une diversion. Sarah ne pouvait-elle pas se mettre à hurler ?

— Vous avez dit que votre portable ne fonctionnait

pas correctement. Je crois que vous devriez essayer la cabine.

— C'est trop dangereux. L'appel peut être tracé en une fraction de seconde.

Elle fit un nouveau pas en arrière et se retrouva coincée. Au sens propre. Acculée au mur par l'agent Gianetti, qui la toisait d'un air sévère.

— Vous êtes sûr qu'ils vont nous chercher ? J'ai à peine croisé le regard de cet homme. Je serais incapable de l'identifier.

Luke s'exhorta à la patience. Elle ne voulait pas le croire. Pas étonnant. Son petit univers paisible venait de voler en éclats. Un trafiquant dangereux était à sa recherche. A sa place, il aurait voulu jouer à l'autruche, lui aussi.

— Il ne peut pas courir ce risque. Et je ne peux pas courir le risque qu'il vous retrouve.

— Mais… mais je n'ai rien fait de mal, balbutia-t-elle. Je ne suis dans ce pays que depuis six jours. Comment peut-on s'attirer autant d'ennuis en si peu de temps ?

Elle mâchonnait sa lèvre inférieure, les yeux écarquillés. Ils chuchotaient l'un et l'autre, les enfants ayant fini par s'endormir, James et Samuel dans le grand lit, Sarah dans le couffin qu'ils avaient réussi à caler dans le coin.

— S'il y avait une autre solution, je m'en chargerais moi-même, croyez-moi. Mais je ne peux pas assurer votre sécurité dans l'état où je suis. Si la balle reste là, je vais être vraiment malade et je ne pourrai plus vous protéger, vos enfants et vous.

Il lut l'incertitude dans son regard et comprit qu'il

n'allait nulle part. Il lui faudrait peut-être toute la nuit pour la persuader. Peut-être avait-elle besoin qu'il lui lance un défi…

— Evidemment, si vous allez vous évanouir…

— Non. Non, ce n'est pas ça. C'est juste que… je ne veux pas vous faire mal et je ne vois pas comment je pourrais l'éviter.

Elle ne se trompait pas. Ça allait lui faire mal. Et comment. Seulement, il n'avait pas le choix. Quatorze heures s'étaient écoulées depuis l'explosion et il n'était toujours pas parvenu à contacter son équipe. Ce fait à lui seul lui donnait des frissons.

Il fallait qu'ils reprennent la route… le plus tôt serait le mieux. Ils perdaient un temps précieux à parlementer. La nuit venait de tomber.

— Allons-y.

Il la prit par le bras, l'entraînant vers la minuscule salle de bains.

— Avez-vous des pansements dans ce sac ?

Elle opina et ouvrit aussitôt ses bagages. Avec un soupir, Luke fit couler l'eau chaude afin de nettoyer la lame de son couteau. S'il s'en tirait sans une infection, ce serait un véritable miracle.

Quand il se retourna vers elle, une petite montagne de fournitures médicales était dressée à côté du lavabo. Il cilla, médusé. Jillian était préparée, pour sûr.

— Vous emportez toujours autant de choses ?

Elle leva vers lui un regard surpris. Sa pâleur accentuait encore le bleu de ses yeux. Ils avaient la teinte du ciel avant un orage.

— Eh bien, avec les enfants, je me suis dit qu'il valait mieux parer à toute éventualité. Je suis prête, ajouta-t-elle, le souffle soudain court.

Il sourit et la regarda nouer ses cheveux en queue-de-cheval. Ils n'étaient pas châtain, finalement, plutôt couleur cannelle. Longs, ondulants, un peu désordonnés. Il aurait parié qu'ils seraient doux comme de la soie entre ses doigts.

— Bon. Dites-moi ce que je dois faire.

— O.K. Dans une minute, vous allez me connaître plus intimement.

Il marqua une pause comme elle baissait les yeux, rougissant légèrement.

— Tâchez de ne pas être nerveuse. Je vous promets de ne pas crier.

— Oh ! Mon Dieu.

Sur une impulsion, il lui prit la main.

— Ecoutez, si vous hésitez, si vous allez lentement, ce sera encore pire. Je veux que vous fassiez une coupure en croix sur la plaie, de cette taille environ.

Elle écoutait avec attention, et il sentit sa tension se dissiper un peu.

— C'est une balle de petit calibre, tirée d'assez loin. Elle ne peut pas être trop profond… deux centimètres, peut-être. Quand vous aurez pratiqué l'incision, vous la chercherez à l'aide de la lame.

Il fit doucement la démonstration de son geste dans la paume de Jillian.

— Plus vite vous la trouverez, mieux ce sera.

— Et quand je l'aurai trouvée ? murmura-t-elle.

— Vous glisserez la lame dessous et la ferez remonter. Si ça ne marche pas, il faudra essayer avec votre pince à épiler.

Horrifiée, elle se dégagea et porta une main à sa bouche.

— Oh ! Mon Dieu, Luke, je ne sais pas si…

Il reprit sa main, pressant doucement ses doigts.

— Vous y arriverez. Je le sais.

Il attendit qu'elle se soit ressaisie, la regarda prendre une brève inspiration.

— Bon. Je vais me pencher au-dessus du lavabo et vous allez vous mettre au travail. D'accord ?

— D'accord, dit-elle avec un effort.

Il inspira profondément, déboutonna son jean et l'abaissa sur ses jambes. Bon sang, quel moment gênant ! Une superbe femme était sur le point de lui charcuter la fesse dans cette petite salle de bains minable. Si ses collègues avaient jamais vent de cette histoire, il serait la risée du service.

Au moins pouvait-il garder son caleçon… enfin, ce qui restait du sous-vêtement ensanglanté. Il retint une grimace quand elle le remonta sur sa fesse. Lorsqu'elle aurait terminé, il le mettrait à la poubelle. Il porterait son jean sans rien dessous pendant un jour ou deux en attendant de pouvoir en acheter d'autres.

— Ça ressemble à quoi ?

Elle étouffa un gloussement.

— Que voulez-vous dire ? Vous avez plutôt de jolies fesses, si c'est là que vous voulez en venir.

Au comble de l'embarras, il évita son regard dans la glace.

— Je parlais de la plaie.

— Elle a l'air… vilaine. Je vais la désinfecter.

— Comment ça, vilaine ?

— Eh bien, la peau est rouge, irritée. Mais le trou est plus petit que je ne l'imaginais.

— J'ai eu de la chance que le tireur soit aussi loin. Sinon, il y aurait plus de dégâts.

— Vous avez vu l'homme qui a tiré sur vous ?

Il arqua un sourcil.

— Pas vraiment. Il m'a tiré dans la fesse, vous vous souvenez ?

Elle eut un soupir agacé. Apparemment, Mary Poppins n'avait pas un sens de l'humour très développé.

— Je ne suis pas idiote, rétorqua-t-elle. Je voulais demander comment vous saviez où il était.

— L'immeuble était en train de s'effondrer… je m'éloignais en courant… je le sais, voilà tout.

Malgré lui, il se raidit lorsqu'elle fit l'incision. La blessure le lançait tellement que ce fut presque un soulagement. Il l'entendit inspirer un bon coup avant de continuer.

— Oh ! Mon Dieu, ça saigne beaucoup.

Luke serra les dents, luttant pour ne pas gémir. La sueur perlait à son front et il éprouvait la vague sensation de flottement qui accompagne le choc.

— Essuyez la zone et poursuivez. Ça va saigner jusqu'à ce que vous ayez terminé.

Jillian eut le cœur serré par la douleur qui perçait dans sa voix. Elle aurait donné cher pour pouvoir prendre ses jambes à son cou. D'une main tremblante, elle introduisit la lame comme il le lui avait montré. Un gémissement étouffé lui parvint. Elle devait lui faire atrocement mal.

A sa troisième tentative, elle sentit la balle plutôt qu'elle ne la vit. Maintenant, il s'agissait d'extraire ce maudit projectile. Elle pria silencieusement pour réussir, mais en vain. La lame remonta sans rien.

— Vous renoncez ?

Elle tressaillit au son de la voix de Luke, et commit l'erreur de regarder dans la glace. Son visage était gris.

— Non, je… j'avais besoin d'une seconde. Je vais réessayer.

— Ne vous inquiétez pas pour moi. Vous vous

débrouillez très bien. Ce sera fini dans une minute. Allez-y.

Elle refoula les larmes tandis qu'il l'encourageait du regard. Luke avait gardé le contrôle de lui-même. Elle pouvait faire pareil.

Elle s'agenouilla de nouveau. Le regard rivé sur la plaie, elle tendit la main vers la pince à épiler derrière elle, éparpillant les fournitures pour la localiser. Soulevant la lame d'une main, elle glissa l'instrument dessous.

Luke tressaillit et étouffa une nouvelle plainte. Elle l'ignora, se concentrant sur sa tâche, résolue à l'accomplir avant de perdre connaissance. Ou de le tuer. Enfin, la pince se referma sur la balle. Elle tira.

C'était fini.

— J'ai trouvé ce satané truc.

Etourdie de soulagement, elle se laissa tomber sur le sol. Elle attendit quelques secondes pour se relever, les jambes encore flageolantes.

— Vous l'avez ?

Elle déposa sa trouvaille sur le comptoir en formica.

— Il faut que je nettoie, et puis ce sera fini.

Quand le sang eut enfin cessé de couler, elle appliqua un pansement.

— Pouvez-vous bouger ou êtes-vous trop faible ? s'enquit-elle soudain, songeant qu'il était bien trop silencieux.

— Je… ça va. Quand vous aurez fini… j'ai besoin d'une minute pour me laver. Fermez la porte derrière vous en sortant.

Les yeux de Luke étaient fermés. Son visage livide reposait sur ses avant-bras. Sa voix n'était qu'un souffle. Elle ne pouvait pas le laisser seul. Il n'avait pas la force qu'il prétendait avoir. Elle jeta un œil au caleçon ensanglanté et prit une décision. Attrapant les ciseaux, elle se mit à découper le tissu avant de changer d'avis.

— Qu'est-ce que vous faites ?

— Ne bougez pas, sinon vous allez m'en montrer plus que vous ne le voudriez.

Elle retira le sous-vêtement, remarquant malgré elle ses muscles raides et durcis. Refoulant les images qui lui venaient à l'esprit, elle mouilla un gant et épongea le sang qui collait encore à sa peau, puis saisit une serviette qu'elle passa autour de la taille de Luke, en prenant soin d'éviter son regard. Enfin, elle ramassa son jean.

— Je vais le laver. Avec un peu de chance, les taches vont partir et vous pourrez le remettre.

A l'aide d'un linge humide, elle lui épongea le visage et la nuque.

— Ça fait du bien…

Sa voix était lointaine, comme ensommeillée. Quand elle eut terminé, elle farfouilla dans sa trousse de toilette pendant qu'il se redressait tant bien que mal. Il vacilla légèrement, et elle se glissa sous son épaule pour le soutenir.

— Tenez. Prenez ces comprimés.

Ils ne seraient peut-être pas très efficaces contre le genre de douleur qu'il devait endurer, mais elle n'avait rien de mieux à lui offrir.

— Qu'est-ce que c'est ?

Jillian rougit.

— Oh… vous savez. Des trucs pour le mal au ventre. Je suis sûr qu'ils vous feront du bien.

Luke les avala sans un mot et ne protesta pas quand elle le guida vers le lit. N'osant le lâcher, elle repoussa les draps de sa main libre. Il tenait tout juste debout.

Jillian retapa un oreiller et l'aida à s'allonger, puis rabattit les couvertures sur lui.

Dès qu'il fut couché, elle retourna dans la salle de bains, mouilla un linge et prit un verre d'eau qu'elle rapporta à Luke. Il était encore conscient, tout juste.

— Où est mon revolver ?

— Là. Je vais le mettre dans le tiroir.

— Non. Il faut que je l'aie.

Sa voix était pâteuse, mais son ton, ferme.

— Non. Si James ou Samuel se réveillent et le voient…

— D'accord. Vous avez raison. J'avais oublié…

Elle poussa un soupir de soulagement lorsqu'il céda enfin à la fatigue et ferma les yeux, roulant sur le côté. Elle allait commencer par prendre une longue douche brûlante. Son corps était moite de transpiration et elle tremblait encore après l'épreuve qu'elle venait de traverser. Elle se redressa, et frémit en sentant la main de Luke se poser sur son poignet. Elle ne l'avait même pas vu bouger.

— Que… qu'y a-t-il ? Vous ne vous sentez pas bien ?

Il caressa son bras.

— Merci. Vous êtes quelqu'un de bien, Lady Jillian.

Puis il retira sa main et sa respiration se fit plus profonde. Elle l'écouta un instant, frottant pensivement son bras, avant de se diriger vers la salle de bains.

Lady Jillian. Il ne croyait pas si bien dire. Lady Jillian Moseby aurait eu des vapeurs si on lui avait demandé d'extraire une balle. Et du postérieur d'un homme, encore ! L'agent Gianetti avait de la chance qu'elle ait laissé ce côté d'elle-même dans le Sussex. Elle était Jillian désormais, Jilly pour ses neveux. Et, par nécessité, Jilly apprendrait à être prête à tout. Les événements de ce soir l'avaient prouvé. Trois enfants. Seigneur, comment allait-elle se débrouiller ?

Elle nettoya soigneusement le lavabo et rangea les fournitures. La balle avait dû tomber elle ne savait où ; elle renonça à la retrouver pour se mettre à frotter le jean de Luke. Une fois sec, les taches de sang seraient quasi invisibles, se dit-elle en regardant à la lumière le trou minuscule laissé par le projectile. Comment un objet aussi petit pouvait-il causer autant de dégâts ? Un frisson la traversa alors qu'elle se remémorait le sort d'Annie.

Elle resta longtemps sous le jet d'eau chaude, s'efforçant de chasser l'horreur de cette dernière heure, de toute cette journée, en fait. Depuis qu'elle était arrivée aux Etats-Unis, ç'avait été un cauchemar après l'autre. Elle n'avait pas la moindre idée de comment s'y prendre pour élever des enfants. Et si elle échouait ? Trois jeunes âmes dépendaient entièrement d'elle.

Comment tiendrait-elle la promesse qu'elle avait faite à sa sœur ?

La terreur qu'elle avait éprouvée plus tôt lorsque Luke s'était engouffré dans la voiture n'était rien comparée à celle de retirer la balle. Elle l'avait fait atrocement souffrir. Enfin, les larmes jaillirent et elle s'autorisa à pleurer longuement avant de sortir de la douche. Il était près de minuit. Avec un peu de chance, elle pourrait grappiller un peu de sommeil avant que Sarah ne la réveille à trois heures comme elle l'avait fait les trois nuits précédentes.

Pour ce soir, elle dormirait vêtue de son short et d'un T-shirt. Elle n'avait pas le courage d'aller chercher la valise dans la voiture. D'ailleurs, la pièce était déjà pleine à ras bord.

Le corps puissant de Luke occupait une bonne partie

du lit, mais elle était trop lasse pour s'en soucier. Lady Jillian ou pas, il était hors de question qu'elle couche par terre après la journée qu'elle venait de passer. Et d'ailleurs elle avait vu le postérieur de cet homme. Elle secoua la tête et se glissa entre les draps.

Six jours qu'elle se trouvait outre-Atlantique, et elle était déjà au lit avec un inconnu ! Elle étouffa un gloussement en songeant à la réaction qu'aurait sa mère si elle la voyait. Même bouche bée et les yeux ronds, Rosemary Moseby parviendrait à garder l'air digne. Elle serait atterrée. Son pire cauchemar serait réalisé : sa précieuse Jillian au lit avec un homme… un Américain, de surcroît !

En soupirant, elle se laissa aller contre l'oreiller. Si Rosemary savait ! Malgré tous ses efforts, Jillian ne pouvait s'imaginer en train d'extraire une balle de la fesse de son ex-fiancé, Ian. Avec le recul, elle se rendait compte que ce dernier avait beaucoup ressemblé à sa mère. Elle dut porter la main à sa bouche pour étouffer un nouveau rire. Ce n'était pas une balle qu'il avait dans le derrière, lui… Elle avait du mal à croire qu'elle avait envisagé de l'épouser. Ils étaient différents à tous points de vue. Où diable avait-elle eu la tête… ?

— Vous êtes toujours comme ça ? D'abord, vous pleurez comme une Madeleine et après vous avez le fou rire ?

Stupéfaite, elle se retourna.

— Je suis désolée, dit-elle, contrite. Je ne savais pas…

— Ce n'est rien. Ce n'est pas tous les jours que vous retirez une balle de la fesse de quelqu'un. Je comprends que ça vous fasse rire.

— Oh ! Non. Je ne riais pas pour ça…

La respiration de Luke redevint régulière, il se rendormait déjà. Sans achever sa phrase, elle se pelotonna sous les couvertures, frissonnant dans l'air climatisé. Sa dernière pensée, pour Ian, s'accompagna d'un immense soulagement.

Elle dormait toujours. A son réveil, il l'avait trouvée blottie contre lui, un bras sur son ventre, le visage enfoui dans son dos. Sa respiration était chaude, les courbes de son corps voluptueux semblaient lui promettre des délices à venir. Pour sa part, après avoir passé des heures allongé sur le côté gauche, il avait désespérément envie de changer de position. Seulement, il ne voulait pas réveiller Jillian.

Une pénombre grisâtre baignait la pièce endormie, le jour n'était pas encore levé. Il était quasi certain que la jeune femme s'était levée durant la nuit pour s'occuper du bébé. Il avait entendu Sarah geindre une seule fois, puis, plus rien. Jillian avait dû être prête à la prendre dans ses bras avant qu'elle ne se mette à pleurer et ne réveille tout le monde.

Il prit une profonde inspiration et roula lentement sur son dos, prenant soin de ne pas déranger sa compagne et, en même temps, testant le poids qu'il pouvait tolérer sur sa fesse meurtrie. L'incision avait cessé de le lancer au cours de la nuit, et à présent la douleur était nettement plus supportable. Il tourna avec précaution la tête vers Jillian. A demi allongée sur lui, une main sur son torse, elle avait mêlé ses jambes aux siennes. Sa peau était aussi satinée qu'il l'avait imaginé.

Il admira les petites taches de rousseur sur l'arête de son nez, l'ombre de ses longs cils sur son teint clair.

Le parfum délicat de ses cheveux l'enivrait, comme des fleurs sauvages sous la pluie. Il n'aurait pas dû prendre ces comprimés contre les maux de ventre. Qui savait ce qu'il y avait dans ces trucs pour filles ?

Il déglutit avec difficulté et se força à détourner les yeux de la bouche de Jillian. Une chose au moins était claire : il était toujours un homme — un homme qui n'avait pas fait l'amour avec une femme depuis… une éternité. Les lèvres exquises de sa compagne étaient entrouvertes, son souffle tiède lui caressait le cou…

Il se fit violence pour chasser ces pensées. Mieux valait s'éloigner d'elle au plus vite, avant que son corps ne prenne l'initiative et qu'il ne commette un geste stupide. Il se laissa glisser hors du lit sans bruit. Jillian soupira dans son sommeil et se pelotonna plus profondément sous les couvertures tandis qu'il rajustait la serviette autour de sa taille et gagnait la salle de bains.

Le moment était venu de faire un tour pour vérifier que tout était en ordre. Peut-être l'air frais du matin lui éclaircirait-il les idées.

La voiture était toujours à sa place, apparemment intacte. Il avait jeté un coup d'œil dessous, cela dit, histoire de s'assurer qu'il n'y avait pas de danger. Quelque chose clochait, il le sentait confusément. Mais quoi ?

Il passa une main sur son menton rugueux, songeur. Son imagination devait lui jouer des tours. Contrairement à son habitude, il avait eu du mal à s'adapter à son nouvel environnement depuis qu'il était arrivé de Washington. Tout était trop paisible, trop endormi. Rien n'était ce qu'il semblait être. La corruption régnait sous une surface civilisée.

Il était anxieux depuis que l'opération avait commencé, un mois auparavant. Et son intuition l'avait servi pendant tant d'années, lui avait sauvé la vie tant de fois, qu'il ne pouvait l'ignorer. Ce n'était pas seulement une question de formation ou d'expérience. Ce travail faisait partie intégrante de lui-même. Et son sixième sens lui enjoignait de se méfier.

Il s'éloigna du mur auquel il s'était adossé, prenant soin d'éviter la grande flaque d'eau qui s'était accumulée sous le climatiseur asthmatique. Le parking était calme, sombre et frais, et les oiseaux étaient encore silencieux malgré l'aube qui pointait derrière les arbres. Il n'y avait que sept voitures garées. Et, à en juger par le ronronnement des climatiseurs, seules sept chambres étaient occupées.

— Peut-être qu'un café me fera du bien, murmura-t-il, se souvenant d'avoir vu un distributeur à l'accueil la veille au soir.

Il contourna sans bruit le bâtiment en forme de L, redoublant de vigilance chaque fois qu'il passait devant un climatiseur en marche.

Une sonnette tinta bruyamment à son entrée, et il ne put réprimer une grimace. Il avait déjà la tête lourde à cause de l'odeur de renfermé des lieux. Le veilleur de nuit avait dû décider d'aller faire un somme, car la réception était déserte. Il traversa l'entrée, et remplit deux tasses, s'arrêtant pour emballer quelques cookies rassis dans une serviette. Les enfants n'auraient pas le temps de prendre un petit déjeuner.

Il s'en voulait d'avoir dormi aussi tard. Dès qu'il regagnerait la chambre, il réveillerait tout ce petit monde. Ne pas savoir ce qu'il était advenu de Sloan le préoccupait. L'équipe avait-elle réussi à l'appréhender ?

Son sixième sens lui hurlait de ne pas s'attarder ici. Il fourra la serviette dans la poche de sa chemise, et sentit le revolver caché au creux de son dos. Il hésita. S'il emportait du café pour Jilly, ses deux mains seraient occupées. Il ne pourrait pas attraper son revolver si besoin était. D'un autre côté, s'il ne lui apportait pas de café, elle penserait avoir affaire à un goujat.

Dans un cas comme dans l'autre, il aurait des ennuis. Luke soupira, prit les deux gobelets et sortit, veillant à ne pas déclencher la sonnette. Il était à mi-chemin du parking quand il s'arrêta net, fixant les sept voitures garées. Sept. Et la leur était à l'arrière. Huit en tout. Ses cheveux se dressèrent sur sa nuque.

Peut-être n'y avait-il pas matière à s'inquiéter. Peut-être une famille était-elle arrivée à bord de deux véhicules.

Ouais.

Ou peut-être serait-il plus sage d'aller jeter un nouveau coup d'œil à l'accueil. Tous les sens en alerte, il revint sur ses pas et se faufila à l'intérieur. Puis il déposa les gobelets sur le comptoir et passa par-dessus. Une lumière brillait dans le bureau au bout du couloir, mais il n'y avait aucun signe de vie.

Il dégaina son arme et entra dans le bureau. Sa main trembla légèrement lorsqu'il heurta le corps qui gisait sur le sol. Le cadavre du veilleur de nuit était encore chaud.

L'appel téléphonique.

Un frisson courut le long de sa colonne vertébrale. L'appel qu'il avait passé à Murphy. Et maintenant un homme était mort. Sa seule faute avait été de se trouver au mauvais endroit au mauvais moment. C'était

Sloan tout craché. Pourquoi se donner la peine de payer une chambre alors qu'il était si facile d'éliminer quelqu'un ? Ce monstre se souciait peu de savoir qui il tuait. Employés innocents, femmes, enfants, tous étaient traités sans pitié.

Luke se hâta de regagner l'accueil, nota les clés absentes au tableau. L'une d'entre elles appartenait à un tueur.

Un tueur qui le cherchait.

Il remit le revolver dans son dos, rabattit sa chemise par-dessus, reprit les cafés et sortit du bureau. Il se força à marcher lentement, son attention portée sur le sol.

Au numéro six, il sut qu'il avait trouvé ce qu'il cherchait. Là, il n'y avait que quelques gouttes d'eau sous le climatiseur, sans doute parce que la pièce n'était occupée que depuis peu. Combien de types l'attendaient derrière cette porte ? Connaissant Sloan, il supposait qu'il n'y en avait qu'un ou deux. Le trafiquant aurait estimé qu'un subalterne comme Luke ne méritait pas davantage.

Il se tendit en remarquant que le rideau tremblait légèrement, et s'obligea à boire une gorgée de café.

Ils allaient frapper maintenant. Tout de suite. Luke sentit la certitude l'envahir comme une montée d'adrénaline. Ils allaient l'abattre et puis ils iraient tuer Jilly dans son lit.

Il se refusa à penser aux enfants. Il prit une nouvelle gorgée de café et se brûla la gorge. Derrière lui, la porte s'entrebâilla.

Luke fit une prière silencieuse en se retournant.

3

La porte rebondit contre le mur. Jillian se redressa en sursaut, éblouie par le soleil entrant à flots dans la chambre. Quand elle rouvrit les yeux, une silhouette imposante se détachait sur le seuil. Elle n'eut pas le temps de reprendre son souffle avant qu'il la secoue et la tire du lit.

— Quoi ? Qu'y a-t-il ?

Il prit son visage entre ses mains. Deux mains éclaboussées de sang. Elle ouvrit la bouche pour hurler et il pressa aussitôt les doigts sur ses lèvres.

— Pas un bruit, souffla-t-il.

Elle hocha la tête. Il la lâcha lentement.

— Luke ! Que se passe-t-il, enfin ? Vous m'avez fait une…

Il plaqua de nouveau la paume sur sa bouche.

— Pas maintenant. Nous n'avons pas le temps. Il faut que vous m'écoutiez. C'est possible ?

Elle acquiesça.

— Nous partons. Tout de suite.

— Mais pourquoi… ?

— Plus tard, dit-il en l'interrompant et en balayant sa question d'un geste. Levez les enfants, je vais chercher la voiture. Quand je m'arrêterai devant, vous me les passez l'un après l'autre. Compris ?

— Il faut qu'ils s'habillent et qu'ils se brossent les dents…

— Tant pis pour leurs dents ! Vous voyez ce sang ? Je ne me suis pas coupé en me rasant !

Jillian sentit sa tension grimper en flèche.

— Bon, très bien. Si vous êtes pressé à ce point. Allez chercher la voiture.

Il n'y avait même pas deux minutes qu'elle était réveillée et il avait déjà réussi à la mettre de mauvaise humeur. Quel genre de mère réveille ses enfants et les jette dans une voiture ? Sans petit déjeuner ? Sans un brin de toilette ?

— Et prenez le sac, lança-t-elle, exaspérée. Ça nous évitera un voyage.

— Dans combien de temps pouvez-vous être prête ?

Elle retira son short devant lui. S'il voulait qu'elle se dépêche, bon sang, elle allait lui montrer de quoi elle était capable. Elle le jeta dans le sac et en sortit son jean. D'un même mouvement, elle se retourna vers la commode et, les sourcils froncés, fourra en un éclair tous les objets qui traînaient pêle-mêle dans le bagage. Sur quoi elle tira violemment sur la fermeture et le lança à Luke, qui le reçut en pleine poitrine, une expression voisine du choc dans le regard.

— Deux minutes, c'est assez rapide pour vous ?

— Ecoutez, ce n'est pas la peine de vous énerver.

— De m'énerver ? Vous faites irruption dans la pièce, vous me fichez une peur bleue ! Il ne fait même pas jour et je…

Il leva une main et l'expression de son visage suffit à la faire taire.

— Pas maintenant. Vous pourrez me dire le fond de votre pensée dans la voiture. Levez les enfants.

Elle le foudroya du regard tout en enfilant son jean.

Il l'observait toujours quand elle remonta ses cheveux en queue-de-cheval.

— Vous pouvez avoir trois minutes, ajouta-t-il.

— Vote générosité vous perdra.

Luke plissa les yeux, comme à deux doigts de perdre son sang-froid.

— Ecoutez, mon chou, je n'ai pas besoin de ça. Je viens d'éliminer deux types qui étaient sur le point d'enfoncer la porte et de nous tuer tous.

Devant sa mine sidérée, il acquiesça.

— Vous m'avez bien entendu, Lady Jillian. Alors, si ça ne vous ennuie pas trop, j'aimerais qu'on fiche le camp d'ici aussi vite que possible.

Jillian déglutit avec difficulté.

— Luke… je suis désolée.

— Laissez tomber.

Il tourna les talons et s'approcha de la fenêtre, jetant un coup d'œil prudent au-dehors avant d'entrouvrir la porte.

— Trois minutes, répéta-t-il.

— Comme vous voudrez, marmonna-t-elle, de nouveau gagnée par l'irritation. C'est vous qui tenez le chrono.

Plus d'une heure s'était écoulée et elle ne lui avait pas encore adressé la parole. C'était aussi bien comme ça, se dit Luke. Il avait besoin de réfléchir. Ils avaient quitté le motel sans anicroche, si tant est qu'on puisse considérer que neutraliser deux adversaires et se mettre Jillian à dos n'était pas une sérieuse anicroche. Il ne s'était pas encore tout à fait remis de son strip-tease impromptu. Bon sang, elle était canon. Elle avait des jambes interminables — et elle portait un minuscule slip qui recouvrait à peine ses jolies fesses rondes. Côté négatif, cependant, elle était très grognon le matin.

Il prit une profonde inspiration et expira. Il fallait qu'il se concentre. Et qu'il reste concentré. Pour le moment, ils étaient à l'abri. Personne ne les suivait et il ne distinguait pas un seul véhicule devant eux. Dans une heure, ils seraient en Caroline du Nord. Il essaierait d'appeler Murphy. Ou Duncan. N'importe quel membre de l'équipe. Et bientôt il serait impératif qu'ils changent de véhicule.

Quoi que cela lui en coûte, il n'allait pas tarder à devoir demander à Mary Poppins si elle avait de l'argent en espèces — et en dollars. S'ils étaient obligés de changer des livres ou des euros, ils se feraient forcément repérer.

Avec un peu de chance, leur cavale ne durerait qu'une journée ou deux de plus. Il y avait une agence de la DEA à Charlotte. Il contacterait le responsable et demanderait un abri sûr… le temps de découvrir ce qui s'était passé à Spartaville. Depuis la veille, rien ne se déroulait comme prévu. Et il venait d'enfreindre toutes les règles possibles et imaginables au motel.

Exactement comme il le redoutait, Sloan avait envoyé deux de ses sbires à sa recherche. Une petite explosion et soudain Billy Lathrop, petit revendeur à la sauvette, était devenu gênant. Luke avait senti que Sloan commençait à se méfier de lui cette dernière semaine, sans comprendre toutefois ce qui avait suscité ce changement.

Pour autant qu'il le sache, sa couverture était solide et celle de Murphy aussi. Son partenaire et lui n'avaient jamais été vus ensemble. Seulement, les trafiquants étaient des gens nerveux, à raison. Il y avait toujours quelqu'un qui cherchait à prendre leur place.

Luke avait fait tout ce que Sloan exigeait, réussi chaque épreuve. En tant que Billy Lathrop, il avait laborieusement obtenu sa confiance. Il avait constaté très jeune qu'il pouvait être très persuasif. Enfin, avec la plupart des gens. Avec Linda, ça n'avait pas marché.

Jillian, en revanche, avait été accommodante. Il lui avait fallu moins de dix minutes pour la convaincre de retirer la balle. Et elle s'était montrée à la hauteur de la tâche. Il se promit de la remercier plus tard. Evidemment, elle était à l'opposé de son ex-femme. C'était un esprit libre. Bien qu'un peu écervelée, elle n'avait pas hésité à sauter dans un avion et à traverser l'Atlantique pour récupérer ses neveux, chose dont Linda n'aurait jamais été capable. Elle avait peur de tout, et même de son ombre.

Il jeta un coup d'œil vers Jillian à la dérobée. Elle s'était endormie. Voilà qui expliquait qu'elle ne lui ait pas encore dit ses quatre vérités, songea-t-il en souriant. Elle lui faisait confiance, certes, mais elle ne l'aimait guère.

— On est où ? demanda une voix ensommeillée depuis la banquette arrière.

— Presque en Caroline du Nord. Tu commences à avoir faim, James ?

— Un peu, oui.

Luke regarda dans le rétroviseur l'enfant qui se frottait les yeux.

— Mais tu n'es pas obligé de t'arrêter pour moi. Attends que Sarah se mette à pleurer.

— Sarah a besoin d'une couche propre, murmura Jillian. J'aurais dû m'en occuper avant de partir. Bonjour, Luke, ajouta-t-elle. Excusez-moi pour tout à l'heure. J'aurais dû vous avertir que je ne suis pas du matin.

A la surprise de Luke, elle souriait.

— Peut-être pouvons-nous repartir de zéro. Je vous promets d'être de meilleure humeur durant le reste de la journée.

— Vous êtes pardonnée. A l'avenir, j'essaierai de ne pas vous réveiller en sursaut.

Il lui lança un regard prudent. Jilly acquiesça imperceptiblement. James étant réveillé, leur conversation devrait attendre.

— Nous allons devoir nous arrêter pour faire le plein d'essence. Je vous apporterai un café. J'en avais pris un pour vous tout à l'heure mais je l'ai renversé.

A vrai dire, il l'avait jeté à la tête d'un des hommes de main envoyés par Sloan. Sa propre tasse avait fini sur l'entrecuisse de l'autre, qui avait commis l'erreur de vouloir dégainer. Le ronron du climatiseur avait étouffé leurs cris avant que Luke ne les assomme pour de bon. Le bon côté des choses, c'est qu'il avait fait l'acquisition de deux nouvelles armes. Un Glock et un calibre 45 qui avait l'air correct. Il espérait seulement ne pas avoir à s'en servir.

Ils avaient laissé trop de dégâts dans leur sillage. Une personne était morte, ce qui allait déclencher une chasse à l'homme. A l'heure qu'il était, le motel devait grouiller de flics. Les sbires de Sloan auraient fui depuis longtemps, mais ils ne renonceraient pas si facilement. S'il y avait une règle dans le monde de la drogue, c'était que les témoins devaient être éliminés. L'échec essuyé au motel ne ferait que renforcer la détermination de Sloan.

Luke chassa cette idée de ses pensées. Ce soir, tout serait terminé. Jillian et les enfants seraient en lieu sûr. Quant à lui… si Sloan le trouvait, tant pis. Au fond, peu lui importait.

Jilly fredonnait doucement, contemplant le paysage qui défilait derrière la vitre. Il était stupéfait qu'elle ne soit plus en colère. Toutes les disputes qu'il avait eues avec Linda s'étaient soldées par une bouderie qui durait si longtemps qu'il finissait par oublier l'origine de leur désaccord.

— Pourquoi on s'est levés si tôt ? lança James derrière lui.

— J'aime rouler le matin, répondit Luke tranquillement. Les routes sont plus calmes.

James réfléchit une minute avant d'acquiescer.

— Tu as raison, Luke. Moi aussi.

Il étouffa un bâillement.

— Jilly, je crois qu'on devrait rouler le matin quand on ira à New York.

— Tu as sans doute raison. Dès que M. Gianetti dira que nous pouvons partir, nous nous lèverons très tôt et nous prendrons la route pendant qu'il fait encore nuit, comme ce matin.

— Cool. Je pourrai m'asseoir devant ? Tu vas avoir besoin d'un copilote.

Jillian parut d'abord choquée, puis rougit de plaisir. Luke en fut intrigué. Il avait remarqué que James semblait hostile envers elle et se demandait pourquoi.

— Maman ? J'ai envie de faire pipi…

Luke ajusta le rétroviseur et regarda Samuel, dont le visage était encore endormi. Il avait de grands yeux bleus, très semblables à ceux de Jillian. Et des mèches rebelles qui rebiquaient dans tous les sens.

— Ce n'est pas notre mère, idiot ! répliqua James avec colère.

— Suis pas idiot.

— James ! Il est à moitié endormi, il s'est trompé, c'est tout. Laisse-le tranquille, gronda Jillian gentiment, avant de se tourner vers Samuel. Tu peux attendre une minute, mon chou ? Luke s'arrêtera dès qu'il le pourra.

— Tu n'es pas notre maman. Tu ne lui ressembles pas du tout ! s'emporta James. Elle était belle… et…

Le regard de Jillian s'adoucit tandis qu'elle reportait son attention sur James, qui avait commencé à renifler. Elle tenta de lui tendre un mouchoir, mais il se détourna.

— James, je sais que je ne suis pas votre maman. Et je sais qu'elle vous manque. Elle me manque, à moi aussi. Mais il faut que quelqu'un prenne soin de vous et je suis là pour ça.

— Il y a mon papa ! S'il savait ce que tu… as fait, il viendrait me chercher. Je le sais. Si tu ne nous avais pas emmenés…

James sanglotait à présent.

— Maintenant, il ne pourra jamais me retrouver. Je te déteste !

Les yeux de Jillian s'emplirent de larmes. Elle se retourna vers l'avant, évitant le regard interrogateur de Luke.

— James… murmura-t-elle. Essaie de ne pas réveiller Sarah. Nous en parlerons tout à l'heure, quand nous nous arrêterons.

— Je ne veux pas te parler ! Je veux habiter avec mon papa !

— Hé, bonhomme. Sois un peu plus gentil, d'accord ?

Luke marqua une pause, ne sachant s'il devait s'en mêler, puis se décida.

— Ecoute, Jillian essaie seulement de te protéger.

— J'ai pas besoin d'être protégé.

— Peut-être que non, concéda Luke, mais ton frère et ta petite sœur, si.

Sans donner au petit garçon le temps de protester, il enchaîna :

— Puisque tu es le plus âgé, j'ai pensé que tu pourrais m'aider.

— T'aider ? Comment ? A te battre contre les méchants ?

— En quelque sorte. Cette mission consiste à vous emmener en lieu sûr, Jilly et vous… et il faut qu'on y arrive le plus vite possible. Et qu'on garde le secret.

— Tu veux dire, comme des espions ?

— Exactement. Par conséquent, j'ai besoin que tu m'aides à occuper ton petit frère. Comme ça, personne ne nous remarquera.

— Tu vas me montrer la balle que tu as reçue dans le derrière ?

— James !

Luke réprima un rire.

— D'accord, James. Quand on s'arrêtera, je te laisserai regarder, entendu ?

— En fait, il faut sûrement que j'y jette un coup d'œil aussi, marmonna Jillian. Je devrais sans doute changer le pansement.

Elle avait parlé d'une voix ferme et détachée, mais il vit une pointe de couleur lui monter aux joues.

— Ça ira, affirma-t-il. Je vais me débrouiller.

— Comment ferez-vous… ?

— Jillian. J'ai dit que je me débrouillerais.

— Très bien.

Sur quoi, elle se détourna, apparemment fascinée par le paysage.

Tout le monde se sentit mieux après avoir fait une halte. Samuel avait fait pipi, Sarah fut changée, et Jillian put enfin boire un café, qu'elle sirota avec reconnaissance. Même James semblait avoir accepté une trêve. Elle se demanda combien de temps il lui faudrait pour venir à bout de son silence, pour le convaincre qu'elle n'allait pas les abandonner.

En dépit de la distance parcourue depuis le motel,

l'agent Gianetti se montra prudent. Il insista pour qu'ils achètent un petit déjeuner à emporter, qu'ils allèrent manger dans un jardin public désert, pour le plus grand plaisir des enfants.

— Jilly ? On peut monter sur les balançoires ?

— James, on ne parle pas la bouche pleine.

Dissimulant un sourire, Jillian se pencha sur Sarah, installée sur une couverture à côté de la table.

James s'empressa d'avaler.

— C'est parti, tu vois ? s'écria-t-il en ouvrant grand la bouche pour qu'elle le constate de ses propres yeux.

Derrière elle, Luke réprima un rire. Jillian se tourna vers lui, quêtant son assentiment. Il acquiesça.

— D'accord, James, tu peux emmener ton petit frère. Prends-le par la main pour qu'il ne tombe pas.

— Quelques minutes, d'accord, les garçons ? ajouta Luke en les regardant s'éloigner.

— Vous avez pu joindre votre ami ? demanda-t-elle dès qu'ils furent hors de portée de voix.

— Oui, enfin. D'après lui, ç'a été la pagaille. Deux types ont été abattus, deux autres ont été appréhendés.

— Que va-t-il se passer maintenant ? Sommes-nous libres de vous déposer à Charlotte ou devons-nous retourner en Caroline du Sud ?

— Je pense que nous devrions aller à Charlotte. Je ne veux pas retourner à Spartaville. Pas avec vous quatre. D'ailleurs, Murphy a déjà organisé un rendez-vous avec le responsable de l'agence de Charlotte pour qu'il prenne votre déposition.

— Quelle déposition ? J'ai à peine vu cet homme ! Je vous ai déjà dit que je serais incapable de le reconnaître.

— Je sais que vous avez hâte de reprendre la route.

Il hésita, choisissant ses mots avec soin.

— Mon supérieur, Duncan, semble penser qu'il a le

contrôle de la situation, mais je ne suis pas tranquille. Ces types au motel…

Il secoua la tête.

— Il y a trop de questions sans réponse.

— Que s'est-il passé au juste, ce matin ? Sommes-nous toujours en danger ?

Elle n'avait pas le sentiment de l'être. Et pourtant, quand il avait fait irruption dans la chambre à l'aube, elle avait été terrifiée. Son visage était celui d'un guerrier, au regard sans pitié.

— Je l'ignore. D'où ma prudence. On nous a suivis. J'imagine que c'est Sloan ou quelqu'un qui est à sa solde.

— Sloan est un trafiquant ?

— Oui.

— C'est lui que vous essayiez d'arrêter ?

— Oui. C'est un des plus gros trafiquants d'héroïne du Sud-Ouest. Et, si nous parvenons à l'appréhender, nous serons aussi sur la piste de son fournisseur, un type qui se fait appeler Castillo. Mais ce n'est peut-être pas son vrai nom. Tout le monde semble avoir peur de lui.

— Et Sloan s'est échappé ?

— Oui. Et nous n'avons arrêté que deux de ses sous-fifres, répondit Luke, visiblement consterné par cet échec.

— Quand nous vous aurons déposé à Charlotte, nous serons en sécurité, n'est-ce pas ? demanda-t-elle, se sentant coupable de lui poser la question, alors qu'il s'était mis en danger pour les protéger.

— Peut-être.

— Que voulez-vous dire ?

— Vous oubliez que vous l'avez vu, vous aussi. Je ne peux pas être certain d'être sa seule cible. Si je vous laisse partir, il pourrait envoyer quelqu'un d'autre à vos trousses.

— Mais s'il est en cavale, comme vous dites…

— Peu importe. La nuit dernière, deux hommes sont venus dans l'intention de m'éliminer.

Il marqua une pause.

— Et vous avec, peut-être.

— Dans ce cas, cela signifie que nous sommes en danger, que nous soyons avec vous ou non !

Le soleil lui caressait la nuque, mais un frisson lui parcourut la colonne vertébrale. Les enfants riaient, des moineaux pépiaient dans le magnolia derrière eux. Elle avait l'impression d'être complètement en sécurité.

Et pourtant il y avait eu du sang sur les mains de Luke.

— Ces hommes… vous avez… je veux dire… ?

Jillian leva vers lui des yeux empreints d'anxiété. A l'évidence, elle avait peur qu'il n'ait tué ces deux voyous. C'était le genre de réaction qui l'irritait au plus haut point. Ne se rendait-elle pas compte que ces individus devaient être traités comme ils le méritaient ? Milady ne semblait pas comprendre que ces deux hommes l'auraient supprimée sans hésiter.

— Vous n'avez pas été blessé ?

Minute. C'était pour lui qu'elle s'inquiétait ?

— Non. Et je n'ai tué personne.

Il fronça les sourcils. Pourquoi cette précision ? Il avait une mission, et il ferait tout son possible pour la mener à bien. Pourquoi perdait-il son temps à rassurer cette femme ?

— Mais vos mains…

— Il a fallu que je les mette hors d'état de nuire.

Il jugea préférable de passer sous silence le sort du veilleur de nuit. Inutile de l'effrayer davantage.

Il baissa les yeux sur sa chemise, remarquant pour la première fois les minuscules taches de sang.

— C'est vraiment visible de là où vous êtes ?

Elle plissa les yeux, levant une main pour s'abriter du soleil. Malgré lui, Luke se sentit nerveux sous son regard et se traita d'imbécile intérieurement. Dès que cette opération serait terminée, il s'offrirait une aventure avec une femme. Sa période d'abstinence durait depuis trop longtemps.

— Bah, répondit-elle. Les taches sont presque brunes. Ça peut passer pour du chocolat. J'ai une vieille chemise qui vous ira sans doute. Je vous la donnerai avant que nous repartions.

— Je serais surpris que vous ayez quelque chose à ma taille.

Elle avait un corps de rêve. Il se leva et s'étira les jambes, chassant les images qui s'imposaient à lui.

— Elle appartenait à Ian, expliqua-t-elle tout en agitant un hochet devant Sarah.

L'intérêt de Luke s'éveilla.

— Qui est-ce ?

Jillian soupira.

— Oh ! un vieil ami.

Luke s'assit avec précaution au bout de la table de pique-nique, réprimant l'envie d'insister. La vie de cette femme ne le concernait pas. Il ne voulait rien savoir d'elle ni de ses enfants. Peu importait combien de petits amis elle avait eus. Après ce soir, Jillian reprendrait sa route et irait s'installer dans une charmante petite ville du New Hampshire. Et il ne la reverrait jamais. Le souvenir des heures qu'ils avaient passées ensemble s'estomperait jusqu'à n'être plus qu'un étrange épisode.

Dans l'immédiat, il se devait de rester concentré.

Qu'ils soient en sécurité pour l'instant ne signifiait pas qu'il puisse se permettre de relâcher sa vigilance.

Irrité contre lui-même, il changea de position. La blessure était encore douloureuse. Sans compter qu'il avait besoin de sous-vêtements.

Jillian lui jeta un coup d'œil, et devina aussitôt son inconfort.

— Ça ne va pas ? Vous avez mal ? Vous auriez dû me laisser nettoyer la plaie.

— Vous êtes fascinée par mon postérieur, c'est ça ?

Elle fronça les sourcils.

— Ne vous bercez pas d'illusions, riposta-t-elle, les lèvres pincées. Je sais qu'il vous est impossible d'être sérieux, ne serait-ce qu'un instant…

— Bien sûr que non. Je vous écoute…

— J'ai d'autres comprimés, si vous en voulez.

— Ces trucs pour filles ?

Il secoua la tête.

— Je sens que ça va déjà mieux. Arrêtez de vous inquiéter pour ça.

— Vous avez déjà été blessé par balle ?

Il s'avança vers la couverture en boitillant et s'y installa.

— Seulement quelques fois, dit-il en chatouillant machinalement le ventre de Sarah.

Jillian écarquilla les yeux.

— Seulement quelques fois ? répéta-t-elle, consternée. Mon Dieu ! Que pense votre femme du métier que vous faites ?

Luke sourit à Sarah, qui gloussait de plaisir.

— Pas grand-chose. Elle… n'est plus là depuis quatre ans.

— Je suis désolée. Vous avez été mariés longtemps ?

— Six ans. On s'était connus à l'université.

Il leva les yeux et lut la compassion dans son regard.

— Et depuis combien de temps faites-vous ce travail dangereux ?

— Oh ! Une dizaine d'années.

Il s'agenouilla sur la couverture et fit une grimace à Sarah. Le bambin le récompensa d'un sourire.

— Eh bien, vous devez être plutôt bon, commenta Jillian en replaçant une mèche rebelle dans sa queue-de-cheval. Sinon, vous auriez été abattu à l'heure qu'il est.

Luke eut un haut-le-corps et pivota vers elle, avant de se rendre compte qu'elle n'était pas le moins du monde sarcastique.

— Je suppose qu'on peut voir les choses comme ça, admit-il. Et vous ? Vous avez été mariée ?

— Non, Dieu merci, répliqua-t-elle avec une grimace. Mais j'ai failli. Quelle erreur ç'aurait été !

Elle secoua la tête d'un air de regret.

— C'est absurde, non ? J'ai vingt-sept ans et encore du mal à dire non à ma mère. Elle est presque arrivée à me persuader d'épouser l'homme qu'elle souhaitait pour gendre. A ses yeux, il était parfait.

Luke ne put s'empêcher de sourire. Il n'avait aucun mal à la croire. Jillian semblait être le genre de femme qui agissait d'abord et se posait des questions ensuite.

— Qu'est-ce qui vous en a empêchée ?

Ses grands yeux bleu-gris s'écarquillèrent de nouveau.

— Eh bien, les enfants, évidemment ! Je veux dire, j'aurais rompu de toute façon. Nous sommes tellement différents ! Et puis j'ai reçu cet appel au sujet de ma sœur…

L'émotion s'était emparée de sa voix et il vit des larmes lui monter aux yeux. Une sonnette d'alarme résonna en lui. Apparemment, il avait posé la question qu'il ne fallait pas. Elle se frotta le bras, comme si elle avait froid, tout à coup.

— Elle… est morte il y a deux semaines, souffla-t-elle. Je l'ai appris mardi dernier.

Dix jours auparavant. Et elle était aux Etats-Unis depuis une semaine. Luke en resta sans voix. Il admirait le courage dont elle avait fait preuve en laissant tout tomber pour venir s'occuper de ses neveux.

Quelques secondes plus tard, elle s'était ressaisie. Luke l'observait, sidéré. Elle n'avait pas appris à faire cela en l'espace de quelques jours. Sous son apparente douceur se dissimulait une volonté de fer.

— Comment se fait-il que vous soyez seule ici ? N'y a-t-il personne qui puisse vous aider ?

— Ma mère… est occupée à la maison.

Jillian détourna les yeux et Luke comprit instinctivement qu'elle avait honte. Il pensa à son propre clan. Les Gianetti formaient une famille italo-américaine typique, exubérante et chaleureuse, malgré d'occasionnels dysfonctionnements. Il ne pouvait s'empêcher de se demander ce qui diable avait mal tourné dans l'univers bien ordonné des Moseby. A en juger par l'émotion de Jill, le moment était mal choisi pour poser la question.

— Que s'est-il passé avec ce type ? Celui que votre mère vous avait choisi.

— Oh ! Ian ne voulait pas… il pensait que trois enf…

Jillian se tut brusquement et se leva.

— Nous avons rompu.

Voilà qui était intéressant. Ian était donc cet ex-fiancé… pas seulement un vieil ami, comme elle l'avait prétendu un instant plus tôt.

— Hmm… pourriez-vous surveiller Sarah une seconde ? Je vais aller chercher les garçons.

— Pas de problème. Dites-leur qu'ils ont encore cinq minutes.

Il la suivit des yeux, réfléchissant à ce qu'elle venait

de lui raconter. Pour une étrange raison, la mère de Jillian n'avait pas jugé que la mort de son autre fille justifiait un voyage à l'étranger. Pas plus, apparemment, que le sort de ses trois jeunes enfants. Et Ian ne voulait pas s'embarrasser de la progéniture d'autrui. Luke était prêt à parier qu'ils avaient l'un et l'autre fait pression sur Jill pour la dissuader de venir. Néanmoins, elle n'avait pas cédé.

Il vérifia son téléphone portable pour la énième fois. Il mourait d'envie de contacter son partenaire. Murphy avait-il découvert d'autres informations ?

Sarah choisit ce moment pour attraper son doigt en roucoulant. La minuscule pression résonna dans sa poitrine, à l'endroit où il avait eu un cœur autrefois. Sarah souriait, et il aurait juré qu'elle le regardait droit dans les yeux.

Il tressaillit. Plus vite il reprendrait son travail, mieux cela vaudrait. Il avait reçu certaines cartes dans la vie, et elles n'incluaient ni enfants angéliques, ni jolie femme qui aurait trop besoin de lui.

Bon sang ! Il ne voulait pas s'intéresser à cette famille. A aucun de ses membres.

Trop de questions demeuraient sans réponse. Comment Sloan avait-il su que l'opération était imminente ? Où se trouvaient les renforts quand l'immeuble avait explosé ? Alors qu'il repassait les événements dans son esprit, il palpa la balle dans la poche de sa chemise, en proie à un malaise croissant.

Qui donc avait tiré sur lui ?

4

— Vous êtes bientôt prêts, les enfants ? Luke dit que nous partons dans cinq minutes.

Jillian s'approcha de la balançoire voisine de Samuel et s'y laissa tomber. Seigneur, avait-elle donc perdu la tête ? Pourquoi avait-elle raconté sa vie à cet homme ? Il était douloureux d'admettre, enfin, que sa mère était indifférente au sort de sa sœur. Que, pour Rosemary Moseby, sa fille aînée était morte des années auparavant, le jour où elle avait eu l'audace de quitter la demeure familiale pour l'Amérique.

— Elle doit penser la même chose à mon sujet, à présent, marmonna Jillian en prenant son élan pour se balancer.

Aussitôt, James bondit sur la balançoire d'à côté et l'imita.

Sa mère lui avait quasiment intimé l'ordre de rester en Angleterre, ajoutant que, si elle décidait de partir, elle ne pourrait compter que sur elle-même.

Jillian sourit tristement et secoua la tête, savourant la sensation du vent dans ses cheveux alors qu'elle montait de plus en plus haut. A écouter sa mère, on aurait pu croire qu'elle était encore une enfant. L'autorité parentale n'avait fait que se renforcer après l'évasion d'Annie, toutes ces années plus tôt. A l'époque, elle avait treize ans… mais le départ de sa sœur l'avait reléguée au niveau d'une gamine de huit ans, constamment surveillée.

— Jilly, regarde-moi !

Arrachée aux souvenirs, elle se tourna vers James et fit des yeux ronds.

— James, moins vite !

Elle se mit à ralentir.

— Je suis plus haut que toi !

— Arrête, mon chou. Tu vas tomber.

Trop effrayée pour attendre davantage, elle sauta de la balançoire et atterrit lourdement sur le sol. Ignorant la douleur qui lui déchirait l'épaule, elle se releva d'un bond, sans prendre la peine d'épousseter ses vêtements couverts de terre. Samuel la fixait, bouche bée.

— Qu'est-ce que vous vouliez faire, bon sang ?

Luke arrivait en courant, Sarah perchée sur son bras comme un sac de provisions ; l'enfant riait aux éclats et lançait les bras en l'air. Il avait traversé tout le jardin mais il n'était même pas hors d'haleine. Contrairement à elle, qui avait encore le souffle coupé par son vol plané.

— Vous êtes aveugle ? Regardez James. Il va tomber et se casser une jambe !

Elle s'abrita les yeux pour regarder le petit garçon, qui ralentit ses mouvements puis mit calmement pied à terre.

— La seule personne qui a couru le risque de se casser une jambe, c'est vous, répondit Luke. Vous auriez pu vous rompre le cou ! Vous ne savez donc pas comment on saute d'une balançoire ?

— Je sais parfaitement faire de la balançoire, merci ! rétorqua-t-elle en se retournant vers lui, prête à transférer sa colère sur un nouvel objet.

Visiblement content de lui, James gloussa et lança un clin d'œil à Samuel.

— A l'avenir, reprit Jill, je voudrais que tu essaies de ne pas me faire une peur pareille.

James fronça les sourcils.

— Si tu as peur pour quelque chose d'aussi bête, je ne pourrai jamais…

En un éclair, Luke fut derrière l'enfant et plaqua une main sur sa bouche.

— Il est désolé. Il ne recommencera pas, affirma-t-il, en obligeant James à le regarder. N'est-ce pas ?

James souriait de toutes ses dents. L'enfant n'était pas désolé le moins du monde. Sarah trépignait contre le torse de Luke, impatiente de se retrouver de nouveau ballottée.

Relâchant James, Luke s'avança vers Samuel et le hissa sur son bras libre.

— Allons-y, bonhomme. Il est l'heure de partir.

Jillian leva les yeux au ciel. En l'espace de vingt-quatre heures, il avait complètement conquis les enfants.

— Ça va ? demanda-t-il. Vous boitez.

Son expression était parfaitement neutre, mais elle devinait son envie de rire. Cet homme était impossible !

— Je vais très bien, merci.

Elle s'approcha de lui en claudiquant, ne s'arrêtant qu'au moment où elle vit les magnifiques points d'or constellant ses pupilles. Il se pencha vers elle avec un sourire et retira une brindille coincée dans ses cheveux. Jillian se figea.

— Vous en êtes sûre ? Vous avez fait un sacré plongeon.

Il faisait exprès de l'agacer. Eh bien, elle aussi pouvait jouer à ce petit jeu. Elle s'humecta longuement les lèvres, et le regard de Luke suivit son geste.

Puis elle leva la main et enfouit les doigts dans les cheveux blonds et bouclés de l'agent pour l'attirer à elle. Stupéfait, il écarquilla les yeux.

— Jillian… que… les enfants…

Elle se força à garder un visage impassible, puis passa devant lui en effleurant délibérément son torse, et lui souffla à l'oreille :

— Vous jouez avec le feu, agent Gianetti.

Sur ce, elle s'éloigna d'un pas décidé.

— Est-ce vraiment nécessaire ? bougonna Luke tandis que, plongée dans le coffre, elle farfouillait dans sa valise. Au pire, je peux le porter à l'envers, ce T-shirt…

— Non. Vous vous feriez remarquer.

Il eut un soupir exaspéré.

— Par qui ?

— Je sais que j'en ai un. Là !

Elle tira un polo gris du sac et le referma. Quand elle se retourna, Luke la dévisageait.

— Tenez. Essayez ça.

Résigné, il ôta son T-shirt, le roula en boule et le jeta sur les bagages, puis prit le polo qu'elle lui tendait.

— Si vous avez rompu avec Ian, pourquoi avez-vous encore ses affaires ?

Bonne question. Aucun des cadeaux qu'elle avait offerts à Ian ne lui avait jamais plu. S'il ne s'agissait pas d'une chemise taillée sur mesure dans Savile Row, ça ne l'intéressait pas. Elle aurait dû tout rapporter et faire un don à une bonne œuvre avec l'argent récupéré. Au lieu de quoi, non sans une bonne dose de perversité, elle s'était mise à lui acheter des pulls de plus en plus excentriques. Sa consternation était une sorte de spectacle. Comment pouvait-elle manquer de goût à ce point ? Tourner le dos à son éducation ? Les réactions de Ian étaient si prévisibles.

— Ce ne sont pas les siennes, corrigea-t-elle. Ce sont les miennes. Des cadeaux que j'avais choisis et qui n'étaient pas assez chic.

Elle le défia du regard.

— Mais ils me plaisaient, donc je les ai gardés. Il y a un problème ?

Luke arqua les sourcils.

— Pas du tout. Aucun.

— Bon.

Elle était arrivée au point où elle se réjouissait à l'avance de décevoir Ian. Elle avait su presque dès le début de leur relation qu'Ian Dunstable n'était pas le genre d'homme qu'elle désirait épouser. A vrai dire, cette seule pensée suffisait à lui donner la chair de poule. En un rien de temps, elle serait devenue une épouse bien comme il faut, qui déjeune au club avec sa mère deux fois par semaine.

Ian ne semblait même pas soupçonner qu'il était rasoir au possible et qu'elle s'ennuyait ferme avec lui. Elle s'était demandé combien de temps il lui faudrait pour se rendre compte qu'ils n'avaient rien en commun. Au bout de six mois en sa compagnie, elle avait finalement accepté qu'il ne parviendrait jamais à cette conclusion. Parce que dans son esprit — comme dans celui de sa mère — la compatibilité n'était pas une condition préalable au mariage.

Luke haussa les épaules et enfila le polo.

— Il me va plutôt bien, constata-t-il en étirant les bras. Merci.

— Je vous en prie.

Au moins quelqu'un appréciait ses efforts.

— On peut y aller à présent ?

— Oui, chef, lança-t-elle en refermant le coffre.

Luke attendit, très patiemment à son avis, pendant qu'elle installait les enfants dans leurs sièges. Il avait hâte de reprendre la route. Plus tôt ils atteindraient Charlotte et mieux cela vaudrait. Jillian était par trop attirante, et il serait soulagé de mettre une distance entre eux. Avec ses grands yeux expressifs, on savait tout de suite ce qu'elle ressentait. C'était pratiquement comme si elle vous l'avait dit.

Ian devait être un sacré idiot, songea-t-il avec un sourire. Quel effort cela lui aurait-il coûté de porter ses cadeaux ? Il ne se souvenait pas de la dernière fois que Linda lui en avait fait un.

Son téléphone sonna, coupant court à ses réflexions. C'était Murphy.

— Qu'y a-t-il ? Tu en es sûr ?

Le cœur battant à tout rompre, il n'attendit pas la réponse.

— Nous partons tout de suite. Dès que tout sera réglé, appelle-moi pour me donner l'adresse.

Jillian s'engouffra dans la voiture.

— Que se passe-t-il ? Quelque chose ne va pas ?

Que lui dire ? Que le sixième sens de Murphy, comme le sien, lui soufflait qu'ils étaient en danger ? Que le bruit courait qu'ils avaient été découverts ? Une foule de questions se bousculaient dans sa tête. Qui avait trahi leur couverture ? Et pourquoi ? Tant qu'ils n'auraient pas la réponse à cette question, le plus sage était de continuer à rouler.

— Il faut qu'on parte. Murphy s'est arrangé pour nous faire héberger dans une maison sûre ce soir.

Demain, nous verrons le responsable de l'agence de Charlotte.

— C'est une procédure normale ?

— Simple précaution, prétendit-il. Nous sommes tous des témoins et l'agence ne veut pas prendre de risques avant que nous ayons été interrogés.

— C'est tout ? insista-t-elle, l'air sceptique. J'ai l'impression que vous me cachez quelque chose.

— C'est juste une impression.

Comment pouvait-il lui dire ce qu'il ignorait lui-même ? Il commençait à soupçonner que Mary Poppins n'avait pas un caractère commode. Si elle décidait de lui fausser compagnie, il aurait du mal à l'en empêcher sans recourir aux menottes. Ce qu'il rechignait à faire en présence des enfants — sans compter que cela déplairait fort à ses supérieurs. Surtout, il n'avait pas de temps à perdre à lui courir après.

Si ses doutes se confirmaient et que Murphy et lui avaient été trahis, ils devraient échafauder un plan. Dans l'immédiat, il avançait à l'aveuglette et il avait horreur de ça. Tout au long de sa carrière, il avait méticuleusement préparé ses opérations pour éviter les mauvaises surprises… passé en revue tous les scénarios possibles et imaginables et prévu des solutions à chacun.

— Je le savais ! s'écria-t-elle d'une voix perçante. Vous ne m'avez pas tout dit.

Luke cilla et jeta un coup d'œil par-dessus son épaule. James tendait l'oreille.

— Les enfants nous observent, murmura-t-il.

— Nous sommes en danger, c'est ça ? dit-elle tout bas en portant une main à son front. Ecoutez, je viens d'obtenir la tutelle de ces enfants… s'il leur arrive quoi que ce soit…

Elle le fusilla du regard.

— J'ai à peine commencé et je suis déjà une mauvaise mère.

— Pas du tout, protesta Luke, craignant qu'elle ne fasse une crise de nerfs. Vous êtes en rodage, voilà tout.

— Facile à dire pour vous.

— Ils ne vivent pas dans ma voiture, lui rappela-t-il. C'est temporaire.

A en juger par sa réaction, il avait eu raison de garder pour lui ses inquiétudes.

— Dès que j'en saurai plus long, je vous le dirai. Il n'y a aucune raison de s'affoler.

Elle se tordait les mains. Il les saisit entre les siennes afin de l'apaiser. Son expression était la même que la veille au soir, lorsqu'il lui avait demandé d'extraire la balle.

— Jill, je vous protégerai, je vous le promets. Au moindre signe de danger, je vous mettrai à l'abri. Pour rien au monde je ne voudrais que les enfants ou vous soyez blessés.

Elle prit une profonde inspiration et lâcha un long soupir.

— Très bien. Je ne vais pas paniquer. Mais vous devez me promettre de ne rien me cacher.

— Je le ferai.

Il desserra légèrement son étreinte. La crise était évitée. Puis elle le surprit en lui lançant un regard étincelant de colère.

— Je n'aime pas les secrets. Je ne suis pas en sucre. J'en ai plus qu'assez que tout le monde s'imagine que j'ai besoin d'être protégée. Je peux… je peux gérer les mauvaises nouvelles, bon sang !

Luke se demandait décidément quel genre de vie elle avait menée jusque-là. Elle avait été dorlotée ? Protégée à l'excès ? Pourquoi donc ?

— Très bien. Je n'ai jamais pensé le contraire.

Elle parut décontenancée, comme si elle regrettait d'avoir perdu sa maîtrise d'elle-même.

— Bon, marmonna-t-elle en se dégageant. Du moment que c'est clair, allons-y.

— A quelle distance est Charlotte ? demanda-t-elle au bout d'un moment, rompant le silence.

Les enfants s'étaient rendormis. Luke s'étira, étouffant un bâillement.

— Deux ou trois heures, je pense.

— Voulez-vous que je vous remplace un peu ? Vous conduisez depuis hier.

Il lui jeta un regard trouble. Il semblait se méfier d'elle depuis le moment où elle avait flirté avec lui dans le jardin public. Elle avait joué avec le feu, elle le savait. Et le lent sourire dont il l'avait gratifiée avait provoqué en elle un brusque frisson de désir.

— Pourquoi pas ? répondit-il avant de ralentir pour s'arrêter sur le bas-côté. Je pourrais peut-être faire une petite sieste. Il va sans doute falloir que je reste éveillé ce soir.

— Je ne vois pas ce qui pourrait arriver désormais.

— Oui, c'est vrai, il y a au moins trois heures que ces types ont essayé de nous tuer.

Elle ignora son sarcasme et attendit que le véhicule soit à l'arrêt complet avant de défaire sa ceinture.

— Vous êtes sûre que ça va ? Vous ne vous êtes pas fait mal tout à l'heure en sautant ?

Jillian le dévisagea, surprise. Il semblait sincère.

— Ça va. C'est surtout mon amour-propre qui a souffert.

— Hé, ne vous faites pas de reproches. C'est une bonne chose que vous soyez protectrice envers eux.

— Ils n'y ont pas été habitués, j'en ai peur, avoua-t-elle en s'installant au volant.

— La vie n'a pas été facile pour eux, c'est ça que vous voulez dire ?

— Oui. Annie, ma sœur… avait un problème d'addiction.

— A la drogue ou à l'alcool ?

Elle démarra, fixant son regard sur la route.

— Aux deux, en fait. Mais c'est la drogue qui l'a tuée.

Elle se mordit la lèvre pour refouler les larmes. Luke attendit patiemment la suite.

— Elle a quitté la maison à l'âge de dix-huit ans. Elle est venue ici. Je ne sais même pas avec quel argent. Je n'avais que treize ans à l'époque.

— Ça a dû être dur pour vous.

Jillian hocha la tête sans se tourner vers lui.

— Ma mère… a renoncé. Moi, non. J'étais trop jeune pour saisir la gravité de la situation, j'imagine.

Elle vérifia sa vitesse, ralentit un peu.

— Je suis venue la voir voici quelques années, quand Samuel est né. Je voulais l'aider…

Elle ravala un sanglot. Elle ne voulait pas s'effondrer devant cet inconnu.

— Je travaillais, j'avais de l'argent. J'avais vingt-quatre ans et je suppose que je pensais pouvoir tout arranger. Réconcilier la famille.

Elle croisa le regard de Luke. Visiblement, il connaissait déjà la suite.

— Evidemment, reprit-elle, ça ne s'est pas produit. Elle était sous l'emprise de la drogue.

— Et le père des enfants ?

Jillian se sentit rougir.

— Eh bien… Annie n'est jamais parvenue à avoir une relation stable avec un homme. Les enfants ont chacun un père différent. Aucun n'est resté.

— Et que s'est-il passé ?

— Elle a refusé de m'accueillir. Et puis elle est partie. Je suis restée une semaine et revenue chaque jour, en vain.

Luke la regarda avec sollicitude.

— Ça va ? demanda-t-il d'une voix sourde. Vous voulez que je conduise ?

— Non, merci… je vais bien. Vraiment. Vous devez être confronté souvent à ce genre de problème.

— Oui, hélas. Quand la drogue prend le dessus, plus rien d'autre n'a d'importance.

— J'étais tellement en colère. Et frustrée. Elle me traitait comme une étrangère.

— Ce que vous faites à présent pour ses enfants, c'est fantastique. Vous ne pouvez pas changer le passé, mais vous pouvez les aider à se construire un avenir. Par chance, ils sont assez jeunes pour se remettre de tout ça.

Il se laissa aller contre le dossier, fermant les yeux.

— Luke ?

— Oui ?

— Merci de m'avoir écoutée.

— De rien. Restez sur cette route. Suivez les panneaux pour Charlotte. Nous devrions y être dans deux heures. Ne me laissez pas dormir trop longtemps.

Eh bien, ils roulaient depuis près de trois heures, et aucun signe de Charlotte. Jillian fit la moue et jeta un coup d'œil à Luke. Il dormait toujours à poings fermés.

Elle avait vu des panneaux, et puis plus rien. C'était comme si cette satanée ville n'existait pas. Ils étaient restés sur la même route tranquille qu'ils avaient empruntée ce matin. Y avait-il la moindre bourgade dans ce maudit Etat ?

— Luke ?

Elle roula les épaules, grimaça en sentant la raideur de sa nuque. Comment ferait-elle pour conduire jusque dans le New Hampshire ? Elle avait déjà les muscles courbaturés et ils devaient être à des centaines de kilomètres de leur destination. Peut-être s'installerait-elle ailleurs… plus près d'ici. Elle pourrait simplement appeler Dartmouth et informer l'université qu'elle avait dû revoir ses projets. L'autre possibilité était de prendre l'avion.

Dans l'immédiat, il fallait qu'ils prennent de l'essence. Ils n'en avaient presque plus. Samuel s'était réveillé et se plaignait de la faim, Sarah commençait à s'agiter. Dans quelques minutes, les geignements se transformeraient en hurlements.

— Luke !

Elle tendit la main pour le secouer et il se redressa dans un sursaut.

— Qu'y a-t-il ? Où sommes-nous ?

— Bonne question. Je commence à penser que Charlotte est une ville fantôme.

Luke baissa les yeux sur sa montre.

— Où sommes-nous, bon sang ? Pourquoi m'avez-vous laissé dormir si longtemps ?

— Ne me faites pas la leçon, s'il vous plaît, rétorqua-t-elle, agacée. Je suis restée sur la même route, comme vous me l'avez dit. C'est forcément la mauvaise puisque Charlotte ne s'est jamais matérialisée.

Luke ne releva pas, concentré sur les panneaux.

— Arrêtez-vous dans cette station-service là-bas.

Elle s'empressa d'obéir. Par chance, l'endroit avait l'air assez moderne. Elle pourrait acheter de quoi grignoter pour les enfants. Peut-être Luke leur permettrait-il de se dégourdir un peu les jambes.

Elle se gara devant les pompes puis se rendit aux toilettes pendant que Luke faisait le plein.

— Savez-vous où nous sommes ? demanda-t-elle en revenant.

Luke avait fait sortir les garçons, qui gambadaient dans l'herbe. Sarah dans les bras, il farfouillait dans la glacière à la recherche d'un biberon. S'il ne lui avait pas adressé un regard assassin, Jillian aurait souri. Le séduisant agent aurait pu poser pour le portrait du Papa de l'année.

— Jill, nous étions sur la bonne route quand je me suis endormi.

Elle prit calmement le bébé et le déposa dans l'herbe pour le changer.

— Et ?

— Et nous ne le sommes plus. Nous sommes tellement loin de notre destination que ce n'est même pas drôle. Qu'est-ce que vous fabriquiez, nom d'une pipe ? Vous ne faisiez pas attention ? Vous n'avez pas remarqué que le paysage changeait, que des montagnes apparaissaient autour de vous ?

— Ce n'est pas moi qui ai fait une sieste ! Je ne suis pas d'ici, figurez-vous ! Comment vouliez-vous que je sache que nous allions dans la mauvaise direction ?

Luke lui mit la carte sous le nez, pointant un doigt vengeur sur le nord-est de la Caroline du Nord.

— Vous voyez ? Nous sommes ici.

— Et alors ?

— Et vous deviez aller là… à des kilomètres de cet endroit.

— Très bien. Je me suis trompée. Mon sens de l'orientation n'est pas parfait.

— C'est le moins qu'on puisse dire.

Jillian serra le poing.

— Bon, et qu'allez-vous faire ? M'abattre ?

— Très drôle. Vous savez combien de coups de téléphone il va falloir pour tout réorganiser ?

Elle acheva de changer la couche, l'ignorant superbement tandis qu'il continuait à fulminer.

— … les ennuis que votre erreur va me causer ?

Là, c'en était trop ! Elle se releva brusquement, manquant le renverser dans sa colère.

— Voyons… laissez-moi réfléchir… sans doute autant d'ennuis que vous m'en avez causé quand vous êtes monté dans ma voiture sans me demander mon avis.

— Oh ! bien sûr, vous allez remettre ça sur le tapis !

Néanmoins, il recula d'un pas, comme se préparant au pire.

— Parfaitement ! Je n'ai que des ennuis depuis que nous sommes en cavale !

— En cavale ?

Il secoua la tête d'un air narquois.

— Vous vous croyez au cinéma.

Et maintenant, il se moquait d'elle par-dessus le marché ! Elle s'avança vers lui, furieuse.

— Je peux vous assurer que c'est la première fois de ma vie que je suis poursuivie par des malfaiteurs. Ou des agents fédéraux. Je n'ai jamais eu le moindre ennui avant de croiser votre chemin.

Il lâcha un rire.

— Croyez-moi, mon chou. Vous êtes les ennuis incarnés.

Il redevint sérieux et passa une main dans ses cheveux, ce qui eut pour résultat de les ébouriffer.

— Sérieusement, ça ne va pas être facile de tout arranger…

— La belle affaire ! Vous allez être coincé avec nous une nuit de plus, voilà tout.

— Pas si nous reprenons la route…

— Oh, non ! Pas question. Je ne remonte pas dans cette fichue voiture. J'en ai assez de conduire. J'ai mal à la nuque, je suis fatiguée…

— Nous n'avons que deux heures de route.

— Je m'en moque. Les enfants ont besoin de repos et moi aussi. Il y a deux jours que nous vivons là-dedans !

— Voyons, Jilly. Soyez raisonnable. On monte dans la voiture, on est arrivé dans quoi, deux heures et demie, argumenta-t-il avec un geste éloquent.

— Et si vous nous laissiez ici ? Vous pouvez aller à Charlotte et tout régler seul.

— Bon sang, Jillian ! Vous savez bien que je ne peux pas faire ça. Que ça vous plaise ou non, nous sommes ensemble jusqu'au bout.

— Eh bien, dans ce cas, vous nous emmènerez là-bas demain.

Luke tourna la tête.

— Chut. Parlez moins fort. Inutile de se faire remarquer.

— Je veux un hôtel, poursuivit-elle, imperturbable. Des plats à emporter, l'air conditionné, et plus de deux heures de sommeil. Peut-être une piscine pour que les enfants puissent se baigner.

— Nous ne sommes pas en vacances ! Il faut que nous restions discrets.

Il semblait sur le point de s'arracher les cheveux. Ou alors de la ligoter et de la jeter dans le coffre de la voiture.

— Trouvez-nous un endroit où ils pourront jouer, insista-t-elle sans conviction, comprenant soudain la futilité de ses exigences.

Elle se massa distraitement la nuque et se laissa tomber dans l'herbe auprès de Sarah.

Seigneur, elle était épuisée. Vidée. Il s'était passé trop de choses. Au cours des dix jours écoulés, son univers bien confortable avait volé en éclats. Et ce cauchemar n'était sûrement pas sur le point de prendre fin. Qu'avait-elle eu en tête ? Elle avait quitté son foyer, sa famille, son pays ! En l'espace de quelques jours, elle était devenue une fugitive, pourchassée par des tueurs.

Quelle mère pitoyable elle faisait !

— Jilly ?

— Laissez tomber, voulez-vous ? Je suis désolée de nous avoir égarés.

Elle ferma les yeux et prit une profonde inspiration.

— Allons-y et finissons-en. Attachez-moi, enfermez-moi dans le coffre. Faites ce que vous voulez, je m'en moque.

Sa voix était tendue tant elle réprimait la tentation de hurler… ou de fondre en larmes. Elle mourait d'envie d'éclater en sanglots, de se blottir dans les bras de Luke et de faire comme si elle était quelqu'un d'autre, quelqu'un de drôle et d'intéressant. Cette petite aventure était en train de se muer en un voyage au bout de l'enfer.

Elle tressaillit en sentant les doigts de Luke se poser

sur son cou. Il se déplaçait si silencieusement ! Avec des gestes doux mais fermes, il entreprit de masser ses épaules nouées.

— Vous n'avez rien fait de mal, dit-il dans un soupir. Ecoutez, nous… nous allons faire ce que vous voulez. Je vais parler à Murphy. Il rappellera le responsable à Charlotte et lui dira que nous arriverons demain. Un jour de plus ou de moins ne va pas nous tuer.

— Je ne pourrais pas juste prendre la fuite ? On dirait que vous nous avez perdus. Comme ça, ce ne serait pas votre faute.

Il se mit à rire. Oh ! il avait des mains incroyables. Puissantes et calleuses, endurcies par le travail, elles faisaient des merveilles sur sa nuque. Elle ne put s'empêcher d'imaginer qu'il caressait son corps tout entier et un soudain frisson de désir la traversa, qu'elle tenta de dissimuler en feignant une quinte de toux.

C'était humiliant. S'il continuait à la caresser ainsi, elle allait fondre ! Ou alors le déshabiller et le violer là, sur le parking !

— Vous croyez que je n'aurais pas d'ennuis si je perdais quatre personnes sous ma surveillance ?

— Je dirais que c'est ma faute.

— De toute façon, vous êtes sous ma protection. Vous n'avez pas le droit de vous enfuir.

— Vraiment ! Et si je passais outre ?

— Il faudrait que je fasse usage de mon arme.

— Oh ! C'est bon. Vous feriez mieux d'arrêter avant que je perde tout contrôle de moi-même.

Ses mains s'immobilisèrent et Jillian s'accabla de reproches. Quelle mouche l'avait piquée ? Rouge de confusion, elle fixa un instant son regard sur Sarah. Luke retira lentement ses mains.

— Votre nuque va mieux ?

— Beaucoup mieux, merci.

Le petit sourire de l'agent fédéral en disait long. Il était parfaitement conscient de l'effet qu'il produisait sur elle.

5

— Bon, voici ce que nous allons faire, déclara Luke en coupant le moteur. Vous entrez et vous prenez une chambre pour la nuit. Ou même une suite. Nous avons besoin d'un peu d'espace. Combien d'argent avez-vous ?

Jillian plissa le nez et hésita un instant.

— Une assez grosse somme, à vrai dire.

— En livres ou en dollars ?

— En dollars. J'ai tout changé à l'aéroport.

Luke poussa un soupir de soulagement.

— Ça tombe bien, parce que je n'ai plus beaucoup d'espèces sur moi. Payez en liquide, et ne donnez pas votre vrai nom.

— Quel nom voulez-vous que je donne ? Le vôtre ?

— Non, encore moins. Inventez quelque chose : Johnson ou Stone, n'importe quoi. Et si on vous demande le numéro de votre plaque d'immatriculation, dites que vous l'avez oublié.

— Je ne le connais pas, de toute façon. Qui remarque ces choses-là ?

— Je sais. Je vous dis ça parce qu'on a cette voiture depuis trop longtemps. C'est dangereux. On ferait peut-être bien de la laisser ici et d'en prendre une autre.

— Je suppose que nous n'allons pas pouvoir la rendre à la compagnie ?

— Non. On va la garer quelque part et je veillerai à ce qu'elle soit rendue plus tard.

— Mais…

— Jill. Si nous la ramenons, ils sauront où nous sommes.

— Qui, ils ? Les bons ou les méchants ?

— Peut-être les deux. Quand j'aurai des nouvelles de Murphy, nous aurons d'autres options. Mais, pour l'instant, non.

Il marqua une pause, puis se souvint d'un autre problème.

— Et je vais avoir besoin de vêtements. Je n'ai que ceux que je porte.

Il pressa les doigts sur ses paupières, cherchant à refouler le mal de tête qu'il sentait venir. Il avait horreur de travailler ainsi. Mille pensées se bousculaient dans son esprit. Il aimait la logique. La planification. Ce genre d'improvisation avait de grandes chances de mener au désastre.

— Flûte. Je viens de penser à autre chose. Je ne veux pas que le réceptionniste entende votre voix.

— Pourquoi pas ? Qu'est-ce qu'elle a ?

Il secoua la tête en voyant une lueur d'agacement dans son regard.

— Vous avez un accent anglais, voilà ce qu'elle a. Il ne faut pas qu'on se souvienne de nous. L'idée, c'est de passer inaperçus dans la foule.

— Si j'allais avec elle, Luke ? proposa soudain James. Je dirai que ma maman a mal à la gorge — qu'elle ne peut pas parler.

Luke se retourna.

— Tu crois que tu pourrais ?

James acquiesça vigoureusement.

— Je ne suis pas sûre d'être d'accord pour que James raconte un mensonge, fit valoir la jeune femme.

— Oh ! Allons, Jilly. C'est pour la bonne cause, argua Luke en levant les yeux au ciel.

— Je ne sais pas… je suppose…

— Je pourrais peut-être trouver une autre idée, mais il va me falloir du temps, ajouta-t-il, avec un clin d'œil complice à James. Du temps que vous pourriez passer étendue sur un de ces grands lits dans une chambre climatisée…

Elle fronça les sourcils, parfaitement consciente d'être manipulée.

— Très bien. Mais seulement pour cette fois, James, dit-elle en se tournant vers ce dernier. C'est bien compris ?

— Oui, oui !

— Parfait. Maintenant que c'est réglé, un dernier détail : dites que la chambre est pour quatre personnes, pas pour cinq. Juste une précaution de plus pour brouiller les pistes.

— Ok, Luke, répondit James. Je peux gérer. Pas de souci.

— Sois cool, James. N'en fais pas trop.

James fut plus que cool. Il fut fantastique. Tout se déroula comme sur des roulettes. Jillian ne tarissait pas d'éloges sur le rôle joué par l'enfant et Luke prit lui-même plaisir à voir combien celui-ci était fier de sa contribution.

Murphy avait enfin rappelé, et Luke l'avait informé de leur changement d'itinéraire. D'après son partenaire, aucune nouvelle rumeur ne circulait. Peut-être fallait-il voir là un bon signe, peut-être pas. Duncan, leur chef, se montrait optimiste : il espérait arrêter Sloan dans les quarante-huit heures. Luke avait du mal à comprendre sa logique — étant donné que Duncan ignorait où se cachait le trafiquant. Il avait déjà été témoin de ce genre d'enthousiasme par le passé. Une fois promus à des postes de commandement, certains agents semblaient oublier les réalités du travail sur le terrain.

Il referma son téléphone et rentra dans la chambre. Il avait effectué une reconnaissance autour du motel un peu plus tôt et n'avait rien remarqué de suspect. Il comptait rester vigilant et répéter l'opération plusieurs fois au cours des heures à venir, mais pour le moment, tout au moins, il se sentait tranquillisé.

Jillian avait l'air épuisé. Contrairement à lui, elle n'avait pas fait de sieste et ne s'était pas reposée de toute la journée. Et, après la semaine qu'elle avait eue, elle devait se sentir émotionnellement et physiquement au bout du rouleau. Avant d'avoir pu s'en empêcher, il lui proposa d'emmener James et Samuel faire une promenade dans les bois derrière le motel.

— Vous êtes sûr que ça ne vous ennuie pas ? demanda-t-elle en étouffant un bâillement.

Elle était en train d'ôter les étiquettes de ses achats. Luke se sentait coupable de dépenser son argent, mais il ne pouvait révéler leur position en utilisant sa carte de crédit et la perspective de vêtements propres était trop tentante pour qu'il refuse. Jilly avait refusé de lui donner le reçu, aussi tenait-il mentalement le compte de ses dépenses pour les lui rembourser plus tard.

— Absolument.

Une nouvelle inspection des lieux ne serait pas de trop. Autant faire d'une pierre deux coups. Si les garçons s'activaient, ils s'endormiraient plus vite. De toute façon, avec un peu de chance, il serait délivré de leur responsabilité dans moins de vingt-quatre heures.

— Réfléchissez à ce que vous voulez pour dîner et nous passerons une commande à mon retour.

— D'accord. Tout s'est bien passé avec votre binôme, comme vous dites ? demanda-t-elle en se laissant aller contre le dossier du canapé.

— Oui. Pas de problème.

Au moins, ils ne seraient pas à l'étroit ce soir. Le salon était minuscule, mais il y avait deux chambres. Les garçons avaient déjà étalé leurs jouets sur un des lits de la pièce voisine.

— Et votre chef ? Il n'a pas besoin de savoir où vous êtes ?

— Pas à la minute près. En général, quand une opération est en cours, on se débrouille jusqu'au moment où tout est terminé. On ne demande l'aide de l'équipe que si on en a vraiment besoin.

— Quel genre d'aide ?

— Vous savez, des filatures, des renseignements, ce genre de choses.

Et dans notre situation ?

— Eh bien… disons que, quand quelque chose cloche, tout le monde doit faire preuve d'initiative.

Après sa conversation avec Murphy, il avait appelé Duncan, lequel avait confirmé que le corps du veilleur de nuit avait été retrouvé. Les services de balistique avaient récupéré la balle qui l'avait tué et l'analysaient.

Luke ne se faisait guère d'illusions à ce sujet. Il était peu probable que l'arme du crime puisse être liée à Sloan. Ce type n'était pas assez stupide pour commettre une erreur aussi élémentaire. Malgré tout, il avait hâte de faire examiner la balle qu'il avait lui-même reçue. Peut-être en tirerait-il des informations utiles.

Depuis deux jours, il ne cessait de se demander qui l'avait pris pour cible. Il passait la scène en boucle dans sa tête et quelque chose le turlupinait, sans qu'il puisse mettre le doigt dessus. Murphy et lui étaient en train de fuir. Les sbires de Sloan auraient-ils vraiment pris le temps de tirer sur lui alors que le bâtiment s'écroulait ? Ils s'étaient éloignés d'une bonne centaine de mètres quand il avait senti la brûlure dans sa cuisse.

Il ferma les yeux, s'efforçant de visualiser les lieux. La trajectoire de la balle avait suivi un angle en direction du sud. Mais l'équipe de surveillance était postée là. Comment avait-elle pu rater un tireur placé à proximité ?

Les enfants faisaient de plus en plus de vacarme. Luke se secoua et ouvrit les yeux.

— Allons, les gars, on va faire un tour dehors.

— Il y a une question que je voulais vous poser, demanda soudain Jill, émergeant de sa torpeur. Ces maisons sûres dont vous parlez, pourquoi sont-elles si sûres, justement ? Elles sont loin de tout ?

— Non, au contraire. En général, les gens sont cachés au vu de tous, pour ainsi dire. Dans des maisons ordinaires, au milieu de quartiers tranquilles, mais avec des gardes armés dans chaque pièce.

Et une surveillance de tous les instants. Et pas la moindre intimité. Et tout cela dans le plus grand secret. Chaque agence possédait son propre stock de maisons sûres, dont l'adresse était strictement confidentielle.

Elle écarquilla les yeux.

— Vous pensez vraiment que tout cela est nécessaire ?

Il sourit, rechargea son revolver et le remit dans sa ceinture, au creux de son dos, dissimulé sous son polo.

— Si je le pense ? Oui.

— Dis-moi, James, j'ai remarqué que tu prenais très bien soin de ton frère et de ta sœur.

James cheminait à côté de lui, tandis que Samuel trottinait devant.

— Je sais m'occuper de Sarah mieux que Jilly, répondit l'enfant avec fierté. Elle n'est pas très douée avec les bébés et puis elle parle bizarrement.

— C'est parce qu'elle vient d'Angleterre. Là-bas, tout le monde parle comme elle.

Luke enfonça les mains dans ses poches.

— Elle va apprendre à s'occuper de Sarah. Elle veut prendre soin de vous tous.

— Oui, elle dit ça. Elle pense qu'elle va être notre maman. Mais elle finira par s'en aller.

Luke se figea, le cœur serré.

— Que veux-tu dire ?

— Les grands finissent toujours par s'en aller. Surtout quand Sarah se met à pleurer.

James ramassa un bâton et se mit à donner de petits coups sur les branches sèches.

— Même maman. Elle nous laissait tout le temps. Et puis elle revenait, et elle promettait de ne jamais repartir. Mais elle recommençait.

— Elle vous laissait tout seuls ? demanda Luke, la gorge nouée.

— Oui, mais parce qu'elle était obligée. Et puis elle savait que je prendrais soin de Samuel et de Sarah.

— Elle s'absentait longtemps ?

James eut une petite moue songeuse.

— Oh ! Je ne sais pas. En général, c'était juste un jour ou deux. Une fois, elle est partie avec Slow, et j'ai dû changer la couche de Sarah je ne sais pas combien de fois. Ça sentait trop mauvais !

Luke hocha la tête, atterré. La vie était si cruelle.

A une certaine époque, Linda et lui avaient désespérément désiré des enfants. Et cette femme, la sœur de Jilly, en avait eu trois. Trois magnifiques bambins qu'elle avait négligés à cause de son addiction. Il ne pouvait qu'espérer que James finisse par oublier tout cela.

Quant à lui, il avait échoué en tant que mari. Il n'avait pas été à la hauteur des attentes de Linda, tant s'en fallait. Lorsqu'ils étaient étudiants, elle avait trouvé noble son désir de travailler pour la DEA. Elle avait vite déchanté, se plaignant qu'il doive partir constamment et la laisser seule à Washington.

Par certains côtés, Luke comprenait. Il n'était pas rare que ses missions durent plusieurs semaines, parfois même plusieurs mois. Et le retour à la vie normale n'était pas toujours facile. Il avait du mal à se détacher des expériences qu'il avait vécues et à redevenir le jeune marié romantique et attentionné que Linda attendait.

Au bout d'un an environ, de plus en plus insatisfaite, elle avait commencé à faire pression sur lui. S'il l'aimait vraiment, disait-elle, il renoncerait à cette carrière. Plus que tout, Linda avait soif de sécurité. Elle désirait une vie confortable, une routine. Elle voulait que Luke soit à ses côtés — tout le temps.

Peu à peu, l'amour qu'elle lui portait s'était mué en mépris. Elle lui reprochait amèrement d'avoir gâché leur vie. Elle avait exigé qu'il lui fasse un enfant… pour qu'elle ne se retrouve pas seule le jour où il se ferait abattre « dans une jungle perdue ».

Il avait échoué là aussi.

Occupée à débarrasser la petite table du salon, Jillian leva les yeux. Luke sortait de la salle de bains, se frottant les cheveux avec une serviette.

— Les enfants dorment ? chuchota-t-il.

Elle désigna du menton la chambre plongée dans l'obscurité.

— Oui. Vous avez fini votre toilette ?

— Allez-y. La salle de bains est à vous.

— Parfait. J'ai hâte de prendre une douche.

A vrai dire, elle n'aurait su dire ce qu'elle appréciait le plus : la perspective de se rafraîchir après une journée de route ou celle de pouvoir pleurer sans retenue sous le jet d'eau qui étoufferait ses sanglots. Jamais elle n'avait été du genre à s'épancher, mais depuis son arrivée aux Etats-Unis c'était devenu une sorte de rituel. Entre le deuil d'Annie et le poids des responsabilités, c'était pour elle une façon de se défouler. La journée, elle pouvait tenir bon, accepter les pleurs de Sarah, le besoin d'attention de Samuel et même le dédain évident de James, tant qu'elle avait dix minutes à elle chaque soir.

— Je ne serai pas longue.

— Bien. Ensuite, nous devrions dormir. Je veux partir de bonne heure demain… Je vais mettre tous ces emballages à la poubelle. On se croirait dans une pizzeria, ici !

— Il y a pire, comme odeur, commenta-t-elle en souriant.

Il lui rendit son sourire et attrapa le sac de détritus.

— C'est vrai. Celle des couches de Sarah, par exemple. Bon, je reviens dans deux minutes.

— Je vous attends, ou puis-je aller me doucher ?

— Allez-y. Je vais prendre ma clé. Fermez la porte derrière moi.

Elle s'exécuta, puis gagna la salle de bains et se déshabilla. Quelques secondes plus tard, l'eau chaude et bienfaisante massait sa nuque et ses épaules, encore meurtries après son vol plané dans le jardin public.

En dépit de sa fatigue, elle se sentait un peu moins tendue que la veille. Peut-être commençait-elle à s'habituer aux exigences de la maternité. Et puis, ce soir, personne ne lui avait demandé de jouer les chirurgiens.

Ses pensées se reportèrent sur Annie. Elle espérait avec ferveur que sa sœur avait trouvé dans la mort la paix qu'elle n'avait pas connue durant sa brève existence. Savait-elle qui était son assassin ? Etait-elle morte sur le coup ?

Jillian frissonna, les larmes aux yeux. Au moins sa sœur avait-elle protégé ses enfants. Au moins l'avait-elle appelée.

Affolée par le message laissé sur son répondeur, elle s'était empressée de téléphoner ici et là, cherchant à localiser Annie. En vain. Deux jours plus tard était venue l'annonce de sa mort. Elle avait pris le premier vol pour les Etats-Unis.

Elle avait manqué sa sœur de trente jours. Un mois plus tard, Jillian se serait trouvée sur le sol américain : elle avait reçu l'offre de Dartmouth et avait décidé de l'accepter. Elle caressait déjà l'espoir de faire venir Annie dans le New Hampshire pour la faire soigner.

Au lieu de quoi, le lendemain de son arrivée, elle avait assisté à l'enterrement de son aînée. Le jour suivant, elle était devenue la mère de ses trois enfants, dont un lui était ouvertement hostile. Ensuite, il y avait eu une audience dans un tribunal américain. Elle n'avait guère compris ce qui se passait, mais son avocat avait été compétent. Celui qui avait essayé de lui disputer la garde des enfants avait échoué.

Deux jours après, elle était une fugitive, poursuivie par un puissant ennemi, un gang de trafiquants similaire à celui dont sa sœur avait été la victime. Jillian frissonna et prit une profonde inspiration. Les sanglots l'étouffaient, à présent, et elle s'adossa au mur carrelé, s'entourant de ses bras, fermant désespérément les yeux pour oublier la vision du visage sans vie d'Annie.

Elle tenta en vain de reprendre son souffle. Ce soir, quelque chose n'allait pas : les dix minutes sous la douche étaient censées la soulager, et non aviver sa détresse…

La porte de la salle de bains s'écrasa contre le mur. Jillian sursauta et écarquilla les yeux à la vue de la silhouette imposante qui s'approchait du rideau. Elle ouvrait la bouche pour hurler quand Luke tira brutalement sur le rideau et la prit avec force dans ses bras.

— Qu'y a-t-il ? Vous êtes blessée ?

— Que… qu'est-ce que vous faites ? balbutia-t-elle, frappée par l'intensité de son regard.

Il semblait devenu un inconnu, un homme prêt à tuer si nécessaire.

Ses doigts s'enfonçaient dans ses épaules. Soudain, il se recula, mais pas avant de l'avoir détaillée des pieds à la tête. Puis il laissa retomber le rideau comme s'il était en feu.

— Vous êtes devenu fou ? fit-elle d'une voix étranglée. Vous m'avez fait une peur bleue.

— Bon sang, Jilly. Je suis désolé. Je suis entré dans la chambre et je vous ai entendue hurler…

— Je ne hurlais pas !

Un déclic familier la fit tressaillir.

— Vous avez apporté votre arme ?

— L'espace d'une minute, j'ai cru qu'il y avait quelqu'un… qu'on vous faisait du mal…

— Je ne hurlais pas !

Elle tenta de s'essuyer les yeux et ne réussit qu'à y faire couler du savon. Elle grimaça.

— Pourquoi ne puis-je pas avoir un moment de tranquillité ?

— Eh bien, s'il n'y a rien, pourquoi étiez-vous en train de pleurer ? Vous avez déjà pleuré hier soir.

— Hier soir, vous m'avez demandé de retirer cette fichue balle. Vous ne croyez pas que j'avais le droit d'être un peu secouée, non ?

— Ah ! oui. Ça me rappelle que je voulais vous remercier. Vous avez fait du beau travail.

— Merci…

Elle se tenait debout derrière le rideau, encore tremblante, les yeux clos, se mordant la lèvre. C'était insensé, elle était de nouveau sur le point de s'effondrer.

— Maintenant, si vous…

— Pourquoi pleurez-vous ?

— Cela ne… vous regarde pas, hoqueta-t-elle en refoulant les larmes.

— Ecoutez, il s'est passé beaucoup de choses ces derniers jours. Il n'y a aucune honte à pleurer.

Le ton de Luke n'était plus pressant. Il s'était même fait… sensuel. Jillian sentit une vague soudaine de désir monter en elle. Où diable avait-elle la tête ?

— Vous n'avez pas l'air particulièrement affecté.

Il parut hésiter.

— C'est différent. J'ai l'habitude du danger. Je suis formé pour gérer les situations chaotiques. Vous, non.

— Eh bien, j'ai trois enfants à présent. Peut-être vaudrait-il mieux que je m'y habitue.

Pourquoi était-elle à ce point attirée par lui ? Pourquoi

cet homme ? N'avait-elle pas assez de problèmes ? Elle n'avait sûrement pas besoin de complications supplémentaires dans sa vie !

— Jill, tout ce que je dis, c'est que si vous avez envie d'en parler…

Elle courait un danger bien réel : celui de commettre un acte de la dernière stupidité. A cet instant, elle ne désirait rien plus ardemment que se précipiter dans les bras de Luke, tout oublier dans une étreinte. Elle pourrait passer la nuit avec lui, sentir ses mains calleuses sur elle, caresser ses muscles puissants. Elle pourrait connaître une nuit de plaisir à l'état pur et en même temps une sensation de bien-être et de sécurité.

— Non, merci, je n'y tiens pas.

Au fond d'elle-même, elle sentait que faire l'amour avec Luke serait une expérience incroyable, totalement différente de ce qu'elle avait connu.

Et une aventure sans lendemain.

Luke le savait aussi. Elle l'avait lu dans ses yeux toute la journée et quand il l'avait tenue contre lui, quelques instants plus tôt. Il luttait de son côté. Et il avait raison. C'était ce qu'il fallait faire.

— Sortez, voulez-vous ? Je vais bien et je voudrais me rhabiller.

Jillian perçut son hésitation. Elle passa la tête hors du rideau et le vit debout à la porte, la main sur la poignée, ne sachant s'il devait la croire.

— Sérieusement, Jill. Ça va ?

Sa compassion faillit avoir raison d'elle. Sous son regard anxieux, elle dut se faire violence pour ne pas se jeter dans ses bras et pleurer jusqu'à n'avoir plus de larmes. Seulement, en fin de compte, ses problèmes seraient toujours là. Et, pire, Luke saurait combien elle était faible. Et que serait-elle alors ?

Elle tira fermement sur le rideau.

— Ça va. Sérieusement.

Quelques minutes plus tard, elle quitta la salle de bains, soulagée de constater que le salon était dans la pénombre. Au moins, Luke ne verrait pas son embarras. Ni ses yeux rougis et gonflés. Ni ses regrets.

La porte de leur chambre s'ouvrit lentement et Luke apparut. Ses gestes étaient fluides et silencieux, semblables à ceux d'un félin. Il mit le verrou et se tourna vers la fenêtre, scrutant l'obscurité du dehors.

— Tout va bien ?

Il ne se retourna pas.

— Oui. Je suis prudent, c'est tout.

— L'endroit semble plutôt calme, non ?

— Oui.

Il pivota enfin.

— Parfois, le calme n'est pas une bonne chose.

Elle s'assit sur le canapé, et regarda la télévision muette dont la lumière vacillait sur les murs. Les garçons dormaient à poings fermés. Par-dessus le ronronnement de la climatisation, elle entendait la respiration régulière de Sarah. Une semaine seulement s'était écoulée, mais ces précieux enfants avaient pris possession de son cœur. Elle était prête à tout pour les protéger.

Elle leva les yeux vers Luke et sourit.

— Parfois, le calme est une chose merveilleuse.

Il vint s'asseoir à côté d'elle et lui pressa doucement la main.

— Vous avez raison. Le calme peut être apaisant.

Il soupira.

— Ecoutez… pour tout à l'heure. Je suis vraiment désolé.

— N'y pensez plus. Vous m'avez fait peur, c'est tout.

Et il l'avait vue toute nue. Et il avait éveillé en elle un désir qui la consumait encore.

— Je suppose que j'aime que tout soit prévisible, organisé. J'aime avoir une feuille de route et m'y tenir. Et ces derniers jours m'ont rendu nerveux. Excusez-moi si vous trouvez que j'exagère.

— J'imagine que dans votre métier vous devez vous attendre à tout.

— Oui. On peut dire ça.

Jillian dégagea doucement ses doigts. Un contact physique entre eux n'était vraiment pas une bonne idée.

— Toute ma vie a été organisée, planifiée pour moi jusque dans ses moindres détails. Et j'en ai complètement assez, avoua-t-elle. En partant de chez moi, je me suis promis que je… vous savez… que j'improviserais un peu.

Elle eut un sourire forcé. L'envie de toucher Luke lui nouait l'estomac. Oh ! Il était si séduisant… Elle prit une profonde inspiration et détourna les yeux.

— Vous aviez déjà décidé de venir ?

— Oui. J'avais accepté le poste qu'on me proposait à Dartmouth avant d'apprendre…

Sa main se crispa malgré elle.

— … j'avais prévu de faire un peu de tourisme avant d'aller dans le New Hampshire. Pour la première fois de ma vie, j'allais être libre. Il n'y aurait personne pour me dire quoi faire et comment.

Elle poussa un long soupir.

— J'avais de grands projets. Je voulais explorer le pays toute seule.

— Dartmouth ? répéta-t-il, visiblement sidéré.

Vous êtes professeur d'université ? Vous n'avez pas l'air assez âgée pour ça.

— En effet… Désolée de vous décevoir, répondit-elle en souriant. Je vais travailler à la bibliothèque. Comme archiviste. J'ai été engagée pour cataloguer une collection de documents rares datant du XVIIe et du XVIIIe siècle.

Il la dévisagea avec un sourire incrédule et Jillian se raidit. Pourquoi tout le monde supposait-elle qu'elle n'était qu'une gourde ? Même sa mère la croyait écervelée.

— Je suis qualifiée, vous savez, reprit-elle froidement. Vous croyez peut-être que je suis une parfaite cruche, mais je vous assure que…

— Hé, doucement, mon chou, lança-t-il en se redressant. Je n'ai jamais rien dit de tel.

Sa voix et son expression étaient sincères, toute trace de moquerie avait disparu.

— Peut-être que non, mais vous l'avez pensé.

— Jusqu'ici, votre seul point faible, ç'a été le sens de l'orientation.

Elle feignit l'exaspération.

— Vous savez, dans la vie, il faut parfois se laisser aller. Vous n'avez jamais rien fait de spontané ? Vous savez, dévier du plan, faire quelque chose sur un coup de tête ?

— Non. Je ne suis pas du genre impulsif. Dans mon métier, un coup de tête peut être fatal. Si j'ai survécu aussi longtemps, c'est que j'envisage tous les cas de figure. Et, quand les choses tournent mal, je me fie à mon instinct.

— Votre instinct peut se tromper.

— Mon chou, mon instinct ne se trompe jamais.

— Parfois, cela fait du bien de lâcher prise.

— Et parfois c'est fatal. Comme un accident de voiture.

Le sourire de Luke s'effaça ; il la regardait avec intensité, comme s'il cherchait des secrets — des secrets qu'elle n'était pas sûre de bien dissimuler. Son pouls s'accéléra tandis qu'elle voyait dans ses yeux dorés le reflet de son propre désir.

Elle déglutit avec difficulté. Le message de Luke était limpide, aussi clair que s'il avait parlé. Ils n'auraient pas dû être en train d'envisager ce qu'ils étaient en train d'envisager. Mais, bon sang, elle avait quand même envie de lui. Toutes les fibres de son corps étaient en éveil. Si elle l'effleurait…

Il se leva brusquement.

— Allons nous coucher. Je veux partir de bonne heure demain.

— Vous avez raison. D'ailleurs, Sarah va se réveiller dans…

Leurs regards se rencontrèrent et elle oublia le reste de sa phrase. Un désir intense se lisait dans les yeux de Luke, un désir qu'il ne prenait pas la peine de lui cacher. Il souffrait autant qu'elle. Elle laissa échapper un soupir saccadé.

— Jill, c'est une catastrophe annoncée.

— Je sais, chuchota-t-elle.

— Je ne veux pas de… complications. Je… je ne peux pas avoir une relation durable.

Il y avait dans sa voix une tension palpable. Il tenait à ne pas lui donner la moindre illusion.

— Je ne peux rien promettre.

Elle acquiesça.

— Je ne crois pas vouloir davantage.

Il rejeta la tête en arrière, fixant le plafond, au comble de la frustration.

— C'est ridicule. Je n'arrive pas à croire que nous soyons en train…

Il planta son regard dans le sien.

— Il n'y aura pas d'avenir. Demain, nous partirons chacun de notre côté.

— Je ne te demande… rien d'autre.

— Tu en es sûre ?

Jillian hocha la tête. Mais le brusque tutoiement avait envoyé sur sa peau comme une décharge électrique.

— Non, vraiment pas.

Sa réponse parut le dérouter.

— Mais je ne peux pas m'en empêcher, ajouta-t-elle avec un sourire.

L'instant d'après, elle était dans ses bras. C'était arrivé si vite qu'elle aurait été incapable de dire qui avait fait le premier pas. Et un millième de seconde plus tard, elle s'en moquait éperdument, car dès l'instant où les lèvres de Luke prirent possession des siennes son corps tout entier s'embrasa.

Fiévreusement, elle défit sa ceinture. Bon sang, elle était superbe. Il mourait d'envie de lui retirer le reste de ses vêtements et de s'enfoncer en elle. Malgré tout, un vague sentiment de malaise le taraudait. Ce soir ne ressemblait pas à une aventure sans lendemain. Jillian n'était pas le genre de femme qui…

Il se secoua. Il n'avait pas l'habitude que des créatures aussi sexy se jettent à sa tête. Devenait-il fou ? Il ne savait rien d'elle…

— Luke ?

Elle leva les yeux vers lui et il déglutit avec difficulté. La plus belle femme qu'il ait jamais rencontrée s'offrait à lui. Pourquoi se poser des questions ?

— Rien, mon chou. Rien du tout.

Les mains tremblantes, il déchira l'emballage du préservatif et gémit de plaisir tandis qu'elle caressait son sexe tendu.

— Viens, mettons ce truc. Il ne faut pas que je tombe enceinte, mais si tu attends encore je vais hurler.

Et ce fut tout. Luke se dégagea dans un sursaut, respirant fort, les membres lourds et las, comme s'il venait de terminer un marathon en un temps record. Le sang cognait à ses tempes.

— Je ne peux pas.

Les yeux de Jillian s'écarquillèrent. Le choc se lut sur son visage devenu livide.

— Qu… quoi ? Luke ? Qu'y a-t-il ?

— Ce n'est rien. C'est moi.

Il se détourna vivement, incapable de lui faire face.

— Luke, ne pouvons-nous…

Il remonta la fermeture de son jean et s'éloigna.

— Non, mon chou. C'était une erreur. Il n'y a rien à ajouter.

Il quitta la chambre, traversa le salon en hâte et retira la chaîne de sécurité. Seule la respiration légère des enfants l'empêcha de claquer la porte en sortant. Les enfants de Jillian. Bon sang, mais avait-il donc perdu l'esprit ?

Dix minutes plus tard, alors qu'il était accoudé à la balustrade, les gonds de la porte gémirent doucement derrière lui. Le parking était faiblement éclairé, la piscine, désertée. Hormis le ronronnement de la pompe, tout était silencieux. Aucune lumière ne brillait aux fenêtres des chambres.

— Luke, tu es là ?

Il ferma les yeux et baissa la tête, accablé, redoutant la conversation qui allait suivre.

— Oui.

Il sentit son approche, son hésitation. Elle s'arrêta à quelques pas de lui.

— Tu devrais aller dormir, conseilla-t-il. Il est tard.

— Tu vas rentrer ?

— Dans un petit moment.

Elle fit un nouveau pas vers lui.

— Ne m'attends pas.

Comme s'il allait oser se coucher auprès d'elle ce soir. Comme si elle allait le lui permettre. Quel idiot il était ! Linda avait raison. Il était complètement nul.

— Luke, s'il te plaît. Pouvons-nous parler une minute ?

Il ouvrit la bouche pour refuser, mais les mots jaillirent des lèvres de Jillian avant qu'il en ait eu le temps. Peut-être avait-elle deviné qu'il ne voulait pas l'écouter.

— Je voulais m'excuser de…

Il dut tendre l'oreille pour entendre sa voix.

— Je me suis complètement ridiculisée… je suis désolée.

Elle renifla et il cilla. Pourvu qu'elle ne se mette pas à pleurer ! Il se raidit alors qu'elle lui effleurait timidement le dos, comme si elle craignait sa réaction.

— C'est… c'est la première fois que je fais une chose pareille.

— Coucher avec un inconnu ? Ah bon ? Ce n'est pas de famille, alors ?

Elle retira sa main et il éprouva un pincement de remords en entendant son petit gémissement étouffé. Bon sang, sa frustration ne lui donnait pas le droit d'être cruel.

— Jill, je suis désolé. Je ne voulais pas dire ça.

Elle demeura un long moment silencieuse. Quel goujat il faisait !

— Jilly, je…

— Ce que je voulais dire, déclara-t-elle assez sèchement, c'est que je ne me suis jamais jetée à la tête d'un homme comme je l'ai fait ce soir.

Elle était apparemment résolue à s'expliquer, en dépit de sa mauvaise grâce. Luke ne put s'empêcher d'admirer son courage. Elle s'avança et s'accouda elle aussi à la balustrade, laissant un espace d'un bon mètre entre eux. Elle ne voulait pas le regarder. Quant à lui, il ne tenait guère à voir son visage durant cette discussion.

— Je ne sais pas ce qu'il m'a pris, reprit-elle en secouant la tête. Je suis si gauche…

Sa voix s'éteignit, et il l'observa tandis qu'elle se faisait violence pour se ressaisir et y parvenait. Qu'elle maîtrisait la douleur qui devait la submerger.

— Je sais que je ne suis pas très jolie. C'est juste…

Elle déglutit et se pencha davantage sur la balustrade.

— Avec tout ce qui s'est passé, j'avais besoin de réconfort, c'est tout.

Luke se raidit, incrédule et bouleversé.

— Jill, que les choses soient claires, murmura-t-il en comblant une partie de la distance qui les séparait. Tu es, sans conteste, la femme la plus belle que j'aie jamais connue. Comment as-tu pu t'imaginer que je ne te désirais pas ?

Il secoua la tête, sidéré.

— Tu es incroyablement sexy !

— Dans ce cas, pourquoi… ?

— Ecoute, quand j'ai dit que c'était moi, je disais la vérité.

Il ne voulait pas s'expliquer — pas ce soir, ni jamais.

— En général, quand les hommes disent « c'est moi », ils pensent le contraire. Je t'en prie, sois franc avec moi. J'ai été trop entreprenante. Je t'en demande pardon.

Luke se redressa. Sa frustration ne faisait que croître. Pourquoi diable ne pouvait-elle lâcher prise ?

— C'est moi, d'accord ? C'est moi ! Ce n'est pas toi.

— C'est au sujet de ta femme ?

— Je ne veux pas en parler, dit-il avant de prendre une brève inspiration. Je t'en prie, dans notre intérêt à tous les deux, retourne dans la chambre.

Des larmes brillèrent dans les yeux de Jill, qu'elle tenta en vain de cacher en se détournant.

Il mourait d'envie de la toucher. De la prendre dans ses bras et de la serrer de toutes ses forces contre lui. Elle souffrait et, bon sang, lui aussi.

Elle le frôla en revenant sur ses pas, et une bouffée de regret l'envahit. Au même moment, elle posa brièvement la main sur son épaule.

— D'accord, souffla-t-elle en la retirant.

Alors, il la retint et l'attira à lui. Elle se figea un instant, puis se laissa aller contre son torse, douce et docile entre ses bras.

Pas de doute, il avait perdu la tête. Dès que cette opération serait terminée, il demanderait à subir une évaluation psychologique. Elle était si vivante. Si parfaite. Et lui à demi mort.

— Ecoute, je vais t'expliquer quelque chose et après je veux que tu rentres te coucher, d'accord ?

Elle acquiesça contre sa poitrine. Il prit une profonde inspiration afin de puiser le courage de poursuivre. Le parfum de Jilly était plus enivrant que celui du lilas en fleur dans les jardins, plus vivifiant que la brise venue de la montagne.

— Ne dis pas un mot. Ecoute-moi et puis rentre.

Il caressa distraitement sa nuque. Si elle ne pouvait être sienne, au moins pouvait-il savourer ce contact un instant. D'autant qu'après elle ne le verrait plus de la même façon, c'était certain.

— Bien.

Une minute s'écoula et il resta muet. Comme un idiot. Son cœur battait la chamade et il se sentait comme étourdi. Jilly devait penser qu'il avait complètement craqué. Il déglutit avec peine, la gorge aussi sèche que le sable du désert.

— Ne dis rien, murmura-t-elle.

— Ecoute-moi.

Elle se dégagea, les bras encore noués autour de sa taille. Aussitôt, sa chaleur lui manqua.

— Je sens combien tu es tendu, Luke. Ton cœur bat à cent kilomètres à l'heure.

— Si vite que ça ?

— Je te crois. J'ai eu tort de te questionner.

Elle laissa retomber ses bras et lui sourit dans l'obscurité, puis se haussa sur la pointe des pieds et déposa un baiser sur sa joue.

— Je vais me coucher. Ne tarde pas trop.

Elle fit un pas vers la porte.

— Je ne pourrais pas te mettre enceinte, balbutia-t-il. Je ne peux pas… nous ne…

Elle s'immobilisa. Quand elle se retourna, ce fut comme si une onde de choc irradiait de son corps et venait l'envelopper.

— C'est ça ? demanda-t-elle, abasourdie. Quand j'ai dit qu'il ne fallait pas que je tombe enceinte…

— Oui.

Il voyait clairement l'expression de Jill, mais priait pour qu'elle ne puisse voir la sienne dans l'ombre.

— Mais pourquoi cela aurait-il autant d'importance ?

— Cela en avait pour Linda… énormément.

— Je suis désolée que tu ne puisses pas avoir d'enfant. Mais je ne comprends pas, continua-t-elle en se rapprochant. Quand on aime quelqu'un, ce n'est pas un obstacle insurmontable. On peut adopter.

Linda n'était pas de cet avis. Elle l'avait méprisé pour son incapacité à engendrer.

Il s'éclaircit la voix tant bien que mal. Sa gorge était nouée.

— Eh bien… maintenant, tu sais. Ce n'était pas toi.

Elle lui sourit et le cœur de Luke manqua un battement. De surprise, mais aussi d'autre chose. Il n'osa lui donner un nom tout d'abord, mais cela ressemblait fort à de l'espoir. Bon sang, il était pitoyable.

— Eh bien, il faut que je te fasse un aveu aussi. Tu es l'homme le plus sexy que j'aie jamais rencontré.

Son regard s'attarda sur lui.

— Quelqu'un qui vaut la peine qu'on perde la tête.

Elle se détourna et ouvrit la porte. Il aperçut la lueur vacillante de l'écran de télévision. Au moment d'entrer, Jillian parut hésiter et pivota une dernière fois.

— Quelqu'un qui vaut la peine de s'écarter de ses plans.

Le battant se referma doucement derrière elle. Il le fixa un instant puis secoua la tête et, s'accoudant à la rambarde, inspira une longue bouffée d'air nocturne. Lentement, son pouls redevint normal. Il se sentait mieux.

A vrai dire, il était stupéfait de la réaction de Jillian. Elle était si différente de Linda. Peut-être avait-elle raison. Peut-être cela le soulagerait-il de parler de tout ça. Peut-être, une fois tirés d'affaire, pourraient-ils avoir une chance…

La porte s'ouvrit brusquement et la silhouette de Jillian se dessina dans l'embrasure. Il sentit aussitôt son désarroi et se raidit. Il s'avançait déjà quand elle prit la parole.

— Mon Dieu, Luke. Viens voir.

Il regarda derrière elle les images qui se succédaient sur l'écran de télévision. Des nuages de fumée, un incendie qui embrasait la nuit. Il la laissa refermer la porte, hypnotisé.

— On a parlé de Charlotte et…

— Monte le son, dit-il avant d'étouffer un juron.

— Luke, qu'y a-t-il ?

— Cette maison qui brûle, mon chou, c'était notre refuge.

6

Les jambes flageolantes, Jillian réprima la vague de panique qui montait en elle et se laissa tomber sur le lit. Luke était parti depuis une éternité. Elle avait essayé de ne pas s'inquiéter, comme il le lui avait recommandé, mais la nuit était oppressante, menaçante sans lui. Un vent lugubre soufflait en bourrasques.

Un léger tintement s'éleva au-dehors, et son cœur s'emballa. Etait-ce bien Luke qui introduisait sa clé dans la serrure ? D'un bond, elle se rua vers la chambre et, cachée derrière la porte, attendit de voir qui allait apparaître.

— Luke !

— Je croyais t'avoir dit d'essayer de dormir.

Il tira le verrou sans faire de bruit, puis cala une chaise sous la poignée. Enfin, il s'avança jusqu'à la fenêtre et écarta à peine le rideau, inspectant le parking.

Elle l'observa avec attention. A l'évidence, tous ses sens étaient en alerte. Son expression était vigilante, son corps prêt à se lancer dans l'action. Une bouffée de soulagement envahit Jillian à la pensée qu'il était revenu, et qu'il allait les protéger.

— Je ne peux pas. Dès que je ferme les yeux, je revois l'incendie. Les explosions…

Elle soupira et il se retourna vers elle. La pièce était plongée dans une semi-pénombre. En dépit de l'agitation de ces dernières heures, les enfants dormaient paisiblement, inconscients de ses tourments.

— Que va-t-il se passer ? demanda-t-elle en allant s'installer sur le canapé.

Frissonnante, elle replia ses jambes sous elle, regrettant de ne pas avoir de couverture.

— Tout ira bien. J'ai passé quelques coups de fil. Duncan a été soulagé, à vrai dire. Il nous croyait à Charlotte.

— Tu ne lui avais pas parlé de mon erreur d'hier ?

Elle sentit plutôt qu'elle ne vit Luke s'éloigner de la fenêtre et s'approcher.

— Non. Je n'entre pas toujours dans les détails.

Il hésita, une lueur incertaine dans le regard.

— Souviens-toi de ta promesse, murmura-t-elle. Ne me cache rien.

— Mon supérieur veut que nous restions ici encore un jour ou deux.

— Et ?

Il s'assit au bord du canapé, à bonne distance d'elle.

— Je ne suis pas sûr d'être d'accord avec lui.

— Pourquoi pas ?

— Je n'aime pas attendre sans rien faire. Quelqu'un suit nos mouvements. Et je commence à penser qu'il y a peut-être une taupe dans le service.

— C… comment est-ce possible ? balbutia-t-elle, soudain glacée. Qui voudrait s'en prendre à nous ?

— Quelqu'un à la solde de Sloan. Ce type est tellement puissant… il pourrait avoir corrompu plusieurs agents.

Il se tourna vers elle, le visage sombre.

— Et, pour couronner le tout, mon téléphone portable est en carafe. Je ne sais pas si la batterie est à plat ou si le réseau est inexistant, mais ce fichu truc refuse de fonctionner.

— Ne pourrions-nous en acheter un ?

— Le temps est un luxe que nous ne pouvons nous permettre. Mon instinct me dit que nous sommes toujours en danger. Le problème, c'est que je ne sais pas quoi faire.

— Eh bien, il y a toujours le téléphone du motel…

— Trop facile à tracer.

— J'ai vu une cabine sur le parking.

— Je ne peux pas gérer une opération à partir d'une cabine téléphonique, rétorqua-t-il d'un ton sec.

Il passa une main sur son menton.

— Excuse-moi. Je ne voulais pas m'en prendre à toi. C'est juste bizarre de ne pas avoir mon propre matériel.

— Tu as un revolver.

— Oui, mais ce n'est pas le mien. Et je n'ai rien d'autre. Ni personne pour m'aider.

— Et ton partenaire ? Tu ne peux pas lui parler ? Peut-être qu'il viendrait à la rescousse.

— J'y travaille, mon chou. Crois-moi.

Il sourit, et elle réprima un gémissement. Il était si sexy ! Et fort. Et compétent. Elle avait entièrement confiance en lui. Si quelqu'un pouvait les tirer de ce mauvais pas, c'était bien Luke.

— Pourquoi voudrait-on notre mort ?

Il redevint grave.

— Nous ne savons pas encore si c'est de cela qu'il s'agit. Je crois que c'est moi qu'ils cherchent. Que tu t'es simplement trouvée au mauvais endroit au mauvais moment.

— Mais j'ai vu cet homme dans le rétroviseur…

— Oui, c'est vrai. Les trafiquants n'aiment pas laisser des témoins dans leur sillage.

Le cœur de Jillian s'emballa de nouveau. Allaient-ils vivre en cavale jusqu'à la fin de leurs jours ? Et Dartmouth ? Et tous ses projets ?

— Hmm… je sais que ça va te paraître idiot, mais combien de temps crois-tu que tout ça va durer ? Devrais-je avertir Dartmouth que je vais arriver plus tard que prévu ?

A son grand soulagement, Luke ne traita pas sa question avec dédain. Il prit le temps de réfléchir, pesant sa réponse.

— C'est seulement qu'on m'attend, reprit-elle, gênée. Je ne voudrais pas qu'on s'inquiète sans raison.

Elle était bien la fille de sa mère, songea-t-elle avec ironie. Elle avait beau se trouver sur un autre continent, elle demeurait lady Jillian Mary Winthrop Moseby — toujours soucieuse de l'opinion d'autrui. Elle ne voulait pas entacher le nom de la famille à l'université de Dartmouth. Après tout, ces gens s'imaginaient avoir engagé un membre de la famille royale. N'était-ce pas risible ?

— Non, je comprends que cela te préoccupe. Tu peux appeler et laisser un message. Quelque chose de bref et de vague.

Il pressa les doigts sur ses tempes, comme s'il cherchait à soulager une migraine. Aussitôt, Jillian se sentit coupable. Il avait des soucis autrement plus importants. Elle aurait dû prendre l'initiative de téléphoner sans l'importuner. Elle n'avait pas besoin de demander sa permission pour la moindre broutille.

— Je vais te laisser te reposer. Puis-je faire quoi que ce soit ?

Il étouffa un bâillement, puis fit rouler ses épaules.

— Non. Je voudrais seulement que tu essaies de dormir. Je ne suis pas complètement convaincu que nous devions rester ici demain. Mais il faut que je réfléchisse.

Il leva de nouveau les yeux vers elle.

— Et j'aurai peut-être besoin que tu conduises.

— Tu te fies à mon sens de l'orientation, après ce qui s'est passé hier ?

— Eh bien, en fin de compte, ton erreur nous a été salutaire. Si nous étions arrivés à Charlotte…

Elle le regarda, bouche bée. Bien sûr, il avait raison. S'ils avaient été dans cette maison…

— Donc, repose-toi. Au cas où il faudrait que tu nous sauves demain aussi.

Elle hocha la tête à regret.

— Très bien. C'est toi qui commandes.

Il sourit, amusé par le choix de ses mots.

— Souviens-toi de cela, Jilly. Les prochains jours pourraient être… difficiles. Quoi que je te demande de faire, il faudra que tu obéisses sans protester. D'accord ?

En dépit de son sourire irrésistible, il parlait sérieusement. Et, pour protéger les trois adorables enfants qu'elle avait à sa charge, elle aurait vendu son âme si nécessaire.

— Oui. Je me tairai dans l'intérêt de l'opération.

Elle se leva, soulagée de constater qu'elle ne tremblait plus. Puis elle traversa la pièce et ouvrit la porte de la chambre des enfants pour vérifier que tout allait bien avant de se coucher.

Aucun doute, la présence de Luke était réconfortante. Il émanait de lui une sorte d'invincibilité. Même quand les choses ne prenaient pas la tournure qu'il avait espérée, il gardait confiance. Il semblait prêt à affronter n'importe quoi. Les enfants le sentaient, surtout James, qui l'adorait déjà. De son côté, il était détendu et patient avec eux. Mais quand il annonçait que c'était l'heure de se coucher, les garçons se le tenaient pour dit.

Par contraste, elle ne faisait aucun progrès avec James. Contrairement à Samuel, qui avait besoin d'être materné, il s'opposait sans arrêt à ses décisions. Evidemment, la situation dans laquelle ils se trouvaient n'arrangeait rien. Ce qu'il fallait avant tout à James, c'était un foyer stable, une vie régulière.

Réprimant un soupir, elle remonta la couverture sur Samuel. Elle avait hâte de s'installer dans une maison avec eux. James aurait sa propre chambre, son propre lit. Elle tenait à ce qu'il ait un sanctuaire, la certitude de pouvoir déposer ses affaires dans un endroit et de les y retrouver plus tard.

A ce qu'elle en savait, Annie avait occupé une succession de petits appartements dépourvus de chaleur. Les vêtements et les jouets des enfants avaient été égarés ou vendus au gré de leurs déménagements. Ils semblaient ne posséder que peu de choses.

Elle se redressa, se souvint qu'elle avait laissé son verre d'eau dans le salon. Luke avait repris son poste à la fenêtre. Il se retourna et la dévisagea.

— Quelque chose ne va pas ?

— Non. Enfin... je pensais à Annie — à ce message que j'ai reçu d'elle juste avant sa mort.

Elle baissa les yeux, troublée par l'intensité de son regard.

— Que disait-elle ?

— Comme d'habitude. Qu'elle avait des ennuis. Elle m'appelait une ou deux fois par an, quand elle avait besoin d'argent. Ce jour-là, elle paraissait effrayée. Elle a dit...

Sa voix dérailla. Luke attendit patiemment qu'elle poursuive.

— Elle a dit que c'était vraiment grave. Elle voulait que je vienne tout de suite. Que j'aille directement à l'appartement au-dessous du sien, qu'elle y serait avec les enfants.

Elle leva les yeux vers lui.

— J'ai eu l'impression qu'elle allait s'enfuir et les abandonner. J'ai essayé toute la soirée de rappeler, en vain. Au début, le téléphone sonnait, mais au bout d'un moment il a dû être débranché.

Elle haussa les épaules.

— J'étais folle d'inquiétude. J'aurais voulu partir sur-le-champ. Mais tous les avions étaient pleins jusqu'au lendemain soir.

— L'attente a dû être affreuse.

Elle opina, les yeux fixés sur un point dans le mur pour ne pas fondre en larmes.

— C'était horrible. Je me sentais si impuissante… et le lendemain, comme je m'apprêtais à partir pour l'aéroport, j'ai reçu un appel de la police.

— Qui t'a téléphoné ?

— Je ne m'en souviens plus. J'étais sous le choc… C'était un homme. Il m'a annoncé que ma sœur était morte. Et puis il a commencé à parler des enfants… je n'étais même pas au courant de l'existence de Sarah. Quand il a mentionné trois enfants, j'ai cru qu'il faisait erreur.

Elle jeta un coup d'œil au berceau.

— Et maintenant je ne peux plus imaginer ma vie sans elle.

— Annie et toi étiez proches autrefois ?

— Assez proches, j'imagine. Nous avions cinq ans d'écart, par conséquent elle m'intéressait beaucoup plus que je ne l'intéressais. Elle semblait si adulte, tandis que moi… j'étais cette petite gourde maladroite qui voulait la suivre partout.

Luke esquissa un sourire.

— J'ai une photo d'elle, reprit Jillian. Tu veux la voir ?

Elle se dirigea vers son sac avant qu'il ait eu le temps de refuser.

— Elle a été prise durant ma dernière visite. Samuel n'était qu'un bébé.

Elle lui tendit le cliché et recula d'un pas, ne sachant s'il était sage de rester à proximité. Lorsqu'il releva la tête et posa sur elle son regard intense, elle sut qu'elle avait eu raison de s'écarter.

— Elle te ressemble, observa-t-il. Vous avez les mêmes yeux. Le même sourire.

— Annie était tellement jolie… tous les garçons étaient amoureux d'elle.

Jillian remit la photo dans son portefeuille.

— Et toi ? Tu as des frères et sœurs ?

— Un frère. Il est chirurgien et vit à Chicago.

Il éteignit la télévision, sans doute pour lui faire comprendre qu'il était temps de mettre fin à la conversation.

— C'est là que tu as grandi ?

— Oui. Mes parents n'en ont pas bougé. Ils sont à la retraite. Mon père était policier et ma mère tenait une boulangerie avec ma tante Loretta.

— J'aurais adoré ça, répondit-elle en souriant. Je n'aurais pas pu résister à tous ces gâteaux.

— Je suis toujours incapable de résister à ceux de ma mère. Je ne rentre pas très souvent à Chicago, mais j'ai toujours l'eau à la bouche en descendant de l'avion.

— Ton frère est plus jeune ou plus âgé que toi ?

— Il a six ans de plus.

— Un chirurgien et un agent secret. Tes parents doivent être très fiers de vous.

— C'est toujours bien d'avoir un médecin dans la famille, répondit-il avec une pointe d'ironie.

— Il a des enfants ?

— Trois fils. Le plus âgé a une dizaine d'années.

Il se leva et s'étira.

— Tu devrais aller te coucher. C'est presque le matin.

— Très bien. Bonne nuit, Luke.

Elle poussa la porte et sourit.

— Je te garderai de la place, au cas où tu changerais d'avis.

Elle avait fini par s'endormir. Sa respiration était douce et régulière. Assis à la minuscule table tout près d'elle, Luke l'observait. L'écoutait. Dehors, tout était silencieux, hormis une bourrasque de temps à autre. Il aurait presque pu trouver l'endroit paisible.

Presque.

Pourtant, son instinct lui disait de toujours se méfier. Il ne pouvait se défaire d'un sombre pressentiment. Et, pour la première fois de sa vie, il avait peur. Pas des trafiquants. Ni du danger. Il pouvait les affronter. Facilement.

Non. L'objet de sa hantise lui donnait envie de prendre ses jambes à son cou. Il contempla Jillian allongée, la tête sur l'oreiller. Elle avait tenu parole et lui avait laissé de la place.

Bon sang. Il la désirait toujours. Encore plus qu'avant. Et ce qui l'effrayait, c'était qu'il voulait plus qu'une aventure d'un soir.

Il s'avança vers le lit, puis s'immobilisa, étouffant

un juron. Comment pouvait-il être aussi stupide ? Il avait eu le cœur brisé des années plus tôt. Pour autant qu'il le sache, il n'avait pas encore réussi à en recoller les morceaux.

D'un geste hésitant, il caressa doucement les mèches qui tombaient sur le visage de Jillian et ferma les yeux, savourant le plaisir que lui procurait ce simple contact. Les longues boucles soyeuses glissaient entre ses doigts. Et son parfum le rendait fou.

Des images insensées s'imposèrent à son esprit. Il s'imagina en train de présenter Jillian à sa famille, de regarder James et Samuel jouer avec ses neveux. Il se vit entourer d'un bras la taille de Jill et l'embrasser en catimini dans la minuscule cuisine de ses parents…

Il retira brusquement sa main et regagna sa chaise à côté de la fenêtre, secouant la tête.

Avait-il complètement perdu l'esprit ?

Par chance, Murphy n'allait pas tarder à arriver. Le plus tôt serait le mieux. Sa présence imposerait entre Jillian et lui une distance dont il avait désespérément besoin. Contre tout bon sens, il avait laissé le numéro du motel sur le répondeur de son ami, mais il n'avait guère eu le choix : revenir téléphoner en pleine nuit aurait éveillé les soupçons.

Il avait toute confiance en Danny Murphy. Ils faisaient équipe depuis plus de quatre ans. Depuis Linda. Murphy était au courant de ce qui s'était passé — la nouvelle avait circulé à mots couverts dans le service — mais il avait suffisamment de tact pour ne jamais lui en parler.

Ses réflexions le ramenèrent à l'incendie qui avait ravagé la maison où ils étaient censés trouver refuge. Etait-ce à Jillian ou à lui qu'on en voulait ? Il n'osait exclure aucune possibilité. A ses yeux, les coïncidences n'existaient pas.

Une autre question le taraudait : comment Sloan et ses sbires avaient-ils découvert l'adresse ? C'était là une information top secret. Soit le gangster avait encore plus de ressources à sa disposition qu'il ne l'avait supposé, soit quelqu'un d'autre, plus haut placé que lui, avait pris peur.

Et, s'il y avait une fuite, d'où venait-elle ?

Quelque chose lui échappait. Quelque chose d'important. Il ferma les yeux et se laissa aller contre le dossier, cherchant à assembler les pièces du puzzle. Avec le temps, il y parviendrait. La question était de savoir combien de temps il avait.

Il se retourna et son cœur battit plus vite à la vue des silhouettes endormies dont il était responsable. Une femme et des enfants. Le pire scénario imaginable.

Il n'avait pas le droit à l'erreur. Pour sa part, il n'avait pas peur de mourir. Cette pensée le laissait indifférent. Mais laisser mourir des innocents dont il avait la charge ? Pas question.

Jillian se réveilla en sursaut, le cœur battant. Elle s'était déjà à demi levée quand des bras puissants la repoussèrent doucement contre l'oreiller.

— Sarah ? s'enquit-elle d'une voix faible.

— Chut. Je m'occupe d'elle.

— Biberon…

— Mon chou, elle l'a presque terminé.

— Hmm ?

La voix chaude et masculine de Luke l'apaisa, et elle se laissa aller contre sa main, marmonnant quelques mots inintelligibles avant de sombrer de nouveau dans le sommeil.

Jillian cilla et lorgna vers la fenêtre. Le soleil filtrait à peine à travers les lourdes tentures. Elle se laissa glisser entre les draps, savourant la fraîcheur du coton sur ses jambes nues et cherchant vainement à se souvenir de l'endroit où elle était.

— Quelle heure est-il ?

— Trop tôt. Dors encore un peu.

La voix appartenait à Luke. Tout comme le bras passé autour d'elle. Et le torse contre lequel elle était blottie. Son cœur se mit à cogner dans sa poitrine alors qu'elle prenait conscience de leurs jambes entremêlées.

— Tu fais une crise cardiaque ou tu es contente de me voir ? chuchota-t-il.

Un frisson de plaisir la traversa. Comment diable pouvait-on être aussi sexy de si bon matin ? Elle prit une inspiration incertaine.

— Je croyais que tu pensais que ce n'était pas une bonne idée, dit-elle en essayant de se dégager.

Il la retint.

— J'ai changé d'avis.

Sur quoi il déposa un baiser dans son cou et étouffa un petit rire comme elle retenait un gémissement.

— Arrête. Les enfants vont se réveiller d'un instant à l'autre.

C'était plus une supplique qu'un ordre.

— Les enfants dorment comme des loirs.

— Luke !

Elle se tourna vers lui et pressa les paumes contre son torse en guise de protestation. Les cheveux blonds de

Luke étaient ébouriffés et une lueur espiègle pétillait dans son regard.

Malgré elle, Jillian se mit à rire.

— S'il te plaît, nous ne pouvons pas faire ça.

— Pourquoi pas ? fit-il, imitant son accent.

— Tu te moques de moi ?

— Ferais-je une chose pareille ?

— Tu…

Il se pencha vers elle, et l'instant d'après elle avait tout oublié, enivrée par les sensations qui déferlaient en elle. Jamais de sa vie elle n'avait été embrassée ainsi.

Pourquoi fallait-il qu'il soit si attirant ?

Ce fut Luke qui se dégagea. Luke qui entendit Sarah s'agiter dans son berceau. Luke qui se ressaisit le premier, la laissant désemparée, prête à pleurer de frustration.

Elle retomba contre l'oreiller, tandis qu'il allait prendre le bébé dans ses bras.

— Hé, Jill…

— Oui ?

Elle prit appui sur un coude pour rencontrer son regard, s'efforçant de ne pas le dévorer des yeux.

— Tu as raison. On ne peut pas faire ça avec les enfants dans la pièce.

Elle parvint à sourire en dépit du désir qui la submergeait. En dépit de la douleur qu'elle sentait poindre dans son cœur, une douleur qui, elle commençait à le soupçonner, n'avait rien à voir avec le désir physique.

— J'ai raison ?

L'intensité du regard de Luke la fit rougir jusqu'aux oreilles.

— Oui, répondit-il en souriant. Quand nous ferons l'amour, il faudra que nous soyons seuls.

Il n'avait pas dit « si », mais « quand ». La bouche

sèche, elle fut incapable de formuler un son. Le sang tambourinait à ses tempes.

Il sourit de nouveau.

— Mon petit doigt me dit que tu vas crier fort.

— Vraiment ?

— Vraiment.

— Que va-t-il se passer à présent ? demanda Jillian en souriant à Sarah, qui gazouillait. As-tu un plan ?

Luke but une gorgée de café et leva les yeux de ses notes.

— Nous allons rester ici pour l'instant. Murphy sera là dans deux heures tout au plus. Ensuite, nous nous séparerons et…

Jillian tressaillit et releva brusquement la tête.

— Pardon ?

Allait-il se débarrasser d'eux ?

— Pas nous. Murphy et moi, expliqua-t-il. Il vient avec des armes et deux collègues, de sorte que nous pourrons enfin gérer cette opération comme elle doit l'être. Quand Murph et moi nous serons concertés, nous déciderons où t'emmener.

— Je suis perdue. Allons-nous à Charlotte ou ailleurs ?

— Je ne sais pas encore, mon chou.

Il fit un clin d'œil à Samuel, qui, encore en pyjama, faisait rouler ses petites voitures sur toutes les surfaces disponibles. L'enfant cessa d'imiter un bruit de moteur pour lui rendre son sourire.

— Tu veux jouer avec moi ?

— Merci, Sammy, pas tout de suite. Cet après-midi, d'accord ?

Samuel acquiesça et promena un camion sur le bras de Luke avant de passer à la table de nuit.

— Flûte ! s'écria Jillian, Sarah vient de régurgiter sur sa grenouillère et je n'en ai pas de propre ici. Je peux aller chercher sa valise dans le coffre ?

Luke fronça les sourcils.

— Non. Mets-lui un truc sale.

— C'est hors de question. Elle a une dizaine de tenues de rechange.

— Après ce qui est arrivé hier soir, tu ne vas nulle part. Même pas jusqu'à la voiture.

— Franchement, Luke ! Tu as passé une demi-heure dehors et tu n'as rien vu de suspect. Quel danger pourrait-il y avoir ?

— Je viens de t'apporter une valise, objecta-t-il.

— Eh bien, ce n'est pas la bonne. Je t'avais dit que je voulais la bleue.

— Elles sont toutes bleues.

— Je voulais parler de celle de ma sœur. Je n'en ai que pour une minute, insista-t-elle en se levant.

En un éclair, il fut debout, lui barrant le chemin.

— Quand Murph arrivera, j'irai la chercher.

— Je n'ai pas besoin d'un garde du corps pour aller à la voiture !

Elle s'approcha de la fenêtre et écarta le rideau.

— C'est là, dit-elle en tapotant la vitre. A dix mètres.

Elle pivota pour affronter son regard.

— Le parking est pratiquement vide, enfin !

— La voiture est à une bonne cinquantaine de mètres, rétorqua-t-il d'un ton exaspéré. Tu te souviens de ce que je t'ai dit à propos d'obéir à mes ordres ?

— Je pense avoir dit que je ne contesterais pas tes décisions. Je ne me souviens pas d'avoir promis d'obéir.

— Et là, tu n'es pas en train de contester ?

Il laissa tomber son crayon de papier et se dirigea vers la porte à grands pas.

— Très bien, je vais y aller moi-même. Où est cette fichue valise ? Tu en as une quinzaine là-dedans.

— Je ne suis pas en vacances, Luke. Je déménage. C'est un miracle que j'aie pu tout caser dans ce coffre.

— Tu me raconteras ça à mon retour. Je serai ravi de discuter de tes problèmes de bagages quand je me serai assuré que tu ne vas pas te faire tuer pour une satanée grenouillère.

Il scruta les environs, puis la foudroya du regard.

— Quelle valise ?

Les mains sur les hanches, elle ravala la réponse mordante qui lui brûlait les lèvres.

— Etant donné que tu t'es débarrassé de ma voiture hier soir, je ne sais plus où elle est précisément. Mon coffre était bien rangé, mais tu as tout chamboulé en transférant les bagages.

— Elle est de quelle couleur ? demanda-t-il, les dents serrées.

— Pervenche.

— Pervenche ? Et ça veut dire quoi, au juste ?

Elle leva les yeux au ciel.

— Ça veut dire lilas, mauve, enfin !

Il attrapa son revolver sur la table et vérifia le chargeur.

— Je dois être fou à lier, grommela-t-il en ouvrant la porte. Referme et n'ouvre sous aucun prétexte, compris ?

Elle lui pressa la main au passage. Il regrettait sans doute déjà d'avoir cédé.

— Merci, Luke. Nous ferons attention.

— Bien. Et, si tu entends des coups de feu, allongez-vous par terre et faites vos prières.

Sur ce, il sortit et claqua la porte. Un peu tard, Jillian comprenait qu'elle avait sans doute eu tort de le pousser à bout. Elle aurait pu rincer la tenue de Sarah et la faire sécher. Seulement, elle était lasse de cette atmosphère de roman policier. C'était leur troisième jour de captivité et elle n'en voyait pas le bout. Elle commençait à avoir l'impression d'être un animal en cage.

Derrière elle, James et Samuel s'étaient tus, écoutant leur querelle avec intérêt.

— Ce n'est rien, les enfants. Luke n'est pas fâché. Il est inquiet pour nous, c'est tout.

Elle alluma la télévision et leur sourit. De toute façon, elle en avait assez que Luke lui donne des ordres comme si elle était incapable de réfléchir par elle-même.

— Hé, regarde ! C'est Luke ! s'écria James en inclinant la tête. Il passe à la télé !

Jillian augmenta le volume en retenant son souffle. Il lui fallut un instant pour saisir le sens des paroles du journaliste et reconnaître le motel qu'ils avaient quitté la veille. Le veilleur de nuit avait été assassiné par un petit trafiquant de drogue, un certain Billy Lathrop.

Qui ressemblait à Luke comme deux gouttes d'eau.

Elle revit la chemise ensanglantée de Luke, se remémora son empressement à partir avant l'aube. Etait-ce pour cette raison que leur cavale continuait ? Voilà pourquoi ses prétendus collègues lui avaient fait faux bond : Luke n'était pas un agent du gouvernement, mais un trafiquant !

Elle déglutit avec peine, gagnée par la panique. Les paumes moites, elle se rua vers la porte. Dire qu'elle avait failli coucher avec lui ! Pire, qu'elle s'était pratiquement jetée à sa tête !

Et durant tout ce temps il l'avait prise pour une imbécile.

Seigneur ! Luke n'était pas son ami.

C'était même tout le contraire.

7

— Jilly, qu'est-ce que tu fais ?

— Je bloque la porte, déclara-t-elle en poussant la table contre le battant.

— Mais comment est-ce que Luke va pouvoir rentrer ? demanda James avec inquiétude.

Elle marqua une pause, écartant les mèches qui lui tombaient sur le visage.

— Il ne va pas rentrer.

— Pourquoi ? Qu'est-ce qu'il a fait ?

— James, s'il te plaît. Pas maintenant. Il faut que je réfléchisse à un plan. A ce que nous allons faire.

— Mais Luke est gentil ! Il n'a tué personne ! protesta James en essayant de tirer la table qu'elle venait de déplacer.

— Qu'est-ce que tu fais, mon chou ? Viens ici tout de suite.

— Jilly, Luke n'est pas un trafiquant de drogue. Il est trop gentil, affirma James en croisant les bras. Il ne ressemble pas aux trafiquants que je connais.

Jillian s'apprêtait à riposter quand elle entendit la clé tourner dans la serrure. Luke était-il déjà de retour ?

Il étouffa un juron en sentant la résistance.

— Va-t-en ! cria-t-elle.

— Que diable se passe-t-il ici ?

Elle se jeta contre la table tandis qu'il tentait de

forcer le passage. Aussitôt, James et Samuel s'accrochèrent à elle pour la retenir.

— James ! Lâche-moi tout de suite.

— Ouvre cette porte ! Qu'est-ce que tu as mis devant, bon sang ?

— C'est Jilly, cria James. Elle est devenue dingue. Elle t'a vu à la télé et elle a déplacé les meubles !

— James ! protesta-t-elle, indignée.

Luke émit une bordée de jurons. Au même moment, James la tira brutalement en arrière et elle s'effondra sur le sol. Elle se mordit la lèvre en voyant l'enfant s'employer à écarter la table.

— Non ! Ne laisse pas…

Luke donna un violent coup de pied dans la porte, à l'instant précis où James parvenait à dégager l'entrée. Le battant claqua contre le mur et rebondit. Luke le retint au vol et le referma.

— Voici ta fichue valise ! fit-il en la lançant sur le lit.

Puis il s'agenouilla devant James.

— Ça va, fiston ?

— Oui, ça va.

— Merci de m'avoir laissé entrer.

— Pas de problème.

Sous les yeux stupéfaits de Jillian, Samuel se précipita vers Luke et se cramponna à ses jambes.

— Ça va, bonhomme ?

Le bambin acquiesça.

— Et toi ? reprit Luke en faisant un pas vers elle. Quelle mouche t'a piquée ? Je sors cinq minutes et quand je reviens tu es complètement hystérique ! Tu vas m'expliquer ?

— Je ne suis pas hystérique !

Il n'esquissa pas un geste pour l'aider à se relever. Dans son berceau, Sarah se mit à geindre, comme si elle avait perçu la tension. Sans détacher son regard de Jill, Luke se baissa et prit le bébé dans ses bras, le berçant contre son épaule pour l'apaiser.

— Tu m'as menti, dit-elle. Tu n'es pas membre de la brigade des stups, tu es un trafiquant ! Tu as… tu as tué quelqu'un !

— Et où as-tu appris tout ça ?

Il aurait dû nier, ou avouer qu'il l'avait trompée, ou s'excuser bassement, au lieu de quoi il bouillait visiblement de rage.

— On l'a vu à la télé, Luke, intervint James. Il y avait ta photo, et tu sais quoi ? Tu avais les cheveux drôlement courts. Ils ont dit que tu avais tué quelqu'un mais je ne l'ai pas cru.

Samuel opina et Jillian retint un gémissement de désespoir. Luke était peut-être un assassin, et pourtant la confiance des enfants lui était acquise.

— Que vas-tu faire de nous à présent ? demanda-t-elle agressivement.

— Je suis tenté de te mettre un bâillon et de te jeter dans le coffre de la voiture. Malheureusement, il est déjà plein à craquer.

Elle ouvrit la bouche pour protester mais il continua, donnant libre cours à sa colère.

— J'aurais pu me faire tirer dessus dehors pendant que tu étais ici à t'amuser !

— A m'amuser ? Comment oses-tu ? Tu as tué un innocent et tu es étonné que j'essaie de me défendre ? Mais qu'est-ce que tu crois ?

— Je pensais que tu avais un minimum de bon sens, mais il faut croire que tu n'as rien dans la cervelle !

— Rien dans la cervelle ? explosa Jillian, hors d'elle. Espèce de salaud !

— Oups, Jilly, c'était un gros mot, gloussa James, très amusé par la scène.

— Tu m'as affirmé hier que tu n'avais tué personne.

— Et tu préfères croire un reportage à la télé plutôt que moi ?

— Je ne te connais pas. Si tu m'avais dit la vérité, tu aurais parlé du veilleur de nuit abattu.

Il croisa les bras et la toisa d'un regard glacial.

— Oh ! vraiment ? Parce qu'à présent je suis censé te tenir au courant de toute l'opération ?

— Tu as promis de m'informer. C'est de ma vie qu'il s'agit — et de la vie des trois enfants dont j'ai la charge.

— Tu crois que ça t'aurait fait du bien de savoir que quelqu'un était mort ? Que les types qui nous cherchent sont capables de tuer ?

— Au moins, j'aurais su la vérité.

— La situation est assez grave comme ça, maugréa-t-il. Je n'ai pas besoin que tu craques en plus.

— Tu étais beaucoup plus sympathique quand tu ne prenais pas ce ton supérieur, Luke. Qui sait, je pourrais peut-être t'aider ?

Il eut un rire dédaigneux.

— Je n'ai pas besoin que tu invites nos poursuivants à prendre le thé. Tu es agent secret à présent ? Dites-moi, milady, quel est votre plan d'action ? Je suis tout ouïe.

A la consternation de Jillian, les larmes lui montèrent aux yeux. Comment avait-elle pu être attirée par cet homme ? Comment avait-elle pu le croire bon et gentil ? Il était dur, cruel. Impitoyable.

Elle se détourna, attrapa la valise et se dirigea vers la salle de bains. Elle n'allait certainement pas pleurer devant lui. Il ne chercherait qu'à l'humilier davantage.

En entendant la porte se refermer, Luke prit une profonde inspiration et se laissa tomber sur le lit. Bon sang, il s'était conduit comme un imbécile. Jillian avait eu l'intelligence de réagir rapidement à une menace qu'elle percevait comme réelle. Elle avait eu l'instinct de protéger ses enfants. Elle avait été prête à se battre contre lui alors qu'il était plus fort, et beaucoup mieux armé qu'elle.

Et sa réaction avait été complètement disproportionnée.

James s'approcha et se blottit contre lui. Un instant plus tard, Samuel grimpa sur le lit et s'appuya contre son dos. Luke ferma les yeux, ému, savourant la chaleur de ces petits corps.

— Elle pleure, souffla James.

— Oui, je sais.

Jillian avait fait couler la douche et Luke savait qu'il l'avait blessée.

James secoua la tête.

— Tu aurais dû la voir. Elle est devenue dingue quand elle t'a vu à la télé.

— Elle a fait ce qu'il fallait. Elle essayait de vous protéger.

— Oui, mais…

— Il n'y a pas de mais, Jimmy. Réfléchis. Comment saurait-elle que je ne suis pas un trafiquant ?

James inclina la tête, lui décochant un regard éloquent. Luke ne put s'empêcher d'être touché que l'enfant ait tant de foi en lui.

— Tu n'es pas comme les trafiquants qui venaient chez moi.

Luke le dévisagea.

— Que veux-tu dire ? Que sais-tu de ces gens-là ?

— Ils venaient tout le temps chez nous. Le papa de Sarah, c'était Slow.

— Slow ?

— Oui. Il était drôlement méchant avec nous. Et avec maman.

Le cœur serré, Luke acquiesça.

— C'est fini, bonhomme. Tout ira bien à présent.

— Un jour, il a tiré sur maman, reprit l'enfant. Lui et un copain. Ça les a fait rire.

Luke se figea, assimilant les paroles de James. Puis il attira contre lui l'enfant, qui s'était mis à sangloter.

— Je suis désolé, Jimmy.

James pleura encore un moment, sans bruit, donnant peut-être pour la première fois libre cours à son chagrin. Quand il se redressa enfin, il s'essuya les yeux, et reprit la parole d'une voix saccadée.

— Maman, elle s'est vengée. Elle a fait semblant d'être morte. Et, quand ils sont partis, elle est venue nous chercher.

— Que s'est-il passé alors ?

— Elle nous a emmenés à l'étage au-dessous, chez une vieille dame. Elle a dit que c'était une amie.

James hésita, fouillant dans ses souvenirs.

— J'ai oublié son nom, mais maman a dit qu'on serait en sécurité chez elle.

— Et après ?

— Je ne sais pas. Elle a dit à la vieille dame qu'elle devait téléphoner à sa sœur. Et qu'elle savait où trouver beaucoup d'argent et qu'elle allait le prendre pour que tante Jilly puisse s'occuper de nous.

Les yeux de James s'emplirent de nouveau de larmes et il se mordit la lèvre pour l'empêcher de trembler — comme Jilly un instant plus tôt. Sa maîtrise de lui-même sidéra Luke. L'enfant n'avait que six ans !

— Elle avait un… un trou dans le ventre. J'ai voulu l'aider mais elle a dit non. Qu'elle allait à l'hôpital. Je… elle est partie et on ne l'a pas revue après.

Luke lui pressa le bras et déposa un baiser sur sa tête. Dans la salle de bains, l'eau ne coulait plus. Jilly avait cessé de pleurer, elle aussi. Bientôt, il lui présenterait des excuses. Et s'efforcerait d'en apprendre davantage sur Annie Moseby. Pourquoi diable Jilly ne lui avait-elle pas dit que sa sœur avait été assassinée ?

En fin de compte, il n'eut pas la possibilité de s'excuser. L'arrivée de Murphy — enfin ! — donna lieu à plusieurs heures d'effervescence, occupées à mettre en place un poste de commandement dans le logement voisin.

Lorsque Jilly sortit de la salle de bains, trois agents fédéraux se pressaient dans la pièce. A en juger par son expression renfrognée, on aurait pu croire qu'il avait invité ses collègues dans le seul but de lui donner tort.

Il s'acquitta des présentations, après quoi elle l'ignora. Murphy lui plaisait, c'était évident. D'ailleurs, tout le monde l'aimait. Il était la gentillesse personnifiée, savait parler aux femmes et les manœuvrer. D'ordinaire, Luke excellait aussi en la matière. C'était là une des exigences du métier. Mais rien dans cette opération ne se déroulait comme d'habitude.

Loin de là.

A l'évidence, il n'avait pas su s'attirer la coopération de Jillian. Dès le départ, elle avait mis en doute son autorité. Il la regarda répondre aux questions de Murphy, sans s'énerver, sans se plaindre, et s'efforça de ne pas s'en offusquer. Elle souriait à son collègue et faisait tout ce qu'il lui demandait.

Les deux autres agents venaient de Charlotte. Le visage de l'un, Josephson, lui était familier. Ils avaient participé à quelques opérations ensemble. En revanche, il ne connaissait pas du tout le dernier, Petrie.

Le plan consistait à attirer Sloan hors de sa cachette en se servant de Luke comme appât. Duncan n'avait pas pris la peine de consulter l'intéressé sur les détails de cette stratégie. Par exemple, qu'était-il censé faire de Jilly et des enfants durant l'opération proprement dite ?

Leur position avait été l'objet de fuites. A présent, il ne leur restait plus qu'à patienter. D'après le QG, un émetteur avait été placé sous le véhicule de Sloan, une équipe de surveillance suivait ses mouvements et une seconde équipe se tenait prête à l'intercepter lorsqu'il s'approcherait du motel.

Le seul point de désaccord concernait Jilly et les enfants. Murphy aurait souhaité qu'ils soient emmenés en lieu sûr, mais Luke s'y était opposé. Il n'avait pas oublié la série d'explosions qui avait ravagé la maison de Charlotte où ils devaient se réfugier. Et il n'avait pas oublié non plus que quelqu'un, quelque part, avait été informé de leur destination.

D'ailleurs, il n'était toujours pas absolument convaincu que Sloan ne recherchait que lui. Et si le gangster voulait abattre Jilly aussi, parce qu'elle avait été témoin de ce qui s'était passé ?

Non. Il était hors de question qu'il se sépare de Jilly et des enfants.

Cela lui laissait deux possibilités. La première, renoncer à faire partie de la mission et les conduire lui-même en lieu sûr. Mais seraient-ils en sécurité avec lui ? Ou sa présence les exposerait-elle à un danger plus grand encore ?

La seconde option était de cacher Jilly et les enfants sur place et d'espérer que l'opération se déroule sans anicroche. Dans un scénario idéal, personne ne serait blessé et Sloan serait appréhendé. Cependant, si les choses tournaient mal, comme le mardi précédent…

Il secoua la tête. Quelle que soit sa décision, il n'y avait pas de garanties. Mais plus que tout au monde il voulait que Sloan soit capturé, car c'était la seule façon d'être sûr que Jilly ne risquait plus rien. La seule façon de lui rendre sa liberté.

Il traversa la pièce, indiquant du regard à Murphy de le suivre. Ce dernier comprit et le suivit tranquillement dans la chambre des enfants, lesquels faisaient des cabrioles sur le lit. Ils ne pouvaient pas aller jouer dehors mais, pour le moment au moins, ils avaient de l'espace.

Murphy se laissa tomber sur une chaise près de la fenêtre.

— Dis-moi, Luke, ça marche avec cette fille ? Elle est canon, vieux. Tu ne joues plus les moines, j'espère ?

Luke se raidit, mais réprima la riposte acide qui lui brûlait les lèvres.

— Oui, bien sûr. On a eu tout le temps de se faire des câlins. Et, avec trois enfants dans la pièce, l'ambiance était tout ce qu'il y a d'intime.

C'était contre lui qu'il aurait dû diriger sa colère, songea-t-il. Après tout, Murph avait raison : Jillian était superbe. Il avait eu sa chance et l'avait laissée passer.

— C'est à cause de moi qu'elle est en danger. Le moins que je puisse faire est de la protéger. C'est la seule chose qui m'intéresse.

— Eh bien, si tu n'es pas intéressé, Josephson l'est,

dit Murphy avec un haussement d'épaules. Franchement, si je n'étais pas marié, je ferais comme lui.

Luke se leva et se dirigea vers la porte à grands pas.

— Joe ferait mieux de la laisser tranquille, sinon...

— Eh bien, il est grand temps.

Il s'arrêta net, frappé par les paroles de son ami.

— Qu'est-ce que tu veux dire par là ?

Son partenaire sourit et étira ses longues jambes.

— Pour un gars qui n'est pas intéressé, tu as l'air drôlement intéressé.

— Laisse tomber, Murphy.

Au prix d'un effort, Luke se maîtrisa et revint sur ses pas. Son ami faisait exprès de l'asticoter et, bien sûr, il était tombé dans le panneau. Mais Murphy n'avait pas la moindre idée de ce qui se passait. Franchement, Luke se moquait éperdument de savoir avec qui Jillian sortait du moment qu'il n'était pas là pour le voir.

— Si on essayait de se concentrer sur l'opération ?

Murphy haussa de nouveau les épaules.

— Ça me va. Je ne voulais pas t'énerver.

— Qui te dit que je suis énervé ?

Son collègue éclata d'un rire sonore. Luke serra les dents, refoulant la tentation de lui envoyer son poing dans la figure.

— Tu t'es renseigné sur Annie Moseby ? demanda-t-il, pressé de changer de sujet.

Il voulait savoir ce qui était arrivé à la sœur de Jilly. Si cette dernière décidait un jour de lui reparler, il pourrait lui dire ce qu'il avait appris. A supposer, évidemment, qu'elle ne le sache pas déjà.

— Rien trouvé pour l'instant.

— Elle a été assassinée.

— Oui, eh bien, le QG a d'autres chats à fouetter en ce moment. La priorité, c'est d'arrêter Sloan. Cela dit, si tu veux mon avis, ce n'est pas gagné d'avance. Je doute que tu sois un appât suffisant.

— Je suis d'accord avec toi.

Au fond, il soupçonnait que toute cette opération n'était qu'une perte de temps. Il n'était pas assez important aux yeux de Sloan pour que ce dernier sorte de son repaire.

— Tu sais que sa maîtresse a disparu ?

— Winnie ? Tu crois qu'il aurait pris la fuite avec elle ?

— Je ne sais pas. Peut-être qu'elle l'a quitté et qu'il est parti à sa recherche. Ou peut-être qu'il a pris peur après mardi et qu'il l'a laissée en plan.

Luke secoua la tête.

— Sloan est trop arrogant pour s'enfuir.

— Possible. Mais c'est curieux qu'ils se soient tous les deux volatilisés. Et, d'après les rumeurs, il y aurait aussi une grosse somme d'argent dont on a perdu la trace.

— Où as-tu entendu dire ça ?

— Ce sont des bruits qui circulent dans le milieu de la drogue. Evidemment, on ne peut pas croire tout ce qui se raconte, alors qui sait ce qu'il en est réellement ? Peut-être que Winnie en a eu assez des gifles et qu'elle a levé le camp.

— On dirait que Sloan a eu quelques soucis ces derniers temps.

— Plutôt. Toute son opération a l'air de prendre l'eau, les fédéraux sont sur sa piste, et son chef ne doit pas être ravi que tout ce fric ait disparu.

— Tu crois que Castillo est au courant ?

Murphy pianota sur sa joue, songeur.

— En tout cas, je ne voudrais pas être à la place de Sloan s'il l'est.

Luke acquiesça.

— Par conséquent, soit il essaie de gagner du temps, soit il cherche à réparer les pots cassés.

— Tu rêves. Où veux-tu qu'il trouve trois cents millions ? Il ne va pas pouvoir faire l'autruche très longtemps. Les dépôts d'héroïne se faisaient à dix jours d'intervalle. Sans faute. Castillo doit être en train de faire pression sur Sloan pour avoir le paiement de la dernière livraison.

— Autrement dit, on risque d'avoir une guerre des gangs sur les bras, commenta Luke avec un soupir.

Quelque chose continuait cependant à le tracasser. Si Sloan se trouvait vraiment dans un pétrin pareil, pourquoi aurait-il gaspillé ses ressources à les poursuivre ? A quoi bon perdre son temps avec le petit dealer qu'il était censé être ? N'avait-il pas d'autres soucis ?

Il ne pouvait s'agir d'une simple vendetta. Il devait y avoir davantage. Ce qui le ramenait à Jilly. Sloan la recherchait-elle ? Et, si oui, pourquoi ?

Luke regarda les deux garçons qui sautaient à pieds joints sur les lits. Si l'un des deux tombait et se faisait une vilaine bosse, Jillian serait furieuse contre lui.

— Je vais demander à Petrie de se renseigner sur les finances de Sloan, lança Murphy. Peut-être qu'il essaie de couvrir ses pertes en attendant d'avoir récupéré l'argent.

— Que sais-tu de ce Petrie, à propos ? Qui est-ce ?

Son partenaire haussa les épaules.

— Je le connais vaguement. Je crois qu'il est basé à l'agence de Philadelphie, mais il a collaboré à plusieurs enquêtes dans d'autres villes, surtout en Floride.

— Tu as déjà travaillé avec lui ? Il est compétent ?

— Je n'ai entendu que des compliments à son sujet. C'est un as en électronique, apparemment.

— Bon, fit Luke, légèrement soulagé. Dès que tu auras un moment, n'oublie pas de te renseigner sur Annie Moseby, d'accord ?

— Reparle-m'en d'ici une semaine ou deux. Ces jours-ci, nous sommes vraiment à court de personnel. On a perdu deux gars dans l'opération de mardi dernier.

— Je sais.

— Au fait, ajouta Murphy avec un petit sourire, comment va ton derrière ?

Luke fronça les sourcils. Bon sang ! Quelqu'un avait craché le morceau.

— Qui t'en a parlé ?

Murphy se leva et inclina la tête vers les deux garçonnets qui continuaient à s'amuser comme des fous, se jetant d'un lit à l'autre.

— Jim me l'a dit cinq minutes après mon arrivée. Je sais même que tu ne portes pas de caleçon.

Luke étouffa un juron.

— Mon vieux, tu as toute ma compassion.

Luke ignora son sourire narquois et fouilla dans sa poche à la recherche de la balle que Jilly avait extraite.

— Tiens. Si tu pouvais faire examiner ça par le service balistique…

— Oh ! Je peux la garder ? Je veux dire, c'est un souvenir personnel, non ?

— Ça va, Murph.

Celui-ci éclata de rire.

— Tu penses qu'on pourrait faire analyser ce truc par un labo indépendant ?

Le rire de Murphy s'éteignit.

— Que veux-tu dire ? fit-il en jetant un coup d'œil furtif vers la porte. Tu crois qu'il y a des fuites ?

Luke hocha la tête.

— Qu'est-ce qui te fait dire ça ?

— L'incendie de la maison, pour commencer.

Il hésita.

— Et mardi... tu as réfléchi à la manière dont tout s'est passé ?

— Mmm, oui. Ce n'était pas notre style habituel. Un peu trop décontracté.

— Où était l'équipe de renfort ?

— Et pourquoi n'a-t-elle pas repéré les tireurs ? Je me suis posé la même question. Je me demandais pourquoi Sloan avait l'air si détendu, tu sais, comme s'il savait, comme s'il attendait...

— J'ai remarqué.

Luke déglutit, troublé. Leur mission était de démanteler un des principaux réseaux d'héroïne en provenance du Mexique. Sloan n'était qu'un trafiquant parmi d'autres, tous liés à un seul et même homme, le mystérieux Castillo. S'il y avait bel et bien une taupe au sein de la force d'investigation, l'ennemi pouvait être n'importe qui... et même quelqu'un dans la pièce voisine.

— Ne parle de cette balle à personne, conclut-il en désignant la porte.

— Entendu, dit Murphy. Je vais passer quelques coups de fil.

— Pourquoi ne m'as-tu pas dit que ta sœur avait été assassinée ?

Jillian s'efforça d'éviter son regard. Elle était toujours furieuse contre lui, mais son cœur rebelle se refusait à l'admettre. Il se mettait à battre à toute allure dès qu'elle avait le malheur de poser les yeux sur lui.

— Je t'ai dit que c'était la drogue qui l'avait tuée. Cela me semblait suffisamment précis.

— On a tiré sur elle. Pourquoi ne me l'as-tu pas dit ?

Elle le fixa, de plus en plus irritée.

— Quelle importance ? Et pourquoi t'intéresses-tu à la manière dont elle est morte ?

— Parce que c'était un meurtre, Jill. Tu ne veux pas savoir qui l'a tuée ?

— Bien sûr que si ! C'était ma sœur.

Refoulant des larmes de colère, elle fit un pas vers lui.

— Seulement, je ne peux rien changer au fait qu'elle est morte. Et toi non plus — pas avec tes maudites armes, ton matériel sophistiqué et ta lutte antidrogue ! Rien de tout ça ne la ramènera.

— Et la justice, là-dedans ?

— Ne viens pas me faire la leçon, Luke ! Je n'ai pas le temps de me soucier de la justice.

Elle baissa la voix.

— J'ai trois enfants à élever. Si j'y arrive, si je peux leur donner une vie stable…

Elle s'interrompit, la gorge trop nouée pour continuer.

— … Si je peux, par miracle, effacer de leur mémoire l'horreur qu'ils ont connue, justice aura été rendue.

— Donc, ça t'est égal que l'assassin soit arrêté ou pas ?

— Tu crois que je suis une parfaite imbécile ? répondit-elle, outrée.

Cet homme était vraiment l'individu le plus arrogant, le plus insupportable qu'elle ait jamais connu.

— Je ne l'ai pas enterrée dans son jardin, Luke, enchaîna-t-elle d'un ton cassant. La police a été alertée. Il y a eu une autopsie. Je suis sûre que tous les détails se trouvent dans un dossier quelque part. Si ça t'intéresse à ce point, tu n'as qu'à le lire. Et après tu pourras m'envoyer ton rapport !

Elle se laissa tomber sur le bord du lit, se mordant la lèvre pour ne pas pleurer.

Luke s'avança vers elle.

— Jill, nous sommes peut-être partis du mauvais pied. Je voulais t'aider, c'est tout. Je me suis dit que je pourrais faire quelques vérifications. Je ne voulais pas te faire de peine.

— Laisse tomber. Peu importe.

Il s'assit à côté d'elle et Jillian cilla en sentant sa cuisse effleurer la sienne.

— As-tu certains de ses effets personnels ? Elle a laissé des documents ?

Elle fit non de la tête.

— Je n'ai que ces trois valises.

— C'est tout ? Tu en es sûre ?

Un frisson la traversa. Elle était encore incapable de le regarder en face. Il était si déterminé ! Pourquoi ne pouvait-il pas la désirer avec autant de force, comme si elle était une étoile qu'il valait la peine de décrocher ? Mais non, il voulait des réponses, une arrestation, la justice. Peut-être était-il même prêt à mourir pour ces causes-là.

— Ecoute, j'ai dit des choses tout à l'heure que je n'aurais sans doute pas dû dire.

— Si c'est ta manière de t'excuser, j'ai connu mieux.

La main de Luke se referma sur son bras. En un éclair, il l'obligea à se lever et l'entraîna dans un coin de la pièce.

— Lâche-moi tout de suite ! s'écria-t-elle, rouge de colère. Comment oses-tu me traiter ainsi devant tes amis ?

Il secoua la tête, l'air exaspéré.

— Tu sais ce que je veux dire.

— Ah bon ?

— Tu me rends fou, grommela-t-il. Tu t'en rends compte ?

Il la lâcha et fit un pas en arrière.

— Je suis désolé, d'accord ? J'étais énervé et j'ai dit des choses que je ne pensais pas. Tu as eu raison de réagir comme tu l'as fait. Tu protégeais tes enfants et c'était exactement ce qu'il fallait faire.

— Dans ce cas, pourquoi n'as-tu pas essayé de voir les choses de mon point de vue ?

— Je pourrais te poser la même question. Je t'ai laissée seule pour aller chercher un sac de couches. J'étais une cible facile. S'il y avait eu un tireur dans les bois, nous serions tous morts à l'heure qu'il est. Je n'ai pas le temps de gérer les crises d'hystérie — mais ta conduite n'avait rien d'hystérique, ajouta-t-il immédiatement.

Elle croisa les bras.

— Je vois.

— J'étais agacé, d'accord ?

Il baissa la voix.

— Je pensais que tu avais confiance en moi. Cela dit, je m'excuse de t'avoir blessée.

Elle déglutit avec peine, tandis que son cœur s'emballait. Il était absolument irrésistible quand il la regardait de cette manière. Peut-être était-il sincèrement désolé.

— Ecoute, oublie ça. Je ne voudrais pas que ça ait un impact sur nous.

— Nous ?

Son cœur battait la chamade, à présent. L'aimait-il donc un peu ?

— Je ne veux pas que cette opération échoue.

Quand je donne un ordre, il faut que tu obéisses sans hésiter. Sans poser de questions. C'est clair ?

Non, il ne se souciait pas d'elle le moins du monde. C'était seulement une tactique pour obtenir sa coopération. Luke Gianetti devait être un agent clandestin hors pair, car il était le plus grand menteur auquel elle ait jamais eu affaire.

Et elle la femme la plus stupide de la terre.

— J'accepte tes excuses. Je me tairai dans l'intérêt de ta mission, tu as ma parole. Maintenant, éloigne-toi de moi.

Il ouvrit des yeux ronds, visiblement perplexe.

— Qu'est-ce que j'ai encore fait ?

Elle regarda par-dessus son épaule et plaqua un sourire sur ses lèvres. L'agent Josephson se tenait juste derrière lui.

— Oui, Charles, vous aviez besoin de moi ?

Luke s'était raidi, agacé sans doute d'avoir été interrompu avant d'en avoir terminé.

— Qu'est-ce que tu veux, Chuck ?

— Le bébé est en train de se réveiller et j'ai pensé que Jilly voudrait la prendre.

Luke garda son regard rivé sur elle. Essayait-il de l'intimider ? Elle décida de l'ignorer. Pas question de laisser l'agent Gianetti tout contrôler. Elle se félicita de ne pas avoir fait l'amour avec lui. Dire qu'elle s'était imaginé qu'elle était en train de tomber amoureuse de cet homme !

— Je n'ai pas fini avec elle, déclara-t-il d'un ton sec. Miss Moseby viendra dans quelques minutes.

Il n'avait pas fini avec elle ? Eh bien, c'était ce qu'on allait voir ! Elle le contourna, résolue à lui montrer qu'elle était parfaitement capable de parler en son propre nom.

— Sottises. Charles, je viens avec…

Luke la retint par le bras et la plaqua contre lui.

— J'ai dit pas tout de suite, marmonna-t-il en prenant possession de ses lèvres.

Elle voulut protester, mais ce fut une erreur. Le baiser de Luke se fit plus intime, plus passionné, et, alors que son cerveau protestait énergiquement contre cette indignité, son corps, lui, la savourait. Oh ! elle aimait le goût de sa bouche, sa chaleur et son insistance. Elle se sentait fondre entre ses bras.

Lorsqu'il la lâcha enfin, elle chancelait, et elle dut se retenir à lui pour ne pas perdre l'équilibre. Elle n'eut qu'une seconde pour voir la lueur ardente de son regard avant qu'il redevienne parfaitement impassible. Il parvint même à sourire, mais ce n'était pas un de ces sourires dont il avait le secret : celui-ci était crispé, frustré, empreint de regret. Un sourire pour la remettre à sa place.

— Tu peux y aller maintenant, lança-t-il.

Le Luke arrogant et sûr de lui était de retour, pas de doute là-dessus.

L'agent Josephson s'était éloigné discrètement. Comment allait-elle oser le regarder en face ? Autour d'eux, toute l'activité semblait s'être arrêtée pour le spectacle. Luke l'avait pratiquement déclarée comme sa propriété privée devant tout le monde. Et tous souriaient d'un air entendu.

Elle le toisa, furieuse.

— Ne me touche plus jamais, compris ? dit-elle avant de le bousculer pour passer.

Pour toute réponse, il se contenta d'émettre un petit rire.

Elle se retournait quand une déflagration assourdissante retentit au-dehors. Aussitôt, Luke la plaqua au sol et s'allongea sur elle, lui faisant un bouclier de son corps.

— Où sont les garçons ? suffoqua-t-elle, sous le choc.

— Avec Murphy. Ne relève pas la tête. Ne bouge pas d'ici avant que je te le dise.

— Qu'est-ce que c'était ?

Pétrifiée par la peur, elle entendait les agents s'agiter près de la porte de leur chambre. Petrie s'élança dans l'obscurité. Ses pas résonnèrent dans le couloir comme une série de détonations.

— On aurait dit un coup de feu. Tiré de près, marmonna Luke à son oreille. Il faut que j'aille voir de quoi il retourne.

Sur quoi il se laissa glisser le long de son corps.

— Quoi qu'il arrive, ne bouge pas, compris ? Tu m'entends, Jillian ? Je ne plaisante pas.

— Luke, ne t'en va pas, je t'en prie, supplia-t-elle.

— Promets-moi que tu ne bougeras pas, bon sang !

— Je te le promets. Pour l'amour du ciel, sois prudent.

8

— Une fausse alerte ?

Un quart d'heure s'était écoulé, et Jillian se laissa tomber sur le bord du lit, les jambes encore tremblantes. Les sourcils froncés, Luke traversa la pièce pour s'approcher d'elle.

— Jill, ça va ?

— Je ne peux plus supporter tout ça, Luke. Je suis au bout du rouleau. C'est de la folie !

En dépit de tous ses efforts, des larmes lui montèrent aux yeux.

— Ecoute, ce n'est rien. Un pot d'échappement percé, voilà tout.

Il s'assit à côté d'elle et lui tapota la main.

— C'est normal que tu sois un peu à cran, mais tout va bien se passer. Tout est O.K., et au moins notre plan a fonctionné, ajouta-t-il avec un haussement d'épaules.

— Quel plan ?

— Si ç'avait été un tireur, expliqua-t-il, tout le monde aurait fait exactement ce qu'il était censé faire.

— Si tu essaies de me réconforter, ça ne marche pas vraiment.

Ignorant son sarcasme, Luke se leva et étreignit brièvement James et Samuel.

— Vous, les gars, vous avez été fantastiques.

Loin d'être terrifiés, les deux garçonnets avaient

été ravis. Pour eux, c'était une scène tout droit sortie d'un film d'action, avec Luke Gianetti pour héros. Quand Luke s'était jeté sur Jillian pour la plaquer au sol, Murphy avait fait de même avec James et Samuel. Josephson veillait sur la porte. Les garçons, qui s'étaient entraînés toute la soirée, n'avaient eu besoin que du signal de Murphy pour se faufiler sous leurs lits.

Sarah, pour sa part, avait continué à dormir tranquillement dans son berceau, lequel avait été calé tout au fond du dressing, presque dissimulé par les vêtements suspendus aux cintres.

Lorsque l'enfant se réveilla enfin, Jillian la prit dans ses bras et la fit sauter sur ses genoux. Pourtant, elle avait encore le vertige en pensant à l'incident. Que resterait-il de la Jillian d'autrefois lorsque tout ce gâchis serait derrière elle ? Déjà, elle se sentait changée. Si loin de chez elle, si loin de tout ce qu'elle avait toujours connu. Et si tout se déroulait comme prévu, dans moins de dix jours, elle serait dans un autre Etat, dans une ville qu'elle n'avait jamais vue, dans une maison qu'elle n'avait pas encore trouvée.

Et où serait Luke dans une semaine, dans un mois ? Elle ne voulait pas éprouver de sentiments pour lui. Dans quelques heures ou quelques jours, il sortirait définitivement de leur vie. Elle ne le reverrait jamais. Elle ne pouvait pas tomber amoureuse de lui, juste parce qu'il était séduisant et sûr de lui. Elle ne pouvait pas s'autoriser à penser qu'il était merveilleux avec les enfants, qu'il s'occupait de Sarah comme un père expérimenté. Elle ne devait pas oublier qu'il menait une existence dangereuse, qu'il avait été blessé à plusieurs reprises. Qu'il semblait aimer défier des individus qui n'hésiteraient pas une seconde à l'abattre.

Ni qu'il se tenait délibérément à distance de tous ceux qui l'entouraient.

Elle se mordit la lèvre, jetant un coup d'œil prudent autour d'elle. L'agent Josephson, un casque sur les oreilles, pressait des touches sur une console qui ressemblait à une stéréo. Petrie, debout à la fenêtre, scrutait la nuit, à l'affût de tout signe d'activité.

Tout était en effet redevenu normal, si tant est qu'on puisse qualifier de normale une chambre de motel grouillant d'agents fédéraux. Luke, comme d'habitude, ne semblait pas avoir conscience de sa présence. En grande conversation avec Murphy, il n'aurait sans doute rien remarqué même si elle s'était immolée par le feu.

Elle ne savait rien de Luke Gianetti. Rien, hormis qu'il ne voulait pas s'engager dans une relation. Plus précisément, il ne voulait pas de relation avec elle. Il ne voulait pas de famille, pas de liens, pas de responsabilités.

Le cœur de Jillian se fit encore plus lourd qu'il ne l'était. Elle avait beau savoir tout cela, il était déjà trop tard.

Elle était amoureuse de lui.

Comment diable avait-elle pu laisser cela arriver aussi vite ?

— Hé, Jilly.

L'objet de son affection s'accroupit devant elle, les yeux à hauteur des siens.

— Oui, Luke ?

— Puisque Sloan n'a pas l'air de vouloir se montrer, Petrie et moi allons faire quelques courses. On a besoin de provisions. De toute façon, nous devons aussi faire un tour dans les environs pour vérifier que tout va bien.

Il baissa les yeux sur Sarah et esquissa un sourire qui fit s'emballer le cœur de Jillian.

— Hé, ma belle. Comment vas-tu ?

Sarah tourna la tête et lui rendit son sourire tandis que Jillian réprimait l'envie de fondre en larmes. Sous ses airs d'ours, l'agent Gianetti avait un cœur tendre. Tout au moins avec les enfants.

— Tu as besoin de quelque chose ? reprit-il, l'arrachant à ses pensées.

— Je... je ne crois pas.

— Des couches ? Des lingettes ? Du lait en poudre ?

— Oh ! Si, bien sûr.

Elle déglutit, s'efforçant de se concentrer.

— Il me faut tout cela.

— Et pour les garçons ?

— Non... oui.

Elle leva la tête, rencontrant son regard perplexe.

— Je ne sais pas. Demande-leur.

— Ça va ? insista-t-il.

— Je... très bien, dit-elle, se faisant violence pour ne pas s'effondrer devant lui. Je me sens un peu dépassée, voilà tout. Ne... ne te mets pas en retard pour moi.

Il se redressa, les sourcils froncés.

— D'accord. Je voulais seulement te prévenir que je sors. Je ne m'attendais pas à ce que tu t'inquiètes.

Que voulait-il dire par là ?

— Si tu as besoin de quoi que ce soit, Murphy est là, ajouta-t-il avant de tourner les talons. A plus tard.

Elle le suivit des yeux, impuissante, alors qu'il gagnait la porte avec raideur. Pourquoi avait-il cet effet sur elle ? Jamais de sa vie elle n'avait rencontré d'homme aussi exaspérant. Elle avait vraiment tiré le bon numéro !

Sarah lâcha un petit rot, puis un profond soupir

tandis que ses paupières se refermaient. Jillian refoula ses pensées et se focalisa sur le bébé.

— Vous voulez un coup de main ? proposa Murphy.

— Ça ne vous ennuie pas ?

Derrière lui, Josephson griffonnait furieusement des notes sur un calepin, son arme à portée de main.

— Pas du tout. J'adore les enfants.

— Alors, avec plaisir. Je crois qu'elle est prête à s'endormir. Il me faut juste retrouver son pyjama dans tout ce désordre.

Elle fit un pas vers la commode et s'arrêta.

— Quel est votre prénom ?

— Danny. Mais tout le monde m'appelle Murphy.

— Votre femme aussi ?

Il sourit et son visage en fut transformé.

— Non, elle m'appelle Danny, enfin, la plupart du temps, admit-il, les yeux pétillants d'humour. Si elle est fâchée, elle m'appelle Daniel Joseph, ou pire.

— Il y a longtemps que vous êtes marié ?

— Oui. Lucy et moi nous sommes rencontrés il y a quinze ans.

Il la dévisagea, brusquement songeur.

— Vous savez, Luke est vraiment un type bien. C'est juste qu'il est un peu stressé en ce moment.

— J'en suis sûre. Mais il ne m'aime pas beaucoup, ajouta-t-elle avec un sourire forcé. Je lui tape sur les nerfs.

Murphy éclata de rire.

— A mon avis, vous faites exactement ce qu'il lui faut. Ça ne lui plaît pas, c'est tout.

— Enfin, peu importe. Quand tout sera fini, je ne le reverrai plus.

— Je n'en serais pas si sûr, à votre place. J'ai vu la manière dont il vous regarde.

Il arqua les sourcils et Jillian se sentit rougir.

— Ça me rappelle comment j'étais avec Lucy quand on s'est connus. Je ne pouvais pas m'empêcher de la toucher.

— Vous la regardiez comme si vous aviez envie de l'étrangler ? demanda-t-elle en sortant une couche et un pyjama propre d'un tiroir.

Elle avait beau faire de son mieux pour paraître nonchalante, ses gestes étaient gauches et le sourire de Murphy s'accentua.

— Il a des soucis en ce moment, comme je vous le disais. Il s'inquiète pour vous et pour les enfants. Et c'est pire parce que vous lui plaisez. Cette opération est risquée, et il pourrait y avoir des complications imprévues.

— Oui, je suis sûre qu'il y a une foule de choses que j'ignore. Luke m'a clairement dit que je n'avais pas besoin d'être informée. C'est comme si je faisais partie des meubles.

— Soyez indulgente avec lui, mon chou. Il éprouve des sentiments qu'il n'a pas éprouvés depuis très longtemps.

— Franchement, je pense que vous vous trompez lourdement sur ce point.

Murphy secoua la tête.

— Non. Croyez-moi.

— Admettons une seconde que vous ayez raison. Quel rapport avec son attitude ?

— Sa femme n'était pas facile.

— Il m'a parlé d'elle.

— Vraiment ?

Murphy écarquilla les yeux.

— Eh bien, il est encore plus mordu que je ne le

pensais. Il ne parle jamais d'elle à personne. Quand elle s'est suicidée, j'ai cru qu'il ne s'en remettrait…

Le cri horrifié de Jillian lui coupa la parole. Il eut l'air consterné.

— Oh ! Il ne vous a pas dit ça.

— Je… je ne savais pas qu'elle était morte, murmura-t-elle. Je… je croyais qu'ils avaient divorcé. Il m'a dit qu'elle l'avait quitté voici quatre ans.

— Elle l'a quitté, pour ça, oui.

Murphy jeta un regard furtif vers Josephson.

— Ç'a été un choc terrible pour Luke.

— Parce qu'il l'aimait ? demanda-t-elle, la gorge nouée.

— Pas exactement. Ils ne s'entendaient plus depuis des années.

— Mais vous avez dit…

— Il s'est fait des reproches. Il s'en fait toujours, je crois.

— Que s'est-il passé ?

Pas étonnant qu'il se tienne à distance, songea-t-elle, émue. Il avait dû tant souffrir…

— Elle était accro aux calmants. C'était une sorte de malade imaginaire, à vrai dire. Elle se plaignait toujours quand Luke s'absentait pour son travail. Enfin, bref, il est rentré d'une opération un jour et l'a trouvée morte. Elle avait fait une overdose.

— C'était peut-être un accident ?

— Non. Elle avait laissé une lettre. Apparemment, elle y dressait la liste de tous les défauts de Luke en tant que mari.

Des larmes roulèrent sur les joues de Jillian.

— Comment a-t-elle pu lui faire une chose pareille ? Comment peut-on être aussi cruel ?

— Luke a connu l'enfer, pour sûr. Et vous êtes la première femme à qui il s'est intéressé depuis.

Il baissa les yeux sur le bébé endormi.

— Ne le jugez pas trop sévèrement. Je ne connais personne qui mérite plus que lui d'avoir une seconde chance.

Quand ils sortirent du magasin, Luke était tendu, en proie à un malaise indéfinissable. Sans doute s'inquiétait-il pour rien… Par chance, ils n'étaient qu'à quelques miles du motel, mais il avait été réticent à laisser Jillian et les enfants hors de sa vue, même sous la surveillance de Murphy.

Qu'est-ce que ça signifiait, au juste ?

Un instant auparavant, il étouffait dans cette petite pièce, et il avait été soulagé de s'en éloigner. A présent, il avait hâte d'y retourner. Cette attente lui pesait. Elle exigeait plus de patience qu'il n'en avait. Savoir que Jillian et les enfants pouvaient se retrouver au cœur de la mêlée lui faisait bouillir le sang. Il se félicitait donc d'avoir des renforts, d'autant plus qu'ils créaient une barrière entre Jillian et lui. Cela dit, il éprouvait un pincement au cœur chaque fois qu'elle souriait à un de ses collègues.

Il se secoua mentalement. Il fallait qu'il se ressaisisse. Il consacrait trop d'énergie à songer à elle. Et il perdait un temps précieux à se demander ce qu'il avait bien pu faire pour qu'elle soit si fâchée contre lui.

Il avait enfreint la règle d'or : il avait laissé Jillian se glisser sous sa peau, et dans sa tête. Le remplir de pensées qu'il n'avait pas le droit d'avoir. Des pensées dangereuses, comme celle d'un avenir avec elle.

Luke soupira, irrité contre lui-même. Vu la manière

dont il se conduisait, il mériterait d'être pris pour cible, ce soir.

Il s'arrêta net, parcourant le parking du regard.

— Hé, Pete. Tout te paraît normal ?

— Ouais. Rentrons. C'est ton tour de garde.

Quelque chose clochait. Luke sentait le danger dans chacune des fibres de son corps.

— Pete. De l'autre côté du bâtiment, souffla-t-il. J'ai vu quelqu'un.

Petrie lui lança un coup d'œil interrogateur, puis gagna rapidement la voiture et déposa les courses sur la banquette arrière. Il dégaina alors son arme, et fit signe à Luke de passer devant.

Luke n'avait pas fait plus de dix mètres dans l'ombre quand un éclair de lumière l'aveugla. Il se jeta à terre et riposta, tandis que Petrie plongeait à l'abri d'une voiture en stationnement.

— Luke ? Ça va ?

— Oui. Tu as vu quelque chose ?

— Non. Je vais passer de l'autre côté, essayer de les débusquer avant que les flics arrivent. Couvre-moi !

Petrie s'élança, et Luke s'exécuta, tirant plusieurs fois sans que quiconque ne riposte. Intrigué, il se plaqua contre terre, dans le fossé où il avait atterri. Au bout de quelques secondes, il entendit des sirènes et sut que le moment était venu de décamper. Il rampa hors du fossé, aussitôt happé par l'obscurité. Il ne fallut que quelques secondes à ses yeux pour s'y accoutumer. S'il ne faisait aucun bruit, peut-être pourrait-il surprendre le tireur par-derrière…

Il tendit l'oreille, écoutant les sons de la nuit. Le cœur battant, il s'avança sur le sol moussu et spongieux, à travers les bois. Arrivé au coin du bâtiment, il chercha Petrie du regard. Celui-ci devait être en position à présent.

Soudain, il se figea. Des voix chuchotaient au bord de la clairière. Deux — non, trois. Elles se demandaient où il était passé et quoi faire. Une bouffée d'adrénaline courut dans ses veines alors qu'il reconnaissait l'une d'entre elles. Une fraction de seconde plus tard, son instinct de survie prit le dessus.

Il fallait qu'il fiche le camp.

Et vite.

Luke courait, la sueur coulant dans ses yeux, les poumons en feu. Il éprouvait une sensation de brûlure au bras, signe qu'il avait été touché. Une fois de plus. Il fallait qu'il contacte Murphy. Tout de suite. Les hommes l'avaient vu, mais ils ne savaient pas quelle direction il avait prise. Le bon sens leur enjoindrait de retourner au motel. Ils devaient penser qu'il allait tenter d'alerter les autres.

Il sortit de sa poche le portable qu'il avait emprunté, examinant brièvement le trou dans la manche de sa veste. Par chance, la balle ne l'avait qu'effleuré. Malgré tout, il avait l'impression qu'il n'allait pas tarder à être à court de chance.

Petrie était la taupe, mais avait-il agi seul ? Y avait-il un autre traître dans le groupe ?

Il avait presque atteint le motel, sans voir le moindre signe d'une équipe de surveillance dans les environs. Où diable étaient leurs renforts ? Cette opération était-elle seulement réelle, ou était-ce un coup monté dans le seul but de l'abattre, lui ? Et, si oui, qu'avait-il bien pu voir pour que Sloan tienne à ce point à l'éliminer ?

Et si Josephson était impliqué ? Et s'il avait maîtrisé

Murphy ? Jillian et les enfants étaient peut-être déjà morts…

Le plan avait-il été dès le début de les séparer et de les éliminer un à un ? Il songea aux garçons, qui jouaient sur leur lit quand il était parti. A l'adorable petite Sarah. Jamais il n'avait rien vu de plus beau que son sourire. Et Jilly ?

Luttant contre la nausée, il composa d'une main tremblante le numéro de son partenaire. Non. Ils ne pouvaient pas être morts. Pas maintenant, alors qu'il venait juste de comprendre à quel point ils comptaient pour lui.

Il chancela en reconnaissant la voix bourrue de son vieil ami.

— Murph, ne dis rien. Petrie est à la solde de Sloan. Il vient d'essayer de me tuer.

— Oui, monsieur.

— Garde un œil sur Joe. Fais attention à toi. Petrie est sûrement en route pour le motel.

Luke prit plusieurs profondes inspirations. Ils étaient vivants. En sécurité, pour l'instant du moins. Il travaillait avec Danny Murphy depuis assez longtemps pour savoir qu'il pouvait compter sur lui.

— Oui, monsieur, répéta Murphy poliment. Quelles sont les dernières nouvelles ?

A l'évidence, Josephson était à portée de voix.

— Petrie m'a tendu un piège au magasin. Il y avait deux autres tireurs. Ils sont peut-être avec lui, je ne sais pas. Je me trouve à environ quatre cents mètres du motel, dans les bois.

— Un instant, monsieur. Je vais noter.

Murphy farfouilla un instant parmi des papiers. Si Josephson flairait quelque chose, il prétendrait que cet appel émanait de leur supérieur.

— Voilà. Que voulez-vous que nous fassions ?

— Va chercher Jillian et les enfants. Dis à Joe que tu as reçu l'ordre de les emmener en lieu sûr et qu'il doit attendre mon retour et celui de Petrie.

— Très bien, monsieur. C'est compris. Nous serons partis d'ici vingt minutes.

— Murph, quinze minutes. Dix si possible. Je vous couvrirai depuis l'orée du bois, juste derrière la voiture.

— Entendu, monsieur.

Allongée sur le lit, Jillian se refusait à s'endormir avant le retour de Luke. Les deux hommes étaient partis depuis une éternité... Qu'est-ce qui pouvait donc les retenir ?

Elle s'efforça de ne pas y penser. De se concentrer sur l'émission idiote qui passait à la télé. De repousser la peur irrationnelle qui l'envahissait. Elle détestait se sentir aussi vulnérable. Et elle ne pouvait s'empêcher de revivre le moment où Luke s'était jeté sur elle pour la protéger... Il avait réagi en une fraction de seconde, se métamorphosant en un guerrier au regard intense, au visage d'un calme à toute épreuve. Elle avait su à cet instant qu'il n'hésiterait ni à tuer ni à mourir pour la protéger — pour protéger quiconque était sous sa responsabilité.

Et cette pensée la terrifiait. Elle ne voulait pas que Luke meure. Même s'il ne voulait pas d'elle, elle désirait qu'il trouve le bonheur. Il le méritait.

Elle leva les yeux. Murphy s'approchait. Il s'assit au bord du lit.

— J'ai besoin de votre coopération, dit-il d'un ton désinvolte que démentait la gravité de son expression.

Jillian se redressa, aussitôt en alerte.

— Qu'y a-t-il ?

— Nous venons de recevoir un ordre. Je dois vous emmener. Pouvez-vous être prête en dix minutes ?

— Et Luke ?

— Il nous rejoindra.

Murphy inclina légèrement la tête en direction de Josephson, qui avait déjà commencé à remplir une valise.

— Faites-moi confiance, murmura-t-il.

Elle écarquilla les yeux, comprenant brusquement. Cette décision avait un rapport avec Luke. Elle se leva et s'empressa de rassembler les affaires de Sarah.

Le vent avait forci, la nuit était humide et noire. Frissonnant malgré son gros pull, Jillian s'avança le long du couloir extérieur, Sarah dans les bras. Quelqu'un avait éteint les lampes et elle avait du mal à voir où elle allait. Et si on les observait ?

Danny Murphy tira doucement sur sa manche, la guidant dans les ténèbres. Il n'avait pas dit un mot depuis qu'ils avaient quitté la chambre. Derrière eux, Josephson les couvrait, pistolet au poing.

Le pauvre Murphy devrait faire un autre voyage avec James et Samuel. Elle pria silencieusement pour qu'ils ne fassent pas de bruit et que Samuel ne se réveille pas avant qu'ils soient tous à l'abri.

Une bouffée d'air froid lui fouetta le visage comme ils sortaient de l'escalier. Murphy accéléra le pas, et lui pressa le bras alors qu'ils approchaient de leur voiture.

Soudain, une silhouette se dressa dans l'obscurité. Avant que Jillian ait eu le temps de lancer un avertissement, une main ferme se referma sur sa bouche, étouffant son cri.

9

— Chut, Jilly. C'est moi.

Etourdie de soulagement, elle se laissa aller contre lui. Luke la serra brièvement dans ses bras et la poussa dans la voiture.

— Tu as vérifié le véhicule ? demanda Murphy.

— Oui.

— Le dessous aussi ?

— Oui. Que penses-tu de Joe ?

— Il a bien réagi, répondit Murphy avec un sourire. On verra, hein ?

— Sois prudent. Je le garde à l'œil.

Luke replongea dans l'ombre tandis que Murphy repartait en trottinant vers la cage d'escalier.

Jillian demeura immobile, Sarah blottie contre sa poitrine. Pendant quelques minutes, ce fut le silence total. Luke était invisible. Avait-elle rêvé sa présence ?

Un coup léger frappé à la vitre la fit tressaillir. Seigneur, il n'était qu'à quelques centimètres d'elle et elle n'avait pas entendu un son.

— Mets-toi sur le plancher et ne bouge pas, d'accord ?

Il disparut avant qu'elle ait eu le temps de répondre. Néanmoins, elle obéit sans hésiter. Un instant plus tard, James se glissa sur le siège arrière, et Murphy lui souffla de s'asseoir par terre. Samuel endormi fut déposé sur la banquette et caché sous une couverture.

— Jilly ? Tu es là ?

Elle sourit. Pour une fois, James semblait intimidé.

— Oui, mon chou. Ne bouge pas. Nous ne devons pas faire de bruit.

Moins d'une minute plus tard, Luke se mit au volant et démarra. Il émanait de lui une tension palpable et elle se demanda ce qu'il avait enduré ces dernières heures.

— Luke ?

Son regard s'abaissa un instant vers elle. Il secoua la tête, comme pour lui dire qu'ils parleraient plus tard, et reporta son attention sur la route.

— Pas maintenant, mon cœur. Reste où tu es.

Sa voix était sourde, et son expression soucieuse ne fit que confirmer les craintes de Jillian. Quelque chose avait mal tourné. Très mal.

Elle prit une profonde inspiration, puis expira, s'efforçant de garder son sang-froid. Luke n'avait rien dit, mais il était clair qu'il voulait qu'elle reste calme. Elle sentait l'intensité de sa concentration, sa conscience aiguë de ce qui les entourait. Et, malgré les circonstances, elle se détendit. Luke était là. Ils étaient en sécurité.

— Je peux sortir maintenant ? demanda une petite voix venant de l'arrière.

— Pas encore, Jimmy.

Ils roulaient depuis près de quarante minutes. Luke jeta un coup d'œil dans le rétroviseur et aperçut les phares de la voiture de Murphy au loin. Le moteur de la Chevrolet gémit en amorçant une nouvelle côte.

— Mais je suis tout coincé ! Pourquoi est-ce que Samuel… ?

— Bonhomme, il faut que tu restes sans bouger encore quelques minutes, d'accord ? Il n'y aura bientôt plus de danger.

Tous ses sens demeuraient en alerte. Ils avaient fait presque vingt miles sur des routes de campagne sans incident, mais il ne se sentait pas rassuré pour autant.

— D'accord, Luke.

— Merci, mon vieux.

Leur fuite avait été trop facile. Pourquoi personne ne s'était-il interposé ? Et où étaient leurs renforts ? D'après Duncan, la force d'intervention avait mis en place deux barrages routiers. Il avait effectué des centaines de missions et jamais il n'avait ignoré la localisation de son équipe de surveillance ; jamais il n'avait été incapable de les repérer. A moins que le groupe venu de Charlotte ne soit composé de magiciens, c'était à se demander s'il existait réellement. Toute l'affaire commençait à sentir sérieusement mauvais.

Des dizaines de questions se bousculaient dans son esprit, et il était contraint de reconnaître qu'il n'avait pas de réponses à leur apporter. Si Petrie travaillait pour Sloan, pourquoi n'avait-il pas achevé ce qu'il avait entrepris ? Lorsqu'il était au magasin, les trois tireurs avaient eu une chance de le tuer. Pourquoi ne l'avaient-ils pas saisie ? Qu'est-ce qui lui échappait, bon sang ?

Il y avait trop de pièces manquantes dans ce puzzle. En prenant la fuite, avait-il rendu Jillian et ses enfants plus vulnérables à une attaque ? Il se sentait coupable d'avoir laissé Murphy faire face au chaos dans son sillage. Il secoua la tête, furieux contre lui-même. S'il arrivait malheur à son collègue, il ne se le pardonnerait jamais.

— Où allons-nous ?

Il se raidit au son de la voix inquiète de Jilly. C'était une bonne question. Il aurait aimé avoir une réponse rassurante à lui fournir. Ils n'allaient nulle part. La frontière du Tennessee ne se trouvait plus qu'à quelques miles de là. Le mieux qu'il puisse faire, c'était se perdre dans les montagnes. Mais il fallait aussi qu'il parvienne à garder le contact avec Murphy.

— Je ne sais pas, mon cœur. Mais on avance.

Il l'entendit changer de position. Elle devait être très inconfortablement installée, mais ne se plaignait pas. Sans doute pensait-elle qu'il était un parfait imbécile, qui n'avait pas fait le moindre progrès pour résoudre leur problème.

— Nous sommes seuls ?

— Murphy nous suit pour vérifier que personne ne nous a repérés. Ensuite, il repartira.

— Et nous serons seuls ?

— En quelque sorte. Murphy nous rejoindra demain.

Il sourit.

— Pourquoi cette question ? Ne me dis pas que tu as peur.

— Pas vraiment. S'il se passe quelque chose, je suis sûre que tu trouveras une solution. Tu t'es plutôt bien débrouillé jusqu'ici.

Il tressaillit, stupéfait par la confiance qu'elle exprimait en lui.

— Mmm. C'est sûrement l'opération la plus désorganisée à laquelle j'ai jamais participé. Je regrette de vous y avoir mêlés. Si c'était à refaire, j'aurais choisi une autre voiture où me cacher.

— Et j'aurais manqué toute cette aventure ?

Il consulta la jauge. Ils entraient dans le Tennessee. Dans une heure, il aurait besoin d'essence. Rester sur les petites routes était plus sûr, mais les garages n'allaient sans doute pas tarder à fermer. Par conséquent, il serait sans doute sage de faire le plein dès que possible et de chercher un endroit où faire halte quelques heures. Jilly et les enfants pourraient dormir, et lui tâcherait de faire le point sur cette lamentable situation. S'ils reprenaient la route avant l'aube, ils auraient encore l'avantage de l'obscurité.

— Nous nous arrêterons d'ici une vingtaine de minutes. Tu peux tenir le coup ?

— Bien sûr. Ne te sens pas obligé de t'arrêter pour moi.

Il baissa les yeux vers elle. Milady avait finalement un caractère bien trempé. Qui l'eût cru ?

— Dis à Jimmy que nous arrivons bientôt.

— Il s'est endormi.

Sa voix flotta vers lui dans un murmure rauque. Luke fit de son mieux pour ignorer le frisson de désir qui montait le long de sa colonne vertébrale. Au lieu de s'inquiéter pour le lendemain, il devrait se concentrer sur ce soir. Encore une nuit avec elle. Comment ferait-il pour résister ? Surtout à présent.

Il était fort possible qu'il commence à éprouver des sentiments pour elle. A cette pensée, il déglutit, la gorge soudain nouée.

Jillian ne plissa même pas le nez en entrant dans le chalet humide, malgré la forte odeur de renfermé. Elle avait attendu patiemment que Luke reconnaisse les lieux, et s'était autorisée à sourire tandis qu'il inspectait les deux petites pièces et la salle de bains attenante. Il était clair que personne n'était venu là depuis des mois. La seule chose qu'il risquait de découvrir était un rongeur en maraude.

La perspective de se glisser entre les draps et de détendre ses muscles noués était trop tentante pour qu'elle songe à quoi que ce fût d'autre. Elle finirait par apprécier l'odeur de ces chambres de motel bon marché… A vrai dire, se dit-elle en regardant Luke verrouiller la porte et déplacer le mobilier pour faire obstacle à la fenêtre, elle avait le sentiment qu'elle se souviendrait de ce trou à rats avec plus d'affection que du Ritz.

— Bien. Mettons les enfants au lit, dit Luke en revenant vers elle.

Il porta James dans la pièce voisine, lui retira chaussures et chaussettes et l'allongea sur le lit, puis revint faire de même avec Samuel.

— Qu'allons-nous faire pour Sarah ? Nous avons laissé son berceau au motel.

— C'est réglé. Le gérant nous en prête un. C'est une antiquité, mais j'ai veillé à ce qu'il me donne des couvertures propres.

Elle sourit, impressionnée par son sens de l'organisation.

— Parfait. Allons-nous rester longtemps ?

— Sans doute pas toute la nuit. Tu peux coucher ici, avec les enfants. Je m'installerai à côté et je tâcherai de dormir une heure. Je veux être près de la porte… au cas où.

Elle étouffa un bâillement, s'efforçant de ne pas faire de geste brusque pour ne pas réveiller Sarah. Dès que Luke eut assemblé le berceau, elle y déposa le bébé avec précaution.

— Je te réveillerai quand ce sera le moment de partir, murmura-t-il en se tournant pour quitter la pièce.

Elle se mit aussitôt à faire des assouplissements.

Arrivé à la porte, Luke pivota et la regarda d'un air perplexe.

— Qu'est-ce que tu fais ?

— J'ai le dos raide à force d'être restée assise sur le plancher de la voiture. J'essaie de détendre mes muscles.

— Viens ici. Je vais te masser. Ça te fera du bien.

Jillian ne se le fit pas dire deux fois. Elle se souvenait du plaisir qu'elle avait éprouvé la première fois qu'il l'avait massée. Ses mains étaient magiques…

Elle laissa la porte un soupçon entrouverte, au cas où les enfants feraient un cauchemar. Puis elle alla s'asseoir au bord du lit ancien, et Luke prit place derrière elle. Quand il posa les mains sur sa nuque, elle dut réprimer un gémissement.

— Retire ton pull.

N'était-ce pas un fantasme qui se réalisait ? Elle tressaillit alors qu'il faisait passer le vêtement par-dessus sa tête.

— Il me gênait, expliqua-t-il en remettant ses mains chaudes sur ses épaules, massant ses muscles las à travers son T-shirt. Excuse-moi de t'avoir obligée à rester dans cette position. Je ne pouvais pas prendre le risque qu'on nous tire dessus.

— Qu'est-ce… qu'est-ce qui s'est passé là-bas ?

Un frisson involontaire la traversa et elle ouvrit les yeux, embarrassée. Seigneur, il l'avait forcément senti.

— Ça va ? J'appuie trop ?

Elle déglutit, luttant contre la panique.

— Je… c'est bien. C'est fantastique.

Ses joues étaient en feu. Le seul son de la voix de Luke, rauque et sensuelle, suffisait à faire monter en elle une bouffée de désir. S'il la regardait, il comprendrait l'effet qu'il produisait sur elle. Il l'avait à peine touchée ! Pourvu qu'il ne voie pas l'amour dans son regard, sinon, il s'enfuirait, pour sûr.

— Nous devrions aller nous coucher, marmonna-t-il. La nuit sera courte.

Sans attendre sa réponse, il se leva brusquement et gagna la salle de bains. Elle prit une profonde inspiration et le suivit, le corps encore frémissant de ses caresses.

— La trousse de toilette est ici, lança-t-elle en passant la tête par la porte ouverte, songeant qu'il allait en avoir besoin.

Elle se figea face à la glace.

— Tu es blessé !

— Ce n'est qu'une égratignure.

— Il y a un trou dans ta veste !

— Oui. J'ai eu du bol, répondit Luke en rinçant le gant qu'il venait d'utiliser.

— Pourquoi n'as-tu rien dit ? Qu'est-ce que tu attendais, bonté divine ?

Elle tira avec colère sur la fermeture de la trousse, s'efforçant de réprimer ses tremblements. Quelqu'un voulait leur mort. Seigneur, et s'il avait été tué ?

— Tu aurais pu te vider de ton sang, dit-elle, atterrée.

— Jill, ce n'est rien.

— Donne-moi ton bras. Je vais nettoyer ça.

A travers ses larmes, elle plongea la main dans le sac à la recherche de gaze et d'antiseptique, marquant une brève pause pour s'essuyer les yeux.

— Hé, ça va ? Ne t'inquiète pas.

Luke glissa un doigt sous son menton, l'obligeant à relever la tête.

— Jill, je vous protégerai, je te le promets. Il faudra qu'ils me passent sur le corps avant de s'en prendre à vous.

Incrédule, elle repoussa sa main. Ses larmes coulaient de plus belle.

— Et toi, Luke ? Qui sera là pour te protéger ?

Le choc se lut dans son regard. Sans doute était-il désarçonné par sa vive émotion. Elle avait à l'évidence enfreint une de ses règles en s'effondrant devant lui.

— Ne pleure pas, Jilly. Je ne peux pas voir quelqu'un pleurer.

— Retire ta veste pour que je puisse nettoyer la plaie, reprit-elle en s'essuyant les yeux sur son T-shirt.

— Arrête de pleurer d'abord. Je ne veux pas que tu me touches avant d'y voir comme il faut. Sinon, tu vas me faire un pansement au coude, ajouta-t-il avec un petit rire.

Il la prit dans ses bras.

— Mon chou, ne t'inquiète pas pour moi. Je sais me défendre.

— J'ai peur, Luke. Je veux dire, j'essaie de rester forte, mais j'ai vraiment peur.

Elle enfouit la tête dans son torse, prenant une inspiration tremblante. Il lui caressa le dos pendant qu'elle essayait de se ressaisir. Oh ! Comme elle avait envie de rester tout contre lui ! De le garder pour toujours…

Son cœur se serra. Ce vœu ne serait jamais exaucé. Luke ne voulait aimer personne. Jamais il ne se le permettrait. Linda y avait veillé.

— Tu tiens bien le coup. Mieux que je l'aurais pensé. C'est normal que tu sois effrayée, Jilly. Seulement, ne laisse pas ta peur te paralyser.

— Et toi ? Tu as peur aussi ?

Il secoua la tête.

— Pas pour moi. Je n'ai jamais eu peur de mourir. Je savais à quoi je m'exposais quand j'ai signé. Ça fait partie des risques du métier. Mais je veux vous protéger, les enfants et toi. La seule chose dont j'ai peur, c'est de baisser ma garde.

— Sommes-nous en sécurité ici ?

— Pour ce soir, oui. Personne ne nous a suivis. Cela dit, je tiens à rester prudent. Petrie étant impliqué…

— Petrie ! le coupa-t-elle, stupéfaite. Ton collègue ? Celui qui était avec nous au motel ?

— Oui. C'est lui qui a tiré sur moi, je crois. Lui ou un de ses deux acolytes. On m'avait tendu un piège au magasin, expliqua-t-il en la relâchant.

Il retira sa veste avec précaution, et ne put réprimer une grimace.

— Le problème, c'est que je ne suis pas sûr qu'il soit le seul à nous avoir trahis. Si Sloan a pu le soudoyer, il a probablement d'autres agents à sa solde.

— C'est-à-dire ?

— C'est-à-dire que je ne sais pas du tout comment cette affaire va se terminer. Et qu'à part Murphy je ne sais pas non plus à qui faire confiance.

— Danny est de ton avis ?

Il hocha la tête.

— Et Josephson ? demanda-t-elle en attrapant les ciseaux pour découper sa manche de chemise.

Elle se mordit la lèvre à la vue de la chair déchirée de son avant-bras. On aurait pu croire qu'un animal sauvage l'avait mordu.

— Murphy semble croire qu'il est de notre côté, mais je l'avais dans ma ligne de mire quand vous êtes descendus à la voiture.

Elle tapota la plaie avec de l'antiseptique, lui arrachant un grognement.

— Ça pique !

— Arrête de t'agiter. Franchement, Luke, ce n'est rien comparé à la blessure que tu as eue à la fesse.

— Ah bon ! C'est ce que tu penses ?

Jillian ne put s'empêcher de sourire en le voyant froncer les sourcils.

— Tu disais ?

— Hmm ? Ah ! oui, Joe. Je l'avais à l'œil, crois-moi. S'il avait fait le moindre geste suspect, il était cuit.

Il dégagea son bras alors qu'elle se retournait pour prendre un nouveau rouleau de gaze.

— Ecoute, ça va comme ça. Il faut que tu ailles te coucher.

Elle ouvrit la bouche pour protester, mais la réplique mourut sur ses lèvres. Il paraissait éreinté, et ses yeux étaient rougis par la fatigue. Et, bien qu'il tentât de le lui cacher, elle savait qu'il s'inquiétait.

— Je crois que j'ai préféré m'occuper de ton autre blessure. Tu étais nettement moins bavard.

Sa remarque le fit sourire, et Jillian en fut soulagée.

— Mes fesses te plaisent, avoue-le.

— Ne sois pas si imbu de toi-même.

— J'ai vu la manière dont tu me regardes.

Elle continua à enrouler la gaze autour de son bras, ne levant la tête qu'une fois sa tâche terminée. Il la dévisagea, grave à présent, et elle eut brusquement la bouche sèche.

— Comment est-ce que je te regarde, d'après toi ?

Ses yeux se rivèrent aux siens, brûlant d'une intensité qui fit s'emballer son cœur.

— Comme si tu voulais que je te déshabille complètement et que je t'embrasse partout.

Le souffle coupé, elle sentit la rougeur lui monter aux joues en même temps que le désir la raidissait tout entière. Jamais il ne l'autoriserait à l'aimer, elle en était absolument certaine. Il préférerait prendre la fuite plutôt que songer à retourner ses sentiments. Et si elle l'aimait malgré tout, pour les quelques nuits qu'il leur restait ? Ne pouvait-elle pas accepter qu'il n'ait que cela à lui offrir ?

— Tu veux dire, comme ça ? fit-elle en nouant les bras autour de son cou.

Ce fut au tour de Luke de se raidir. Il prit une brève inspiration.

— Jill…

Elle ne voulait pas l'écouter. Faire l'amour avec lui serait merveilleux et déchirant à la fois, car elle savait qu'il n'y aurait pas de lendemain. Mais ce soir cela ne comptait pas. Bien sûr, elle aurait le cœur brisé, mais elle aurait le reste de sa vie pour recoller les morceaux.

Avant qu'il ait le temps de la repousser, elle prit l'initiative et l'embrassa. Il ne fallut qu'une fraction de seconde à Luke pour lui rendre son baiser, révélant toute la passion qui couvait sous la surface. Il l'écrasa contre lui et elle gémit, se délectant de la sensation de son corps dur et musclé.

— Mon cœur, nous ne…

— Non, l'interrompit-elle. Ne dis rien, je t'en prie. Je sais que ce n'est pas bien. Je sais que tu vas le regretter, mais tant pis.

— Tu ne sais pas ce que tu dis.

Jamais elle ne se serait crue capable de tant d'audace. C'était comme si une partie d'elle-même assistait à la scène, bouche bée, regardant l'intrépide Jillian retirer son T-shirt en souriant sous le regard ardent de Luke. Comme si elle avait encore du mal à croire qu'elle, Jillian Moseby, pouvait troubler à ce point l'homme incroyablement séduisant qui se tenait devant elle.

— Ce que je regretterais, ce serait d'attendre une seconde de plus pour faire l'amour avec toi.

Il la plaqua contre lui et prit possession de ses lèvres

comme s'il était allé jusqu'aux limites de l'endurance, comme s'il avait attendu toute sa vie cet instant.

Jillian respirait à petits coups, savourant les baisers qu'il déposait au creux de son cou. Un cri étouffé lui échappa quand il dégrafa le fermoir de son soutien-gorge et prit ses seins dans ses paumes. Il les caressa longuement, titillant les mamelons durcis avant d'y porter sa bouche. Jillian ne put que gémir, le plaisir déferlant en elle.

— Luke, promets-moi que tu ne vas pas t'arrêter, cette fois.

— Aucun danger, mon cœur.

Sur ce, il la souleva et la déposa sur le meuble tandis que leurs lèvres s'unissaient de nouveau.

Jillian chercha à tâtons la fermeture de son jean, lui arrachant un grognement. Lorsqu'elle fit mine de faire glisser le vêtement sur ses hanches, il la devança, puis revint se caler entre ses cuisses ouvertes.

Luke brûlait de désir, et ne perdit pas de temps pour la libérer de son propre jean, puis de son slip. Jillian tremblait entre ses bras, lâchant de petits soupirs qui le rendaient fou.

— Maintenant, Luke…

Il ne se fit pas prier. Il fit mine de la soulever dans ses bras pour la porter jusqu'au lit, songeant qu'ils devraient être très silencieux pour ne pas réveiller les enfants dans la chambre voisine, mais elle le retint d'un geste.

— Maintenant, Luke ! Tout de suite.

Il ouvrit la bouche pour protester et elle lui offrit ses lèvres. Enivré par la passion qu'elle manifestait, il resserra sa prise sur sa taille et la pénétra.

Puis il prit une inspiration tremblante, luttant pour garder le contrôle de lui-même. Il avait attendu si longtemps cet instant qu'il craignit de lui avoir fait mal. Cependant, Jillian se mit à bouger contre lui, décuplant encore son excitation. Il happa un mamelon dressé, et sentit qu'elle se raidissait tout entière, submergée par le plaisir. Elle cria son nom dans un sanglot alors qu'il cédait à son tour à l'extase, incapable de toute pensée cohérente hormis qu'il n'avait jamais connu une telle expérience auparavant.

Quand ils reprirent enfin leur souffle, il songea qu'il aurait voulu la tenir contre lui jusqu'au petit matin. Pour la première fois depuis des années, il se sentait vivant. La rencontre de Jillian l'avait changé. Elle l'avait fait renaître.

En même temps, il mourait d'envie de prendre ses jambes à son cou. Car, s'il ne le faisait pas, il ne pourrait résister à la tentation de lui faire l'amour de nouveau.

Il se dégagea lentement, et le petit soupir déçu qu'elle eut lui fit baisser la tête.

Seigneur… que signifiait cela ? Le cœur battant à tout rompre, il chercha désespérément une raison qui expliquerait son brusque retrait. Il devait rétablir une distance entre eux — et vite. Surtout ne pas lui permettre de penser que la situation avait changé. Car ce n'était pas le cas. Il ne pouvait lui offrir davantage que ce qu'ils venaient de partager et ne le désirait pas.

Dans son métier, avoir une famille était une source d'ennuis. Certes, quelques-uns de ses collègues étaient mariés et avaient des enfants, comme Murphy, mais il ne serait pas l'un d'eux. Il ne voulait pas être l'un d'eux. Point à la ligne. Il avait tout gâché la première fois. Il ne pouvait s'accorder le luxe de réessayer.

— Mon chou, il faut que tu dormes. Tu ne vas pas avoir beaucoup de sommeil.

Et lui n'aurait guère le temps de se remettre de ce qui venait de se passer. Il avait besoin de s'éloigner d'elle, de garder la tête froide.

— Tu viens ?

L'hésitation qu'il perçut dans sa voix le troubla. Il y décela de l'espoir et en sentit l'écho au plus profond de lui.

Et son sang se glaça.

Il ravala la peur qui l'envahissait et arbora un masque impassible pour faire face à Jillian. Il n'allait pas s'enfuir. Il n'allait pas les abandonner.

Mais il n'allait pas non plus la toucher de nouveau.

— Non. Je dois monter la garde.

10

Elle était toujours éveillée. Ses soupirs de frustration le torturaient chaque fois qu'elle se retournait entre les draps et il devait faire appel à toute sa volonté pour ne pas quitter le fauteuil qu'il occupait près de la fenêtre.

Luke maudissait sa stupidité. Comment avait-il pu être aussi faible ? Il aurait dû avoir le bon sens de résister à Jillian. Pire encore, il ne la désirait que davantage. Il mourait d'envie de la rejoindre et de ne jamais plus la lâcher.

Il se leva brusquement et étira ses muscles noués. Ce n'était que du sexe, se rappela-t-il. Du sexe incroyable, inoubliable, mais du sexe. Sa réaction à Jilly, purement physique, était due à l'abstinence qu'il s'imposait depuis si longtemps. Il y avait plus de deux ans qu'il n'avait pas passé la nuit avec une femme. Quoi d'étonnant à ce qu'il ait de nouveau envie d'elle ?

Il se rassit, cherchant toutes sortes d'excuses possibles à son comportement. Après la mort de Linda, il s'était replié sur lui-même, acceptant toutes les missions qui l'éloignaient de Washington.

Son sentiment de culpabilité était immense.

Leur mariage avait été fragile dès le début. Linda l'avait exaspéré par son besoin constant de lui, un trait qu'il avait toléré durant leurs années d'études mais qu'il avait fini par trouver suffocant. De plus, son désir obsessionnel d'avoir un enfant avait lourdement pesé sur lui. Par loyauté envers elle, il avait accepté d'essayer, bien qu'il eût craint que Linda soit trop instable pour être mère. En son for intérieur, il s'était demandé si elle ne désirait pas un bébé, au moins en partie, pour faire pression sur lui et le pousser à quitter le service.

Inquiétude inutile. En fin de compte, Luke avait échoué à donner à son épouse ce qu'elle désirait le plus. Lui seul ne suffisait pas à Linda.

Il n'avait pas été là pour l'empêcher de prendre une overdose de calmants. Il n'avait même pas remarqué qu'elle était devenue accro.

Quelques mois après sa mort, il avait fait une découverte qui n'avait fait qu'ajouter à son sentiment de culpabilité : il s'était rendu compte qu'il était soulagé d'être seul.

Avait-il réellement aimé Linda ?

— Luke ? fit Jilly.

— Pourquoi ne dors-tu pas ? Tu vas le regretter plus tard.

— Pouvons-nous parler ?

L'estomac de Luke se noua.

— Non. Dors.

— S'il te plaît. Cela ne prendra qu'une minute.

Jillian retint son souffle dans le noir, trop fébrile pour céder au sommeil. Elle avait senti les regrets de Luke sans qu'il ait besoin de les formuler. Elle avait su que cela arriverait, s'y était attendue. Ce qu'elle n'avait pas prévu, c'était combien elle en souffrirait.

— Jill, je ne veux pas avoir cette conversation. Je t'ai dit…

Elle entendit un léger grincement. L'instant d'après, il était debout devant le lit.

— Je t'ai avertie que ce serait une erreur. Et tu étais d'accord.

Sa voix était sourde, légèrement en colère. Elle se redressa en hâte.

— Et je ne te demande pas de changer d'avis, dit-elle très vite. Je… euh… voulais juste te remercier pour… tu sais. J'avais vraiment besoin de quelqu'un et je suis contente que ç'ait été toi, voilà tout.

— Tu me remercies d'avoir couché avec toi ?

Elle porta la main à sa joue brûlante et se félicita que la pièce soit plongée dans la pénombre.

— Oui, enfin. C'était plus que cela pour moi…

— Je ne veux pas en entendre davantage.

Sa tension était palpable et elle eut un petit rire malgré son cœur lourd.

— Ne t'inquiète pas, Luke. Je ne vais pas te faire une grande déclaration d'amour. Franchement, s'il ne faisait pas aussi sombre ici, je n'aurais pas le courage de te parler.

— Ne te force pas.

— Ça m'est égal que tu veuilles l'entendre ou non. J'ai besoin de te le dire. Il va falloir que tu prennes sur toi.

Il eut un soupir irrité, mais ne tenta pas de l'interrompre.

— En dépit de ce que tu prétends, tu es un homme tendre et sensible. Et, que tu regrettes ou non ce qui s'est passé entre nous, je veux te dire que, moi, je ne le regrette pas et je ne le regretterai jamais. Tu as été là pour moi. Et pour cela, ajouta-t-elle en insistant sur ces mots, je te remercie.

Le silence de Luke l'enveloppa. Il dardait sur elle un

regard intense. Elle patienta un instant de plus avant de se laisser retomber contre l'oreiller.

Elle s'était trompée du tout au tout.

Comment avait-elle pu s'imaginer qu'elle pourrait faire l'amour avec Luke comme si cela ne signifiait rien ? Son cœur semblait sur le point d'éclater en mille morceaux. Dès qu'il s'était éloigné d'elle, une terrible sensation de manque l'avait envahie. Elle voulait le caresser, le réconforter, le prendre dans ses bras et ne jamais le lâcher. Elle réprimait l'envie de lui hurler qu'elle n'était pas comme Linda, qu'elle ne lui ferait jamais, jamais de mal.

Mais c'était précisément ce qu'il ne voulait pas entendre.

— Tu peux te détendre, Luke. J'ai terminé.

— Il faut que tu te souviennes de la raison de notre présence ici, répliqua-t-il. Si nous sommes encore ensemble, c'est parce que tu es sous ma protection. Une fois cette mission terminée, ce sera fini. Il n'y aura pas d'autre nuit comme celle-ci, Jilly. Dès que Sloan aura été arrêté, nos chemins se sépareront. Définitivement, tu entends ?

Son cœur cognait douloureusement dans sa poitrine. Elle ravala un gémissement. Pourquoi ne pouvait-il admettre qu'ils avaient partagé un moment merveilleux ? Il était prêt à mourir pour lui sauver la vie et pourtant il vivait dans la terreur qu'elle désire le revoir !

— Toutes les femmes ne sont pas comme la tienne, Luke.

Elle se mordit la lèvre tandis qu'il digérait sa repartie. A l'évidence, elle l'avait pris par surprise.

— Que sais-tu de ma femme ?

Sans lui donner le temps de répondre, il se mit à arpenter la pièce.

— Murphy n'avait pas le droit de te parler de ma vie privée.

— Il ne l'a pas fait. Il a cru que j'étais au courant, se hâta-t-elle d'expliquer.

— Pourquoi te l'aurais-je dit ? Je n'ai jamais parlé d'elle à personne. Ecoute… elle est morte. Je ne veux pas parler d'elle.

— Je voulais seulement dire que tu as connu une expérience terrible et qu'il est compréhensible que tu aies peur d'essayer de nouveau.

— Une minute. Qui t'a dit que j'avais peur ?

— Allons. Tu es terrifié à la pensée d'aimer une autre femme.

Il eut un rire amer.

— Tu ne manques pas de culot ! Soyons clairs, Jillian : je ne t'aime pas. Je ne te connais même pas.

Elle se raidit, luttant contre la douleur que ses paroles éveillaient. Elle avait pris un risque en le provoquant ainsi.

— Non, Luke. Je le sais.

— Ne te méprends pas. Je t'aime bien. Tu es quelqu'un de bien. Tu vas être une mère fantastique pour ces enfants. Mais, en ce qui nous concerne, c'est fini. Je ne veux pas te faire de peine, mais ce soir n'était que du sexe, d'accord ?

Glacée par sa colère, elle ne put s'empêcher de se demander comment le même homme avait pu être aussi passionné quelques heures plus tôt.

— Ce n'était que du sexe pour toi, et je l'accepte. Mais ne parle pas en mon nom. Je ne couche pas avec le premier venu.

— Je n'ai jamais pensé que tu le faisais.

— Tu te conduis comme si aimer quelqu'un était

criminel. J'ai des sentiments pour toi, Luke. Est-ce si terrible ?

Le silence s'installa. Elle secoua la tête, consternée. Il était pire qu'elle ne l'avait imaginé. Bon sang, tout cela était sa faute. Il l'avait mise en garde, mais elle était allée de l'avant quand même. Luke Gianetti était peut-être une cause perdue.

— Comment peux-tu être aussi courageux et en même temps si rétif à la moindre émotion ? Ça ne va pas te tuer, tu sais.

— Je refuse de t'écouter. Tu crois me connaître parce que nous avons passé quatre jours ensemble ? Tu ne sais rien de moi.

— J'en sais assez pour avoir compris que tu es un homme tendre et attentionné.

— Si tu crois ça, lâcha-t-il avec un rire grinçant, tu es vraiment naïve.

— Je sais que tu aimes les enfants. Et qu'ils t'aiment en retour. Et que sous tes dehors grincheux tu as un cœur d'or.

— Ecoute-moi bien. Je suis sympa avec tes enfants parce que, dans la situation où nous sommes, c'est plus facile comme ça. Si je pouvais être père, ce qui n'est pas le cas, j'en serais un très mauvais. Je fais un métier dangereux. Je passe des semaines, voire des mois, en mission. Et je ne suis pas prêt à y renoncer. Pas pour toi. Pas pour tes enfants.

— T'ai-je demandé de changer ?

Il secoua la tête.

— Non, mais ça viendrait. Ma femme aussi pensait qu'elle pouvait gérer mes absences. Je n'aurais jamais dû me marier et j'ai appris une dure leçon. On ne peut pas tout avoir. Je n'ai besoin de personne et je ne veux pas qu'on ait besoin de moi.

Sur quoi il gagna la porte et l'ouvrit.

— J'ai un travail à faire. Le sujet est clos.

— Murph ! Content de te voir.

Luke dévala les marches de la petite véranda. Il avait passé le reste de la nuit là, à l'écart du chalet et de Jilly. Son partenaire était arrivé pile au bon moment. S'il avait passé une minute supplémentaire à analyser ses sentiments envers elle, il serait devenu dingue. Sans compter qu'il devenait délicat de s'attarder au-dehors. Les enfants étaient peut-être déjà debout. Il aurait dû être à l'intérieur pour lui prêter main-forte.

Murphy sortit une carabine du coffre et la mit en bandoulière afin de pouvoir soulever une grosse caisse de provisions.

— Tu ne veux pas te rendre utile au lieu de rester là à me regarder ?

— C'est plus drôle comme ça, dit-il avant de s'avancer vers lui pour prendre les provisions.

Il avait décidé de laisser Murphy assurer la protection de Jillian à sa place. De cette manière, il pourrait garder ses distances sans la blesser. Son ami ferait office de tampon entre eux.

— Bon sang ! s'écria ce dernier. Que t'est-il arrivé ? Tu as une mine affreuse.

Luke leva le bras et cilla sous un pincement de douleur. Par chance, ce n'était pas celui dont il se servait pour tirer.

— J'ai été touché par Petrie ou un de ses acolytes. Ça fait encore mal.

— Je ne parlais pas de ton bras. On dirait que tu n'as pas dormi depuis une semaine.

Murphy se redressa, puis sourit d'un air entendu.

— Je vois. Mary Poppins a eu raison de ton vœu d'abstinence, hein ? Je me doutais bien que tu ne tiendrais pas longtemps. A la manière dont tu la reluquais…

— On pourrait parler d'autre chose ? répondit Luke, agacé. Comme de ce qui se passe dans cette opération ?

— Bon, d'accord. Mais c'est moins rigolo…

— Qu'est-il arrivé ?

— Rien. Sloan n'est pas venu. Grosse surprise, hein ? C'est l'homme invisible. Petrie, lui, a disparu. Joe est en train d'analyser la balle que tu as reçue. Il aura peut-être du nouveau quand il arrivera.

— Je croyais qu'on allait confier cette balle à une agence extérieure ?

— Ce luxe nous est interdit, mon ami. Il faut faire confiance à quelqu'un.

— Et tu penses que Joe est fiable ?

— Disons qu'il ne m'a pas abattu hier soir. C'est quelque chose, non ? Le moment est mal choisi pour devenir parano.

Murphy se gratta le menton, l'air songeur.

— Non que je m'attende à de grandes révélations côté balistique. Sloan n'a commis aucune erreur jusqu'ici.

— Et pour la fuite ?

— Rien. Et j'ai de mauvaises nouvelles. Duncan est fâché contre toi, mon vieux. Très fâché. Il est en route et devrait être ici vers midi.

— Génial. Qu'est-ce qu'il compte faire ?

— Il dit qu'il veut conclure cette affaire. Que tu l'as laissée traîner trop longtemps.

— Parce que ce gâchis est ma faute, maintenant ? Si nous en sommes là, c'est parce qu'il y avait une taupe parmi nous dès le départ !

Il donna un coup de pied dans une pomme de pin et la regarda rouler sur le sol moussu.

— Plus j'y pense, plus je me dis que Sloan savait qui nous étions quand le feu s'est déclaré dans ce bâtiment… quelque chose clochait.

Son sang se glaça subitement.

— Où était Petrie à ce moment-là ?

— Loin d'ici. J'y ai pensé, moi aussi, mais il n'a été envoyé ici qu'il y a deux jours.

— Dans ce cas, qui a révélé l'adresse de notre refuge ?

— Comment veux-tu que je le sache ? Duncan ne s'inquiète pas trop à ce sujet…

— Il a tort.

— Il pense pouvoir élucider ça. Non, ce qui l'a mis en rogne, c'est elle.

Murphy inclina la tête en direction du chalet.

— Pourquoi ne lui avais-tu rien dit ?

— Dit quoi ? Il savait que j'avais quatre personnes sous ma protection. Il avait leur nom, leur âge, leur sexe. Qu'est-ce qu'il a dégotté sur elle ? Une contravention impayée ?

Murphy éclata d'un rire sonore.

— Tu n'en as vraiment pas la moindre idée ?

— Non, mais j'ai l'impression que tu ne vas pas tarder à me le dire.

— Duncan s'est fait remonter les bretelles par le chef de service ce matin, après que le chef de service s'est fait remonter les bretelles par le directeur en personne, et le directeur, par le secrétaire d'Etat.

— Mais de quoi parles-tu ? fit Luke, interloqué.

— Le consulat britannique l'a appelé.

— Oui. Elle est anglaise. Et alors ? Duncan le savait. Qu'est-ce qui s'est passé ? Sa mère a fait une crise ?

— C'est le moins qu'on puisse dire. Apparemment, elle a complètement pété les plombs. Parce que Jillian avait oublié de téléphoner à la maison.

— Elle est majeure et vaccinée, il me semble. Et, d'après ce que j'ai cru comprendre, sa mère a refusé de l'aider et lui a dit de se débrouiller seule.

— Eh bien, mon vieux, la duchesse a dû se raviser.

— La duchesse ?

— Tu m'as bien entendu. Ta conquête est une duchesse.

Luke secoua la tête.

— Tu as dû mal comprendre. Elle va travailler à Dartmouth comme bibliothécaire ou un truc de ce genre.

— Tu te souviens de sa sœur, Annie Moseby ?

— Evidemment, répliqua Luke avec impatience. C'est moi qui t'ai demandé de te renseigner sur elle hier. Et tu m'as dit que tu n'avais pas le temps.

— Là aussi, la situation a changé. Tu veux connaître son nom officiel ? Lady Anna Rose Winthrop Moseby, duchesse de Sussex.

Luke le fixa, abasourdi. Il s'assit sur la première marche, le sang tambourinant à ses tempes.

— Tu veux dire que… Jill…

— … s'appelle en réalité lady Jillian Mary Winthrop Moseby. Mon vieux, tu t'élèves dans l'échelle sociale ! Tu viens de coucher avec une duchesse !

— Boucle-la, Murphy.

Lady Jillian était bel et bien une lady. Nom d'une pipe ! Pourtant, elle était tout sauf snob. De fait, elle était même tout le contraire. Jamais il n'avait connu de femme aussi simple, aussi dénuée de prétention.

Elle s'était bien moquée de lui.

Une heure plus tôt, il était terrifié à l'idée qu'elle

exige davantage de lui, qu'elle le supplie de s'engager dans une relation. Il avait eu peur de lui faire mal, d'être forcé de refuser. Mais en son for intérieur il avait surtout eu peur d'accepter.

Quand la conversation était devenue difficile, il avait pris la fuite. Sa colère contre Linda, qui l'accompagnait depuis si longtemps, était un prétexte pour ne pas prendre de risques. S'il lâchait prise, il serait libre d'essayer d'aimer de nouveau. Et où cela le mènerait-il ? Qu'avait un agent de la DEA à offrir à une fichue duchesse ?

Quel idiot il avait été ! Jillian n'avait jamais rien voulu de lui. Pour elle, leur interlude n'avait été que du sexe. Luke ferma les yeux, s'efforçant de chasser la douleur qui l'envahissait, trop proche du désespoir.

Voilà pourquoi il ne devait pas baisser sa garde. Il s'était attaché à elle et aux enfants, et c'était la preuve qu'il n'était pas fait pour avoir une famille. L'amour l'affaiblissait. Le désir le poussait à faire des sottises.

C'était là une leçon à retenir. Il s'en remettrait. Il l'oublierait. Il oublierait les enfants.

Pourquoi, dans ce cas, se sentait-il aussi désemparé ? Il tenta de s'accrocher à sa colère pour dissimuler sa douleur, mais en vain. Et il devinait pourquoi. Il le soupçonnait depuis plusieurs jours. Depuis le début, en fait. Il voulait cette femme, bon sang. Il voulait cet esprit libre, farouche, indépendant, qu'il essayait de fuir.

Il voulait Jilly.

Pour toujours.

— Ça va, vieux ?

Luke leva la tête, et lut la compassion dans les yeux de son ami. Bon sang, il était pitoyable. Si Murphy voyait son désarroi, Jillian le verrait aussi. Il ne pourrait pas le supporter. C'était une chose que d'être humilié, mais plutôt aller en enfer que lui montrer combien il souffrait…

— Ça va. Au travail.

Enfin, il sentit la colère monter en lui. Tant mieux. Mieux valait la colère que le chagrin. Il voulait en finir avec cette histoire aujourd'hui, d'une manière ou d'une autre. Et ensuite il prendrait des vacances. De longues vacances. Il y avait des millions de femmes. Quand il aurait eu quelques aventures, lady Jillian Moseby ne serait plus qu'un lointain souvenir.

Jillian leva les yeux en entendant des voix dans le salon. Danny Murphy était là ; Luke et lui discutaient avec animation.

— Tu es sûr de vouloir faire comme ça ? demandait Murphy, sceptique, au moment où elle les rejoignit.

Ses yeux croisèrent brièvement les siens et il sourit.

— Bonjour, Jilly.

— Bonjour.

— Certain, répondit Luke. Tu peux tout gérer à partir d'ici. Je ne suis pas d'humeur à voir Duncan. Cette opération a été un désastre depuis le début et je ne vais pas écouter ce crétin me faire la leçon.

— Monsieur Crétin, corrigea Murphy avec un sourire.

Il se tourna vers Jillian.

— Luke n'aime pas beaucoup notre chef de service.

— Je vois.

Luke évitait soigneusement son regard. Un instant, elle se demanda comment il réagirait si elle s'avançait vers lui et nouait les bras autour de son cou. Refoulant un sourire, elle se concentra de nouveau sur son partenaire.

— Luke n'aime pas l'autorité, reprit Murphy. Je crois que ça remonte à l'enfance.

Luke le foudroya du regard, refusant de mordre à l'appât.

Samuel et James, qui venaient de se lever, s'approchèrent à leur tour.

— Ouah ! C'est un Glock, hein ? commenta James en se penchant pour mieux voir.

Luke échangea enfin un regard — stupéfait — avec Jillian. Murphy lui-même en resta sans voix.

— Oui. Comment le sais-tu ?

— Oh ! fit James, fier de lui, le papa de Sarah en avait un. Et tous ses copains aussi. Sauf que le sien avait un truc au bout. Qui faisait un drôle de petit bruit tout doux. Il avait promis de m'apprendre à tirer, mais il ne l'a jamais fait. Il ne tenait jamais ses promesses.

— C'est sûrement une bonne chose, Jimmy, dit Luke. Les armes à feu sont trop dangereuses pour les enfants.

— Slow en avait un placard entier, ajouta James.

— Slow ? Qui est Slow ? s'enquit Murphy.

— Le papa de Sarah.

11

Le papa de Sarah.

Le souffle coupé, Luke réfléchissait à toute allure, repassant dans sa tête ses conversations précédentes avec James. *Un jour, il a tiré sur maman. Lui et un copain.*

Non, ce n'était pas possible ! Si seulement il avait fait plus attention à ce que disait l'enfant…

Slow.

Sloan.

— Sloan, lâcha-t-il d'une voix rauque. Tu veux dire Sloan, n'est-ce pas, Jimmy ? Bon sang, je n'arrive pas à croire que je ne l'aie pas compris plus tôt !

Il jeta un coup d'œil à Murphy, et sut que celui-ci avait saisi la situation. Alors, il se tourna vers Jilly, fou de rage à la pensée qu'elle s'était moquée de lui, non pas une fois, mais deux.

— Quand allais-tu nous dire que ta sœur couchait avec le plus gros trafiquant de la côte est ?

Jillian fit deux pas en arrière et se laissa tomber sur le canapé, livide. Ses yeux bleus s'emplirent de larmes. Sa bouche trembla, mais aussitôt elle se mordit la lèvre et reprit le contrôle d'elle-même.

— Hé, Luke, ce n'est pas sa faute, intervint Murphy. Comment aurait-elle pu le savoir ?

— Bien sûr, qu'elle le savait ! Tout comme elle

savait qu'elle était une fichue duchesse quand elle me faisait marcher.

— Oh ! Mon Dieu, murmura-t-elle, atterrée. Comment l'as-tu appris ?

Elle fixa la fenêtre sans la voir. Sarah choisit ce moment pour commencer à geindre. Comme sur pilote automatique, Jillian se leva et se dirigea vers le berceau.

— Ta mère cherchait sa précieuse fille.

Elle cilla, mais Luke ne se sentit pas soulagé pour autant. Au contraire, il s'en voulut.

— Je n'aime pas la façon dont tu me parles, Luke. Le fait que je sois une duchesse n'a rien à voir avec la situation. Je ne vois pas pourquoi je devrais le claironner partout où je vais. D'ailleurs, cela n'aurait fait que t'inquiéter davantage.

— C'était à moi d'en décider.

Une lueur d'irritation traversa le regard de Jill, tandis que la couleur revenait à ses joues. Elle prit Sarah dans ses bras et, d'un geste sec, attrapa le sac de couches sur la commode.

— Ce n'est pas moi qui ai saboté cette opération, Luke. Tes collègues et toi avez fait ça tout seuls, sans mon aide. Par conséquent, j'apprécierais que tu ne passes pas ta colère sur moi.

Elle marcha vers lui, les yeux lançant des éclairs, tout en caressant le dos de Sarah. En dépit de sa propre fureur, Luke était fasciné par le contraste.

— Je ne sais rien de ce Sloan. Je me souviens très clairement t'avoir dit que j'ignorais tout de l'existence de Sarah il y a deux semaines. Comment serais-je censée savoir qui est son père ? L'homme qui a essayé de la reconnaître ne s'appelait pas Sloan, c'est certain. Je m'en souviendrais.

— De quoi parles-tu ? Quel homme ?

Elle prit une profonde inspiration et exhala lentement.

— Deux jours après mon arrivée, j'ai dû me présenter au tribunal parce qu'un homme voulait me prendre Sarah. J'ai engagé une avocate américaine… et j'ai eu gain de cause.

— Que s'est-il passé ? Comment s'appelait-il ?

— Je ne m'en souviens plus. Tout s'est passé si vite.

Sa lèvre inférieure se remit à trembler, et le cœur de Luke se serra.

— Je venais d'enterrer ma sœur, et le lendemain j'ai essayé d'aller chercher les enfants…

Elle leur tourna le dos à tous, feignant de chercher une couche pour dissimuler ses larmes. Samuel traversa timidement la pièce pour lui prendre la main. Elle lui adressa un petit sourire ému et ébouriffa ses cheveux. Même James jeta à Luke un regard perplexe. Puis, haussant les épaules, il se leva à son tour et alla s'asseoir près d'elle.

Ce fut Murphy qui brisa le silence tendu.

— Que s'est-il passé ?

— On m'a dit que je pouvais avoir les garçons, mais que quelqu'un d'autre essayait d'obtenir la garde de Sarah. Bref, j'ai cherché un avocat dans l'annuaire et nous avons eu une audience devant le juge le lendemain. Tous les papiers sont quelque part dans le coffre… A moins qu'ils n'aient été oubliés dans un des innombrables motels où nous avons vécu cette semaine. Mais si tu veux fouiller la voiture, Luke, ne te gêne pas pour moi.

Luke jeta un bref regard à Murphy avant de détourner la tête, honteux d'avoir cédé à sa colère. Honteux de s'en être pris ainsi à Jilly. Elle ne le méritait pas.

Il avait été tellement frustré qu'il ne voyait plus les choses clairement.

Il se promit de lui présenter ses excuses avant de partir.

— Tu as fini avec ce sac de couches ? demanda-t-il, d'une voix qui parut rude à ses propres oreilles.

— Oui.

Il le fouilla rapidement, puis fit face à Murphy.

— Si Annie Moseby était Winnie…

Son partenaire écarquilla les yeux.

— L'argent disparu…

Luke acquiesça, songeur, tandis que les morceaux du puzzle se mettaient peu à peu en place.

— … est sûrement dans ses affaires, conclut-il, en inspectant les coutures du sac. Ou dans la valise que Jilly a récupérée chez elle. Voilà ce que veut Sloan. Ce n'est pas à moi qu'il s'intéresse. Ni à Jilly. Il veut l'argent.

— Où est cette valise ?

— Dans le coffre de la voiture, répondit Jilly.

Elle se leva et se dirigea vers Murphy, évitant soigneusement de s'approcher de lui. Une bouffée de regret envahit Luke, mais il comprenait parfaitement sa réaction. Il s'était conduit comme un idiot. Une fois de plus.

— Je peux vous la montrer si vous voulez.

La voix de Jillian était douce, et il se sentit d'autant plus penaud de lui avoir lancé toutes ces accusations à la tête. Il avait tout gâché avec cette femme qu'il désirait plus que tout au monde.

Mais peut-être était-ce mieux ainsi.

Il n'était pas à la hauteur. Jillian était trop bien pour lui. Ses enfants étaient adorables et ils avaient besoin de plus d'amour qu'il n'était capable d'en donner.

Il n'était pas fait pour être père.

— Je ne veux pas que tu sortes de ce chalet, dit-il, en regardant Murphy.

Elle pivota vers lui, les mains sur les hanches et les sourcils froncés.

— Et comment saura-t-il reconnaître la valise d'Annie ?

— Tu peux lui décrire la couleur pervenche. Je suis sûr qu'il comprendra plus vite que moi.

— Ah, non ! Pas une discussion sur les couleurs ! protesta Murphy en allant vers la salle de bains. Pervenche ? Je suis marié depuis quinze ans et je ne sais pas ce que c'est. Je reviendrai dans une heure, quand vous vous serez mis d'accord. Luke, tu appelles Duncan ou c'est moi qui m'en charge ?

— Fais-le, répondit-il sans quitter Jillian du regard.

Elle attendit que la porte de la salle de bains se soit refermée, puis s'approcha de lui.

— Tu ne crois pas que tu es un tantinet déraisonnable ? La voiture de Murphy est à cinq mètres d'ici !

Croisant résolument les bras, elle s'avança vers l'entrée.

— Princesse, tu n'iras nulle part avant que je t'en aie donné la permission.

— Je ne suis pas une fichue princesse !

Elle jeta un coup d'œil aux enfants et baissa la voix.

— Je suis duchesse, d'accord ? Non que ça ait de l'importance, de toute façon. Je savais que tu trouverais un prétexte pour ne pas me revoir.

— Il ne s'agit pas de ça, riposta-t-il. Il n'y a pas de « nous », souviens-toi. Il s'agit du fait que tu nous as dissimulé des informations essentielles.

— Tu te fiches complètement que je sois duchesse. Ça n'a aucune incidence sur l'enquête. Tu as peur de ce qui pourrait arriver si nous continuons à nous voir, voilà tout.

Elle le toisa d'un air désapprobateur.

— Tu préférerais recevoir une balle plutôt que d'avoir une conversation sérieuse avec moi. Tu préférerais t'enfuir plutôt que d'admettre que nous pourrions être heureux ensemble.

— Tu ne sais pas ce que tu dis.

Elle devait entendre son cœur cogner, voir ses mains trembler.

Jillian secoua tristement la tête.

— Si. Je t'aime, Luke. La nuit dernière a été la plus belle de ma vie. A quoi bon le nier ? Ces quatre jours passés avec toi m'ont montré ce que je pourrais avoir.

— On t'a poursuivie, tu as été prise pour cible…

— Arrête ! Ce n'est pas de ça que je parle et tu le sais très bien. En dépit de tous tes efforts pour me maintenir à distance, je suis tombée amoureuse de toi. C'est bête, hein ?

— Ne dis rien d'autre, ordonna-t-il, le cœur serré par le désespoir qu'il entendait dans sa voix.

Il ne pouvait pas céder. Il n'avait qu'à tenir un peu plus longtemps et puis il serait en sécurité.

— Tu ne m'aimes pas, ajouta-t-il. Si tu me connaissais, tu te rendrais compte que tu perds ton temps.

— Je te connais. Je sais tout ce qui est important. J'ai déjà vu la plupart de tes défauts. Tu as mauvais caractère…

A l'évidence, elle avait réfléchi à cela, car elle commença à compter sur ses doigts.

— Tu t'énerves pour un rien. Il te faut une éternité pour prendre une décision parce que tu réfléchis à chaque angle possible…

— Jilly. Ne fais pas ça. Ecoute, je suis désolé pour

ce que j'ai dit tout à l'heure. J'étais furieux et je ne pensais pas ce que je disais. Ce n'est pas une excuse, je sais. Mais je… je ne peux pas…

Luke avait l'impression de se noyer. Chaque fois qu'elle parlait, c'était comme si une énorme vague déferlait sur lui. Si elle s'obstinait à essayer de le convaincre, il allait sombrer pour de bon. Il serait perdu, car alors il ne pourrait jamais renoncer à elle. Et elle ne pouvait pas réellement l'aimer. Ce genre de sentiment ne durait pas. Il avait cru aimer Linda. Et s'il tombait amoureux de Jilly et qu'elle se ravisait ? Elle le quitterait, elle aussi.

— Tu parles toujours de ton instinct. Que te dit-il à mon sujet ?

Le sourire triste de Jilly s'effaça, sans doute parce qu'elle avait lu la panique sur ses traits.

Luke enfouit les doigts dans ses cheveux et détourna la tête. Il ne pouvait courir ce risque. Pas si cela signifiait qu'il allait tout perdre. La mâchoire crispée, il pivota et regarda Jillian droit dans les yeux.

Et il mentit.

— Mon instinct me dit de partir sans me retourner.

Le visage de Jillian demeura stoïque, témoignant de sa maîtrise d'elle-même. En revanche, ses yeux disaient tout. Là où, un instant plus tôt, il avait vu un espoir, un défi, l'étincelle d'un optimisme à toute épreuve, il n'y avait plus qu'un vide. Elle avait sa réponse et l'accepterait. Il la connaissait assez pour savoir qu'elle ne lui reposerait pas cette question. Un poids énorme se logea dans sa poitrine. Il n'y aurait pas de seconde chance. Elle s'était mise à nu devant lui et il l'avait rejetée.

— Je vois. Eh bien, dans ce cas, je suppose que la discussion est close.

Ses beaux yeux s'emplirent de larmes, qu'elle écrasa du bout des doigts.

— Je t'aime quand même. Je sais que ça ne change rien. Je ne peux pas te faire éprouver ce que je ressens. Et ça ira. Je survivrai, ajouta-t-elle en forçant un sourire. Je ne serai peut-être pas complètement heureuse, mais je m'en sortirai. Je… je voulais juste que tu saches. Et quand tu seras parti pour ta prochaine aventure, très loin d'ici, tu sauras sans l'ombre d'un doute que quelqu'un, quelque part…

Un petit rire sans joie monta entre ses larmes, transperçant le cœur de Luke aussi sûrement que la lame d'un couteau. Il dut faire appel à toute sa volonté pour ne pas la prendre dans ses bras et la garder contre lui pour toujours.

— … que quelqu'un dans le New Hampshire t'aime beaucoup, dit-elle enfin en s'essuyant les yeux. C'est tout.

— Jilly.

Il déglutit avec peine, ne sachant que dire. Elle le devança et posa un doigt sur ses lèvres. Un frisson le secoua à ce simple contact.

— Ne dis rien, d'accord ?

La porte de la salle de bains s'ouvrit derrière eux. Jillian tressaillit et s'éloigna de lui, plaquant un sourire sur son visage pour Murphy et les enfants, qui regardaient la télévision à présent.

Luke était incapable de faire face aux sentiments qu'elle éveillait en lui. Jamais il n'avait imaginé tomber amoureux de nouveau. Jamais il n'avait imaginé le tsunami d'émotion qui le dévastait quand il pensait à elle. Un mélange de panique et d'espoir. Aimer Jilly et la perdre le tuerait. Mieux valait rompre maintenant que plus tard. Et commencer à panser ses blessures.

Murphy termina sa conversation téléphonique avec Duncan et referma l'appareil d'un coup sec.

— Ça n'a pas été un grand succès. Au lieu de nous complimenter pour la découverte qu'on vient de faire, il est deux fois plus décidé à venir prendre les choses en main.

Il jeta un coup d'œil à sa montre.

— Un hélicoptère va le déposer à une quinzaine de kilomètres d'ici. Il devrait arriver d'ici une demi-heure.

Comme s'il percevait soudain une tension dans la pièce, il observa Jilly qui feignait de s'affairer autour du petit déjeuner des enfants. Il arqua un sourcil, interrogeant Luke du regard. Celui-ci secoua la tête. Murphy haussa les épaules, exaspéré.

— Il veut que tu ailles le chercher à l'aérodrome. Tu préfères que je m'y colle ?

— Non, répondit Luke. Tu peux rester ici.

James leva les yeux.

— Je peux venir, Luke ?

— Je ne sais pas, bonhomme.

Il avait hâte de quitter le chalet. S'il s'attardait un instant de plus, il allait se jeter aux pieds de Jilly — et ce serait trop tard, de toute manière.

— S'il te plaît ?

— Il n'y a aucun danger, renchérit Murphy.

A ce stade, autant céder et en finir plutôt que de rester là à discuter.

— D'accord, Jimmy. Va te brosser les dents et on y va.

Ils étaient partis depuis un bon moment quand Jillian se souvint de la valise. Elle quitta son poste à la fenêtre et se laissa tomber sur le lit. Il ne servait à rien de s'apitoyer sur son sort. Avec un peu de chance, cette triste affaire serait terminée aujourd'hui. Les enfants et elle seraient enfin libres de reprendre leur route. Plus tôt ils seraient installés, plus tôt ils adopteraient une routine et elle pourrait commencer à réparer son cœur laminé.

En dépit de la réaction de Luke, elle se félicitait d'avoir été honnête avec lui. Ç'avait été un petit pas vers l'indépendance. Elle avait entrevu quelque chose qu'elle désirait follement et avait tenté de l'obtenir. Bien sûr, l'échec était difficile à digérer. Dans ce cas précis, il était même dévastateur. Elle avait lu la peur dans ses yeux lorsqu'elle lui avait dit qu'elle l'aimait… une peur mêlée d'incrédulité. Peut-être de regret aussi. Mais quelle importance à présent ?

Elle l'aimait assez pour renoncer à lui. C'était comme si son cœur avait été piétiné, mais elle n'allait ni plaider ni supplier. Si Luke ne voulait pas d'elle, elle mènerait sa vie sans lui. Apparemment, l'épreuve qu'il avait traversée avec Linda l'avait trop marqué pour qu'il soit prêt à essayer une autre relation. Ou alors elle ne lui plaisait pas assez pour qu'il fasse l'effort.

Elle espérait que la première raison était la bonne.

— Danny, si on allait chercher cette valise que Luke voulait regarder ? Comme ça, quand votre chef arrivera, vous aurez peut-être quelque chose de plus à lui montrer.

Murphy étira ses longues jambes.

— Pourquoi pas ? Tout est calme.

Il se leva et vérifia son holster tout en se dirigeant vers la porte. Puis il scruta la véranda et la route déserte qui menait au bureau du motel.

— Et les enfants ? On peut les laisser seuls quelques minutes ?

Jillian jeta un œil à Sarah, endormie dans son berceau. Puis elle s'assit sur le lit où Samuel jouait avec ses petites voitures.

— Samuel ? Je veux que tu sois très sage. Reste sur ce lit et ne bouge pas avant que je revienne avec M. Murphy. Je ne serai pas longue.

Sur quoi elle alla fermer la porte de la salle de bains. Samuel était encore trop petit pour atteindre la poignée. Enfin, elle s'assura que la carabine était elle aussi hors de portée.

Murphy l'observait en souriant.

— C'est bien. Voici ce qu'on va faire : on va descendre tous les deux très vite. Vous me montrez la valise et vous remontez tout de suite. Vous ne serez absente qu'une minute ou deux.

— Tu vois quelque chose ?

Luke s'impatientait, pressé de regagner le chalet. Un mauvais pressentiment s'était emparé de lui, un malaise qui s'accroissait de minute en minute. Loin d'être soulagé d'avoir mis quelque distance entre Jilly et lui, il était soucieux, au contraire.

Il jeta un coup d'œil à Jimmy dans le rétroviseur. Muni d'une paire de jumelles, l'enfant allait d'une vitre à l'autre.

— Non. Pas d'hélico pour l'instant.

Luke fronça les sourcils. Duncan avait déjà un quart d'heure de retard, ce qui ne lui ressemblait guère. Son supérieur était d'une ponctualité rare, arrivant même souvent en avance aux réunions.

Il avait eu du mal à localiser l'aérodrome et s'attendait plus ou moins à ce que Duncan soit déjà là. A vrai dire, « aérodrome » était un bien grand mot :

il s'agissait en réalité de deux pistes grossièrement dégagées dans une vaste prairie. Seul un hélicoptère pourrait atterrir ici. L'aéroport régional ne se trouvait qu'à une quinzaine de kilomètres de là — dans la direction opposée. Pourquoi Duncan avait-il préféré cet endroit loin de tout ?

— Je suis sûr qu'il ne va pas tarder.

Il était soulagé que l'opération doive se terminer le jour même. Reconnaissant, même, à Duncan, de venir prendre la relève. Ainsi, Jillian ne serait plus sous sa responsabilité. Son chef la transférerait en lieu sûr et il pourrait cesser de s'inquiéter à son sujet. Il retournerait à Charleston, afin de retrouver Sloan et de le mettre définitivement hors d'état de nuire. C'était la seule manière de garantir la sécurité de Jillian et celle des enfants ; il ne voulait pas qu'elle vive dans la peur jusqu'à la fin de ses jours.

Un grondement indistinct lui parvint soudain.

— Il arrive, Jimmy. Tu le vois ?

— Non. Ah, si ! Il est tout petit.

L'enfant continua à scruter le ciel.

— Je le vois bien, maintenant. Il y a deux hommes dedans.

— Bien sûr. Tu croyais que mon chef allait piloter lui-même ?

— A l'arrière, je veux dire. Il y a deux... non, trois hommes derrière.

Luke fronça les sourcils, intrigué. Qu'avait donc Duncan en tête ? Murphy et lui menaient cette enquête depuis des mois. Leur chef s'apprêtait-il à les remplacer alors qu'ils étaient sur le point d'aboutir ? Et pourquoi ne s'inquiétait-il pas davantage à propos de la fuite ? Aucun lieu ne serait sûr pour Jilly avant qu'il n'en ait établi l'origine.

Le vacarme devenait assourdissant. Le vent fouetta la voiture, projetant des grains de sable contre le pare-brise tandis que l'hélicoptère se posait dans le champ, à quelques centaines de mètres de là.

— Tu vois maintenant pourquoi je ne voulais pas que tu joues dehors ? cria-t-il à Jimmy, tout en plissant les yeux pour distinguer les silhouettes qui descendaient de l'appareil.

— Oh ! Luke… non.

Jimmy fixait les hommes, livide.

— Qu'y a-t-il, bonhomme ?

L'enfant lâcha les jumelles et posa sur lui un regard terrifié. L'estomac de Luke se noua.

— Quoi ? Qu'est-ce que tu as vu, Jimmy ?

James frissonna, puis fit mine de reprendre les jumelles. Luke les saisit, les réglant rapidement à sa vue. Duncan s'avançait vers lui, son imper flottant dans l'air brassé par les hélices. Et à côté de lui marchait…

Son cœur cessa de battre.

Sloan.

Le sang tambourinant à ses tempes, Luke démarra en trombe, pointant le véhicule vers la gauche quand il vit son chef mettre la main dans sa poche.

— Baisse-toi, Jimmy. Par terre ! Et ne te relève pas avant que je te le dise !

Il perdit de précieuses secondes à s'assurer que l'enfant avait obéi, puis donna un coup de volant au moment où le pare-brise volait en éclats. Une pluie d'éclats de verre tomba sur lui, et il eut un shoot de panique avant de mettre le pied au plancher. Il fonça vers la route étroite, priant pour que sa conduite en zigzag leur permette d'éviter les balles.

— Jimmy ! Ça va ?

— Oui. Et toi ?

— Oui. Reste par terre.

Il prit plusieurs profondes inspirations, concentré sur sa conduite. Il devait ralentir. Si un pneu éclatait, ils auraient de sérieux ennuis. Et, si jamais un autre véhicule arrivait en face… à cette vitesse, une collision les tuerait sans doute.

— Et cramponne-toi.

Un fragment d'écorce vola devant lui, signe qu'une balle venait de frapper un arbre. Duncan tirait sur eux. Luke se demanda s'il ne venait pas de tomber dans un piège. Petrie l'attendait-il au détour du prochain virage ?

— Jimmy, écoute-moi. S'il m'arrive quelque chose ou si nous sommes forcés de nous arrêter, je veux que tu t'enfuies. Prends le téléphone et cours vers les bois. Il faudra te cacher pendant une heure ou deux au moins. Ils ne savent pas que tu es avec moi. Tu pourras appeler la police et demander de l'aide pour Jilly et les enfants.

— Non, Luke ! Je veux rester avec toi, protesta le petit garçon d'une voix étouffée.

— Je sais, fiston. Moi aussi.

Il se déporta violemment sur la gauche pour éviter une souche d'arbre. La voiture vibra.

— On va mourir ?

— J'espère bien que non, Jimmy. Je te dis ça au cas où…

Il réfléchissait à toute allure. Il n'avait que très peu de temps avant que Duncan retourne à l'hélicoptère et se lance à ses trousses. Heureusement, il avait été trop loin d'eux pour remarquer Jimmy.

La fuite venait de Duncan. Ou pire encore, Duncan était Castillo : le trafiquant, le roi de l'héroïne sur la côte est. Tout prenait sens. L'explosion de la maisonrefuge, l'échec de l'opération. Duncan tirait les ficelles depuis le début. Il avait attendu le meilleur moment pour les éliminer tous. Pas étonnant qu'il veuille mettre fin à l'enquête. Murph et lui étaient trop près de Sloan. Trop près de lui.

Il tripota le téléphone, parvint à appuyer sur la touche de rappel alors que l'auto cahotait dans les ornières. Il devait alerter Murphy. Son partenaire ne serait pas en mesure de faire face à une attaque — surtout venant de celui-là même qui était censé leur prêter main-forte.

Il porta l'appareil à son oreille, retenant son souffle. Le silence dura une éternité. Bon sang ! Se trouvaient-ils hors de portée d'un réseau ?

Enfin, il entendit une sonnerie.

— Allez, décroche !

— Tu l'as vu, Luke ? Tu l'as vu ? C'est lui qui a tué maman, dit alors Jimmy. Je l'ai vu depuis ma cachette, mais lui ne m'a pas vu.

— Comment ça, tu l'as vu ?

— Le jour où il a tué maman. Je me cachais derrière le grand fauteuil et je les ai entendus se disputer au sujet de l'argent.

Le cœur de Luke se mit à battre comme un dératé. Ils n'avaient rien compris ! Côté drogue, Sloan était intouchable. Malgré toutes leurs investigations, Murph et lui n'avaient même pas pu lui faire endosser une contravention…

Mais, là, c'était différent. Avec un témoin, Sloan pourrait être condamné pour meurtre. Le problème, c'était que le témoin serait Jimmy. Le seul fait d'imaginer l'enfant assis dans la même cour de justice que Sloan le rendait malade. Jimmy aurait besoin d'être protégé vingt-quatre heures sur vingt-quatre. Jilly et les autres enfants devraient eux aussi être placés sous protection. Et après le procès ? Sloan pourrait quand même les faire éliminer, de derrière les barreaux, à supposer qu'il soit condamné.

Il reposa impatiemment le téléphone.

Où diable était passé Murphy ?

— Que je comprenne bien. Tu as vu Sloan tirer sur ta maman ?

— Non, pas Slow. L'autre type. Son copain.

12

La brise souleva le col de la veste de Jill, ébouriffant ses cheveux. Avec toute l'agitation de ce matin, elle avait oublié de se faire une queue-de-cheval. Elle inspira à fond l'air pur de la montagne et se sentit aussitôt mieux. Elle était restée trop longtemps cloîtrée à l'intérieur.

Elle descendit les marches aux côtés de Murphy, parcourant les environs déserts du regard. D'autres chalets étaient visibles au loin, apparemment inoccupés. Le silence était si profond qu'il en paraissait presque étrange. Le soleil filtrait à travers les pins, dessinant sur le tapis de mousse des pans de lumière qui vacillaient au gré du vent.

— Mon Dieu, Danny, c'est vraiment superbe ici. Il faisait noir comme dans un four quand nous sommes arrivés hier.

— L'endroit est trop isolé à mon goût. Trop calme.

Elle se retourna lentement, et remarqua que leur chalet était construit à flanc de colline, au bord d'une petite clairière pentue. Comme elle s'éloignait un peu pour admirer le paysage, Murphy la rappela à l'ordre.

— Revenez ici, Jilly. Ce n'est pas parce que nous sommes dans un trou perdu que vous pouvez vous promener comme bon vous semble.

— Mais tout est fini, non ? Quasiment ?

— Mon chou, rien ne sera fini avant que le réseau de Sloan soit totalement démantelé. Il faut encore l'arrêter, et tous ses acolytes avec. N'oubliez pas que Luke a été pris pour cible hier soir.

— Non, bien sûr. Mais j'avais supposé que, puisque votre chef arrivait…

Elle s'interrompit, gênée.

— Ce que je voulais dire, c'est qu'étant donné tous ces nouveaux éléments je pensais que l'affaire était résolue.

— Non. Ça veut dire qu'on a fait un pas dans la bonne direction, c'est tout.

Il désigna la voiture d'un geste.

— Maintenant, venez. Dépêchons-nous.

Ils avaient presque atteint le véhicule quand Murphy l'attrapa par le bras et la poussa à terre.

— Baissez-vous.

Il roula sur elle et dégaina son arme.

— Danny ? souffla-t-elle, presque incapable de respirer.

Un son mat retentit. L'instant d'après, une motte de terre explosa à quelques mètres d'elle.

— Restez là, siffla-t-il. On tire sur nous.

— Oh ! Mon Dieu ! Samuel.

Mue par l'instinct, elle fit mine de se lever. Murphy la repoussa sans ménagement.

— Je vous ai dit de ne pas bouger, bon sang ! Vous seriez morte avant d'arriver à la porte.

Son regard était rivé sur un bouquet d'arbres distant d'une cinquantaine de mètres. A l'instant où il perçut un mouvement, il lâcha un tir en rafale. La gorge nouée, Jillian ferma les yeux, priant pour que le vacarme n'incite pas Samuel à ouvrir la porte pour voir ce qui se passait. Sarah n'allait pas tarder à se réveiller. Et si elle se mettait à pleurer ? Seigneur, pourquoi les avait-elle laissés seuls ?

Danny émit une bordée de jurons.

— Qu'y a-t-il ? Vous êtes blessé ?

— J'ai laissé mon portable au chalet. Luke va arriver en pleine fusillade.

Elle secoua la tête, terrifiée à cette pensée. La seconde d'après, elle se souvint que Luke n'était pas seul.

— Mon Dieu ! James est avec lui.

— Pour l'instant, pensons à nous. Si ce type est accompagné, nous sommes fichus. Il nous a coincés, le salaud.

Une pointe d'admiration perçait dans le ton de Murphy, et Jillian se demanda s'il avait perdu la tête. Elle se redressa légèrement, cria lorsqu'un coup de feu éclata en même temps.

— Juste ce que j'attendais, marmonna Murphy en pressant la gâchette à son tour.

Un cri de douleur s'éleva. Plusieurs secondes s'écoulèrent, puis une silhouette émergea en titubant des broussailles pour s'écrouler sur le sol.

Jillian prit une inspiration tremblante. Son cœur semblait sur le point d'exploser.

— C'est fini ?

— Je ne sais pas.

Murphy fouilla dans la poche arrière de son jean et en tira un nouveau chargeur. Il le mit en place et tourna la tête vers elle.

— Ne bougez pas d'ici. Je vais aller vérifier que ce type est mort. Prenez ce pistolet.

— Je ne peux pas, balbutia Jillian. Je n'ai jamais eu une arme entre les mains.

— Il le faut.

Le regard de Murphy était froid et grave.

— J'ai besoin que vous me couvriez. Il n'y a personne d'autre. S'il m'arrive quelque chose, courez aussi vite que possible au chalet. Ne vous arrêtez pas, ne vous retournez pas. Fermez la porte à clé et appelez de l'aide.

— Mais… et vous ?

— Allez droit au chalet, répéta-t-il, ignorant sa question. Avertissez Luke et appelez de l'aide.

Il lui saisit le bras afin de lui imposer silence et ils tendirent tous les deux l'oreille, à l'affût du moindre son. Lorsqu'il fut convaincu qu'il n'y avait personne d'autre, il lui fit signe qu'il allait s'élancer. Elle cilla en sentant le poids de l'arme qu'il lui tendait.

— Tenez-le droit, visez et tirez. Au moindre mouvement inattendu. Faites seulement attention à ne pas m'abattre.

Il s'accroupit et, d'un geste, l'incita à l'imiter.

— J'y vais. Couvrez-moi jusqu'à ce que je vous dise que tout va bien. Ensuite, foncez au chalet. Ne m'attendez pas, d'accord ?

Jillian acquiesça, formulant une prière silencieuse tandis qu'il sortait de leur cachette. Elle se redressa, scrutant l'endroit où l'homme était tombé, son regard allant de droite à gauche et inversement.

Murphy était presque arrivé à son but. Il avait traversé la clairière sans anicroche quand elle perçut un mouvement soudain. Une volée d'oiseaux se dispersèrent, piaillant comme pour protester d'avoir été dérangés. Murphy pivota, l'arme au poing, au moment où il atteignait l'individu inerte.

Du coin de l'œil, Jillian vit s'entrouvrir la porte du chalet et crut que son cœur allait cesser de battre. La petite tête blonde de Samuel apparut.

— Jilly ? Tu es là ? Je vais venir te trouver…

— Sammy, rentre tout de suite et ferme la porte ! cria-t-elle de toutes ses forces.

Une fraction de seconde plus tard, elle aperçut le canon étincelant d'une carabine dans les buissons. Instinctivement, elle leva l'arme qu'elle tenait dans sa main crispée et fit feu.

Ce fut seulement quand elle n'eut plus de munitions qu'elle se rendit compte qu'elle hurlait. Un silence de mort l'attendait. Il y avait des corps partout : un autre inconnu s'était effondré, et Murphy était étendu sur le sol près du premier.

— Danny !

Elle s'avança d'un pas incertain, aveuglée par les larmes. A mi-chemin, elle se souvint des instructions de Murphy. Luke. Elle devait avertir Luke. Mais, Seigneur, elle devait aussi secourir Murphy.

— Samuel, rentre tout de suite !

Elle s'élança vers le chalet, les jambes si flageolantes qu'elle craignit de ne pouvoir l'atteindre.

L'enfant lui tendit le téléphone dès qu'elle eut franchi le seuil.

— Jilly, c'est Luke.

Luke avait cru défaillir au son de la fusillade. Il était encore sous le choc après la révélation de Jimmy. Non seulement son chef était un des plus gros trafiquants de drogue du pays, mais c'était aussi un assassin. Murphy et lui, insuffisamment armés, n'étaient pas de taille à lutter contre lui.

Il s'épongea le front, et grimaça en sentant un vif pincement de douleur. En abaissant son bras, il fut surpris de trouver du sang sur sa manche. Ses cheveux étaient saupoudrés d'éclats de verre après l'explosion du pare-brise. Il garda la main cramponnée au téléphone, s'efforçant de rouler vite malgré la sueur qui coulait dans ses yeux.

Lorsque Samuel avait répondu en lui disant que Jillian et Murphy tiraient sur des gens, il avait cru faire une crise cardiaque. Il aurait juré avoir perçu des hurlements, et priait pour s'être mépris.

Enfin, il l'avait entendue rentrer en sanglotant dans le chalet et claquer la porte derrière elle. Son cœur avait recommencé à battre. Elle était en vie.

— Luke ? C'est toi ?

— C'est moi, mon chou. Tu vas bien ?

— Murphy est touché. Il est dehors avec les autres, dit-elle en hoquetant. Il faut que j'aille le chercher.

— Non ! cria-t-il, pris de panique.

Quels autres ? Combien de tireurs y avait-il ?

— Je t'ordonne de rester à l'intérieur. La police est en route. Ne bouge pas avant qu'elle arrive.

— Luke, j'entends l'hélico, déclara Jimmy. Il est juste derrière nous.

— Reste par terre, Jimmy, fais-toi tout petit, dit-il avant de s'adresser à Jillian de nouveau. Jill, bon sang, ne sors pas. Va chercher mon autre arme dans le tiroir du secrétaire et prépare-toi à t'en servir.

— Elle a le même recul que celle de Murphy ?

Elle avait cessé de pleurer et, de fait, semblait étrangement calme. Luke en resta stupéfait.

— Le recul sera plus violent. Le Glock est une arme plus puissante.

Elle quitta l'appareil un instant, durant lequel Luke se força à réfléchir à sa propre situation, tout aussi précaire. S'il n'avait pas eu Jimmy avec lui, il aurait pu jouer le rôle d'un appât et attirer Duncan au chalet. Mais, Murphy étant blessé, le danger demeurait.

— Prends les chargeurs de rechange aussi.

Il distingua un bruit lointain de sirènes et pria pour que ce soient les secours. Tout ce qu'il savait, c'était qu'il voulait qu'elle soit en sécurité, bon sang ! Il l'aimait. Il aimait ses enfants.

Une ébauche de plan se forma dans son esprit. Il ralentirait suffisamment pour déposer Jimmy en lieu sûr, tout en veillant à ce que Duncan ne voie pas l'enfant. Son chef le suivrait pour l'éliminer. Avec un peu de chance, il pourrait le retarder encore un quart d'heure. Un coup d'œil à la jauge lui confirma qu'il restait largement assez d'essence pour tenter le coup. Il ne s'agissait plus d'essayer de gagner, mais de rester vivant le temps que la police locale vienne en aide à Murphy.

— Je suis à quelques minutes du chalet. Tu n'entends pas de sirènes ?

Elle marqua une pause.

— Non. Rien pour l'instant. Tout est calme. Je vais aller voir Danny. Je crois que je pourrai le tirer jusqu'ici.

— Non ! protesta Luke, glacé. Non, bon sang…

Elle avait raccroché. Réprimant l'envie de fracasser le téléphone contre le tableau de bord, il jura tout ce qu'il savait.

Frissonnant malgré elle, Jillian rouvrit la porte, les doigts crispés sur le pistolet de Luke. Un calme menaçant régnait sur les lieux.

En fin de compte, elle s'était ravisée quant aux dangers présentés par la salle de bains et avait enfermé Samuel et le bébé à l'intérieur. Elle avait placé le berceau de

Sarah dans le coin et ordonné au petit garçon de rester assis dans la baignoire jusqu'à son retour.

Elle fit un pas prudent, puis un autre, scrutant les environs. Murphy n'avait pas bougé. Elle refoula les larmes qui lui picotaient les yeux.

— Tu ne peux pas pleurer, marmonna-t-elle. Garde ton sang-froid.

Son cœur cognait si fort qu'elle craignit de s'évanouir. Elle prit plusieurs profondes inspirations sans cesser d'observer les alentours, puis se remit à marcher, titubant à demi jusqu'à l'endroit où Murphy gisait, étendu sur le côté.

— Danny. Danny, vous m'entendez ?

Elle posa son arme sur le sol et lui palpa le cou. Son pouls était faible.

— Jillian ? Retournez au chalet.

La voix de Murphy était presque inaudible, mais c'était un ordre.

— Pas sans vous. Pouvez-vous bouger ?

— Non… Touché.

— Où, Danny ? Où êtes-vous blessé ?

Baissant les yeux, elle vit une flaque de sang sous son ventre et cilla. Seigneur, pourvu qu'il ne meure pas.

— Jambe… estomac… répondit-il d'une voix rauque.

Il se mit à tousser. Une bouffée de panique submergea Jillian. Un instant, elle crut qu'il était en train d'agoniser.

— Danny, tenez bon.

Il ouvrit brusquement les yeux et, avec une force surprenante, l'attira vers lui.

— Pistolet.

— J'ai un pistolet. Ne vous inquiétez pas.

— Non. Ramassez-le. Quelqu'un vient.

Le cœur de Jillian fit une embardée quand un craquement s'éleva sur le sentier. Murphy avait raison :

quelqu'un arrivait. Retenant son souffle, elle attrapa son arme et regarda Danny qui grimaçait de douleur. D'un mouvement de la tête, il lui désigna la voiture.

Elle hésita. Si elle obéissait, elle le laisserait seul, exposé au pire dans la clairière.

— Maintenant, bordel.

Elle rampa jusqu'au véhicule et s'accroupit devant le capot, tremblant de tous ses membres. Si elle devait prendre la fuite, ses jambes ne la porteraient pas. Elle s'obligea à respirer à petits coups, à garder les yeux ouverts. A sa totale stupéfaction, Danny avait trouvé la force de glisser un nouveau chargeur dans son propre pistolet.

Un bruit étouffé de sirènes lui parvint alors, sans qu'elle parvienne à déterminer sa provenance. Elle continua à fixer le chemin. On approchait. Une partie d'elle-même mourait d'envie de jeter un coup d'œil, espérant qu'il s'agissait d'une personne amie. D'un policier qui viendrait à leur aide ou du propriétaire du motel, venu voir ce qui se passait.

Néanmoins, elle resta immobile, plaquée à l'avant de la voiture, se faisant toute petite. Les muscles de ses cuisses étaient noués, un filet de sueur coulait dans son dos. Elle avait la chair de poule.

— Murphy, mon Dieu !

Les pas de l'homme s'accélérèrent, et il passa à toute vitesse devant la voiture pour gagner le centre de la clairière où Murphy s'était redressé, prenant appui sur un coude.

— Bon sang ! Ça va ?

Jillian n'entendit pas la réponse de l'agent tant elle était concentrée sur la silhouette du nouveau venu penché sur lui. A l'évidence, Danny le connaissait. Pourquoi ne lui criait-il pas de sortir de sa cachette ?

Un frisson la traversa. Quelque chose n'allait pas. Pas du tout. Elle se pressa plus fermement contre la voiture, levant son arme par-dessus le capot.

Le bourdonnement d'un hélicoptère la fit tressaillir. Avec un léger choc, elle comprit qu'il allait passer directement au-dessus d'eux. L'homme releva la tête en souriant et se remit debout, puis sortit une arme de sa veste et la braqua droit sur Danny.

Jillian étouffa un cri atterré.

Josephson.

Comme alerté par un sixième sens, il pivota et lui fit face, son revolver déjà armé. Instinctivement, Jillian le devança, tirant la première. Le recul la fit trébucher et elle s'effondra lourdement sur le sol, parvenant Dieu sait comment à se faufiler côté passager. Elle avait l'impression que son corps bougeait au ralenti. Ses jambes refusaient de lui obéir. Enfin, elle roula sous la voiture, ravalant un gémissement.

Que faire à présent ? Avait-elle touché Josephson ou non ? Se dirigeait-il vers elle en ce moment même, résolu à la tuer ? Elle n'entendait rien hormis le vacarme infernal de l'hélicoptère. Elle suffoquait dans les nuages de poussière, les yeux brûlants. Elle posa la tête sur le sol, tâchant d'ignorer la douleur lancinante qui lui transperçait le bras, et chercha à localiser Murphy.

Elle se sentait étourdie, mais se refusait à se reposer. Elle devait secourir Danny. Et si Josephson trouvait les enfants ? Pourtant, malgré tous ses efforts, c'était tout juste si elle parvenait à garder les yeux ouverts. Le sol montait et descendait chaque fois qu'elle levait la tête.

Le grondement de l'hélicoptère s'éloigna, aussitôt remplacé par le hurlement perçant des sirènes. Ensuite, il y eut des claquements de portières, des bruits de pas, des voix sonores, irritées… Tous ces sons se mêlaient les uns aux autres, de plus en plus sourds, comme s'ils s'enfonçaient dans un tunnel. Une voix plus forte que les autres criait son nom à tue-tête. Et jurait.

Luke.

— Comment ça, tu ne sais pas où elle est ?

— Elle est quelque part ici, bon sang !

La voix de Danny était altérée par la douleur. Jillian fronça les sourcils. Pourquoi Luke ne laissait-il pas le pauvre homme en paix ?

Elle se mit sur le ventre, résolue à se relever. Humectant ses lèvres, elle goûta la terre. Elle mourait de soif.

Enfin, elle se leva en titubant, glissant à demi contre la voiture. Un vent de panique la traversa. Pourquoi ne pouvait-elle pas tenir debout ? Ses genoux se dérobaient sous elle.

— Jillian ! Oh ! mon Dieu, Jillian !

Luke. Il était contrarié.

— Mon chou, tu peux marcher ?

Luke la souleva doucement, les mains tremblantes. Il y avait du sang partout. Le visage de Jillian était livide et ses yeux semblaient absents. Une peur telle qu'il n'en avait jamais connu le transperça.

— Un médecin ! J'ai besoin d'un médecin ici !

Il trouva les doigts de Jillian et éprouva un soulagement intense en sentant leur chaleur. Elle était si fragile. Il refoula les larmes qui lui brûlaient les paupières. Non, il ne pouvait pas la perdre…

Le médecin s'agenouilla à côté de lui et se mit à découper la veste de Jill, grimaçant à la vue du sang qui coulait le long de son bras.

— Dites-moi qu'elle va s'en sortir, pria Luke d'une voix étranglée.

— Elle a été touchée à l'épaule. A bout portant.

Le secouriste s'affairait, préparant déjà Jillian pour la transporter à l'hôpital.

Elle ouvrit les yeux.

— Luke ? C'est toi ?

Sa voix était faible, incertaine.

— Oui, ma chérie. Je suis là.

Ses doigts pressèrent les siens et elle parvint à esquisser un petit sourire.

— J'ai mal à l'épaule.

— Tu as reçu une balle, murmura-t-il. Pourquoi n'es-tu pas restée à l'intérieur ?

Josephson avait tiré sur elle à bout portant… et avait raté son coup. Luke savait qu'il avait voulu la tuer. Il aurait dû être reconnaissant au destin mais la rage qui le submergeait ne laissait aucune place à la gratitude. Si Josephson n'était pas déjà mort, il l'aurait mis en pièces. Jilly et Murphy l'avaient touché tous les deux. Un examen balistique devrait déterminer quelle arme avait porté le coup fatal.

— Danny avait besoin de moi.

— Moi aussi, j'ai besoin de toi.

Luke se remémora le trajet de retour au chalet. Jamais il n'aurait dû la laisser. Jamais. Son erreur avait failli lui coûter la vie.

Il déglutit avec peine, pressant les doigts de Jillian entre les siens. Elle poussa un soupir, et sa main devint molle dans sa paume. Le cœur de Luke cessa de battre.

Elle avait perdu connaissance.

— Je t'aime.

Il baissa les yeux sur elle, sur ses taches de rousseur qui contrastaient avec la pâleur de sa peau presque translucide, et se demanda s'il pourrait jamais la lâcher de nouveau.

Luke se frotta les yeux et déposa la pizza sur la table.

— Le dîner est servi, les enfants.

Jimmy et Samuel se précipitèrent vers lui pour prendre une part. Il fit quelques pas vers Sarah et fut soulagé de constater qu'elle dormait toujours. Peut-être aurait-il le temps de prendre une douche rapide avant de retourner à l'hôpital.

— Ça ira, monsieur Gianetti ?

— Oui. Merci d'être venue.

Il avait beau fouiller dans sa mémoire, il ne parvenait pas à se souvenir du nom de cette jeune femme. Le bureau de Knoxville l'avait envoyée pour qu'elle s'occupe des enfants mais il n'avait pas prêté attention à elle lorsqu'elle s'était présentée. Il ne songeait qu'à retourner à l'hôpital où il avait fait les cent pas pendant qu'on extrayait la balle logée dans l'épaule de Jillian et que Murphy subissait une opération à l'estomac, puis à la jambe.

— Je vous en prie. Nous avons obtenu beaucoup d'informations de l'aîné, ajouta-t-elle en baissant la voix. Il a identifié Duncan comme le meurtrier de sa mère.

Luke acquiesça et regarda James, envahi d'un intense sentiment protecteur.

— Oui. J'étais avec lui.

— Nous n'aurons certainement pas besoin de l'interroger davantage. Sauf si Duncan survit. Aurez-vous besoin de quelqu'un pour surveiller les enfants demain ?

Excellente question. Il aurait aimé avoir une réponse. Jilly ne sortirait sans doute pas de l'hôpital tout de suite, et sa mère n'arriverait pas avant plusieurs jours. Apparemment, la duchesse avait un emploi du temps très chargé.

— Oui, probablement.

Il la remercia de nouveau et la raccompagna à la porte, puis il s'adossa à celle-ci un instant, les yeux fermés. Il ne se souvenait pas de la dernière fois qu'il avait dormi. La veille, il avait passé la nuit à arpenter la pièce, ressassant la vision de Jilly blessée, en sang, effondrée contre la voiture.

Murphy et elle étaient à l'hôpital d'en face. Duncan et Petrie avaient été envoyés dans un autre établissement où ils s'accrochaient encore à la vie, sous haute surveillance. Sloan n'avait pas survécu à l'accident d'hélicoptère. Josephson et le tireur encore non identifié avaient été abattus par Murphy et Jilly. La duchesse du Sussex avait peut-être éliminé deux des pires trafiquants de la côte est.

— Luke ? Tu ne manges pas avec nous ?

Se forçant à ouvrir les yeux, il trouva les deux garçons qui l'observaient tout en dévorant leur pizza. Ils avaient hâte d'aller voir Jilly. Surtout James. Elle serait contente de savoir qu'il s'inquiétait pour elle, songea-t-il. Elle avait enfin réussi à l'apprivoiser. Puis il secoua la tête. Connaissant Jill, elle se sentirait terriblement coupable. Elle ne voudrait pas qu'on l'aime par peur.

— Oui. Et, dès que nous aurons fini, nous irons voir Jilly.

Il tira une chaise et prit une part, réprimant un sourire. Si elle avait su ce qu'il leur donnait à manger, elle n'aurait guère été impressionnée.

— Et Murphy aussi ? demanda James.

Samuel acquiesça.

— Nous verrons, répondit Luke. Il ne se sent peut-être pas encore assez bien pour recevoir des visites.

Lucy Murphy, arrivée dans la nuit par avion,

n'avait échangé que quelques mots avec lui avant de se précipiter au chevet de son mari. Luke était allé les voir plusieurs heures plus tard. En regardant par la vitre de la salle de soins intensifs, il avait eu la gorge nouée. Lucy avait posé la tête contre la couverture et sa main tenait celle de Murphy. Quinze ans. Et ils s'aimaient comme au premier jour.

— Je veux lui raconter pour l'argent, reprit James. La dame a dit qu'ils avaient trouvé une fortune dans notre valise.

Ainsi qu'ils l'avaient soupçonné, l'argent disparu était soigneusement caché dans un des pyjamas de Sarah. La valise n'avait pas été préparée dans la hâte, mais avec soin, au contraire, car elle contenait des vêtements pour plusieurs saisons. Annie Moseby avait planifié sa fuite. Si Luke avait su alors ce qu'il savait à présent… peut-être Annie serait-elle encore en vie aujourd'hui.

Mais alors il n'aurait jamais rencontré Jilly.

Après l'opération, il avait tenu sa main des heures durant. Elle avait passé la journée à dormir, se réveillant brièvement pour marmonner des phrases incohérentes. Comme il était sa seule connaissance de ce côté-ci de l'Atlantique, il avait pu rester avec elle.

Il avait mis ce temps à profit pour graver ses traits dans sa mémoire. Ses yeux d'un gris tempétueux. Sa bouche sensuelle, presque toujours souriante. Son teint lisse et crémeux. Elle était superbe. Et sa beauté, mêlée à sa détermination, à l'affection qu'elle vouait aux enfants de sa sœur, à son amour pour la vie, la rendait irrésistible.

Très bientôt, il devrait lui dire adieu. Il n'en avait que trop conscience. Dire adieu à Jilly et à ses enfants. Il regarda les garçons et sourit. Après avoir passé tous ces jours à leurs côtés, il serait douloureux de se séparer d'eux.

Leurs sourires, leurs mimiques, les conversations fascinantes qu'ils avaient ensemble, l'amour qu'il les voyait témoigner à leur petite sœur… Il s'était habitué à leur présence. Et le regret l'envahissait lorsqu'il songeait à tous les moments qu'il aurait pu partager avec eux.

Avec Jilly, ils seraient heureux. Chaque jour serait une nouvelle aventure. Et lui n'en ferait pas partie. Elle lui avait demandé de se joindre à eux. Miraculeusement, elle pensait l'aimer assez pour l'inviter au sein de sa famille.

Et il avait décliné.

Il aurait dû accepter. Ç'aurait valu la peine de courir le risque. Jamais il n'aurait voulu la quitter. Il songea à Murphy, à Lucy assise près de lui, sa main dans la sienne. Lui aussi voulait cela. Il voulait savoir que quelqu'un l'aimait. Et il voulait aimer.

Les paroles de Jilly lui revinrent à la mémoire. Où qu'il fût, il saurait que quelqu'un l'aimait. Mais, s'il avait eu Jillian, jamais il n'aurait voulu s'éloigner d'elle, ne fût-ce qu'un seul jour. Il voulait câliner Sarah quand elle se réveillait la nuit. Regarder Jimmy jouer au base-ball et pousser Sam sur la balançoire au jardin public. Et Jilly. Il voulait dormir chaque nuit auprès d'elle, en sachant qu'au matin elle serait dans ses bras.

Un frisson lui parcourut la colonne vertébrale. Il laissa tomber sa part de pizza, soudain pris de nausée. Il avait refusé l'offre de sa vie. Etait-il trop tard ?

— Jilly ! s'écria Sam en entrant dans l'austère chambre d'hôpital.

— Doucement, bonhomme. Laisse-moi te soulever pour que tu puisses la voir.

Luke le souleva de terre avant qu'il se jette sur le lit, puis le déposa doucement à côté d'elle. L'enfant se blottit contre le bras valide de Jillian.

— Comment vas-tu ? demanda Luke.

Maintenant qu'il savait ce qu'il allait lui dire, il se sentait à la fois gêné et confiant. Elle l'aimait. Elle l'avait admis. Il ne serait sans doute guère difficile de la convaincre qu'il l'aimait en retour.

— Plutôt bien, merci.

Sa réponse prudente ne le démonta pas. Après tout, il l'avait rejetée. C'était à lui de réparer les dégâts. Il réfléchissait depuis une heure à la manière d'aborder le sujet et avait résolu d'attendre qu'il puisse lui parler en tête à tête. Alors, il lui dirait qu'il l'aimait. Qu'il l'avait aimée depuis le début. Qu'il voulait passer le reste de ses jours avec elle, duchesse ou pas.

Il ne la quittait pas des yeux, désireux de lui faire comprendre ce qu'il éprouvait. Il voulait qu'elle lise l'amour sur son visage, voulait déceler dans le sien une lueur d'espoir. Mais déjà elle regardait derrière lui, un sourire d'encouragement sur ses lèvres pulpeuses.

— James, mon chéri. Viens là, dit-elle en tapotant l'espace libre à côté de sa jambe.

Luke poussa doucement l'enfant vers elle. James s'assit timidement et se laissa étreindre.

— Tu ne vas pas mourir, hein ?

— Non, mon chou. Je vais déjà beaucoup mieux, murmura-t-elle, les larmes aux yeux. Et dès que je sortirai nous irons chez nous.

— Où ça ?

Elle le serra plus fort contre elle, eut un petit rire quand il protesta.

— Tu m'écrases !

— Dans un endroit où nous serons tous ensemble.

Elle déposa un baiser sur son front, avant de rencontrer le regard de Luke.

— Dans le New Hampshire, si nous sommes enfin libres de nous en aller.

— Pas encore. Duncan est…

— Je vois. Eh bien, dès que nous pourrons partir, Jimmy, nous irons vers le Nord. Peut-être même que nous prendrons l'avion.

— Cool ! Je ne suis jamais monté en avion.

— Ce sera notre prochaine aventure, répondit-elle en riant. Vous m'avez tous tellement manqué.

L'estomac noué, Luke comprit qu'elle l'excluait de sa vie. Elle s'était offerte à lui et il l'avait repoussée. Elle n'allait pas lui donner une seconde chance. Etait-il trop tard ? Non ! Il devait bien y avoir un moyen de réparer le mal qu'il avait fait.

— Jilly, il faut qu'on parle.

— Je ne crois pas. Nous avons dit tout ce qu'il y avait à dire, non ? Inutile de ressasser tout cela.

Un éclair de douleur traversa ses traits. Elle se faisait violence pour maîtriser son émotion. A l'évidence, elle ne voulait plus souffrir. En une semaine, il avait transformé un être aimant, plein de vie, en l'ombre d'elle-même. Il avait détruit Jilly.

— Ecoute, j'ai pensé à nous, insista-t-il, le cœur battant à tout rompre. J'avais tort. Je crois que nous devrions essayer.

Le regard de Jilly se détacha du sien pour se fixer derrière lui. Luke fronça les sourcils. Ne pouvait-elle au moins l'écouter ? Ce discours était le plus important de sa vie. Ne désirait-elle pas entendre ce qu'il avait à dire ? Il se retourna, resserrant sa prise autour de Sarah.

— Ian ! s'écria Jillian. Que fais-tu ici ?

— Bonjour, ma chérie. Pour l'amour du ciel, que fais-tu dans ce pays d'arriérés ?

Luke resta bouche bée, suivant des yeux l'inconnu trop pâle, trop grand, trop élégant qui entrait dans la pièce.

— Seigneur, Jillian, j'ai été obligé de descendre dans un motel. Tu es partie depuis quoi ? Deux semaines ? Et tu en es réduite à vivre ainsi ? Cette chambre est lamentable, ajouta-t-il d'un air atterré. Dieu seul sait quel genre de médecins on peut trouver ici… Si la duchesse te voyait ! Il faut qu'on te rapatrie. Sur-le-champ. J'ai assuré à ta mère que je me chargeais de te ramener.

— Ian, permets-moi de faire les présentations. Voici Luke Gianetti, de la DEA. Il s'est occupé des enfants et de moi.

Tel un automate, Luke tendit la main à l'individu distingué qui se tenait devant lui. Ses doigts étaient froids et mous. Il aurait parié que ce type avait les mains manucurées. Ce dernier ne lui accorda d'ailleurs qu'un bref regard avant de se pencher pour embrasser Jillian sur la joue. L'estomac de Luke se noua encore davantage.

— Eh bien, merci, mon brave. Mais je prends le relais. Je m'occuperai de lady Jillian à partir de maintenant.

— Ian, ne sois pas ridicule, dit Jillian, rouge d'embarras. L'agent Gianetti nous a sauvé la vie. Nous aurions sûrement été tués s'il ne nous avait pas protégés.

— Bien sûr, ma chérie.

Ian se tourna vers Luke de nouveau et le toisa d'un air condescendant.

— Je veillerai à ce que vous soyez récompensé. La

duchesse sera enchantée d'apprendre que sa fille est saine et sauve et elle m'a chargé d'agir en son nom. Bien, vous êtes libre de partir…

Luke demeura figé sur place, bouillant de colère, le regard soudé à celui de Jilly. Ian n'avait même pas salué les deux enfants qui se cramponnaient à leur nouvelle maman. Il n'avait pas fait le moindre effort pour sourire à Sarah.

C'était là l'homme que la mère de Jilly avait choisi pour elle ? La mauviette qu'elle avait envisagé d'épouser ?

— Impossible, Ian, mon vieux. Jusqu'à ce que j'en décide autrement, Jilly et les enfants sont sous ma protection.

Ian se raidit.

— Lady Jillian, monsieur.

— Peu importe.

Du coin de l'œil, Luke vit Jilly réprimer un sourire. Quand Ian se tourna vers elle, consterné, elle enfouit le visage dans les cheveux de Sam pour étouffer son rire.

Cela réchauffa Luke. Elle n'était pas comme eux. Elle ne l'avait jamais été. Elle était toujours Jilly. Peu importait ce que racontait ce snob et le titre qu'elle portait. Jilly était la femme dont il était tombé amoureux. Cela lui donnait amplement le droit de remettre l'intrus à sa place.

— L'enquête n'est pas terminée, Ian. Jilly et les enfants sont sous ma protection pour les quelques jours à venir, point barre. Si cela vous ennuie, libre à vous de partir. Je ne vous retiens pas.

Le nouveau venu lui décocha un regard glacial.

— Eh bien, monsieur Gianetti, c'est ce que nous allons voir.

13

Jilly soupira en entendant le coup hésitant qu'on frappait à la porte. Que diable pouvait-il vouloir à présent ? Levant les yeux au ciel, elle ouvrit à la volée.

— Enfin, Ian ! J'ai dit que j'allais réflé…

Sa main se crispa sur la poignée, et elle laissa échapper un petit cri de surprise.

— … chir.

Elle porta la main à sa gorge.

— L… Luke, qu'est-ce que… je veux dire, comment vas-tu ?

Il avait une mine affreuse. Et pourtant jamais il n'avait été aussi séduisant.

— On ne t'a pas tiré dessus encore une fois, si ?

Il secoua la tête sans sourire, se tenant gauchement sur le seuil.

— Je… euh… puis-je entrer ?

Elle écarquilla les yeux et se ressaisit tant bien que mal.

— Oui, bien sûr.

Elle parvint à le conduire jusqu'au canapé. Le salon était encore encombré de cartons qu'elle n'avait pas eu le temps de défaire, et divers tableaux étaient appuyés contre le mur, attendant d'être accrochés.

— Désolée pour le désordre. Nous ne sommes ici que depuis deux semaines.

Si seulement son cœur avait bien voulu ralentir ! Cela faisait presque trois semaines qu'elle était là. Elle s'était débrouillée sans lui. Ses pleurs quotidiens sous la douche commençaient à porter leurs fruits. Elle savait qu'avec le temps le sommeil reviendrait.

Elle se laissa tomber dans le fauteuil le plus proche, s'efforçant de raffermir sa résolution. Il l'avait abandonnée dans le Tennessee. En dépit du défi qu'il avait lancé à Ian le premier soir, il était parti et n'était jamais revenu. Jusqu'au dernier moment, alors qu'ils montaient à bord de l'avion à destination du New Hampshire, elle avait espéré qu'il viendrait à l'aéroport — et elle avait sangloté comme une idiote lorsque l'appareil avait décollé.

Il était temps d'aller de l'avant. Elle s'était montrée stupide à cause de Luke Gianetti. Il était hors de question qu'elle répète la même erreur.

— Comment va ton épaule ?

La voix de Luke était tendue, et elle se prépara à passer un moment gênant. Pourquoi était-il venu ?

— Ça va, merci. Ce n'était qu'une égratignure, comme la tienne.

— Jill, bon sang ! Tu as reçu une balle. C'était tout sauf une égratignure.

Assis en face d'elle, il tripotait nerveusement le col de sa chemise.

— Où sont les enfants ?

Il était splendide dans son complet élégant, son teint hâlé contrastant de manière frappante avec le blanc éclatant de sa chemise. Il s'était fait couper les cheveux. Ses superbes mèches couleur miel ne lui arrivaient plus qu'à hauteur du col.

— Sarah fait la sieste et les garçons jouent dans

leur chambre. Peux-tu rester un moment ? Ils seront ravis de te voir.

Elle bondit hors de son siège et se dirigea vers l'escalier. Elle avait désespérément besoin d'air. D'espace. S'il y avait des témoins, elle courrait moins le risque de se ridiculiser. Elle s'apprêtait à appeler les enfants quand la voix de Luke l'arrêta.

— Pas encore. S'il te plaît ? Je… je voulais te parler d'abord.

Il l'avait suivie. Elle cilla au son de sa voix sensuelle. Elle avait tant rêvé de l'entendre et voilà qu'il était là, tout près d'elle. Seigneur, elle était si heureuse de le voir. Elle éprouvait un besoin presque douloureux de le toucher.

— Très bien.

Il se rassit lourdement, sans cesser de la dévisager. Jillian déglutit, la gorge aussi sèche que si elle avait traversé le désert à pied. Incapable de maîtriser le tremblement de ses doigts, elle noua les mains sur ses genoux.

— Pourquoi es-tu venu, Luke ?

— Je… je suis en mission spéciale. Je… je ne suis arrivé qu'aujourd'hui.

Il passa une main sur son visage et, l'espace d'une fraction de seconde, elle crut déceler une pointe d'incertitude dans les profondeurs fauves de son regard. Aussitôt, son pouls s'emballa. L'aimait-il, après tout ?

— Je vois. Vas-tu rester quelque temps ?

— Je… je ne le sais pas encore. Ça dépend.

Pas de doute : l'agent Gianetti transpirait. Il avait la même expression que le jour où ils s'étaient rencontrés. Une expression où la frustration se mêlait à la tension, voire à la peur. Jillian se fit violence pour demeurer impassible.

Cette fois, elle ne se trahirait pas, bon sang.

— C'est une opération importante ? Si tu vas être en ville un certain temps, je sais que les enfants seraient enchantés de te voir régulièrement.

— Jilly, il faut qu'on parle.

Il batailla en vain avec son nœud de cravate, puis céda à l'envie de retirer sa veste et se leva pour la mettre sur le dossier de sa chaise.

— J'ai croisé ton ami Ian dans l'entrée.

— Je pensais que c'était lui qui revenait. Il vient de s'en aller. J'avais supposé qu'il avait oublié quelque chose.

— Que fait-il ici ? Il vient souvent ?

Luke faisait les cent pas dans la pièce. Comme il lui tournait le dos, elle se permit de sourire.

— Il est arrivé voici quelques jours. Ma mère l'a envoyé.

Il pivota brusquement et elle cessa de sourire, réprimant l'envie de danser une gigue autour du salon.

— Que voulais-tu dire quand tu as ouvert la porte ? Tu as dit que tu allais réfléchir…

— Oh ! ça ! Ian veut que je l'épouse. Il dit être prêt à garder les enfants si j'y tiens vraiment, mais seulement à condition que nous retournions en Angleterre. Il refuse de vivre ici. Il dit que c'est trop dérangeant pour lui.

— Dérangeant ? s'exclama Luke, les yeux lançant des éclairs. Il est prêt à les garder ? Ce ne sont pas des plantes vertes, bon sang ! Il les aime ? Sait-il seulement comment ils s'appellent ? Enfin, Jill, tu n'y penses pas sérieusement, si ?

Elle eut toutes les peines du monde à ne pas crier de joie. Il était jaloux ! Luke Gianetti était fou de rage. A cause d'elle.

— Eh bien, je…

— Tu ne vas pas repartir, déclara-t-il en croisant les bras, ses yeux rivés aux siens.

— Comment oses-tu ? Tu ne sais rien de ce que je veux faire.

— Tu ne peux pas t'en aller. Les enfants ne se plairaient pas là-bas.

— Tu y es déjà allé ?

— Eh bien… non. Pas encore.

Il hésita.

— C'est juste… qu'ils ont été ballottés d'un endroit à l'autre. Je crois que tu devrais rester ici.

— Vraiment ? Ian n'est pas si mal, tu sais.

— Cette mauviette.

Elle lutta pour ne pas éclater de rire. James, à six ans à peine, parlait exactement comme Luke.

— Tu peux parler, riposta-t-elle. Tu m'as laissée me débrouiller toute seule avec trois enfants — à qui tu n'as jamais dit au revoir.

— Je t'ai laissée ? Attends, mon chou. Je suis revenu et tu étais partie. Ton petit copain s'est arrangé pour que je ne puisse pas t'approcher.

— Quoi ? s'écria-t-elle, parcourue d'un frisson.

Etait-ce possible ? Avait-il vraiment essayé de les retrouver ?

— Ce type doit connaître des gens haut placés, parce que je n'ai même pas réussi à te faire passer un message… Duncan n'a jamais repris connaissance, ajouta-t-il. Dès que j'ai appris qu'il était mort, j'ai su que tu n'étais plus en danger, mais il fallait que je m'assure que Jimmy ne serait pas contraint de témoigner.

— J'ai vu sa photo dans le journal, murmura-t-elle.

Luke acquiesça.

— C'est lui qui a tiré sur moi la première fois. Mon chef. Murphy et moi étions une menace pour lui. Il devait nous éliminer.

— C'est lui qui a essayé de me prendre Sarah.

— Sauf qu'il ne voulait pas vraiment Sarah. Il avait sans doute déjà deviné qu'Annie avait caché l'argent dans les bagages des enfants et c'était ça qui l'intéressait.

Jillian frissonna en songeant à ce qu'il aurait pu advenir du bébé si elle n'avait pas été là pour empêcher Duncan d'obtenir sa garde.

— Et Danny ? Comment va-t-il ?

— Bien. Il est déjà rentré chez lui et Lucy est aux petits soins pour lui. Il devrait reprendre le travail d'ici un mois environ.

Il continua à la dévisager tandis que le silence s'installait. Il ne lui avait toujours pas dit pourquoi il était là, aussi décida-t-elle de voler à son aide.

— Donc, c'est à cause de Ian que tu ne nous as pas dit au revoir ? Tu serais venu sinon ?

— Oui, bon sang. Je ne savais même pas où il vous avait emmenés. Mes supérieurs ne voulaient rien me dire.

— Tu ne peux pas imaginer à quel point ces trois semaines ont été difficiles.

La main de Jillian se crispa sur l'accoudoir de son fauteuil.

— C'est compliqué d'être une mère célibataire. Je ne suis pas sûre d'y arriver toute seule. J'y travaille jour et nuit.

— Tu as besoin d'aide.

Elle se leva brusquement, le prenant par surprise.

— Et tu vas me donner des solutions ? lança-t-elle,

les poings sur les hanches. Me dire ce que je devrais faire ?

— Et comment !

Il fit un pas vers elle, le regard désespéré. Elle retint son souffle et attendit.

— Tu m'as manqué, Jilly. Tu m'as tellement manqué !

Elle ne perdit pas une seconde de plus. Les yeux mouillés, elle se jeta dans ses bras. Luke gémit en la serrant contre lui comme si sa vie en dépendait. Elle le sentit frissonner de soulagement, entendit le battement effréné de son cœur, et fut submergée de joie. Qu'il dise ou non les mots, elle savait ce qu'il éprouvait. Elle savait qu'il l'aimait.

Refoulant ses larmes, elle noua les bras autour de son cou et lui tendit ses lèvres.

— Toi aussi, tu m'as manqué. Pourquoi as-tu mis si longtemps ?

Elle l'embrassa avec toute la passion qu'elle avait sottement cru pouvoir bannir. Et il lui rendit son baiser avec tant de ferveur qu'elle en perdit le souffle.

— Oh ! Luke, il faut qu'on arrête… les garçons…

Il captura ses lèvres de nouveau et elle fondit dans ses bras, tandis que tout devenait flou autour d'eux. Enfin, Luke prit une profonde inspiration et relâcha son étreinte. Le désir se lisait dans ses yeux, mais son visage était grave.

— Je me demandais…

Il s'interrompit et se remit à marcher de long en large, s'arrêtant seulement pour desserrer le nœud de sa cravate.

— Je me demandais si nous… pourrions… enfin…

— Oui, Luke ?

— On m'a offert une promotion. J'y réfléchis, mais il faudrait que je sois basé à Washington D.C.

— Je vois. Et c'est ce que tu veux ?

Luke ignora sa question.

— Je suis même allé voir des maisons. C'était présomptueux de ma part, je sais, mais j'avais pensé…

Il secoua la tête.

Jillian retint sa respiration alors que le silence s'éternisait.

— Tu avais pensé… ?

— Que je viendrais ici et que je te persuaderais de déménager à Washington. J'avais pensé…

Il tendit la main et replaça une mèche folle derrière son oreille.

— J'ai parlé à un ami qui travaille au Smithsonian. J'avais tout prévu. Je me disais que j'allais t'obtenir un travail… nous trouver une maison et…

Sa voix devint un murmure.

— Je t'en prie, Jill, je t'aime tant ! Ne retourne pas en Angleterre.

Les larmes roulant sur les joues, elle s'avança vers lui et se blottit entre ses bras.

— Je n'ai jamais voulu repartir, avoua-t-elle tout bas. Tant que je suis avec toi, peu m'importe où je vis.

— Alors ça ne t'ennuie pas de déménager ? Tu… tu veux bien m'épouser ?

Elle ouvrit la bouche pour répondre, mais fut devancée par une petite voix venue du haut de l'escalier. Deux visages anxieux les observaient entre les barreaux. Les yeux de James étaient assombris par l'inquiétude.

— Jilly ! Tu vas dire oui, n'est-ce pas ?

Luke vérifia sa montre et fronça les sourcils. Elle était en retard. Une fois de plus. Avec un soupir, il ouvrit la porte de la cuisine.

— Jimmy ! Tu peux venir une minute ?

James déboula du salon, suivi comme toujours par Samuel.

— Oui, papa ?

— Allume l'ordinateur, veux-tu ? Maman s'est encore perdue.

Il sourit à Sarah, qui rampait sur le sol pour venir attraper sa jambe. Il la souleva dans ses bras et lui donna un baiser, puis, de sa main libre, sortit son téléphone portable de sa poche et composa le numéro de Jilly.

— Où es-tu, ma chérie ?

— Bon sang, Luke. Je ne peux pas être loin. Les maisons me semblent familières.

Il ne put réprimer un sourire amusé.

— Tu fais des progrès, mon cœur. Tu ne te perds plus que deux fois par semaine à présent.

Il l'entendit marmonner un juron et replier la carte qu'elle avait sur les genoux.

— D'accord, j'abandonne. Où suis-je ?

— Jimmy, où est maman ?

L'enfant observa le point rouge sur l'écran. Il adorait que Jilly se perde car alors il pouvait imaginer qu'elle était une espionne que Samuel et lui suivaient à la trace.

— Dis-lui de prendre la première à gauche.

Quand Luke eut relayé l'information, James attendit que le point rouge avance.

— Encore la prochaine à gauche, et c'est la bonne.

Il éteignit l'écran tandis que Luke donnait ses instructions à Jilly.

— On peut aller jouer dehors ?

Luke acquiesça et referma son téléphone.

— N'oublie pas que tu as un match à 18 h 30.

Il sourit à Sarah et ébouriffa ses mèches soyeuses.

— On va attendre maman ?

Il poussa la porte à moustiquaire et sortit dans le jardin. Son jardin. Jilly l'avait convaincu de planter des fleurs, et même des tomates. Il secoua la tête, encore incrédule. Il ne manquait plus qu'un chien.

La voiture de Jilly apparut au coin de la rue et son sourire s'élargit. Il la regarda descendre de voiture, se répétant pour la millième fois qu'il était l'homme le plus heureux au monde.

— Je suis désolée d'être en retard.

Elle l'embrassa tendrement, puis prit Sarah dans ses bras. Ils remontèrent l'allée ensemble, la main de Luke au creux du dos de Jilly.

— Tu as travaillé tard ?

— Non. J'avais un rendez-vous.

Le ton de sa voix éveilla aussitôt sa curiosité.

— Ah bon ? Tu ne m'en avais pas parlé ce matin.

Elle retira ses lunettes de soleil, et il vit aussitôt qu'elle était nerveuse.

— Avec mon médecin, avoua-t-elle. Je me sens tellement fatiguée. Je voulais vérifier que…

— Jilly, ma chérie. Tu as déménagé deux fois en sept mois, tu as été blessée, tu as hérité de trois enfants, commencé deux nouveaux emplois et tu m'as épousé. Tu as le droit d'être fatiguée !

— Oui, mais je pensais…

— Qu'a-t-il dit ?

Luke s'approcha, soudain inquiet.

— Tu vas bien, n'est-ce pas ?

Elle se détourna, le plongeant dans l'angoisse. Il se plaça devant elle et mit le doigt sous son menton pour l'obliger à le regarder.

— Qu'a-t-il dit, bon sang ?

Les yeux de Jilly s'emplirent de larmes.

— Dis-le-moi, Jilly. Dis-moi ce qu'il y a.

Elle hocha la tête et prit une profonde inspiration.

— Il m'a dit que j'étais enceinte.

Luke eut l'impression que son crâne explosait.

— Comment ? Ce… ce n'est pas possible, dit-il d'une voix étranglée. Linda…

— Linda t'a menti.

Il secoua la tête, les pensées se bousculant dans son esprit. Il avait subi des tests. Sa femme avait pris un malin plaisir à l'humilier…

Jillian s'avança vers lui, visiblement inquiète.

— Je… Luke, tu n'es pas content ?

Il cilla, la gorge nouée par l'émotion.

— Et toi ? Tu es contente ?

— Je suis ravie. Comblée. Mais toi… j'avais peur que tu ne veuilles pas d'un autre enfant.

— Mon amour, répondit-il en la prenant dans ses bras. Qui t'a parlé de nous arrêter là ? Toi et moi, nous nc faisons que commencer !

Composé et édité par HarperCollins France.

Achevé d'imprimer en juillet 2020.

CPi
BLACK PRINT

Barcelone

Dépôt légal : août 2020.

MIXTE
Papier issu de sources responsables
FSC® C108412

Pour limiter l'empreinte environnementale de ses livres, HarperCollins France s'engage à n'utiliser que du papier fabriqué à partir de bois provenant de forêts gérées durablement et de manière responsable.

Imprimé en Espagne.